KB182720

금성에서 봐

금성에서 봐

빅토리아 비누에사 지음·
신혜연 옮김

내 하나뿐인 유일한 사랑에게,
언젠가, 금성에서 봐.
♥

미아

나는 유효 기한이 임박한 상태로 태어났다. 태어난 지 이틀 만에 엄마가 나를 버리고 떠난 것도 아마 그래서일 것이다. 하지만 이 추측이 맞는지 확인도 못 해 보고 죽고 싶지는 않다. 그러니 직접 물어보는 수밖에. 설사 가출 청소년이 되어 대서양을 건너야 한다 해도 어쩔 수 없는 일이다.

위탁 엄마인 케이틀린의 또각거리는 하이힐 소리가 복도 저편으로 멀어지는가 싶더니 현관문이 끽하고 열렸다 닫히는 소리가 들린다. 나는 곧장 방으로 달려가 침대 밑을 들여다보았다. 좋아, 그대로 있네. 일 년 전 벼룩시장에서 산 구식 여행 가방이 거기에 있었다. 닳은 부분을 가리느라 초록색 가죽 위에 덧대놓은 여러 국기들이 보였다. 발음조차 하기 힘든 곳, 아마도 절대 가 보지 못할 멋진 장소들이 거기에 있었다. 나는 가방을 침대 위에 올려놓고 옷장을 뒤져 내 물건들을 몽땅 챙겼다. 바지 두 벌과 티셔츠 세 장, 내 행운의 카디건과 스웨터 두 벌, 속옷 약간과 세 권의 일기장, 사인펜, 그리고 내가 가장 아끼는, 소중한 카메라까지. 나는 방문 안쪽에 크리스마스 장식처럼 걸린 분홍색 울 스카프를 움켜쥐고 그 부드러운 털에 가만히 뺨을 부볐다. 이미 봄이 왔으니 다시 이 스카프를 두를 일은 없을 테지만, 그래도 두고 갈 수는 없었다.

문에서 스카프를 내리려는데 그림자 하나가 방을 휙 가로지르는 느낌이 들었다. 재빨리 돌아보니 창문에 비친 내가 깜짝 놀란 표정으로 나를 바라보고 있었다. 나는 비명을 지르다가 이내 웃음을 터뜨렸다. 처음 가출을 감행하는 초보자 티를 이렇게 내다니.

나는 믿고 싶었다. 내 심장은 다른 심장들과는 달리 특별하길 원했다고. 그래서 내가 자그마치 세 가지나 결함이 있는 심장을 갖고 태어난 거라고. 하지만 이건 중요하지 않았다. 나한테는 계획이 있었다. 정확히 1년 하고도 이틀 후인 열여덟 살 생일에 진짜 엄마를 찾으러 스페인으로 떠날 예정이었다. 사진 수업에서 만난 노아가 나와 함께 가 주기로 했다. 하지만 그 계획은 이제 실행할 수 없었다. 이번에는 병원에 2주 동안이나 입원해야 했는데, 의사들은 수술을 더는 미룰 수 없다고 했다. 하지만 나는 수술에 동의하지 않았다. 절대 동의하지 않을 것이다. 아무도 이해하지 못하는 듯하지만, 뭐, 나도 내 사정을 설명하는 건 포기했다.

죽는 건 두렵지 않다. 어차피 짧은 수명을 타고났으니까. 하지만 수술은 정말 두렵다. 무엇보다 내 망가진 심장을 걱정해 주는 사람도 없이 심장을 비집어 여는 게 두렵다. 그래서 유감스럽긴 하지만, 수술은 받지 않을 생각이다.

내 위탁 부모는 여행 자체를 허용하지 않는다. 그러니 다른 대륙으로 건너가는 건 말 하나 마나다. 일요일에 스페인행 비행기에 탑승하는 순간 공식적인 가출 청소년, 즉 실종자 명단에 오를 게 뻔하다. 기꺼이 같이 가 줄 수 있는 사람을 찾을 여유는 단 이틀. 갑자기 심장이 갈비뼈를 두드리듯 쿵쾅거리기 시작했다. 의사가 새 약은 응급 상황에만 먹으라고 했지만, 재빨리 하나를 입에 털어 넣었다. 상태가 악화하는 일만큼은 안된다. 지금은 안된다.

가방을 닫으면서 나는 여행에 필요한 서류들을 머릿속으로 떠올려 보았다. 위조한 부모 여행 동의서, 챙겼고. **출생증명서, 챙겼고.** 위조 여권, 챙겼고. 내 진짜 여권, 앗, 깜빡할 뻔했다. 나는 의자를 딛고 올라선 다음, 무너져 내리지 않기를 바라며 내 작은 책상 위로 올라섰다. 그리고 옷장 위로 팔을 쭉 뻗었다. 함께 여행을 갈 예정이었던 친구 노아가 내 여권을 위탁 부모가 뺏어 가지 못하도록 여기에 숨겨놓았기 때문이다. 그런데 까치발을 하고 깊숙이 팔을 뻗어 봤지만, 거대한 먼지 뭉치 말고는 아무것도 손에 잡히지 않았다.

　나는 무릎을 꿇고 앉아 이제 더는 쓸모없어진 예전 홈스쿨링 책을 높이 쌓았다. 그런 다음 조심스럽게 딛고 올라가 옷장 위 가장 깊숙한 곳까지 다시 손을 뻗었다. 여권의 거친 표면이 마침내 손끝에 닿았다. 순간, 저 멀리 현관문이 끼익 열렸다가 쾅 닫히는 소리가 들렸다. 아, 이런. 나는 여권을 낚아챈 후 모든 과정을 거꾸로 반복하며 책과 책상, 의자와 바닥을 차례로 딛고 내려왔다.

　복도를 질주하는 요란한 발소리가 들려왔다. 하지만 누구의 발소리인지 알 수 없었다. 나는 여행 가방을 바닥으로 던지고 발로 밀어 침대 밑에 넣었다. 그때, 방문이 휙 열렸다.

　"미아, 미아 언니, 학교에서 무슨 일이 있었는지 언니는 절대 못 믿을 거야." 베카가 돌풍처럼 방안으로 들이닥치며 소리쳤다. 베카는 내 위탁 동생이자 룸메이트였다. 게다가 우연히 내가 세상에서 가장 좋아하는 사람이기도 했다.

　나는 한숨을 쉬며 말했다. "베카, 너 때문에 간 떨어지는 줄 알았잖아."

　베카가 책가방을 내던지고 뒤꿈치로 문을 밀어 닫고는 내게 달려왔다. "나 보충 수업도 빼먹고 왔어. 언니한테 얘기해 주려고. 혹시 3학년 때 나한테 바보라고 놀렸던 애 기억나? 있잖아, 오늘 걔 영어 시험 완전히 망쳤다? 게다가—" 베카가 내 손에 들린 여권을 보고 소스라치게 놀라며 갑자기 말을 멈췄다. 그러고는 작은 눈으로 애원하듯 나를 올려다보며 물었다. "정말 갈거야?"

"전에 얘기했잖아." 나는 최대한 부드러운 어조로 말했다. "기억나?"

베카가 고개를 저었다. 눈물 그렁그렁한 눈이 기억나지 않는다고 말하고 있었다. 베카는 선천적으로 인지 장애가 있었다. 그래서 어떤 것은 전혀 기억하지 못했다. 어쩌면 그래서 우리가, 가족이 아닌 사람들과 살면서 이 방을 같이 쓸 수 있는 건지도 몰랐다. 베카의 가족은 베카의 문제가 지나치게 눈에 띄기 시작하자 집에서 내보냈다. 고작 다섯 살일 때였다.

나는 베카의 보드라운 주근깨투성이 얼굴을 두 손으로 감싸며 미소를 지었다. 베카는 이렇게 해 주면 늘 진정되곤 했다. "오로라 사진 찍으러 간다고 했던 거. 기억하지?" 나는 속삭였다. "그리고 이건 우리만의 비밀이니까, 아무한테도 말하면 안 돼, 절대." 나는 두 손가락을 꼬아 입술에 가져다 대며 고개를 끄덕했다. 우리만의 비밀 신호였다. 보호 시설인 세인트 제롬에서 배운 것이었다.

베카가 활짝 웃었다. 그 표정이 너무 신나 보여서 거짓말할 수밖에 없는 이 상황이 마음 아팠다. 하지만 어떤 건 말하지 않는 편이 안전하다는 사실을 나는 이미 오래전에 배워서 알고 있었다. 게다가 다신 돌아오지 않는다는 얘기를 베카에게 어떻게 한단 말인가? 하지만 이미 집 앞 거리에 관심이 쏠린 베카를 보니 크게 걱정하지 않아도 괜찮겠다는 생각이 들었다.

"언니, 저기 봐." 베카가 창문을 내다보며 말했다. "그 축구부 오빠야. 노아 오빠를 죽인 바로 그 사람."

베카의 말에 울컥 목이 메었다. 나는 가까스로 눌러 참으며 말했다.

"베카, 그런 말 하면 안 돼." 나는 얼굴을 찡그렸다. 노아가 죽었다는 사실보다 노아를 잊지 못할 이들이 겪을 고통을 생각하니 마음이 아팠다. "그건 사고였어." 나는 베카 옆에 서서 길 건너편 집에서 나오는 소년을 바라보았다. "쟤가 어떤 기분일지 나는 상상도 못 하겠어." 실은 충분히 상상이 갔다. 그 사고 이후, 그 애가 남은 삶을 어떻게 감당하며 살아갈지 수도 없이 생각해 봤기 때문이다.

그 애의 이름은 카일이었다. 노아의 가장 친한 친구였지만, 우린 한 번도 직접 만난 적이 없었다. 내 위탁 부모님은 병원 방문이나 주일 교회, 사진 수업, 그리고 가끔 아침 산책 외에는 집밖으로 나가는 걸 절대 허락하지 않았다. 방금 카일이 나온 그 집에는 조시라는 아이가 살고 있었다. 조시도 그날 그 차에 타고 있었다. 들리는 얘기로는 부상 정도가 꽤 심하다고 했다.

카일은 그 좁은 길에 꼼짝도 하지 않고 서서 허공을 바라보고 있었다. 마치 그에게만 시간이 멈춘 듯했다. 나는 그런 카일을 보며 조시와 둘이서 무슨 이야기를 나눴을지, 둘 사이에 무슨 일이 있었을지 애써 상상해 봤다.

"저 사람 뭐 하는 거야?" 베카가 내 옷소매를 잡아당기며 물었다. "왜 저기 서 있어?"

멀어서 잘 보이지는 않았지만, 금방이라도 울음을 터트릴 듯한 모습이었다. 그는 시내 방향인 오른쪽을 보다가 다시 숲 방향인 왼쪽으로 고개를 돌렸다. 그러고는 천천히, 마치 얼이 빠진 사람처럼 왼쪽으로 돌아 걷기 시작했다. 똑바로 앞을 보며 걷는 그의 모습이 기운 없어 보였다. 어깨에는 배낭을 메고 있었다.

"저 사람 어디 가는 거야, 언니? 뭐 하는 거지? 대체 왜 저래?"

베카의 질문에 확실한 대답을 해 주기도 전에, 버스 한 대가 우리 집 앞을 지나 카일 바로 앞에 멈췄다. 그 바람에 잠시 카일이 시야에서 사라졌다. 버스가 다시 출발했을 때, 길은 텅 비어 있었다.

베카가 어리둥절한 표정으로 물었다.

"지금 버스 타고 간 거야? 언니, 오빠는 왜 그 버스를 탔을까? 가 봤자 폭포밖에 없고, 이 시간에는 아무도 거기에 안 가는데."

베카 말이 맞았다. 내가 지금 그에게 바라는 절대 하지 않았으면 하는 일 때문이 아니라면, 그가 그 버스를 탈 일은 없을 터였다. 물론 베카에게는 아무 말도 하지 않았다. 나는 슬슬 걱정되기 시작했다. 분명 그는 절망적인 표정이었다. 아니, 절망 그 이상이었다. 그런 공허한 표정을 예전에 본 기억이 났다. 병원 응급실에서였다. 손목에 붕대를 감은 사람, 위세척을 받으러 온 사람들이 그런 표정을 짓고 있었다. 그가 괜찮은지 확인해야 했다. 노아를 위해서라도 그래야 했다. 노아라면 친구에게 무슨 일이 생기기를 바라지 않을 테니까. 나는 창문으로 다가가 버스가 떠나는 모습을 지켜봤다.

"언니, 나랑 스크래블 게임 할래?"

베카는 방금 있었던 일을 잊은 게 분명했다. 하지만 나는 아니었다. 나는 어떻게 하면 눈에 띄지 않고 이 집에서 나갈 수 있을지 고민하기 시작했다. 현관문으로 나가는 건 불가능했다. 나는 창문을 열고 창틀에 올라섰다.

"어디가?" 베카가 신나 하며 깡충깡충 뛰었다. "나도 가고 싶어! 나도 언니 따라갈래!"

나는 다시 베카의 얼굴을 두 손으로 감싸 쥐고서 베카의 눈을 지그시 바라보며 말했다.

"베카, 내 말 잘 들어. 저녁 먹을 때까지 내가 돌아오지 않으면, 병원에서 몇 가지 검사받으러 오라고 했다고, 그리고 얼마나 걸릴지 모른다고 로스웰 씨한테 말해. 알았지? 나는 저 애랑 얘기를 좀 해 봐야겠어."

베카는 진지한 표정으로 고개를 끄덕이고는 살짝 얼굴을 찌푸렸다. 이해했다는 의미였다. 그리고 어쩌면 운이 조금 따라줘서 문제가 생기면 대처해 줄 수 있을 만큼 오래 기억할지도 모른다는 의미이기도 했다. 나는 손가락을 꼬아 우리만의 비밀 신호를 베카에게 보이며 말했다.

"넌 요새를 지켜, 알았지?"

이번에도 베카는 고개를 끄덕였다. 베카의 얼굴에 만족스러운 미소가 번졌다.

내 발이 마당의 잔디를 딛는 순간, 베카가 안쪽에서 창문을 닫았다. 그리고 엄지손가락을 치켜들었다.

이제 어떻게 해야 하지? 나는 차가 없었다. 훔쳐 탄다고 해도 운전을 못 하니 얼마 가지도 못할 게 뻔했다. 걸어서 가면 두 시간이 넘게 걸릴 것이고, 버스는 하루에 세 번밖에 오지 않으니, 잔디밭에 나뒹굴고 있는 베카의 디즈니 자전거가 가장 좋은 방법이자 유일한 대안이었다. 내가 분홍색 술 장식과 인형 바구니가 달린 자전거를 타고 버스를 뒤쫓는 모습을 혹시 식구 중 누가 보기라도 한다면, 사회 복지 기관에 연락해 나를 병원 침대에 묶을 게 뻔했다. 나는 제발 누구의 눈에도 띄지 않기를 기도했다.

나는 자전거에 올라타자마자 뒤도 돌아보지 않고 페달을 밟기 시작했다.

이미 한참 앞서 출발한 버스가 모퉁이를 돌아 사라졌다. 페달을 너무 세게 밟아서 허벅지가 불이 붙은 것처럼 화끈거렸다. 나는 내 고장 난 심장에 대고 간절히 빌었다. 조금만 더 버텨달라고, 그리고 마지막 박동과 함께 나를 이 행성 밖으로 데려가기 전에 뭔가 좋은 일, 뭔가 내 인생도 살만한 가치가 있다고 느낄만한 일을 이루게 해 달라고.

어쩌면 이번 가출이 생각보다 괜찮을 수도 있을 것 같다는 생각이 들었다.

카일

나는 제일 친한 친구였던 노아를 죽게 만들고, 두 번째로 친한 친구는 장애인이 되게 만든 개자식이다. 사실, 조시 일은 방금 알았다. 조시가 병원에서 퇴원한 지 일주일이나 지난 오늘에서야 그를 만났기 때문이다. 나도 안다, 내가 얼간이인 거. 하지만 나는 조시의 눈을 똑바로 바라볼 수 없었다. 조시의 어머니 말로는 그가 다신 걷지 못할지도 모른다고 했다. 아직 조시는 모르고 있었다.

이 정도면 지금 내가 왜 이 버스에 타고 있는지 설명이 되었을 것이다. 나는 그냥 집으로 갈 수가 없었다.

엄마한테는 절대 얘기할 수 없었다. 말했다가는 엄마가 충격을 받을 게 뻔했다. 그렇다고 한 사람의 생명을 빼앗고 또 한 사람의 인생을 파괴해 놓고는 아무 일도 없다는 듯 굴 수도 없었다. 그건 안될 말이었다.

그때 버스가 덜컹했다. 나는 몸서리쳐지는 생각에서 벗어나 다시 현실로 돌아왔다. 흔들리는 버스 안, 맨 뒷줄 마지막 좌석이 내 자리였다. 심장이 터질 것 같았다. 나는 안전벨트가 제대로 잠겼는지 다섯 번을 확인한 후에야 좌석을 꽉 움켜쥐었던 손가락에서 겨우 힘을 뺄 수 있었다.

버스가 어디로 가는지 확인하기 위해 통로 쪽으로 고개를 내밀었다. 백미러를 보니 버스 운전사가 나를 주시하는 게 보였다. 찌푸린 눈썹 아래 툭 튀어나온 검은 눈이 도로와 나를 계속 번갈아 흘깃거렸다. 나는 버스의 유일한 승객이었고 분명 내 얼굴과 팔에 난 상처들을 봤을 텐데도, 버스 운전사는 배짱 있게 나를 주시하고 있었다.

나는 그의 눈을 피해 의자에 기대앉으며 휴대전화로 시간을 확인했다. 5시 30분이었다. 더 정확히 말하자면, 내가 그 끔찍한 사고를 낸 지 31일 하고도 12시간 25분이 지나 있었다.

원래는 수학을 싫어하지만, 지금은 숫자 더하는 일을 멈출 수가 없다. 매시간, 매분, 매초, 나는 지금 노아에게서 시간을 빼앗고 있는 셈이다. 다신 걷지 못하는 조시의 시간은 말할 것도 없다. 차라리 내가 당했더라면 얼마나 좋을까. 또다시 속이 메스꺼워지기 시작하려는 찰나, 휴대전화가 울렸다.

주디스였다. 하지만 나는 음성 메일로 넘어가게 두었다. 통화할 수 없었다. 지금은 아니었다. 말도 안 되는 소리처럼 들리겠지만, 주디스와 통화한다면 그건 예전의 나, 예전의 카일을 배신하는 일이 될 것 같았다. 주디스는 사고가 있기 이전 카일의 여자 친구이지 지금 내 여자 친구가 아니었다.

계속 생각이 맴도는 걸 멈추기 위해 뭐라도 해야 했다. 나는 스케치북을 꺼내 의지할 곳 없이 홀로 버스 안에 앉아 있는 사람을 그렸다. 잠시 아무 생각도 들지 않았다. 꼭 그림 때문만은 아니겠지만, 그냥 다시 평범한 사람이 된 기분이었다. 버스가 계속 가기를, 절대 멈추지 않기를 바라고 기도하고 갈망했다. 그 순간, 버스가 방향을 틀며 속도를 줄였다. 최근에는 어떻게 된 게 소원을 빌어도 이루어지는 게 하나도 없다. 아무래도 인터넷에서 '저주'나 '악마의 눈(나쁜 기운을 쫓아준다는 터키의 유리 공예품)', '소원을 반대로 들어주는 알라딘 램프' 같은 거라도 검색해 봐야 할 것 같다.

버스는 커다란 나무 표지판 바로 앞에 멈춰 섰다. 표지판은 내가 여러 번 와 본 공원 입구임을 알리고 있었다. '노칼룰라 폭포'였다. 나는 배낭을 움켜잡고 스케치북을 던지듯 집어넣은 후 긴 버스 통로를 따라 앞쪽으로 걸어갔다. 앞문만 열어 놓은 버스 운전사가 나를 뚫어지게 쳐다보았다. 긴장감에 손이 축축해지는 느낌이 들었다. 나는 버스 계단에 시선을 고정한 채 그를 지나쳐 차에서 내릴 생각이었다. 하지만 그는 나를 보내 줄 생각이 전혀 없는 듯했다.

"이봐, 학생. 이 시간에 어디 가나? 혹시 누가 데리러 오기로 한 건가?"

나는 무슨 상관이냐는 듯한 표정으로 그를 바라보았다.

"이거 막찬데." 그가 잔뜩 찌푸리고 있던 미간을 더 찌푸렸다. "몰랐니?"

나는 최대한 자연스럽게 행동하려고 노력했다. 하지만 외계인이 인간의 탈이라도 쓴 것처럼 어색했다. "어, 그게…… 아니요, 하지만 걱정하지 마세요. 축구부 친구 몇 명하고 만나기로 했거든요." 나는 배낭을 가리키며 살짝 미소를 지었다. "숲에서 잘 거예요." 나는 예전의 카일로 돌아가 억지 미소를 지어 보이며 그에게 눈썹 흉터를 보여 주었다. "이미 따끔한 맛은 한 번 봤어요. 딱 보면 티 나죠. 곰이랑 한판 벌였거든요. 진짜예요."

버스 운전사는 무표정한 얼굴로 꼼짝도 하지 않고 심각한 표정으로 나를 바라봤다. 소름이 돋았다. 아, 내 농담이 별로였나, 그렇구나. 노아와 조시였다면 좋아했을 텐데. 아마 그들이었다면 배꼽이 빠지게 웃었을 것이다. 그게 우리였다. 하지만 다 끝났다. 노아는 두 번 다시 웃지 못한다. 나는 다시 메스꺼워지기 시작했다. 속이 뒤틀렸다.

나는 붕대 감은 무릎이 허락하는 한 빠르게 버스 계단을 뛰어내렸다. 땅에 내려서는 순간 멀리서 폭포의 굉음이 들려왔다. 모든 게 명쾌해지는 기분이 들었다. 이런 경험은 처음이었다.

곧바로 모든 게 이해되었다. 내가 저지른 일에 대가를 치를 수 있도록 어떤 보이지 않는 힘이 오늘 나를 이곳으로 이끌었음을 알 수 있었다. 아주 오랜만에 폐에 공기가 가득 차오르는 느낌이 들었다. 작은 나무 표지판에 폭포까지 500야드(약 460미터)라고 적혀 있는 게 보였다. 나는 화살표를 따라 숲이 가장 무성한 곳으로 발걸음을 내디뎠다. 뒤에서는 여전히 버스 엔진이 공회전하고 있었다. 거의 1분이 꼬박 지난 후에야 마침내 버스가 비포장도로를 지나 고속 도로를 향해 떠나는 소리가 들렸다.

나는 가죽 재킷의 지퍼를 올렸다. 앨라배마의 공기는 봄치고는 아직 차가웠다. 아니, 어쩌면 나만 그렇게 느끼는지도 몰랐다. 위를 올려다보았다. 높이 치솟은 나무들이 마치 내 마지막 순간의 유일한 증인이 된 걸 기뻐하며 나뭇가지로 손가락질하는 듯했다. 폭포의 맹렬한 울부짖음이 마치 강력한 자석처럼 나를 끌어당겼다. 이상한 일이었다. 한 걸음씩 내디딜 때마다 각오가 단단해지는 동시에 점점 아무 감각도 느껴지지 않았다. 마치 내 안에서 뭔가가 이미 다 죽어버린 느낌이었다. 모든 게 제자리에 맞아 들어가고 있었다. 마치 수치스러운 비밀이 그려진 퍼즐의 마지막 조각을 찾은 기분이었다. 나뭇잎들 틈으로 초록색 새싹들이 어렴풋이 보였다. 하나의 생이 스러지려는 지금 새로운 생이 시작되고 있었다.

뒤에 남겨질 사람들을 생각해 봤다. 나는 조시를 잘 안다. 같은 상황이었다면 조시도 나와 같은 결정을 했을 것이다. 주디스는 자신을 웃게 해 줄 사람, 나보다 훨씬 나은 남자 친구를 찾을 것이다. 그리고 부모님은…… 글쎄다, 적어도 그들은 내 온몸 구석구석에 낙인처럼 찍혀 있는 '유죄'라는 단어를 매일 보면서 살지 않아도 될 것이다. 물론 이런 내 의견에 절대 동의하지 않을 테지만. 나를 여러 명의 정신과 의사에게 데리고 다닐 필요도 없을 것이고, 자신을 나쁜 놈으로 여기지 말라는, 해 봤자 아무 소용 없는 말을 할 필요도 없을 것이다. 차라리 벼룩을 슈퍼 영웅이라고 설득하는 게 쉽지. 물론 그럴 일은 없을 테지만. 나는 개자식이 맞다. 그게 전부다. 그 외엔 전부 다 거짓말이다.

마음속으로 나는 이미 알고 있었다. 내가 죽어야 그들이 자유로워지리라는 걸. 게다가 어쩌면 노아를 다시 볼 수 있을지도 모른다. 어쩌면 그 친구한테 용서를 구할 수 있을지도 모른다. 정말 우리가 다시 만난다면, 노아는 나를 용서해 줄 것이다.

미아

페달을 밟은 지 얼마쯤 지났을까, 마침내 공원 입구에 다다랐다. 해가 지면서 단풍나무 줄기 사이로 빛줄기가 드리웠다. 전에 와본 적이 있는 공원이었다. 바로 작년 가을에 로스웰 가족과 소풍을 왔던 곳이었다. 얼마간의 '가족 활동'이 모두에게 유익할 거라는 담당 사회 복지사의 의견에 따른 것이었다.

하지만 결과는 참담했다. 쌍둥이는 싸우기 시작했고, 베카는 숲에서 길을 잃었으며, 다들 베카를 찾으러 자리를 비운 사이 멧돼지 한 쌍이 우리 점심을 전부 먹어 치워 버렸다. 하지만 그때 베카를 찾아 두 시간을 꼬박 헤맨 덕분에, 나는 이 숲을 구석구석 잘 알고 있었다. 나는 폭포로 가는 길을 가리키는 나무 표지판에 자전거를 기대어 놓고 최대한 빨리 걸음을 옮겼다.

서두르느라, 그리고 그간의 운동 부족으로 인해 다리가 휘청거렸다. 하지만 무엇보다 두려웠다. 사방을 둘러보았지만 카일의 흔적은 어디에도 없었다. 심장한테 제발 천천히 뛰라고 간청했지만, 내 심장은 갈비뼈를 두드려 대는 걸 멈출 생각이 없어 보였다.

"카일!" 나는 사방에 대고 있는 힘껏 소리쳤다.

하지만 멀리서 들려오는 건 물이 쏟아져 내리는 소리뿐이었다. 혹시 그냥 산책하러 온 거 아닐까? 그냥 혼자 있고 싶어서 온 걸 수도 있잖아? 아니면 야생 아스파라거스 따러? 지난번에 로스웰 씨도 숲에서 아스파라거스를 잔뜩 따오지 않았던가. 자기 이름을 부르는 내 목소리가 들리긴 할까? 이러다가 나 내일 지역 신문에 실리는 거 아니야?

나는 불안하면 생각이 너무 많아진다. 가끔은 내 생각에 내가 지칠 때도 있었다.

나는 계속 걸었다. 숨이 찼다. 그때 매의 날카로운 울음소리가 들렸다. 나는 고개를 들고 하늘을 올려다보았다. 뭔가를 경고하듯 매가 바로 머리 위로 지나갔다. 나쁜 징조였다. 두려움이 엄습했다. 나는 이런 느낌을 아주 잘 알았다. 예감이 좋지 않았다. 뛰는 건 절대 금지였고, 특히 지난번 입원했던 이후로는 더더욱 해서는 안 되는 행동이었지만, 어쩔 수 없었다. 새 약이 효과가 있기만을 기도하며 나는 달리기 시작했다. 그리고 그의 이름을 부르고 또 불렀다. "카일! 카일! 카이이이일!"

과연 내 목소리가 들릴지 의구심이 들었다. 폭포의 물소리가 점점 크게 들려왔다. 나는 생각을 멈추고 그냥 계속 달리고 또 달렸다. 그러다 마침내, 마구 쏟아져 내리는 엄청난 물살이 두 그루의 거대한 너도밤나무 틈으로 보였다.

맙소사, 그가 거기에 있었다. 난간 너머로 몸을 기대고 서서 쏟아져 내리는 물살을 가만히 바라보며 부서질 듯 낡아 빠진 난간을 한 손으로 붙잡고 있었다. 안 돼, 안 돼, 안 돼, 제발, 그러지마. 나는 숨을 헐떡이며 걸음을 멈췄다. 그리고 폐가 가득 차도록 한껏 산소를 들이마셨다. 그러고는 외쳤다.

"안 돼!" 하지만 그는 내 목소리가 들리지 않는 듯했다.

맙소사. 나는 다시 달리기 시작했다. 하지만 아무리 달려도 제때 닿지 못할 것 같았다. 뭔가 과감한 해결책이 필요했다. 나는 멈춰 서서 숨을 깊이 들이마신 다음 비명을 질렀다. 바람이, 나무가, 아니 숲 전체가 내 목소리를 그에게 전해 주길 간절히 바라면서. 난생처음 비명이라는 걸 질러 보는 사람처럼. 그리고 인간이 내는 소리라고는 믿기 힘든 소리로.

카일

시간이 모든 상처를 치유해 준다고들 하지만, 아무도 말해 주지 않는 게 있다. 시간이 멈춰 버리면, 그래서 일 초가 몇 시간이 되고 한 시간이 평생이 되면 무슨 일이 일어나는지.

아래를 내려다보았다. 발밑에서부터 90피트(약 30미터) 아래로 폭포가 바위를 모래로 만들어 버리려는 듯 요란하게 두드리며 떨어져 내리고 있었다. 머리에서 솟구치는 생각들이 귀청이 떨어질 듯 울리는 폭포 소리와 맞부딪쳤다. 몸이 떨렸다. 추위 때문은 아니었다. 나는 모래 알갱이처럼 부서져 버리는 것과 그냥 살아가는 것 중에 어느 쪽이 더 무서울지 가늠할 수 없었다.

머릿속에서 정리되지 않는 생각들이 어지럽게 맴돌았다. 어떤 건 그냥 잊어버리라 하고, 어떤 건 비겁한 겁쟁이라며 욕설을 퍼부었다. 내가 한 짓에 대한 대가를 치르라고 부추기기도 했다. 하지만 내 손은 분명 그 모든 생각들을 듣고도 못 들은 척,

등 뒤의 철제 난간을 움켜쥔 채 놓으려 하지 않았다.

나는 내가 초래한 파괴의 흔적을 떠올렸다. 땅 밑 6피트(약 2 미터) 깊이에 묻힌 노아와 휠체어 타는 신세가 된 조시, 그리고 산산조각이 난 그들과 내 부모님의 삶……. 더 이상 그들의 눈을 똑바로 볼 자신이 없었다. 나는 움켜쥔 손에서 천천히 힘을 빼기 시작했다.

맨 먼저, 새끼손가락. 만약 정말로 신이 존재한다면 그에게 용서를 구하리라. 그다음, 넷째 손가락. 잠깐, 이게 무슨 말도 안 되는 소리람? 만약 정말로 신이 존재한다면, 일을 너무 열심히 하지 마시라고 말하리라. 창조하는 일, 특히 괜찮은 세상을 창조하는 일은 당신이 잘하는 분야가 아닌 것 같다고.

이제 가운뎃손가락을 놓을 차례. 이가 딱딱 맞부딪치는 소리가 들려왔다.

지금 내가 할 일은 엄지손가락과 집게손가락을 서로 떼어 놓는 것뿐이었다. 그러면 모든 게 끝이었다.

나는 발을 앞으로 내밀며 중력에 몸을 맡길 준비를 했다.

"도와주세요!"

엄청난 폭포 소리 너머 고통스럽게 울부짖는 소리가 들려왔다. 내가 지르는 소리인가? 나는 발밑 저 아래에 보이는 심연에 그대로 시선을 고정한 채 생각했다. 그런데 그때 다시 소리가 들려왔다. "제발, 도와주세요!"

넋을 놓고 있던 나는 그 소리에 깜짝 놀라 현실로 돌아왔다. 거대한 폭포 언저리에 겨우 손가락 두 개를 걸고 매달려 있다니, 내가 대체 지금 뭐 하는 거지? 나는 다시 난간을 꽉 움켜쥐었다. 그리고 다시 뒷걸음질로 난간에 단단히 몸을 기대고서 목소리의 근원을 찾아 사방을 둘러보았다.

저 멀리 두 그루의 나무 사이 공터에 한 여자가 정신을 잃은 채 쓰러져 있었다. 나는 난간을 뛰어넘었다. 그리고 후들거리는 다리로 최대한 빨리 달렸다.

공터에 다다르자 여자가 바닥에 쓰러져 있는 게 보였다. 두 팔은 서로 엇갈린 채 늘어져 있었고 무릎은 한쪽으로 구부린 채였다. 나와 비슷한 또래 같았다. 아니, 어쩌면 조금 더 어릴지도 모르겠다. 나는 그 옆에 무릎을 꿇고 앉았다. 빛나는 적갈색 머리카락이 얼굴 한쪽을 가리고 있었다. 너무나 연약해 보였다. "저기." 나는 아주 작은 목소리로 말했다. 조금이라도 목소리를 높였다간 부서져 버릴 것 같았다.

반응이 없었다. 나는 그녀의 머리카락을 살짝 옆으로 걷었다. 여전히 숨은 쉬고 있었다. 목에 작은 성모 마리아 펜던트가 걸려 있는 게 보였다. 안색이 너무 창백해서 살아있는 사람 같지 않았다. 섬세한 이목구비가 눈에 들어왔다. 사실 모든 게 섬세하고, 순수하고, 부서질 듯 여렸다. 귀만 뾰족했다면 엘프 공주 아르웬이라고 해도 믿을 것 같았다.

"이봐, 저기." 나는 다시 속삭였다. "내 목소리 들려?"

나는 감히 손으로 건드려 볼 엄두가 나지 않아서 이마에 드리워진 머리카락만 조심스럽게 쓸어 올렸다. 순간, 그녀가 숨을 들이마시며 고통스러운 듯 몸을 웅크렸다. 속눈썹을 움찔하는가 싶더니 천천히 눈을 떴다. 하지만 그녀는 정신이 여전히 어딘가 다른 곳에 가 있는 듯했다. 혼란스러운 듯 사방을 훑어보더니 나를 뚫어지게 응시했다. 내가 여기 있다는 것도 깨닫지 못한 모양이었다.

"저기, 너." 나는 다시 속삭였다. "괜찮아?"

그녀의 눈이 휘둥그레졌다. 시선이 마주쳤다. 그녀는 혼란스러운 듯했다. 조금 겁을 먹은 것 같기도 했다.

"진정해. 괜찮아. 너 잠깐 기절했었어. 좀 나아졌어?"

엘프처럼 생긴 그녀가 고개를 끄덕였다.

"그럼, 일어날 수 있겠어?"

그녀는 한쪽 팔꿈치를 딛고 몸을 일으켜 보려고 했지만, 잘되지 않았다.

"잠깐만 기다려 봐, 내가 도와줄게." 나는 그녀의 목덜미 아래로 팔을 밀어 넣고서 조심스럽게 안아 올렸다. 그녀는 내 시선을 피했다. 그런데 한 손을 바닥에 댄 채 가만히 바라보나 싶더니 단번에 그대로 짚고 일어서는 것이 아닌가. 그러고는 뒤로 물러서서 팔을 마구 휘두르며 비명을 질러 댔다. 마치 방금 악몽에서 깨어난 사람 같았다.

"떼어 줘, 제발, 이것 좀 떼어 줘!"

나는 몇 번을 자세히 보고 난 후에야 무슨 상황인지 알 수 있었다. 그녀보다 더 놀란 듯 보이는 도마뱀 한 마리가 그녀의 팔 위에서 허겁지겁 내달리고 있었다. 결국 그 불쌍한 녀석은 땅바닥으로 내동댕이쳐져 나뒹굴다 달아났다.

그녀가 일순간 조용해지며 당황한 듯한 표정을 지었다.

"미안해. 원래는 이렇게까지 예민하진 않아." 그녀가 말했다. "그냥, 어릴 때 도마뱀이 침대 속으로 기어들어 온 적이 있어서 그래. 어, 말이 좀 안 되는 것 같긴 한데, 진짜야. 다섯 살짜리 애한테는 꽤 충격적인 일이었다고, 게다가……."

잠깐만, 사람이 어떻게 단숨에 저렇게 많은 말을 쏟아낼 수가 있지? 그때 그녀가 어디 아픈 사람처럼 손을 가슴에 가져다 댔다. "몸 상태가 별로 좋지 않은데, 주위에 도와줄 사람도 없는 것 같네? 아무래도 너한테 집에 데려다 달라고 부탁하는 수밖에 없겠다."

애 뭐지? 뭔가 이상한데.

"너, 지금 회복 속도가 꽤 빠른 것 같은데?" 내가 말했다.

"맞아, 정답이야. 아마 그래서 내가 지금 어지러운 모양이야."

"사람들은 보통 기절하기 직전에 비명을 지르지 않아."

"그래?"

"응."

"아, 그렇구나, 나는……뇌전증을 앓고 있거든."

믿을 수가 없었다. 그녀는 계속 말을 지어내고 있었다. 누가 봐도 한눈에 알 수 있었다. 그녀가 계속 말했다. "그리고 나는 늘 언제 기절할지 미리 알 수 있어. 무서우니까 그냥 비명부터 지르고 보게 돼. 네가 발견하지 못해서 내가 여기에 몇 시간이고 계속 쓰러져 있다고 상상해 봐. 아마 야생동물한테 잡아먹히고 말걸. 공원 입구에 붙은 안내판에서 본 건데, 여기 주변에 코요테랑 살쾡이, 늑대, 심지어 악어까지 산대."

할머니는 항상 말씀하시길 좋은 말을 해 줄 수 없을 것 같으면 차라리 아무 말도 하지 말라고 했다. 그래서 나는 그저 말없이 차가운 눈으로 그녀를 바라보았다.

"제발, 다른 방법이 있으면 너한테 부탁하지도 않았을 거야. 우린 만난 적도 없는 사이인 데다가 혹시 네가 연쇄 살인범일지도 모르는 일이잖아. 하지만 나는 지금 혼자 자전거 타고 돌아갈 수 있는 상태가 아니라고."

만일 그녀가 피노키오라면 지금까지 자라난 코만으로도 우리 사이를 채우고도 남았을 것이다.

"그러니까 부모님한테 전화하면 되잖아." 나는 침착해 보이려고 애쓰면서 말했다.

"못 해. 엄청 가난해서 휴대전화가 없거든."

이렇게 거짓말을 못하는 사람은 처음 봤다. 하지만 구세군에게서 얻어 입은 듯 보이는 안팎이 뒤집힌 재킷과 바지, 구멍 난 운동화와 그 틈으로 보이는 양말이 일부러 꾸민 것 같지는 않았다.

"구급차 불러 줄게." 내가 말했다. "그 사람들이 집에 데려다 줄 거야."

"아니야, 제발 그러지 마." 그녀는 겁에 질린 듯했다. "구급차는 엄청나게 비싸잖아."

나는 입을 다물었다.

"제발, 시내 외곽까지만. 거기까지만 데려다주면 다른 사람한테 도와달라고 할게."

대체 나한테 왜 이러는 거지? 나는 그녀가 진짜 사람이 맞는지, 혹시 노칼룰라 폭포에 출몰하는 귀신은 아닌지 궁금해지기 시작했다.

그녀가 키득거리며 웃었다. "내가 혹시 귀신 같아 보여?"

젠장, 얘 초능력자야, 뭐야. 아니면 혹시 내가 생각한 걸 입 밖으로 말했나?

그녀가 폭포를 곁눈질하는 모습이 눈에 들어왔다. 그러고 보니 이 자리는 폭포에서 그녀가 '기절'하는 모습이 보이는 유일한 장소였다. 더 정확히 말하면, 조금 전 내가 서 있던 자리에서 그녀를 볼 수 있는 유일한 곳이었다. 내가 눈치챘다는 걸 알아챘는지, 그녀가 입술을 깨무는 게 보였다.

더는 화를 참을 수 없었다. 물론 그녀의 상상력은 칭찬할 만했고 좋은 의도였겠지만, 지금 내가 제일 피하고 싶은 상황은 바로 누가 내 옆에 있는 것이었다. "널 위해서 하는 말이야." 내가 말했다. "그냥 집에 가."

"싫어."

"그렇다면, 좋아." 나는 폭포 쪽으로 걸음을 옮겼다. "난 신경 안 쓸 테니까 하고 싶은 대로 해. 나라는 사람은 그냥 잊고, 알겠어?"

나는 혼자 있고 싶었다. 여전히 무엇을 해야 할지, 어디로 가야 할지 알 수 없었다. 하지만 마을로 돌아가고 싶지는 않았다. 지금 내가 원하는 건 내 생각에 귀를 기울이는 것뿐이었다. 그런데 무슨 생각을 하기도 전에 등 뒤에서 그녀가 뛰어오는 소리가 들려왔다.

"잠깐만 기다려, 제발."

나는 정말 화가 치밀어오르기 시작했다. "나한테 신경 쓰지 말라고!"

"어떻게 너한테 신경을 안 써. 모르겠어? 네가 하려던 걸 그냥 하게 내버려 두고 가버리면, 난 나를 절대 용서할 수 없을 거라고."

"집에나 가."

나는 그녀를 옆으로 밀치고 계속 걸었다. 내 키가 훨씬 커서 그녀를 떼어 놓는 건 어려운 일이 아니었다. 그런데 두 번째로 떼어 놓았다고 생각한 순간, 그녀가 갑자기 내 앞으로 뛰어들었다. 그러더니 휙 돌아서서 뒷걸음질 하며 내 얼굴을 보고 계속 말했다.

"경고하는데, 뛰어내리기만 해 봐. 나도 뛰어내릴 테니까. 그러면 너는 내 동생 일곱 명이랑 불쌍한 우리 부모님한테 고통을 주게 되는 거야. 그러니까 너한테 달렸어."

비열한 수작이었다. "꺼져." 이번에는 더 거칠게 쏘아붙였다. "그리고 제정신 아닌 거 같으니까 의사한테나 가 봐."

나는 다시 그녀를 옆으로 밀치고 계속 걸었다. 몇 야드만 가면 폭포였다. 바로 그때, 엘프 공주인 줄 알았으나, 실은 마녀인 그녀가 갑자기 폭포를 향해 내달리기 시작했다.

나는 너무 놀라 그대로 멈춰 서서 바라볼 수밖에 없었다.

미아

맙소사, 내가 지금 뭘 하는 거지? 오늘 오후에 달린 것만 따져도 내가 평생 달린 것보다 많을 것 같았다. 위태로운 폭포 절벽과 숲을 분리해 둔 철제 난간에 이르자 심각한 호흡 곤란이 왔다. 마치 두 개의 거대한 손이 폐를 쥐어짜는 듯한 느낌이었다. 뒤를 돌아보니 카일은 여전히 그 자리에 서 있었다. 내가 있던 바로 그 자리였다. 눈이 분노로 이글거리는 걸 보니 절대 져 주지 않을 태세였다. 만약 카일이 뛰어내리기로 마음만 먹는다면 내가 있는 이쪽 절벽 끝까지 몇 초면 충분할 것이다. 좋아, 내가 이걸 결국 해야 한다는 얘기였다. 안 그러면 내 말을 진지하게 받아들이지 않을지도 몰랐다. 나는 난간 반대편으로 미끄러지듯 내려서서 기대섰다. 그리고 난간을 꽉 움켜잡았다.

세상에, 이 위에 올라서서 내려다보니 소름 돋을 정도로 경치가 장관이었다. 각기 다른 높이에서 흘러내리면서 합쳐진 물살이 바로 내 앞으로 떨어져 내리고 있었다. 나는 살짝 튀어나온 바위 끝에 겨우 발을 딛고 섰다. 내 취향에 맞지 않게 너무 좁았다. 한 발만 내딛어도 허공에 나선을 그리며 굴러떨어질 것만 같았다.

나는 그를 돌아보았다. 아주 잠깐이었지만 그의 표정을 읽기에는 충분했다. 크게 뜬 그의 눈은 출구를 찾지 못해 두려움에 사로잡힌 사람의 눈처럼 공허했다(나는 병원에서 이런 표정을 수도 없이 목격했다. 아이가 다시는 깨어나지 못한다는 말을 들은 부모의 눈과 똑같았다).

나는 무릎이 떨리는 걸 들키지 않으려 애쓰며 도전적인 시선으로 그를 바라보았다.

"가까이 오지 마!" 나는 소리쳤다. 하지만 포효하는 폭포 소리에 묻혀 잘 들리지 않았다.

카일이 미간을 잔뜩 찡그리고서 나를 향해 걸어오기 시작했다.

"거기서 멈춰. 한 발짝만 더 오면 진짜 뛰어내릴 거야!" 나는 있는 힘껏 소리쳤다.

그때 발밑이 휘청하더니 내가 아슬아슬하게 딛고 있던 바위가 통째로 무너져 내리기 시작했다. 한쪽으로 피하기도 전에 발이 허공으로 쑥 빠지면서 발밑에 있던 땅이 사라져 버렸다.

"아!"

나는 손가락으로 난간을 움켜잡았다. 하지만 떨어지면서 한쪽으로 기울어지는 바람에 오른손은 난간을 놓쳐 버렸다. 결국 한 손으로 매달린 상태가 되고 말았다.

"도와줘!" 나는 목이 터지도록 외쳤다. 하지만 끝없이 쏟아져 내리는 폭포 소리에 묻혀 하나도 들리지 않았다. 카일은 어디에 있는 거지? 물과 발밑의 바위들 말고는 아무것도 보이지 않았다. 다시 호흡 곤란이 시작되려는 조짐이 보였다. 나는 눈을 감고 기도했다.

엄마를 결코 만나지 못할 거라는 생각, 그리고 베카를 떠올리자 폐부 깊은 곳에서부터 먹먹한 슬픔이 솟구쳐 올랐다. 막 눈물이 쏟아져 나오려는데, 그 순간 누군가 내 팔을 잡고 끌어올리는 느낌이 들었다. 눈이 번쩍 떠졌다. 카일의 눈이 보였다. 공포와 당혹스러움이 가득했다. 하지만 마음이 아플 만큼 생명력 또한 넘쳐흘렀다.

"반대쪽 손 줘!" 카일이 소리쳤다.

나는 오른손으로 카일의 손을 잡았다. 카일은 나를 끌어올려 단단한 땅 위에 내려놓고는 난간을 붙잡고 일어섰다.

"자, 어서." 그가 내게 손을 내밀었다. "여기에서 나가자."

카일은 나를 일으켜 세우며 난간 너머 안전한 곳으로 끌어냈다. 나는 그대로 바닥에 쓰러지듯 누웠다. 그리고 하늘을 향해 거칠게 숨을 몰아쉬었다.

카일이 내 옆에 털썩 드러누웠다. 나는 울음과 웃음이 동시에 터져 나왔다. 카일도 숨을 몰아쉬었다.

호흡이 점점 편안해지면서 마구 날뛰던 심장이 얌전해졌다 (고맙다, 마법의 알약들). 나는 고개를 돌려 카일을 바라보았다. 멍하니 구름을 바라보는 그의 턱이 떨리고 있었다. 그를 돕고 싶었다. 노아 이야기를 하고 싶었다. 무슨 일이 있었는지 말하고 싶었다. 그리고 삶에는 공원을 산책하는 것처럼 평온한 순간만 있는 게 아니며 그렇지 않은 순간도 많다는 것, 그리고 부모님이 있고 정말로 자신을 걱정해 주는 사람이 있는 삶이 누군가에게는 어떤 대가를 치러서라도 갖고 싶은, 부러운 삶이라는 것도 말해 주고 싶었다. 하지만 방금 벼랑에 매달려 벌인 일을 생각하니 과연 그가 나하고 터놓고 이야기하고 싶을지는 고사하고, 내가 그럴 자격이 있는지도 의심스러웠다.

카일이 일어나 앉더니 무릎을 문지르기 시작했다. 그러면서 말없이 고개를 절레절레 흔들며 먼 곳을 바라보았다.

나는 무릎을 한쪽으로 모으고 앉아 그의 옆으로 조금 다가갔다. 이 상황에서 노아 이야기를 꺼내는 건 최악의 선택일 것 같았다. 그래서 나는 최대한 부드러운 말투로 물었다. "얘기 좀 할래?"

흐린 날의 테네시강을 연상시키는 그의 회청색 눈동자가 나를 뚫어질 듯 바라보았다.

"그래, 알았어, 나하고 얘기하고 싶지 않구나. 그러면 선택의 여지가 없지. 지금부터 너한테서 눈을 떼지 않겠어."

카일이 어금니를 꽉 무는 모습이 보였다. 거 봐, 슬퍼하는 것보다는 화내는 게 차라리 나아.

"그러니까 내 말은, 나하고 다시 얘기할 때까지만 그러겠다는 거야."

"너 진짜 끔찍한 거, 알긴 아냐?" 카일이 씩씩거리며 말했다. 나는 마음이 아팠다. 하지만 부정할 순 없었다. 아주 잠깐이지만 어쩌면 나는 엄마한테도 끔찍한 존재였을 수 있겠다는 생각이 들었다.

그가 일어서서 나를 내려다보았다. 마치 끊임없이 물어뜯는 모기를 무섭게 쏘아보는 거인 같았다. "대체 나한테 원하는 게 뭐야?"

여러 대답이 떠올랐다. 그중에 어떤 건 생각만 해도 얼굴이 달아올랐지만, 카일에게 말할 순 없었다. 그 대신, 나는 자리에서 일어나 시간을 끌었다. 카일은 필사적으로 거부했지만, 나역시 필사적으로 해결책을 찾는 중이었다. 어떻게든 카일이 자신을 해치는 일만은 하지 못하게 막아야 했다. 그 순간, 무모하지만 기발한 생각이 불쑥 떠올랐다.

"혹시 여권 있어?"

"뭐라고?"

오, 주여. 대체 내가 지금 무슨 말을 하려는 거야.

"그러니까 내 말은, 너한테 원하는 게 뭐냐며. 지금까지는 내가 뭘 원하는지 전혀 깨닫지 못했는데, 지금 너한테 그 말을 듣고 보니 열흘 동안 스페인에 가고 싶어졌어. 너랑 같이."

"뭐라고?"

"원래 친구가 같이 가기로 했었는데, 일종의 바람을 맞았다고나 할까……."

"잠깐. 넌 날 잘 알지도 못하잖아. 그런데 나랑 같이 대서양을 건너고 싶다고?"

"나도 그러긴 싫지만, 무슨 다른 선택지가 있어?"

"있지, 네 일에나 신경 쓰기."

"음, 내 일에나 신경 쓰라니 하는 말인데, 같이 여행 가자는 거, 사심이 전혀 없는 건 아니거든. 사실 몇 주 전부터 같이 갈 사람을 찾는 중이었어."

"너 완전히 제정신이 아니구나."

"그럴지도. 하지만 네가 내 입장이라면 어떻게 하겠어? 이틀 후에 비행기는 떠날 예정인데 부모님한테는 말씀드려 봤자 골치 아파하실 거고, 그래서 말하고 싶지 않다면? 아무튼, 같이 가 줄 거야? 싫다고 하면 나 또 확 저질러 버린다?"

"뭘 또 어쩌려고?" 카일의 목소리에서 떨림이 느껴졌다. 거짓말에 능숙하지 않다는 증거였다. "그 조그만 머릿속에서 무슨 상상의 나래를 펼치는지 모르겠지만—"

"그 사고에 대해서 나도 알고 있어, 카일." 나는 그의 빈정거
림이 더 심해지기 전에 그의 말을 잘랐다. "신문에서 네 사진을
봤어."

그가 순간 긴장하며 눈이 분노로 이글거리기 시작했다.

"젠장, 넌 아무것도 몰라!"

"내가 아무리 애써도 네가 겪고 있는 상황을 상상조차도 할
수 없다는 거 알아. 하지만 네가 네 목숨을 버릴 권리가 없다는
것도 알아. 그건 너희 엄마, 아빠, 그리고 널 사랑하는 모든 사람
을 산산조각 내는 일이나 마찬가지야. 그러지 마! 그들한테 그
러면 안 돼."

카일은 꼼짝도 하지 않았다. 그의 눈이 두 개의 흐르는 폭포
처럼 흐릿하게 빛나고 있었다. 도움이 간절한 눈빛이었다. 이
소년을 도울 방법만 알 수 있다면 뭐라도 내줄 수 있을 것 같
았다.

"자, 생각해 봐. 비용도 부담할 필요 없어. 다녀와서도 여전히
죽고 싶다면, 그땐 말리지 않을게. 어때?"

"집어치워."

"알겠어. 지금 당장 결정하지 않아도 돼. 천천히 생각해."

"싫거든."

"아, 그리고 아까도 말했지만, 네가 마음을 정할 때까지 나는

널 계속 지켜볼 거야. 미안. 아무튼, 내 이름은 미아야."

나는 손을 내밀었다. 하지만 그는 내 손을 잡고 흔드는 대신 뒤돌아 가 버렸다. 하지만 이번에는 적어도 폭포에서 멀어지고 있었다.

나는 기뻐서 폴짝폴짝 뛰고 싶었지만, 그저 심장이 아직 무사히 뛰는 것에 감사하며 조용히 그 뒤를 따랐다.

오늘은 좋은 날이었다.

카일

지금 나는 거의 한 시간 째 걷는 중이다. 그리고 미아라는 괴짜 하나가 길 건너편에서 내내 나를 따라오고 있다. 적어도 겉으로 는 입을 다물고 있지만, 그 모습이 마치 뭔가를 말하는 것만 같 다. 걸어오는 동안 나는 오늘 하루가 혹시 사고 이후 줄곧 나를 괴롭히는 악몽 중 하나는 아닌지 확인해 보고 싶은 충동을 여러 번 느꼈다. 그러다 어느 순간부터, 혹시 저 아이가 일종의 '기괴 한 존재'가 아닐까 다시 궁금해지기 시작했다('엑스 파일X-Files' 시리즈 골수팬의 아들로 자란 탓이다). 심지어 내 눈에만 보일지도 모른다는 의심마저 들었다. 하지만 몇몇 트럭 운전사들이 그녀 에게 경적을 울리며 야유하는 소리를 들으니 그 의심은 사라졌 다. 그렇다고 나는 그 운전사들을 비난할 수도 없었다. 옷을 뒤 집어 입고 분홍색 술 장식이 달린 자전거에 '슈퍼 걸'이라고 쓰 인 깃발을 꽂고 달리는 그녀의 모습은 확실히 눈에 띄었으니까.

휴대전화 배터리가 떨어지는 바람에 지금이 몇 시인지 알 수 없었지만, 시내 중심가에 도착하니 막 해가 지고 있었다. 즉, 오후 일곱 시쯤이라는 뜻이었다. 무릎이 꽤 아팠지만 서두르지 않으면 부모님이 걱정할 게 뻔했다. 나는 속도를 높였다.

부모님을 떠올리니 하마터면 하나밖에 없는 아들이 스스로 목숨을 끊었다는 소식을 들려드릴 뻔했다는 사실에 죄책감이 밀려왔다. 대체 나는 무슨 생각이었을까? 살아 있으면 짐이니까 죽겠다고? 나는 내가 뭘 어쩌려고 했는지 알 수 없었다. 점점 더 가슴이 답답하게 죄어 왔다. 자신의 목숨도 끊지 못하는 주제에 그 많은 사람의 삶을 엉망으로 만들어 놓고 무슨 권리로 계속 살아간단 말인가?

나는 슬쩍 옆을 보았다. 미아는 여전히 맞은편 인도에서 내 시선을 피하며 살금살금 걷고 있었다. 지금은 자전거에서 내려 끌고 오는 중이었다. 아까 폭포에서 미아가 한 말을 돌이켜 생각해 보니 나도 모르게 이가 악물어졌다. 그 빌어먹을 신문은 굳이 내 사진을 실었어야 했을까? 이제는 숨을 곳도 없다. 그리고, 미아가 한 그 여행 얘기는 진심이었을까? 부모님께 말씀드리지도 않았다고? 무엇도 확실하지 않았다. 내가 아는 건 그녀를 떼어 놓을 방법을 찾아야 한다는 것뿐이었다. 혹시 내가 봄 방학 내내 방문을 닫아걸고 나오지 않으면 포기하고 누군가 다른 사람을 구하러 가지 않을까. 하지만 그렇게 쉽게 포기할 사람으로 보이진 않았다. 우리 집 앞에 진을 치거나, 아니면 더 심한 짓을 벌이고도 남을 것 같았다.

그녀를 따돌릴 좋은 방법을 생각해 내려고 애쓰는 와중에 집 현관에 도착했다. 나는 돌아서서 실제 감정보다 더 냉담한 눈빛으로 그녀를 쏘아봤다. 그녀가 멈춰 섰다. 아주 심각한 표정이었다. 피곤해 보였다. 순간 안쓰럽다는 생각이 들었다. 하지만 조금이라도 더 가까이 오게 둘 수는 없었다.

나는 미아한테 시선을 고정한 채 현관문을 향해 마저 걸음을 옮겼다. 그녀는 말없이 맞은편 인도에 선 채 꼼짝하지 않고 나를 뚫어지게 쳐다봤다. 나는 배낭에서 집 열쇠를 꺼내 재빨리 자물쇠에 꽂았다. 그러지 않았다가는 그녀가 순식간에 바로 옆에 와 있을 것만 같았다. 감정적 과부하(그리고 과도한 케이블 드라마 시리즈 시청) 때문에 아무래도 내 머리가 이상해진 모양이었다.

나는 집 안으로 들어와 현관문을 닫고 돌아서서 등을 기댔다. 그대로 잠시 어둠 속에서 내 방으로 이어지는 계단 쪽 좁은 복도를 몽롱하게 바라보았다. 왼쪽에는 주방이었고, 그 맞은편인 오른쪽에는 황금빛 광선 장식을 두른 도넛 모양의 거울이 걸려 있었다. 아빠는 무슨 달걀부침도 아니고 그런 조잡한 거울을 다느냐며 뭐라 했지만, 엄마는 집안에 일종의 치유 에너지가 필요하다는 말로 아빠를 설득했다.

집안은 따뜻했다. 그리고 갓 구운 케이크와 뭔지는 몰라도 닭고기가 들어간 음식 냄새가 났다. 파히타(구운 쇠고기나 닭고기를 볶은 채소와 함께 토르티야에 싸서 먹는 멕시코 요리)인 것 같았다. 하지만 무엇보다 이건 집 냄새였다. 내가 용케도 한방에 결단내 버리긴 했지만.

"카일?" 엄마가 주방에서 나를 불렀다. 견디기 힘들 만큼 감정에 북받친 목소리였다. "너니?"

엄마는 나인 걸 알고 있었다. 내가 아니면 누구겠는가? 하지만 엄마는 늘 그런 식으로 말했다. 카일, 네가 낸 사고 때문에 마음이 아픈 건 사실이지만 이렇게 냉담하고 *거리감 느껴지는* 널 보는 건 더 마음이 아프구나. 프라이팬에서 뭔가가 지글거리는 소리, 냉장고 문이 열렸다 닫히는 소리가 들렸다. 다리는 그 소리가 들려오는 곳으로 가고 싶어 움찔했지만, 과연 내가 그래도 될지 알 수 없었다. 나한테는 그럴 자격이 없었다.

"카일?" 아빠가 환하게 웃는 얼굴로 활짝 문을 열었다.

주방에서 흘러나온 빛이 나를 숨겨 주던 어둠을 몰아냈다.

"네, 저 왔어요." 나는 애써 아무렇지 않은 척 대답했다. 나는 재빨리 아빠를 한 번 껴안은 다음 주방으로 들어갔다.

원래 요리하는 걸 정말 싫어하는 엄마가 오븐에서 케이크를 꺼내고 있었다. 마침 내가 제일 좋아하는 블루베리 케이크였다. 나는 엄마와 눈을 마주치지 않으려고 애쓰며 가볍게 뺨에 입을 맞췄다.

"오늘은 어땠니?" 엄마가 조리대 위에 케이크를 올려놓으며 애써 태연한 표정으로 물었다.

나는 도무지 말을 할 수 없어서 어깨만 으쓱했다.

아빠가 유혹하듯 내 코밑에 파히타를 들이댔다가 다시 가져가며 씩 웃었다. "한 입 맛보여 주고 싶네. 정말 맛있거든."

나는 가까스로 웃음을 쥐어 짜냈다. 맙소사, 두 사람은 내 기분을 살피느라 아무렇지 않은 척 애쓰고 있었다. 참기 힘들었다. 나를 위해서, 내 죄책감을 덜어 주기 위해서 그런다는 걸 알지만, 기분만 더 개떡 같아졌다. 나는 부모님께 짐만 될 뿐이었다. 아무리 아닌 척해도 부모님이 지금 얼마나 비참한 기분일지 너무 잘 알았다. 아빠는 눈 밑이 퀭했고, 스웨터는 뒤집어 입은 상태였다. 엄마는 사고가 일어난 지 31일 만에 청바지가 헐렁해질 정도로 살이 빠졌다. 오늘 아침 나는 엄마가 두 가지 색으로 된 알약을 입에 털어 넣는 걸 봤다. 할머니가 돌아가셨을 때, 그리고 우울증으로 어쩔 수 없이 회사를 두 달 쉬어야 했을 때 먹었던 바로 그 약이었다.

"조시는 좀 어떻디?" 아빠가 파히타를 식탁으로 옮기고 있을 때 엄마가 물었다. "어때 보였어?"

순간 얼어 붙어 버렸다. 바보. 이 질문이 나올 걸 예상했었어야지. 부모님은 눈을 크게 뜨고 나를 바라보며 자신들의 고통을 덜어 줄 대답을 기다리고 있었다. 여기에 대고 조시가 다신 걷지 못할지도 모른다는 말을 대체 어떻게 한단 말인가?

"괜찮아요." 나는 거짓으로 대답했다. "전보다 좋아진 것 같아요."

부모님은 내 말을 믿지 않다. 아빠가 의자를 두 개 끌고 와서 하나에 자리를 잡고 앉았다. "카일, 그 얘기 좀 할까?"

우리 셋이 예전처럼 얘기를 나눌 수만 있다면 뭐든 내줄 수 있을 것 같았다. 하지만 나는 그저 고개를 저었다.

"조시네 집에서 먼저 저녁 먹었어요." 나는 또 거짓말을 했다. 뭐하러 걱정을 더 보태는 거지? "그리고, 저—"

"배고프지 않구나." 엄마가 불쑥 말을 끊었다. 날 선 목소리였다. "그래, 그럴 줄 알았다."

아빠가 엄마의 손을 잡았다. 엄마가 심호흡하며 마음을 진정시켰다. 두 사람 모두 나를 바라보며 미소 지으려 애썼지만, 눈은 완전히 다른 이야기를 전하고 있었다. 네가 안쓰러워, 카일. 그리고 너의 이런 모습을 보는 게 우린 마음 아파. 더 뭘 어떻게 해 주면 좋을지 모르겠구나. 돕고 싶은데. 하지만 부모님은 너무 늦었다는 걸 이해하지 못했다. 빌어먹을, 내가 친구를 죽였다는 사실은 누구도 바꿀 수 없었다. 나는 재빨리 돌아섰다. 부모님 앞에서 애처럼 울음을 터트리는 모습은 절대로 보이고 싶지 않았다. 나는 문 쪽으로 걸음을 옮겼다.

"잠깐 같이 있지 그러니?" 아빠가 물었다.

"샤워해야 해요." 나는 목이 메는 걸 들키지 않으려고 목소리를 가다듬었다. "어제 잘 못 잤어요. 그리고—"

"하지만, 카일……." 엄마가 반박하려 했다. 아빠가 엄마의 말을 잘랐다.

"가 봐, 아들. 여긴 신경 쓰지 말고. 파히타는 남겨 놓을 테니까 내일 먹어. 알았지?"

나는 돌아보지 않고 고개만 끄덕였다. 복도로 걸어 나오는데, 둥근 거울에 비친 내가 나를 바라보고 있었다. 거의 자포자기한 모습이었다. 아직 닫히지 않은 주방 문틈으로 엄마와 아빠의 모습이 비쳤다. 엄마는 아빠 무릎에 기대어 아빠의 어깨에 얼굴을 파묻고, 아빠는 엄마를 껴안은 채 머리에 입을 맞추고 있었다. 문이 닫혔다. 나는 어둠 속에 그대로 선 채 거울에 비친 내 끔찍한 얼굴을 노려보았다. 하마터면 죽이겠다고 덤벼들 뻔했다. 주방에서 엄마가 흐느끼는 소리가 희미하게 들려왔다. 나는 계단을 뛰어올라 방으로 들어갔다. 배낭을 침대에 던져 버렸다. 뭐라도 부수고 싶었다. 전부 갈가리 찢어 버리고 싶었다. 힘껏 소리 지르고 싶은 충동을 참기 힘들었다. 나는 소리가 밖으로 새어 나가지 않도록 베개를 입에 물고 힘껏 소리를 질렀다.

뭐든 해야 했다. 자책만 할 수는 없었다. 나는 스케치북을 꺼내 침대에 털썩 주저앉아 뭐라도 그려 보려고 정신을 집중했다.

하지만 계속 똑같은 이미지가 나를 괴롭혔다. 초점 없는 노아의 눈과 피투성이가 된 조시의 얼굴, 커브 길에서 충돌하는 자동차들, 뒤틀린 차체와 사방에 흩어진 유리 잔해들……그만! 나는 그 장면에서 억지로 생각을 떼어 냈다. 그러자 엘프 공주, 아니, 엘프 마녀가 떠오르기 시작했다.

안 돼, 그녀가 내 머릿속을 괴롭히게 놔둘 순 없었다. 하지만 그 폭포라면…… 그건 그릴 수 있을 것 같았다. 졸음을 쫓기 위해 숲 전체를 그릴 작정이었다. 물론, 그럴 필요는 없었다. 사고 이후 나는 사실상 한숨도 자지 못했다. 양을 세어 보기도 하고, 숫자를 거꾸로 세어 보기도 하고, 자장가도 들어 봤지만, 아무 소용없었다. 확실한 건 이제 나 같은 사람에게 휴식이란 당연한 권리가 아니라 특전이라는 사실이었다. 게다가 눈을 감아도 위험했다. 졸음이 몰려오고 눈꺼풀이 무거워지기 시작하면 늘 악몽이 도사리고 있다가 눈을 뜨게 만들기 때문이었다. 나는 또다시 밤을 새울 준비를 했다.

미아

집으로 돌아와 보니 로스웰 가족은 이미 저녁을 다 먹은 상태였다. 거실로 들어서며 인사했지만, 그들은 텔레비전 저녁 프로그램에 정신이 완전히 팔려 있었다. 내 계획이 성공했구나! 그들은 아무것도 의심하지 않는 듯했다. 가슴은 여전히 욱신거리고 온몸은 당장 쉬라고 아우성쳤지만, 뭐라도 먹지 않으면 그대로 쓰러질 것만 같았다. 주방에서 먹는 건 (시도는 해봤지만) 불가능했기 때문에 나는 식탁으로 가서 앉았다. 베카는 접시를 비우고 위층으로 올라간 후였다. 쌍둥이는 매주 받는 분노 조절 치료를 받으러 간 모양이었다. 나는 웅웅거리는 숀 해니티 뉴스쇼의 소음 속에서 저지방 무염 마카로니 앤 치즈를 게걸스럽게 먹어 치웠다. 카일 생각을 떨쳐 낼 수 없었다. 지금은 뭘 하고 있을지 궁금했다. 저녁은 먹었을까? 부모님과 이야기 나누는 중일까? 텔레비전을 보는 중일까? 아니면 방에 혼자 있을까? 그저 같이 스페인에 가자고 설득하기 전에 카일이 이상한 짓을 하지 않기만 바랄 뿐이었다. 혼자만의 생각에 빠져 정신없이 마카로니를 먹고 있는데 뉴스쇼 중간에 갑자기 광고 음악이 흘러나왔다. 나는 화들짝 놀랐다.

위탁 엄마인 케이틀린이 마치 느닷없이 나타난 사람을 보듯 입을 쩍 벌린 채 나를 쳐다봤다. "맙소사, 미아, 너 때문에 깜짝 놀랐잖아." 그러고는 진정하고 나서 물었다. "그래, 병원에서는 뭐라니?"

이상한 일이었다. 보통 우리 식탁에서 오가는 말은 "소금 좀 주렴." 또는 "감사 기도 누가 할래?" 정도가 다였다. 내가 일주일 후에 수술이 예정되어 있다는 사실과 수술이 성공해 살아 나올 확률이 반반이라는 사실 때문에 갑자기 나한테 관심이 생긴 모양이었다.

"다 괜찮대요." 내가 대답했다. "감사해요."

로스웰 씨(위탁 아빠인 그는 이렇게 불리기를 더 좋아했다)가 얼굴을 찌푸리며 안경 너머로 나를 찬찬히 살펴보았다. "음, 전문성이라고는 전혀 없다는 소리로 들리는구나." 그는 이렇게 말하며 텔레비전을 껐다. 이건 나쁜 징조였다. "필요한 검사는 벌써 다 했다고 했잖아? 맙소사, 수술이 월요일이라며. 그 사람들 대체 지금 뭘 하고 있는 거야?"

"별거 없었어요, 정말." 나는 최대한 밝은 표정으로 말했다.

"그냥 다 정상인지 확인하느라 혈액 검사만 한 거예요."

"케이틀린, 전화기 좀 줘." 로스웰 씨가 말했다. "리베라 박사한테 전화해야겠어. 난 설명이 필요해."

위탁 엄마인 케이틀린이 고개를 끄덕이고는 카디건을 걸치며 자리에서 일어났다.

"아니요, 아니에요. 제발 그러지 마세요!" 나는 불쑥, 어색하고 큰 목소리로 외쳤다. 그들이 의심스러운 눈빛으로 돌아봤다. 나는 그제야 내가 실수했다는 걸 깨달았다.

내가 오후 내내 밖에 있었다는 걸 알면 그들은 그 사실을 내 주치의에게 말할 게 분명했다. 그러면 그는 나를 곧장 병원에 입원시킬 테고, 내 탈출 계획은 물거품이 된다. 지난번 검진 때 의사가 어떤 신체 활동도 하지 말라고 했기 때문이다. 내 산소 수치는 갑작스럽게 떨어지기도 했기 때문에 최악의 순간에 숲에서 기절하는 바보 같은 일이 벌어질 수 있었다. 로스웰 부부는 내가 이 수술을 받기를 오랫동안 간절히 바랐다. 심지어 수술 날까지 병원에 입원해 있을 수 있는지 주치의에게 묻기까지 했다. 이들을 비난할 생각은 없다. 자신들이 법정 후견인으로 있는 동안 내가 죽기라도 할까 봐 두려운 심정을 이해할 수 있다. 그렇게 되면 작성해야 할 서류가 너무 많아진다고, 그들은 말했다.

그리고 그들이 지금, 눈 한 번 깜빡하지 않은 채 나를 뚫어지

게 바라보고 있었다. 나는 무슨 대답이든 생각해 내야 했다. 그
것도 아주 빨리. "병원에는 제가 전화해 봤어요." 나는 고개를 저
으며 침울한 표정을 지었다. "오늘 오후부터 상태가 안 좋았거
든요." 나는 숨 가쁜 척하며 숨을 깊이 들이마셨다. 실은 정말 그
랬다.

"정말 그렇네." 케이틀린이 말했다. 의혹에 차 있던 표정이 부
드러워졌다. "별로 안 좋아 보여."

"그냥, 걱정 끼치고 싶지 않았어요. 그게 다예요." 나는 계속
말했다. "그래서 아무 말씀도 드리지 않은 거예요. 걱정 끼쳐 죄
송해요."

"아, 제발, 그만해라." 로스웰 씨가 여전히 찌푸린 얼굴로 말
했다. "내가 정말 알고 싶은 건 병원에서 실제로 너한테 뭐라고
말했는지야. 그리고 애초에 왜 널 입원시키지 않은 거야? 처음
부터 그랬어야 했어." 그는 탁자를 주먹으로 내리치며 말을 끝
냈다.

"아, 아니에요, 오늘 제 증상은 정상이라고 병원에서 말했어
요." 나는 거짓으로 대답했다. "그냥 긴장돼서 그래요. 수술도 그
렇고 여러 가지로요."

케이틀린은 시트콤 보듯 내게서 눈을 떼지 않은 채 빵 한 쪽
을 입에 넣었다.

"의사 선생님이 그러시는데 아침에 가볍게 걷는 게 좋겠대

요." 나는 또 거짓말을 했다. "제 혈액에 산소가 부족하다고요."

두 사람은 어리둥절한 표정으로 시선을 교환했다. 로스웰 씨가 고개를 가로저으며 리모컨을 집어 볼륨을 높였다. 그러는 동안 로스웰 부인은 마지막 장면이 상영되길 기다리는 사람처럼 여전히 내게서 눈을 떼지 않았다.

"내일 시내로 산책하러 나가도 될까요?" 나는 태연한 척 샐러드를 퍼 담으며 물었다. "멀리는 안 갈게요. 아침 두 시간 정도만요."

케이틀린이 남편을 바라보았다. 그는 TV에서 눈도 떼지 않은 채 어깨를 으쓱해 보였다.

"글쎄다, 의사가 정말 그렇게 말했다면야." 케이틀린이 말했다. "안 될 이유 없겠지."

이 대화는 우리가 지난 3년간 나눈 가장 긴 대화였다. 그들이 나쁜 사람들이라는 얘기는 아니다. 나는 그들이 근본적으로 선하며 진심으로 나를 돕고 싶어 한다고 생각한다. 하지만 도움을 받아야 하는 사람이 나인지는 확신이 서지 않았다. 내가 지금까지 살아오면서 배운 건, 어른이란 그저 어쩌다 몸만 자란 아이일 뿐이라는 사실이었다.

그들은 다시 숀 해니티에게 빠져들었다. 나는 내 접시에 남은 음식을 다 먹는 데 집중했다. 타들어 가는 듯한 가슴 통증이 점점 심해졌다.

방으로 돌아오니 베카의 질문 세례가 기다리고 있었다. 나는 베카를 끌어안고 같이 그녀의 침대에 누웠다. 베카는 숲에서 무슨 일이 있었는지 계속해서 물었다. 나는 자살 시도가 있었던 일은 슬쩍 빼고 순화해서 얘기해 주었다. 혹시라도 베카가 악몽을 꾸지 않도록 하려는 조치였다.

마침내 베카가 내 품속에서 잠이 들었다. 나는 이불을 여며 주고 코에 입을 맞췄다. 이러면 베카는 늘 키득거리며 웃었다. 늘 여기서 이렇게 베카를 웃게 할 수 있다면 얼마나 좋을까.

나는 내 침대로 돌아왔다. 눈꺼풀이 무거운데도 불구하고 가슴이 여전히 쿵쾅거렸다. 그래, 예를 들어 가까스로 카일을 설득하는 데 성공했다 치자. 대체 어떤 제정신 박힌 부모가 아들을, 그것도 그런 상태에 있는 아들을 모르는 사람과 유럽에 가도록 허락해 주겠는가? 더군다나 고아인 건 둘째치고 도망치는 여자아이와? 게다가 내가 누군지 알게 된다면, 그래서 로스웰 부부에게 사실을 알린다면, 다 끝장이었다. 선택의 여지 따위는 없었다. 전 위탁 언니인 베일리에게 의지해야 한다.

나는 책상에서 태블릿을 집어 들고 침대로 가져갔다. 부팅되기까지의 기나긴 2분을 기다리는 동안, 나는 약을 찾기 위해 침대 옆 탁자 서랍을 뒤졌다. 식은땀이 발바닥을 타고 올라왔다. 아주 오랜만에 공황 상태에 빠졌다. 죽는 건 두렵지 않았다. 하지만 친엄마를 막 찾으러 가려는 지금 죽는다면 그건 내 삶의 목적이 송두리째 사라지는 걸 의미했다. 절대 일어나서는 안 될 일이었다.

마침내 태블릿이 켜졌다. 나는 심장의 통증을 애써 참으며 베일리 언니의 전화번호를 눌렀다. 네 번째 신호음 끝에 화면에 분홍색 웨이트리스 유니폼을 입은 베일리 언니가 나타났다. 뒤에서 주크박스 음악 소리가 들려왔다.

"내 동생!" 언니가 환한 얼굴로 인사했다. 하지만 곧 표정이 엄숙해졌다. "무슨 일 있어? 괜찮아? 그 사람들이 무슨 짓이라도 한 거야? 내가 데리러 갈까?"

"아니, 아니, 난 괜찮아." 나는 당황해서 어색하게 웃으며 대답했다. "그냥—"

"잠깐만." 언니가 말했다. "이 테이블 서빙만 끝내고 바로 다시 올게. 괜찮지?"

나는 고개를 끄덕였다. 언니는 탁자로 보이는 곳에 전화기를 내려놓았다. 나는 언니가 여섯 사람 앞에 생크림을 곁들인 팬케이크를 내주는 모습을 지켜보았다. 언니의 미소에 식당 전체가 환해지는 것 같았다. 베일리 언니는 세상에 대한 관점을 완전히 바꿔 줄 수도 있는 그런 사람이었다. 적어도 나한테는 그랬다. 언니 덕분에 나는 형편없는 운에 대해 불평하는 걸 멈출 수 있었다. 그리고 컵에 물이 반이나 차 있다고 생각하기 시작했다. 그렇다. 우리 엄마는 나를 버렸지만, 베일리 언니의 부모님은 그 정도의 관대함도 갖추지 못했다. 언니의 엄마는 언니의 등을 재떨이로 착각해 마리화나 꽁초를 비벼서 껐고, 언니의 아빠는 술에 너무 취한 나머지 자신이 대체 누굴 강제로 침대에 눕혔는지 알지 못했다. 언니는 타고난 싸움꾼이었고, 나와는 달리 누구한테도 그냥 당하고만 있지 않았다(형편없는 남자 친구들은 예외지만, 그 얘기는 지금은 접어두기로 하자). 언니는 닮고 싶은 사람이었고, 나만의 원더우먼이었다.

"언니 왔어, 동생." 베일리 언니가 전화기를 집어 들고 바 카운터를 따라 걸음을 옮기며 말했다. "자, 말해 봐, 어떻게 지냈니? 무슨 일이야? 또 발작이 온 건 아니지?"

언니는 나를 살펴보려고 카메라 가까이 얼굴을 들이댔다. 언니의 아름다운 에메랄드색 눈동자가 보였다. 눈 밑이 지난번 봤을 때보다 더 퀭했다.

"언니, 언니는 어때? 잘 지내?" 나는 애써 아무렇지 않은 척 물었다. "아직도 그 사람이랑…… 이름이 뭐였더라?"

"야, 내 얘기는 다음에 하자. 너한테 무슨 일 있는지나 말해. 왜 전화했어?"

"좋아, 말할게. 언니 도움이 필요해. 생사가 걸린 문제야."

베일리 언니가 키득키득 웃기 시작했다. "너는 매번 다 생사가 걸린 문제구나."

"아니, 이번에는 진짜야."

"좋아, 말해 봐."

"알았어." 나는 베개에 기대며 말했다. "혹시 아직도 목소리 흉내 잘 내?"

"어떤 재능은 평생 간답니다, 꼬마 아가씨." 언니가 바트 심슨 목소리로 말했다.

나는 웃음이 터져 나왔다. 베일리 언니는 항상 나를 웃겼다.

"좋아. 내일 우리 엄마인 척해 줄 수 있어?"

"물론이지, 얘야. 엄마가 딸을 위해 못 해 줄 일이 어디 있겠니?" 언니가 지혜롭고 자애로운 엄마 목소리로 대답했다. 어쩔 수 없이 친엄마 생각이 났다. 어떤 목소리일지 궁금했다. "하지만 우선, 어떤 상황인지 대충 설명해 봐."

나는 언니에게 모든 걸 털어놓았다. 카일에 대해, 내 여행에 대해, 탈출 계획에 대해, 그리고 수술에 대해. 베일리 언니는 전적으로 나를 응원했다. 우리가 함께 산 건 2년에 불과했지만, 언니는 내가 만난 사람 가운데 가장 엄마에 가까웠다. 우리는 내지난번 위탁 가정에서 처음 만났다. 우리는 그 어느 때보다 행복한 시간을 보냈다. 하지만 언니가 열아홉 살이 되자, 그들은 강제로 언니를 집에서 내보냈다. 더 어린 소녀가 언니의 침대를 써야 했기 때문이었다. 그냥 그렇게 베일리 언니는 겨우 200달러를 손에 쥔 채 거리로 나앉았다. 그리고 애틀랜타로 거주지를 옮겼다. 그 이후로 우리는 거의 만나지 못했다.

30분이 지난 후 우리는 전화를 끊었다. 내 마음에 온기와 애정이 가득 차올라 있었다. 약효도 조금은 있는 듯했다. 폐를 움켜쥐고 있던 보이지 않는 손의 힘이 약해진 느낌이었다. 나는 창밖을 내다보았다. 별들이 평소보다 밝게 빛나고 있었다. 금성이 하늘에서 나를 지켜보는 듯했다. 마음속으로 미소가 지어졌다. 나는 오늘 좋은 일을 했다. 어쩌면 한 생명을 구했으니 내 생명을 구하겠다고 너무 애쓰지 않아도 될 것 같다는 생각이 들었다. 나는 일기장에 손을 뻗었다. 하지만 이미 졸음의 무게를 이기지 못한 눈꺼풀이 무겁게 내려앉고 있었다.

카일

나는 숲 한가운데 서 있었다. 뭔가를 찾는 중이었는데, 그게 뭔지는 알 수 없었다. 유황 냄새와 뭔가가 타는 냄새에 정신이 혼미했다. 도망치려 해도 다리가 꼼짝하지 않았다. 소리를 지르고 싶었다. 이곳에서 빠져나가고 싶었다. 하지만 목소리가 나오지 않았다. 자리에 못 박힌 듯 몸이 움직이지 않았다. 돌아서니 바로 앞에 노아가 있었다. 검은색 바지에 검은색 스웨터, 빨간 점퍼 차림이었다. 노아는 나를 보고도 놀라는 내색이나 미동이 없이 그저 냉랭한 눈길로 쳐다만 보고 있었다. 웃고 있는 입과는 반대로 눈에 분노가 이글거렸다. 그가 고개를 저으며 나를 향해 한걸음 다가왔다. 얼굴 바로 앞에 그가 서 있었다. 그는 입을 열지도 않고 말했다. "왜 그랬어, 카일? 대체 왜?"

노아의 얼굴이 물에 젖은 그림처럼 일그러지기 시작했다. 그리고 그 얼굴은 서서히 조시의 얼굴로 변해 갔다. 조시는 오른

쪽 눈썹을 치켜뜨고 있었다. 머리끝까지 화가 났다는 의미였다. "너 때문에 내 인생은 망했어, 이 개자식아." 조시가 입을 열자 잿빛 거품이 뿜어져 나왔다.

사방이 불길에 휩싸이기 시작했다. 땅, 공기, 나무……. 모든 게 활활 타오르고 있었다. 다시 노아가 눈앞에 나타났다. 그리고 말했다. "우리한테 한 짓에 대한 대가를 치르게 될 거야. 두고 봐. 내가 기다리고 있을 테니까." 나는 손을 내려다보았다. 내 손 역시 불타고 있었다. 아무리 흔들고 털어도 불이 꺼지지 않았다. 참을 수 없이 고통스러웠다.

누군가의 비명에 깜짝 놀라 나는 잠에서 깨어났다. 잠시 후 정신을 차리고 보니 비명을 지른 건 나였다. 나는 눈을 떴다. 사방이 칠흑처럼 어두웠다. 나는 땀에 젖어 숨을 몰아쉬었다.

"괜찮니, 아들?" 집 반대편에서 엄마가 묻는 소리가 들려왔다.

"네, 네. 괜찮아요." 나는 큰 소리로 대답했다. 최근에는 모든 질문에 다 이렇게 대답하고 있는 것 같다.

빌어먹을, 잠들지 말았어야 했는데. 침대 옆에 놓인 램프를 켜고 시간을 확인해 보니 오전 5시 6분이었다. 아까 그린 폭포 그림이 구겨진 채 베개 밑에 깔려 있었다. 다시 잘 펴서 자세히 들여다보았다. 쏟아져 내리는 폭포와 바위를 덮은 물거품, 사암, 철제 난간……. 아주 사소한 것 하나하나까지 살펴보았다. 다시 한번 모든 게 분명해졌다. 이 악몽을 그만 끝내야 했다. 내일은 실패하지 않을 것이다. 만일 미아가 또 방해한다면 나무에 묶어 놓는 한이 있더라도.

카일

아침 6시 30분이 되도록 침대에서 뒤척였다. 머릿속이 빙빙 돌았다. 그러다가 한 시간에 걸쳐 휴대전화로 죽음과 사후에 대해 검색하고 나자, 몸이 침대에 붙어 움직이려 하지 않았다. 몸이 엄청 무겁게 느껴졌다. 잠깐, 만일 헐크가 힘을 상실한다면 어떤 느낌일지 궁금했다. 지금 나는 눈을 뜨고 있는 것만도 엄청나게 힘이 들었다.

때가 오고 있다고 생각하자 갑자기 한기가 몸을 훑고 지나갔다. 하지만 어쩐지 멍하고 공허한 기분이 들었다. 부모님은 곧 외출하실 것이다. 토요일이면 늘 일주일 치 식료품을 사러 버밍엄에 가기 때문이다. 엄마 말로는 트레이더조와 스프라우츠 마켓만으로도 30마일이나 떨어진 마법의 도시에 갈만한 가치가 있다고 했다. 내가 때를 기다려야 하는 이유였다. 부모님의 토요일을 망칠 순 없었다.

부모님이 출발하기를 기다리는 동안, 나는 머릿속으로 작별 인사를 생각했다(몸이 조금 움직여지는 대로 종이에 옮겨 적을 생각이었다). 왜냐하면, 음, 그냥, 이럴 땐 다들 그러지 않나? '열세 가지 이유' 시리즈처럼 상세하게 늘어놓지는 않고, 다만 '죄송해요. 제가 실망하게 만든 거 알아요. 하지만 사는 게 불지옥에 있는 것만 같아요. 제가 생각할 수 있는 건 가능한 한 빨리 이 불을 끄는 것뿐이에요. 부모님 잘못은 하나도 없어요. 그러니 제발 슬퍼하지 마세요. 사랑해요.' 이 정도로 쓸 생각이었다.

나는 세 통의 편지를 썼다. 먼저 부모님께. 이게 가장 힘들었다. 또 하나는 조시에게. 그리고 마지막은 주디스에게 남겼다. 주디스에게 편지를 남긴 이유는 나를 저지하지 못한 것에 대해 앞으로 오랫동안 괴로움에 시달릴 게 뻔했기 때문이었다. 노아의 부모님께도 마음속으로 편지를 남겼다. 그들은 설명이 됐든, 사과가 됐든, 뭐든 들을 자격이 있었다. 난 아직도 그들을 만나러 갈 용기가 나지 않았다. 그들은 정확히 어떤 일이 일어났는지, 어쩌다 그렇게 잘못되었는지, 그리고 내가 뭘 어떻게 했길래 내 차가 노아의 차를 그렇게 들이받게 된 건지 알고 싶어 했다. 하지만 나는 그 대답을 해 줄 수 없었다. 그 돌이킬 수 없는 커브를 돈 순간 머리가 정지된 동시에 기억이 머릿속에서 완전히 사라졌기 때문이다. 그날 밤 술에 절어 있던 조시 역시 아무것도 기억하지 못하는 건 마찬가지였다.

똑, 똑, 똑. 노크 소리가 부드러운 걸 보니 문 앞에 서 있는 사람은 엄마였다.

"카일?" 엄마가 불렀다.

엄마는 잠시 가만히 있다가 문을 열었다. 나는 자는 척했다. 엄마를 보면 새삼 겁이 나서 다 포기하고 싶어질 게 뻔했다. 틀림없었다. 하지만 이건 반드시 해야 하는 일이었다. 부모님에게 고통을 줄 생각을 하면 한없이 마음이 아팠지만, 남은 평생 짐으로 남는 건…… 절대 있어서는 안 될 일이었다. 엄마가 조심스럽게 문을 닫고 다시 아래층으로 내려가는 소리가 들렸다.

반쯤 열린 창문으로 시원한 바람이 불어왔다. 그때 마침내 현관문이 끼익 열리는 소리가 들렸다. 그 소리 때문에 늘 엄마는 기름을 칠해야 한다고 하고 아빠는 늘 내일 가장 먼저 처리하겠다고 대답하곤 했다. 그때 엄마의 목소리가 들렸다.

"카일한테는 시간이 필요해요, 코너. 그게 다예요. 카일한테 필요한 건 시간과 얼마간의 다정한 보살핌이라고요."

"제발, 리사, 벌써 한 달이나 지났다고." 아빠의 목소리였다. "게다가 갈수록 심해지고 있잖아. 먹지도 않아, 말도 안 해, 이젠 우리랑 눈도 마주치지 않고."

폭포로 달려가 사라져 버리고 싶은 충동이 밀려왔다. 다시는 나에 관해 이야기하는 소리를 듣고 싶지 않았다. 하지만 움직일 수가 없었다.

"아무래도 다른 상담사를 찾아보는 게 좋겠어요."

삐. 엄마 차 문이 열리는 소리가 들렸다.

"아니, 리사. 내 말이 맞아. 저 애한테는 지난 몇 주가 엄청난 부담이었을 거라고. 경찰 심문에다 약물과 알코올 중독 검사, 다른 부모들이 고소할지도 모른다는 두려움까지……. 하지만 이제는 무죄 판결이 났고 악몽은 끝났어. 다시 자기 삶을 살아야지. 그러려면 여기에서 벗어나야 해. 모든 것에서 말이야. 우리한테서도 마찬가지고."

나는 귀를 막았다. 하지만 한 마디도 빼놓지 않고 다 들렸다.

"그래서, 당신은 어쩌자는 건데요? 무슨 하자품 반품하듯 어디로 보내 버리자는 거예요?"

"플로리다에서 내 동생이랑 사촌들이랑 며칠 보내면 좋을 거야, 당신도 알잖아. 환경을 좀 바꿀 필요가 있어."

"맙소사, 코너, 카일한테는 그 어느 때보다 우리가 필요해요. 모르겠어요? 난 그 앨 버릴 생각 없어요."

"누가 버리라고 했어? 뭘 모르는 사람은 당신이야. 카일은 여기서 숨도 못 쉬고 있어, 리사. 그 애는 죽어가고 있다고." 너무 많은 걸 듣고 말았다. 나는 베개 밑에 머리를 파묻고 몸을 웅크렸다.

그때 귀청이 떨어질 듯한 소리가 들려왔다. 지금 이 자리에서 절대 듣고 싶지 않은 사람의 목소리였다. "안녕하세요, 전 카일 친구 미아예요. 카일 집에 있나요?"

나는 침대에서 벌떡 일어나 뛰쳐나오다가 그만 옷장에 부딪히고 말았다. 쟤 설마 제정신이야? 나는 문으로 향했다. 하지만 오른발이 따라오지 않아 바닥으로 쿵 넘어져 버렸다. 무릎이 아팠다. 돌아보니 발이 이불에 엉켜 있었다. 나는 발을 휙 잡아 빼내고는 맨발로 절뚝거리며 방에서 나왔다. 그리고 그 상태로 어떻게든 빠르게 계단을 내려갔다.

현관을 박차고 뛰어나가 보니 부모님의 등이 보이고 그 앞에 악몽 같은 그녀, 즉 미아가 걸 스카우트 같은 눈빛으로 나를 바라보고 있는 게 보였다. 그녀에게 내 생각을 말하려는 순간, 그녀가 먼저 선수를 쳤다.

"야, 카일, 지금 막 네 부모님께 새로운 소식을 전해 드리려던 참이었어."

그 말을 들은 나는 제자리에 얼어붙어 버렸다. 부모님이 의아한 표정으로 나를 돌아봤다. 나는 어떻게 받아쳐야 할지 생각이 나지 않아 최대한 포커페이스를 유지했다. 부모님이 다시 미아를 돌아보았다. 그녀가 세상 착한 미소를 지으며 부모님께 말했다. "어제 조시네 집에서 나오면서 카일이 며칠 떠나 있고 싶다고 얘기하더라고요. 그래서 저희 엄마께서 봄 방학 때 스페인에 같이 가자고 초대하셨어요. 물론 허락해 주신다면요. 내일 아침 비행기로 떠날 예정이고요."

뭐라고? 쟤 정말 미쳤구나.

마치 다 같이 미리 짜기라도 한 것처럼 세 쌍의 눈이 동시에 나를 바라보았다. 나는 입을 열었지만, 말이 나오지 않았다. 적어도 말 같은 소리는 나오지 않았다. 그때 미아가 눈에 띄게 어색한 표정으로 과장되게 웃으며 급히 내게 달려오더니 손가락을 내 입술에 대고 말했다. "설마 우리가 어떻게 만났는지 말씀드리려던 건 아니지? 너무 민망하잖아."

사람이 표정만으로도 상대를 죽이든, 불구를 만들든, 목을 조르든 할 수 있다면 얼마나 좋을까. 하지만 지금 당장은 착한 소녀를 연기하는 이 못된 엘프가 이끄는 대로 따라가는 수밖에 없었다. 나는 어깨를 으쓱하며 엄청난 노력을 기울여 미소를 지었다. 부모님은 어안이 벙벙한 나머지 눈 깜빡이는 것조차 잊은 모습이었다.

"아들, 진짜니? 정말 여행하고 싶어? 지금?" 아빠가 물었다. 목소리에서 살짝 희망이 묻어났다. 하지만 적어도 엄마는 속지 않은 듯했다. 오른쪽 눈썹을 치켜뜬 게 그 증거였다.

나는 계속 잠자코 있었다.

"어서, 카일." 엘프가 끼어들었다. "어제 나한테 얘기했던 거 말씀드려. 스페인에 가고 싶다는 거랑 또⋯⋯."

내가 입을 열지 않자, 그녀가 계속했다.

"좋아, 그럼, 내가 말씀드릴게⋯⋯."

젠장. 나는 망설이며 고개를 저었다. 이 여자아이를 떼어 낼 방법을 생각해 봤지만, 아무 생각도 떠오르지 않았다. "네……." 나는 입을 뗐다. "맞아요…… 스페인에 가보고 싶은 지는 꽤 됐어요. 아빠가 늘 그곳의 건축물 얘기를 들려주셨잖아요. 그리고…… 또…… 음." 말이 목에 걸려 힘겹게 나왔다. "스페인이 얼마나 멋진 곳인지 노아가 이야기하곤 했었거든요."

여전히 눈썹을 높이 치켜뜬 엄마가 물었다. "미아, 우리가 네 부모님을 만난 적이 있던가?"

"잘 모르겠네요. 저희 부모님 성함은 존 페이스, 엘리 페이스인데, 혹시 교회에서 뵈었을까요?" 엄마가 고개를 젓자, 미아가 계속 말을 이었다. "저희 어머니는 앨라배마 대학교 버밍햄 캠퍼스(UAB)에서 외상후스트레스장애(PTSD) 전공 심리학 교수로 계세요. 오후에는 병원에서 진료 보시고요. 아빠는 자연을 다루는 잡지사 사진작가시고요. 만나보시면 틀림없이 금방 죽이 잘 맞으실 거예요."

맙소사, 거짓말. 누가 들어도 금방 알아채겠다. 하지만 곧바로 엄마는 고개를 끄덕이기 시작했다. 치켜 올라가 있던 눈썹도 다시 제자리로 내려왔다.

"그냥…… 모든 일이 다 너무 갑작스럽네. 좀 더 생각해 볼 시간이 있으면 좋겠는데." 엄마가 말했다.

"아니요, 걱정하지 마세요. 카일 걱정은 안 하셔도 돼요. 게다가……." 그 엘프 마녀가 활짝 웃으면서 나를 바라보며 말했다. "이건 정말 운명이라고밖에 볼 수 없는 게, 어제 제 사촌이 같이 못 간다고 말하자마자 카일을 마주친 거거든요. 그러니까, 모든 게 딱딱 맞아떨어진 거죠. 마법 같지 않아요?"

마법은 무슨, 주술이겠지. 부모님이 미심쩍은 눈빛으로 나를 바라보았다. 나는 엄청난 노력을 기울여 가까스로 미소 비슷한 표정을 지어 보였다. 이제 공식적으로 내가 지고 마녀가 이긴 셈이 되었다.

"자, 그러면, 낭비할 시간이 없구나." 아빠가 말했다. "부모님과 상의해서 빨리 준비해야겠다."

"물론이죠. 세세한 내용은 엄마가 전화로 말씀하실 거예요. 전 그냥 두 분을 먼저 뵙고 싶었어요. 세상엔 이상한 사람이 정말 많잖아요." 내가 하고 싶은 말이다. "그래서 카일 부모님이, 그러니까, 정상인지 확인해 보고 싶었어요."

아빠의 표정이 밝아졌다. 다 끝났다. 아빠가 마녀의 주문에 걸려 버린 것이다.

"카일, 아들, 정말 가고 싶어?" 엄마가 물었다.

나는 뒤도 돌아보지 않고 도망쳐 버리고 싶은 충동을 가까스로 억누르며 고개를 끄덕였다. 아빠가 팔을 벌리고 다가와 나를 힘차게 끌어안았다.

나는 미아를 쏘아보며 죽여 버리겠다고 입 모양으로 말했다.

마치 반사적으로 나오는 행동처럼, 미아가 손을 자신의 펜던트로 가져갔다. 그러고는 아주 잠깐 얼굴이 창백해지는가 싶더니 마치 나한테 배를 차이기라도 한 듯 움찔했다. 하지만 미아는 확실히 연기를 잘했다. 그녀는 여전히 미소 띤 얼굴로 나를 바라보았고, 그러는 동안 나는 아빠한테서 풀려났다. 하지만 장담컨대 그녀의 눈빛은 방금까지 저렇게 흐릿하지 않았다.

엄마가 미아에게 다가갔다. 그리고 미아의 티셔츠를 다정하게 잡아당기며 말했다. "얘, 셔츠가 뒤집힌 것 같구나."

미아가 짐짓 놀란 척하며 아래쪽을 보았다. "앗, 가끔 이렇게 입어요. 감사합니다." 그러더니 나를 건너다보았다. 표정이 어쩐지 애처로웠다. "아무튼, 이젠 그만 귀찮게 해드려야겠네요."

떠나기 전에 미아가 나를 돌아보며 멋진 척 말했다. "카일, 잊지 마. 우리 엄마한테 네 여권 정보랑 이런저런 거 다 알려 줘야 해."

저 엘프를 죽여 버릴지도 모르겠다는 생각이 들었다. 나는 억지 미소를 지으며 미아가 뒷걸음질로 멀어져 가는 모습을 지켜보았다. 그녀는 마치 영국 왕족처럼 팔꿈치를 고정한 채 손을 우아하게 흔들었다. 젠장, 짜증 나게 한다 정말. 하지만 정말로 짜증스러운 건 우리 부모님이 휘둥그레진 눈을 하고 서 있는 모습이었다. 말도 안 되는 상황이었다. 하지만 그때 엄마가 나를 돌아보았다. 눈빛이 조금 달라져 있었다. 너무 오랜만에 보는,

그래서 얼마 만에 보는 건지 모를 그런 눈빛이었다. 기쁨, 아니 어쩌면 희망과 아주 비슷한 게 담겨 있었다.

"정말 괜찮겠니, 카일?" 엄마가 물었다. "난 모르겠구나. 조금 갑작스럽기도 하고, 그리고…… 나는……."

아빠가 엄마를 안으며 말했다. "괜찮을 거야, 리사."

엄마는 나를 쳐다보며 여전히 대답을 기다렸다.

"전 괜찮을 거예요, 엄마, 진짜로요…… 걱정 끼쳐 드리고 싶지는 않지만…… 환경을 좀 바꿔 볼 필요가 있을 것 같아요. 네…… 잠시 여기서 벗어나 있고 싶어요. 여기서는…… 숨이 막히는 것 같아요……."

아빠의 말을 빌려온 게 효과가 있는 듯했다. 금세 이해한다는 표정으로 두 사람은 미소를 주고받았다. 그때 엄마가 눈물을 삼키며 나를 끌어안았다. "버밍엄에 같이 갈래? 여행에 필요한 물건도 좀 살 겸."

아빠가 그렁그렁한 눈으로 나를 바라보았다. 시간이 그대로 멈춰버린 듯했다. 모든 게 멈춘 느낌이었다. 두 사람이 나를 가만히 바라보며 기다렸다. 같이 못 간다고, 덜 흥미롭긴 하지만 나한테는 다른 계획이 있다고 어떻게 말하지? 도저히 그렇게는 말할 수 없었다. 그래서 우린 버밍엄에서 하루를 보냈다. 앞서 바랐던 대로, 내 알라딘의 램프는 기적처럼 소원을 들어주었다. 정반대로.

미아

밤이다. 로스웰 집안의 불빛이 하나둘씩 꺼지고, 문들이 닫히는 소리가 들린다. 그리고 마침내 발소리가 복도 저편으로 멀어져 간다. 나는 자기 침대에서 평화롭게 잠들어 있는 베카를 바라보았다. 잠들기 전 함께 나누었던 미소가 아직 희미하게 입술에 머물러 있다. 카일 부모님과의 만남과 베일리 언니와의 통화를 제외하면, 나는 오늘 종일 베카 곁을 떠나지 않았다. 아주 멋진 시간이었다. 조금 진이 빠지긴 했지만, 그래도 멋졌다.

나는 책상에 앉아 작별 편지를 썼다. 사랑한다고, 그리고 어디서 무엇을 하고 어떤 인생을 살든, 반드시 누군가는 네가 태어나 세상에 존재한다는 사실을 행복하게 여긴다는 걸 잊지 말라고 썼다. 내 말이 무슨 뜻인지 베카는 알 것이다.

나는 침대 밑에서 여행 가방을 꺼내 이미 챙겨 넣었던 분홍색 스카프를 다시 꺼냈다. 베카는 늘 이 스카프를 마음에 들어 했다. 나는 베카의 침대 옆 탁자 위에 스카프를 말아 하트 모양으로 만들어 놓은 후 그 옆에 편지를 두었다. 그런 다음 단추처럼 앙증맞은 베카의 코에 마지막으로 입을 맞춘 후, 창문을 열고 창틀 위에 여행 가방을 올려놓았다. 그리고 조심스럽게 앞마당 잔디밭 위로 미끄러트렸다. 그런 다음 배낭을 어깨에 메고 창문 밖으로 기어 나온 다음 창문을 닫았다. 그리고 베카를 마지막으로 돌아본 후, 밤하늘에 빛나는 모든 별을 향해 베카를 지켜달라고 빌었다.

카일의 집 근처 공원에 도착했다. 나는 안전하게 밤을 보낼 만한 벤치를 찾아봤다. 그리고 커다란 플라타너스 나무 아래에 있는 벤치를 발견했다. 이따금 다람쥐와 사슴이 지나갈 뿐 아무도 없다는 확신이 들자, 나는 좀 쉬려고 벤치 위에 몸을 웅크리고 누웠다. 하지만 지금 벌이고 있는 일이 너무 신이 나서 잠 따위에 1초도 허비하고 싶지 않았다. 나는 배낭에서 일기장을 꺼내 새로운 이야기들을 적기 시작했다.

중학교 시절 학교에서 《안네의 일기》를 읽은 적이 있었다. 나는 그 일기가 너무 인상 깊어서 나도 나만의 일기를 쓰기로 했다. 물론 그녀의 일기에 비할 바는 아니겠지만, 혹시라도 친엄마를 찾게 된다면 엄마가 내 삶에 대해, 자신이 놓친 순간들에 대해 궁금해할지도 모른다는 생각이 들었다. 그래서 나는 일기를 쓰기 시작했다. 그것들을 영원히 간직해 두려고. 오직 엄마를 위해서. 그리고, 음, 만일 내가 엄마를 만나기 전에 죽고 엄마가 나중에 나를 찾아온다면, 내 일기장, 그리고 내 사진 블로그는 이 행성에 남은 내 유일한 흔적이 될 것이다. 지금까지 세 권의 일기장을 채웠다. 그 일기장들은 지금 내 여행 가방 안에 들어 있었다.

카일

오늘 아침, 이른 새벽의 하늘빛이 사람들에게 인생은 살만한 것이라는 착각을 불러일으키고 있을 때, 미아는 이미 우리 집 현관 앞에 서 있었다. 뜨개질로 뜬 배낭을 어깨에 메고, 자기보다 더 많은 곳을 다녔을 법한 낡은 여행 가방을 끌고.

아빠가 우리를 공항까지 태워다 주겠다고 했다. 아마도 부모님은 나를 설득해서 다시 운전석에 앉히려는 생각을 포기한 듯했다. 엄마도 함께 가고 싶어 했지만, 병원에서 호출하는 바람에 갈 수 없었다. 설리번 목장의 말 한 마리가 응급 수술을 받아야 하는 상황이었는데, 엄마를 대체할 수의사가 없어서였다.

어제 엄마 얼굴에서는 미소가 떠나지 않았다. 버밍엄에서 돌아왔을 때, 엄마와 아빠는 미아의 엄마와 한 시간 넘게 통화했다. 듣자 하니, 사진가인 미아의 아빠는 지금 스페인에 몇 주간 머물면서 자연을 다루는 어떤 잡지의 기사를 쓰고 있다고 했다.

미아의 엄마는 또 우리 부모님께 말하길, 자신들이 마드리드 공항에서 기다리고 있을 것이며 거기서 바로 호텔로 이동할 예정이라고 했다. 안달루시아 지방 어딘가에 있는 호텔이라고 했는데, 이름은 기억나지 않는다. 미아의 엄마는 그곳에 있는 어느 대학에서 강연이 있다고 했다. 이런 식으로 해서 '가난해서 무일푼'인 미아의 부모님은 대서양을 오가는 멋진 직업을 갖고 있을 뿐만 아니라 해외에서 휴가를 보낼 수도 있으며 더불어 딸의 인질까지 그곳으로 끌고 갈 여유가 되는 사람들이 되었다. 얼마 전 폭포에서 자신이 친구와 스페인 여행 계획을 다 짰놨는데 그 친구한테 바람맞았다고 했던 얘기까지 더한다면, 이 소녀는 거의 앨라배마를 통틀어 제일 가는 거짓말쟁이라고 해도 무방할 터였다. 이 소녀에게는 간단한 알약으로는 고칠 수 없는 문제가 있는 게 틀림없다. 어쨌든, 비행기표는 진짜였고 우리 아빠 얼굴의 미소 또한 진짜였으므로 그녀에게 아무것도 묻지 않을 생각이었다. 적어도 지금은.

미아의 부모님을 만나면 또 어떤 일을 겪게 될지 짐작도 할 수 없었다. 정신병자 가족에게 붙잡혀 몸값 흥정의 대상이 되거나, 그녀가 믿는 광신적 종교 집단에 납치되거나, 그녀의 외계인 부모에게 유괴를 당하는 상황이 떠올랐다.

뭐가 됐든 내가 마땅히 당해도 싼 일, 내가 너무나 자주 나 자신에게 하고 싶은 일에 비하면 아무것도 아니었다.

오전 내내 미소를 짓고 있던 아빠는 65번 주간 고속 도로를 달리는 동안 자신이 좋아하는 브루스 스프링스틴의 '글로리 데이즈(Glory Days)'를 큰 소리로 따라 부르고 있었다. 아빠의 말에 따르면, 브루스 스프링스틴은 수많은 가수들 중 가장 강렬한 하드 록 가수라고 했다. 나는 백미러로 미아를 관찰했다. 미아는 반쯤 열린 차창에 팔꿈치를 올리고서 머리카락을 바람에 휘날리며 오래된 카메라로 사진을 찍고 있었다. 모든 게 신기한 듯했다. 마치 생전 처음 굴에서 기어 나와 햇빛을 본 자그마한 동물 같았다. 미아의 옷에 시선이 갔다. 밤새 입고 있었던 옷처럼 온통 구겨진 상태였다. 심지어 청재킷 등 쪽에는 이끼까지 매달려 있었다. 게다가 원래 옷 입는 스타일이 그런 건지, 이번에도 안팎이 뒤집혀 있었다. 이끼를 떼 주고 싶다는 생각이 들었다. 물론 충동에 넘어가지는 않았다.

시간 가는 줄 모르고 미아를 관찰하고 있는데, 아빠가 장난기 어린 미소를 띤 채 곁눈질로 나를 보고 있는 걸 깨달았다. 이런! 내가 미아 같은 여자한테 관심을 가질 수도 있다고 생각하게 둘 순 없었다. 나는 헛기침을 하며 휴대전화를 꺼냈다. 그리고 구글에 뭔가를 검색하는 척했다. 하지만 나도 모르게 '비행기에서 인생을 끝내는 방법'을 검색하고 있었다.

스프링스틴 노래가 두어 곡 흐르고 몇 분 후, 우리는 교차로에 접어들었다. 나는 여전히 휴대전화 화면을 바라보는 중이었다. 그때 아빠가 생각보다 급하게 커브를 돌면서 갑자기 모든 끔찍한 기억이 예고도 없이 밀려들기 시작했다. 그 처참한 날의 기억이 섬광처럼 하나하나 머릿속을 스치면서 아무것도 보이지 않고 아무 소리도 들리지 않았다. 나는 속수무책으로 무너져 내렸다. 눈앞이 캄캄했다. 마침내 어둠이 걷히면서 차 한 대가 우릴 향해 돌진해 오는 모습이 보였다. 노아의 차였다. 부딪칠 것만 같았다. 심장이 쿵쾅거리기 시작했다. 숨을 쉴 수가 없었다. 그때, 어디선가 손이 나타나 내 팔을 와락 움켜잡는 느낌이 들었다.

나는 눈을 떴다(감고 있는 줄도 모르고 있었다). 숨이 찼다. 차 시트를 꽉 움켜잡은 내 손이 보였다. 아빠를 보니 더 이상 웃고 있지 않았다. 아빠의 손이 내 팔 위에 놓여 있었다. 아빠가 나를 보며 고개를 끄덕였다. 괜찮다고, 다 끝났다고, 아무튼 날 이해한다고 말하는 것 같았다.

여전히 혼란스러운 채 나는 앞을 보며 노아와 알아보기 힘들 정도로 구겨진 그의 차를 찾아 두리번거렸다. 하지만 대신 눈에 들어오는 건 버밍엄 공항의 탑이었다. 이해할 수 없었다. 방금 본 건 뭐란 말인가. 뒷좌석에서 미아의 시선이 느껴졌다. 돌아보고 싶지도 않을뿐더러 돌아볼 용기도 나지 않았다.

"저기 맞아요?" 미아가 열광적인 목소리로 물었다. "저기가 바로 그 공항이죠, 맞죠?"

아빠가 끄덕였다. 어느 정도 미소를 되찾은 표정이었다. 나는 가까스로 정신을 차렸다. 우리는 출발 터미널로 이어지는 C자 형태의 도로로 향했다. 게이트를 지나칠 때마다 미아는 표지판에 적힌 항공사 이름을 소리 내어 읽었다. 일일이. 나는 어차피 그녀의 침묵이 오래가지 못할 걸 알고 있었다.

"유나이티드! 여기다! 바로 여기야!"

아빠는 미아의 그칠 줄 모르는 열정에 빙그레 웃으며 출입구 앞에 차를 세웠다. 미아가 뛰어내려 사진을 몇 장 찍더니 카트 줄로 뛰어갔다.

"어이, 아들, 축하한다. 정말 괜찮은 애 같구나." 아빠가 말했다.

나는 고개를 끄덕였다. 달리 어쩔 수 있겠는가? 아빠는 잠시 말없이 나를 바라보았다. 내 생각이 궁금한 모양이었다. 나는 아무 표정도 짓지 않았다. 아빠는 알겠다는 듯 고개를 끄덕이며 시선을 아래로 내렸다. 그러고는 환한 표정으로 차에서 내렸다. 흘깃 백미러를 보니 내가 혐오스러운 눈으로 나를 노려보고 있었다.

차에서 내려 보니 미아가 트렁크에서 그 초록색 골동품 가방을 꺼내느라 애쓰고 있었다.

"내가 도와주마." 아빠가 서둘러 도와주러 달려가며 말했다.

"괜찮아요. 제가 할 수 있어요. 고맙습니다."

아빠는 어쨌든 미아를 도와 가방을 카트 위에 내려놓았다.

미아가 감사함이 담긴 미소를 지었다. 하지만 딱히 뭐라 말할 수 없는 뭔가가 더 담겨 있었다. 놀라움 같기도 하고 믿을 수 없다는 것 같기도 한 그런 것이.

"모두 다 감사드려요, 프리먼 씨." 미아가 손을 내밀었다.

하지만 아빠는 그 손을 잡는 대신 성큼 다가가 힘차고 따뜻하게 포옹했다. 그 순간, 미아가 긴장하며 살짝 몸을 뒤로 뺐다. 그리고 나를 힐끔 쳐다봤다. 애원하는 듯한 미아의 눈에서 두려움보다 더 강렬한 뭔가가 보였다. 나는 본능적으로 미아에게 다가갔다. 하지만 아빠가 감싸 안자 미아는 평온을 되찾았는지 눈을 감고 그대로 가만히 있었다.

나는 미아에게서 눈을 떼지 않은 채 트렁크에서 내 더플백을 꺼냈다. 아빠의 품에서 풀려난 미아의 턱이 떨리고 있었다. 미소를 짓고 있었지만, 밀려드는 감정을 숨기지 못하고 어쩔 줄 몰라 했다. 미아는 돌아서서 빠르게 손을 흔든 후 자신의 카트를 밀며 곧장 출입구로 향했다.

나는 아빠를 바라봤다. 아빠에게 얘기하고 싶었다. 모든 걸 털어놓고 싶었다. 이런 일을 겪게 하고 가족의 명예를 영원히 더럽힌 것에 대해 미안하다고 말하고 싶었다. 하지만 말이 목에 걸려 나오지 않았다. 아빠가 두 손을 내 어깨에 얹었다. 이런 적은 처음이었다. 그리고 이런 면이 있었나 싶게 진심 어린 목소리로 말했다. "아들, 네가 지금 처한 상황이 쉽지 않다는 거 잘 알아. 그리고 지금 당장은 우리 사이가 멀다는 것도. 가끔은 그 사고 이후 우리 사이에 철옹성 같은 벽이 가로막고 있다고 느껴질 때도 있고⋯⋯." 아빠가 나를 가만히 바라보며 고개를 저었다. 나는 온몸이 떨려 왔다. "아빠가 바라는 건 딱 하나야. 이번 여행에서 그 벽을 허물 수 있는 걸 뭐라도 찾았으면 한다. 네 엄마와 나는 네가 너무 그리워, 아들. 부디⋯⋯ 다시 예전 모습으로 돌아오렴."

아빠의 말 한마디 한마디, 음절 하나하나가 마음을 뒤흔들었다. 아빠를 끌어안고 울어 버리고 싶었지만, 시작하면 멈출 수 없을 게 분명했다. 나는 혀를 깨물며 울음을 참고 인정머리 없는 놈처럼 고개만 끄덕였다.

"선생님, 여기에 차를 세워 두시면 안 됩니다." 지나가던 경찰관이 주차 금지 구역 표지판을 가리키며 말했다.

"예, 잠깐만요." 아빠가 대답했다. 그리고 재빨리 지갑을 꺼내 내게 신용 카드 한 장을 건넸다.

"아빠, 이러실 필요 없어요." 나는 아빠를 만류했다.

"이걸 꼭 쓰라는 게 아니야." 아빠가 카드를 내 재킷 주머니에 슬며시 넣으며 말했다. "나는 네가 이번 여행을 최대한 즐겼으면 해. 너 자신을 위해서가 힘들면, 네 엄마와 나를 위해서 그렇게 해 줘. 그게 우리가 바라는 전부야."

나는 고개를 끄덕였다. 경찰관은 굳은 표정으로 우릴 바라보았다.

"갈게요, 가요." 아빠가 그에게 말했다. 아빠는 내 볼을 한 번 가볍게 두드린 후 차로 향했다.

나는 아빠한테 소리치고 싶었다. 사랑한다고, 보고 싶을 거라고. 하지만 이번에도 나는 가만히 서서 다만 아빠가 멀어져 가는 모습을 바라만 볼 뿐이었다. 그런 다음 미아를 찾아 출입구 쪽을 둘러봤다. 사람들이 미아를 보고 있었다. 그런데 왜 난 이 상황이 하나도 놀랍지 않지? 미아는 문 앞에 서서 두 팔을 머리 위로 치켜든 채 눈을 감고 춤추듯 빙글빙글 돌고 있었다. 그 넘치는 쾌활함은 보고만 있어도 고통스럽고, 괴로웠다. 고문이 따로 없었다. 어쩐지 스페인에서 보낼 날들이 생각보다 더 힘들 거라는 생각이 들었다.

미아

우리는 지금 뭉게뭉게 재미있게 생긴 구름의 바다 위를 나는 중이다. 이렇게 놀라운 기분은 난생처음이다. 손을 뻗어 만져 보고 싶다. 그 위에 누워 둥실 떠다니고 싶다. 문득, 잭 휴스턴 메모리얼 병원에서 본 어느 간호사와 그녀가 들고 있던 형형색색의 솜뭉치가 떠올랐다. 태양이 마치 하늘을 지키는 수호자라도 되는 양 계속 우리를 뒤쫓아 왔다. 이런 게 바로 몸을 벗어던지면 느껴지는 그런 기분일까? 구름 위로 날아오르고? 태양을 만나고 별들과도 놀고?

카일은 내 옆 좌석에 앉아 가장 좋아하는 취미를 즐기고 있다. 그건 바로 나를 없는 사람 취급하는 것이다. 실은 아침 내내 나한테 한마디도 하지 않았다. 그는 좌석에 앉은 후부터 비행기에 비치된 모든 잡지를 뒤적거리기 시작했다. 이륙하고 나서는 남극 펭귄에 관한 어느 지루한 다큐멘터리 프로그램을 시청했다. 그러더니 이제는 자기 배낭에 챙겨 온 만화책을 읽는 중이다. 카일을 비난할 수 없다. 내가 그의 입장이었더라도 나하고 말하고 싶어 죽을 지경은 아닐 것 같으니까.

카일은 오른 손목에 찬 시계를 수천 번 확인했다. 지난 세기에 잠깐 크게 유행했던 시계였다. 금속 밴드에 짙은 푸른색 베젤이 붙어 있고 그 내부에는 작고 둥근 크로노미터 세 개가 자리하고 있었다. 멋졌다. 거의 카리스마에 가까운 품격이 느껴졌다. 시곗바늘을 보니 정각 12시였다. 로스웰 부부가 비가 오나 눈이 오나 날씨에 상관없이 일요 미사에 참석하고 있을 시간이었다. 지금쯤 내가 어디에 있는지 궁금해하고 있겠지. 그리고 혹시 지금까지 안 했다면 아마 지금쯤 하고 있을 것이다. 바로 내 실종 신고 말이다. 하지만 경찰이든 누구든 지금 내가 어디에 있는지 알아낼 수 있는 사람은 없었다. 무엇도, 누구도 나에게 심장 수술을 강요할 수는 없었다.

내 평생 처음으로 자유를 느꼈다. 모두 베일리 언니 덕분이었다. 언니가 아니었다면, 나는 이 비행기에 타지도 못했을 것이다. 무엇보다 언니의 마지막 남자 친구는 부정부패한 관료주의의 불필요한 절차를 피해 무고한 사람들에게 새로운 정체성을 만들어 주는 사람이었다. 적어도 본인 말로는 그랬다. 그를 만나기 전까지 나는 여권을 위조하는 일이 이렇게 쉬운 줄 몰랐다. 여권을 위조할 수 있다는 것도 전혀 몰랐다. 그가 내게 만들어 준 여권에는 사진 옆에 '미리엄 아벨만'이라는 이름이 적혀 있었다. 나는 미리엄이라는 이름이 마음에 들었다. 이 이름은 나를 조금 더 유럽인처럼 느끼게 했다.

승무원 두 명이 철제 카트를 끌고 통로를 따라 다가오고 있었다. 냄새로 봐서는 뭔가 먹을 게 실려 있는 것 같았다. 나는 배가 고파 죽을 지경이었다. 지난밤부터 아무것도 먹지 못했다. 건너편 좌석을 보니 다른 승객들 앞에는 쟁반 같은 게 매달려 있었다. 나는 그런 쟁반을 받은 기억이 없었다. 좌석 아래를 들여다보았지만, 아무것도 없었다. 양옆도 확인해 봤지만 역시나 없었다. 혹시 등받이에? 좋은 생각이었다. 나는 혹시 내가 놓친 게 있나 싶어 앞 좌석에 달린 TV 스크린을 들여다보았다. 하지만 거기에도 없었다. 나는 도무지 그 신성한 물건을 찾을 수 없을 것 같았다. 승무원이 점점 다가오고 있었다. 그때, 카일이 내 앞으로 손을 뻗어 앞 좌석 등받이에 달린 작은 레버를 건드렸다. 그러자 그토록 찾아 헤맸던 쟁반이 눈앞에 펼쳐졌다.

"고마워." 나는 말했다. 그리고 그가 곧바로 다시 만화책을 보기 시작했다는 사실을 무시한 채 계속 얘기했다. "솔직히, 그렇게 간단할 줄 누가 알았겠어? 이런 비행기는 뭔가 조금…… 복잡할 줄 알았지. 그렇지 않아?"

그가 얘 완전 바보 아니야? 하는 표정으로 고개를 절레절레 흔들었다. 다행스럽게도 내가 제일 똑똑한 순간은 아니었지만,

그래도 뭔가 다른 걸…… 잘 모르겠다. 그래도 뭔가 다른 반응을 기대했더랬다. 승무원들이 왔다. 그중에 연보라색 어깨 장식이 들어간 귀여운 남색 유니폼을 입은 승무원이 우아하게 허리를 숙이며 내게 물었다. "고기 요리와 생선 요리 중 무엇을 드릴까요?"

"둘 다 안 먹어요, 고맙습니다. 전 채식주의자라서요."

"죄송합니다만, 특별식은 적어도 24시간 전에 미리 주문해 주셔야 합니다."

"아, 그렇다면 생선을 먹을게요. 여기저기 신나게 헤엄쳐 다녔을 테니까요, 적어도 이렇게…… 되기 전까지는." 나는 검지와 중지로 목을 긋는 시늉을 했다. "말 안 해도 아시겠죠."

승무원이 나를 쳐다봤다. 여전히 무슨 말인지 모르는 것 같았다. 하지만 어쨌든 미소를 지었다. 그녀는 음식처럼 보이는 뭔가가 담긴 쟁반을 건넸다. 그런 다음 카일에게로 돌아섰다.

"손님은요?"

카일은 고개를 저으며 거절했다. 나는 놀라지 않았다. 쟁반 위에 놓인 생선 요리를 보니 로스웰 부인의 요리가 그리웠다. 부인의 요리는 진짜 맛있었는데. 나는 카일을 흘깃 쳐다봤다. 그는 막 만화책을 덮은 참이었다. 다시 말을 걸기에 완벽한 타이밍이었다.

"저기." 나는 말하기 시작했다. "앞으로 열흘을 함께 보내야 하니까 서로에 대해 조금 알면 좋을 것 같아. 뭐든 물어 봐. 대답해 줄게. 어서, 어떤 질문이든 던져 봐."

그는 아무 질문도 던지지 않았다. 대신 몸을 숙여 만화책을 배낭에 넣고는 가방을 뒤적거리기 시작했다. 그가 몸을 일으켰을 때, 나는 그가 찾던 게 무엇인지 알았다. 바로 이어폰이었다. 좋아, 그런 식으로 의사를 표현하시겠다 이거지. 하지만 나는 아직 포기할 생각이 없었다. "진심이야? 우리가 지금 어디로 가는지, 뭘 할 건지 궁금하지 않아? 전혀?"

나는 잠시 말을 멈추고 기다렸다. 하지만 카일은 눈 하나 깜짝하지 않았다. 그래서 나는 또 말을 걸었다.

"설마 일주일 내내 나하고 말 한마디 안 하려는 계획은 아니지? 내 건강 상태로는 그걸 견딜 수 있을 것 같지 않은데."

카일은 마치 선택적으로 귀가 먹은 사람 같았다. 대답하는 대신 이어폰을 끼더니 눈을 감고 팔짱을 꼈다. 좋아, 그렇다면 자세히 들여다볼 기회로 삼으면 되지.

그가 여자애들을 미치게 만드는 건 당연했다. 약간의 주근깨가 박힌 근사한 얼굴 위로 검은 머리카락이 물결치듯 드리워져 있었다. 입술은 뚜렷한 턱선과 근육질의 팔이 아니었다면 지나치게 여성스러워 보일 수도 있을 정도로 도톰했다. 그리고 그때, 티셔츠 소매 바로 아래로 튀어나온 흉터가 눈에 들어왔다. 깊게 난 상처를 꿰매 놓은 흔적, 여실한 고통의 상징이었다. 다른 상처들도 몇 바늘 꿰매는 걸로 치유할 수 있다면 얼마나 좋을까.

　나는 식사를 반쯤 남긴 채 창밖의 멋진 광경을 감상하며 처음으로 엄마와 만나는 장면을 상상해 보았다. 수많은 생각이 머리를 스치기 시작했다. 내 생각을 한 적은 있을까? 내 존재를 잊은 건 아닐까? 쿵, 쿵, 쿵. 심장이 뛰기 시작했다. 내가 하루에 감당할 수 있는 감정의 한계치를 넘었다는 경고였다. 나는 그 경고를 따라 창문에 기대며 잠을 청했다. 내일은 내 생일이자 완전한 자유를 얻은 두 번째 날이 될 것이었으므로, 한순간도 놓치지 않고 완전히 깨어 있을 생각이었다.

카일

공항 주차장의 햇빛이 너무 강렬해서 선글라스를 쓰고 있는데도 눈을 제대로 뜰 수가 없었다. 21시간 동안 잠을 못 잔 것도 도움이 되지 않기는 마찬가지였다. 여행 내내 가능한 한 시끄러운 음악을 들으며 자는 척했다. 깜빡 잠이라도 들었다간 간밤에 악몽을 꾸었을 때처럼 비명을 질러 비행기 안의 사람들을 다 깨울지도 몰랐다. 그랬다간 정말 볼만했을 거다. 게다가 연달아 진한 커피를 네 잔이나 마셨더니 지친 데 더해 완전히 신경이 곤두선 상태였다.

미아가 앞에서 카트를 밀고 있었다. 뭔가를, 아니 누군가를 찾는 듯했다. 손에 든 종이를 읽으며 계속 걸었다. 나는 안전거리를 유지하며 그 뒤를 따라갔다. 대체 뭘 하는 건지 알 수 없었지만, 묻고 싶지도 않았다.

지금 저 엘프와 말 섞는 상황을 피할 수만 있다면 뭐라도 할

작정이었다. 어디서도 그녀의 부모님은 보이지 않았지만, 솔직히 관심도 없었다. 내가 관심 있는 건 오로지 얼른 호텔에 가서 잠을 자는 것뿐이었다.

미아가 멀리 있는 누군가에게 손을 흔드는 듯했다. 하지만 저 멀리 사람 비슷해 보이는 거라고는 레게 머리에 웃통을 벗고 맨발로 돌아다니는 남자 하나뿐이었다. 온몸이 문신으로 뒤덮여 있었고 수염은 통제 불능이었으며, 청바지는 너무 낡아서 속이 다 들여다보일 정도였다. 그 남자 옆에는 밴이 한 대 서 있었다. 60~70년대에서 튀어나온 듯한, 사랑과 평화를 상징하는 문양이 그려져 있는 밴이었다. 절반은 자홍색, 절반은 형광 녹색에다가 우스꽝스러운 색으로 거대한 데이지 꽃까지 그려져 있었다. 밴 옆면에는 손으로 쓴 메시지가 적혀 있었다.

인생의 의미는 목적지가 아니라 그 여정에 있다.

우리가 지금 하려는 게 뭔지는 몰라도 별로 좋아 보이지 않았다.

"안녕하세요." 미아가 그 남자 앞에 가서 서며 인사했다. 그러고는 의젓한 어른이라도 되는 것처럼 손을 내밀었다.

"안녕." 그가 강한 스페인 억양으로 대답했다. "나마스떼."

그러고는 가볍게 끌어안았다.

"나마스떼." 미아도 활짝 웃으며 대답했다.

"어, 혹시 계약서 갖고 있어?"

그가 머리를 긁으며 물었다. 일일이 땋아 늘어뜨린 그의 머리에 감자를 심어 키울 수도 있겠다는 생각이 들었다. "갖고 있던 사본이 어디 갔는지 모르겠네. 어딘가에 떨어트렸나 봐."

미아가 고개를 끄덕이며 그에게 들고 있던 종이를 보여 주었다. 그는 그것을 받아들고 자세히 읽었다.

"좋아. 이제 확인해 볼까. 이름이, 미리엄 아벨만이고, 2년 전에 내 작은 '문 체이서(Moon Chaser)'를 예약했는데 갑자기 1년 앞당겼네. 정말 운이 좋군. 원래 이렇게 촉박하게는 예약 변경이 어려운데."

이제 그녀의 이름은 미리엄이었다. 진짜 어쩔 수 없는 거짓말쟁이였다. 달리 표현할 방법이 없었다. 미아인지 미리엄인지, 아무튼 그녀가 그 남자에게 조심스럽게 미소를 지으며 말했다. "뭐라 설명할 방법이 없네요. 제가 좀 운이 좋긴 해요."

오, 드디어, 이제 이 녀석과 엮일 차례인가.

"그러게." 그가 싱긋 웃으며 대답했다. 그러고는 마치 뭔가 중요한 걸 놓쳤다는 듯 나를 돌아보았다.

"어이, 친구." 그가 손을 내밀며 인사했다. 이유도 모른 채 나는 그 손을 잡고 흔들었다. 잠깐 그가 나를 보며 얼굴을 찡그렸다.

"뭐야, 꼴이 말이 아니잖아, 이 친구. 온통 어두운 기운이 둘러싸고 있네."

미아가 긴장한 듯 헛기침을 했다. 나는 주먹을 꽉 쥐고 녀석의 입에 주먹을 날릴 준비를 했다.

"뭔가가 느껴져서 하는 얘기야." 그가 계속 말했다. "잘은 모르겠지만, 카르마 같은 게—"

"자, 그럼." 미아가 그의 말을 끊었다. "우린 좀 바빠서, 괜찮으시다면 이만……."

"어이, 친구들, 과속하면 안 돼." 레게 머리를 한 그 래스터패리언(독특한 복장과 행동양식을 따르는 신흥 자메이카 종교 및 문화 신봉자) 남자가 이마를 찡그리며 진지하게 말했다.

"아니, 이봐요." 나는 당장이라도 한 대 칠 듯 말했다. "해선 안되는 건, 카르마 어쩌고 하는 허튼소리를 듣느라 시간을 낭비하는 거죠."

레게 머리가 갑자기 웃음을 터뜨렸다.

"좋아, 좋아, 차 키나 넘겨주고 난 그만 가 보도록 하지."

그가 운전석 문 쪽으로 가는 동안 나는 미아에게 돌아섰다. 미아는 휴대전화로 뭔가를 찾고 있었다. 나는 이글거리는 눈으로 미아를 노려보았다.

"대체 이게 다 무슨 상황이야?"

미아는 내 말을 못 들은 척 휴대전화 화면만 응시하고 있었다.

"야, 내가 말하고 있잖아."

미아가 휘둥그레 뜬 눈으로 나를 올려다봤다. "미안. 혹시 무슨 말 했어?"

나는 믿을 수 없어 고개를 저었다.

"나한테 말하는 줄 몰랐어." 미아가 말했다.

"지금 너한테 말하고 있는 거야. 대체 지금 우리가 여기서 뭘 하는 건지, 그리고 이 물건은 뭔지 말해 봐." 나는 밴을 가리키며 말했다.

레게 머리를 한 그 괴짜 녀석이 돌아왔다. 그러더니 서류 몇 장을 짐 카트 위에 툭 던지며 말했다. "여기에 서명만 하면 돼, 아가씨."

미아가 서명란에 이름을 휘갈기듯 써넣었다.

"좋아, 그럼, 이제부터 이 차는 너희 거야."

우리 거라고? 그가 미아에게 열쇠를 건넸다. 이건 말도 안 된다. 잠깐, 이제 알겠다. 난 아직 비행기 안에서 자고 있고 이제 막 소리 지르며 깨어날 타이밍인 거로구나. 하지만 그때 그 괴짜가 다가와 내 어깨를 두드렸다. 느낌이 너무 현실적이었다. 악몽이 아니었다. 오히려 악몽보다 더 끔찍했다.

"열흘 후에 여기서 다시 보는 걸로. 알았지?" 그는 이렇게 말하며 손가락 두 개로 평화를 상징하는 사인을 하고는 타는 듯 뜨거운 아스팔트 위를 맨발로 걸어갔다.

미아는 뒷문을 열고 짐을 싣기 시작했다.

"내가 그 물건에 탈 걸로 기대한다면 너 정신 나간 거야. 게다가 네가 운전하는 차를 내가 탈 거라고 생각했다면 그건 더 미친 거고."

미아가 천천히 나를 돌아보았다. 그리고 목을 졸라 버리고 싶을 만큼 아주 침착하게 말했다. "아, 아니야, 그건 걱정하지 마. 나 운전면허증 없거든."

"뭐라고?"

쟤가 지금 대체 무슨 말을 하는 거지?

미아가 순진무구한 표정으로 어깨를 으쓱했다.

이제야 깨달음이 왔다. "절대 안 돼. 기대도 하지 마. 난 저 쓰레기 같은 물건 몰고 아무 데도 안 갈 거야."

카일

그래서 지금 나는 여기, 이 고물차를 타고 고속 도로를 달리는 중이다. 내 납치범이 친절하게 내 휴대전화 GPS에 입력해 준 방향으로. 이 납치범은 내가 협조하지 않으면 그날 폭포에서 무슨 일이 있었는지 우리 엄마, 아빠한테 말하고도 남을 인간이었다. 사실상 거의 모든 차들이 나를 앞질러 가며 경적을 울리거나, 헤드라이트를 쏘아댔다. 아니면 둘 다 하던가. 나는 그들을 비난할 수 없었다. 지금 이 차는 시속 25마일(약 40킬로미터)을 넘지 못하고 있으니까. 속도계가 조금씩 올라갈 때마다 내 맥박도 빨라진다는 사실을 그들은 절대 이해하지 못할 거다. 농담 아니고, 지금 아마 분당 2,000회쯤 될 것 같았다.

핸들을 얼마나 세게 잡았는지 손가락에 감각이 없었다. 숨을 쉬기도 어려웠다. 눈은 한쪽 사이드 미러에서 백미러로, 또 다른 쪽 사이드 미러로 갔다가 고속 도로를 흘깃거리기를 반복했다. 하지만 움직이는 건 눈동자뿐이었다. 마치 조금이라도 고개를 돌렸다가는 차 전체가 길에서 벗어나기라도 할 것 같은 기분이었다. 처음 하키 선발 심사를 치르던 날보다 더 긴장됐다.

일정한 간격으로 식은땀이 났다. 등이 흠뻑 젖어 낡은 가죽 시트에 들러붙었다. 미아는 지난 몇 분 동안 이상하게 조용했다. 그렇다고 가만히 앉아 있는 건 아니었다. 뭘 하고 있는지 모르겠지만 곁눈질로 보니 휴대전화를 만지작거리고 있었다.

"됐다!" 미아가 히말라야 등반에라도 성공한 것처럼 소리를 질렀다. "공항에서 SIM 카드를 샀거든. 로밍 요금이 워낙 비싸다고 해서 말이야. 너도 하나 살래?"

나는 너무 정신이 없어서 그녀가 하는 말을 알아듣지 못했다. 다른 차와 부딪칠지도 모른다는 느낌을 떨치기 힘들었다. 언제라도 앞에서 뭔가가 튀어나오고, 그걸로 다 끝일 것만 같았다. 맙소사, 이런 긴장감은 정말 견디기 힘들었다.

"알겠어, 그래 봐야 네 손해지." 그녀가 말했다. "나중에 청구서 받고 나서 나한테 징징대지 마."

세련된 스포츠카 한 대가 미친 듯 경적을 울리며 지나갔다. 비록 내 주의가 네 군데(한쪽 사이드 미러, 백미러, 반대쪽 사이드 미러, 그리고 고속 도로)로 분산되긴 했지만, 그 차 운전자가 나한테 가운뎃손가락을 치켜들고 있었다는 건 맹세할 수 있었다.

"야, 카일, 저기 봐!" 미아가 불쑥 소리쳤다. 너무 갑작스럽고 요란해서 나는 미러를 확인할 새도 없이 곁눈으로 미아를 바라보았다.

미아는 고속 도로 한쪽을 가리키고 있었다. "이러다 저 거북이가 우릴 따라잡겠어."

죽여 버리고 싶다, 정말. 나는 입을 꾹 닫고서 어디든 도착하면 그때 가만두지 않으려고 말을 아껴 두었다.

"다시 생각해 보니까," 그녀가 말했다. "우리 합의 조건을 다시 조정해야 할 것 같아. 이런 식으로 가다가는 내가 가고 싶은 곳을 다 갈 때까지 족히 한 달은 걸리겠어."

"집어치워!" 나는 화가 나서 고함쳤다. 기분 안 좋은 날의 타노스 목소리 저리 가라 할 정도였다.

"오, 말했다. 이건 기적인데? 그런데 뭐라고 그랬는지 못 들었어. 다시 말해 줄래?"

만일 내가 지금 내 생각을 거리낌 없이 표현한다면, 아마 미아는 나한테 되물은 걸 후회할 것이다. 하지만 다행스럽게도 그녀는 고집스럽게 더 묻지 않았다. 몇 분 동안 침묵이 이어졌다. 그러더니 그녀가 다시 자리에서 꼼지락거리기 시작했다. 대단하군. 머리만 약간 이상한 줄 알았더니 주의력 결핍증까지 있었어. 미아가 자세를 바꾸는가 싶더니 이제 조수석 문에 등을 기대고 앉아 있었다. 어떻게 알았냐면, 나한테서 눈을 떼지 않는 게 느껴져서다. 그래, 내가 필요한 건 이게 전부였다. 내 한심한 운전 솜씨를 지켜보는 관객. 나는 코웃음 쳤다.

"혹시 방해되니? 싫으면 그만 볼게. 하지만 예전에 세인트 제롬에서 배운 게 있어. 어른들이 그러는데, 원하는 게 있을 때 충분히 오랫동안 주의를 집중하면 결국 얻게 된대. 그리고 지금 내가 원하는 건 두 가지야. 네가 나하고 말하는 거, 그리고 네가 다시 세상으로 나오는 거."

세인트 제롬이라고? 그럼 이번에는 고아가 되기로 한 건가? 얘한테는 정신과 진료가 가장 급한 것 같았다.

"아, 빨리." 그녀가 재촉했다. "정말 아무것도 묻지 않을 작정이야? 이 여행에 대해서도, 나에 대해서도? 전혀? 적어도 어디로 가고 있는 건지는 좀 물어봐라."

그녀는 이해하지 못했다. 나는 말 그대로 맛이 가기 직전인데, 그런 나와 지금 오랜 친구처럼 이야기를 나누자고 하고 있었다. 미아는 다시 꼼지락거리기 시작했다. 무엇 때문에 분주한지 모르겠지만, 대시보드에 휴대전화를 올려놓고 있었다. 고속도로 요금소에 가까워지고 있었다. 미아의 휴대전화에서 해리 스타일스의 '어도어 유(Adore You)'가 흘러나왔다. 주디스가 좋아하는 노래 중 하나였다. 그리고 나로서는 지금 정말 듣고 싶지 않은 곡이었다. 차단기 앞에서 차를 멈추면서 나는 미아를 돌아봤다. 미아는 좌석에 앉은 채 눈을 감고 가상의 파트너를 껴안고 춤을 추고 있었다. 맙소사.

손가락이 뻣뻣하게 부어 있어서 손을 여러 번 풀고 나서야 요금 정산기에 신용 카드를 넣을 수 있었다. 차단기가 열리기를 기다리는 동안, 나는 손을 뻗어 그 빌어먹을 노래를 꺼 버렸다. 미아가 눈을 뜨더니 분개하며 험악한 표정으로 다시 노래를 틀었다.

나는 카드를 뺐다. 요금소를 벗어나기 전에 다시 미아의 휴대 전화를 끄려는데, 갑자기 미아가 내 손목을 찰싹 때리더니 그대로 움켜잡고 다시 운전대 위에 되돌려 놓았다. 이상했다. 미아의 손가락이 살에 닿자 팔 전체를 타고 가슴 한가운데까지 찌릿한 느낌이 들었다. 잠도 못 자고 먹지도 못해서 그런 모양이라고 생각하기로 했다.

"내가 세상에서 제일 좋아하는 가수 노래는 아무도 끌 수 없어." 미아가 내 눈앞에 손가락을 흔들며 말했다.

나는 미아의 어두운 면이 이 정도 뿐이기를 바랐다. 무엇보다도 나는 미아의 호전적인 성향을 상대하기가 힘들었다. 뒤차가 경적을 울려 댔다. 나는 요금소를 빠져나왔다. 미아가 매처럼 쏘아보고 있었다. 나는 어쩔 수 없이 이 지독하게 감상적인 노래를 언제고 닥칠 사고의 배경 음악으로 듣고 있기로 했다. 설마 이보다 더 나쁜 상황이 있을까? 글쎄다.

미아

마드리드를 떠난 지 2시간이 지났다. 사진을 너무 많이 찍어서 메모리 카드가 하나 더 있어야 할 것 같았다. 이곳의 풍경은 정말 엄청났다. 지금 바로 오른쪽에도 100년 된 올리브 나무숲이 바다처럼 펼쳐져 있었고, 그 사이로 맑은 물줄기가 흐르고 있었다. 왼쪽에는 몇 세기는 된 듯한 석조 수도원이 보였다. 종탑과 나무, 심지어 송전탑에도 곳곳에 거대한 황새 둥지가 자리 잡고 있었다. 마치 동화 속 풍경을 보는 듯했다. 아니 그보다 더 좋아 보였다. 이곳에는 마녀도, 왕자도 없고, 이 꿈 같은 마법을 깰 수 있는 사람도 없으니까.

카일은 전혀 이런 감정을 느끼지 못하는 듯했다. 여행 내내 잠만 잔 사람치고는 너무 기진맥진 지쳐 보였다. 게다가 운전대를 어찌나 꽉 잡고 있는지 피가 통하지 않아 손가락이 다 하얗게 변한 상태였다. 순간, 나는 그 손이 다른 운전대를 잡은 적이 있고, 그 때문에 노아가 죽었다는 사실이 떠올랐다. 무슨 수를 써서든 카일을 돕고 싶었다. 하지만 어떻게 해야 할지 알 수가 없었다. 농담도 해 보고, 진지하게 말도 걸어 보고, 노래도 하고, 춤도 추고, 휘파람도 불고, 큰소리로 책도 읽는 등 생각나는 건 다 해 봤다. 어쨌든 운전은 하게 만들었으니 그나마 다행이었다. 사고 이후 '트라우마를 겪는 사람들을 위한 자조 안내'를 인터넷에서 읽었는데 카일에게 아직 말하지는 않았지만, 운전은 그가 회복하는 데에 있어 필수적인 단계였다.

앉은 채로 몸을 틀어서 카일의 사진을 찍었다. 하지만 그는 입만 더 앙다물었다. 그런 옆모습도 근사했다. 코는 마치 그리스 조각가가 깎아 놓은 것 같았고, 둥근 턱 한가운데 있는 작은 흉터는 신비롭고 매혹적인 느낌을 주었다. 하지만 제일 근사한 건 속눈썹이었다. 여자들이 갖고 싶어 안달복달하는, 길고 맵시 있는 속눈썹이었다. 만일 옆모습을 겨루는 대회가 있다면 거뜬히 우승하고도 남을 것 같았다. 나는 사진을 한 번 더 찍었다. 너무 훌륭해서 영원히 남겨 두고 싶었다. 카일이 씩씩거렸다.

"내가 왜 이렇게 사진을 많이 찍나 궁금하지?" 내가 말했다.

그는 대답하지 않았다. 그래도 나는 말을 이었다. "음, 말해 줄게. 내 사진 블로그에 올릴 거거든. 블로그 이름은 '유효 기간'이야."

아무 반응도 없었다. 솔직히, 이해가 잘 안 갔다. 나라면 더 알고 싶어 미칠 지경일 텐데.

"유효 기간, 그러니까, 일종의 은유라고나 할까……."

그는 손톱만큼의 관심도 보이지 않았다. 방법을 바꿔야 할 것
같았다.

"좋아, 그렇다면 이건 어때? 난 배고파 죽을 것 같아. 너는?"

그의 뱃속에서 나는 꼬르륵 소리를 대답으로 받아들이기로
했다. 여행을 시작한 이후 카일이 먹은 거라고는 그래놀라 바
두 개와 땅콩 한 봉지가 전부였다. 어떻게 쓰러지지 않고 지금
까지 버텼는지 알 수가 없었다. 차를 세우고 식사할 곳을 찾아
야 했지만, 주유소 식당 같은 곳에서 대충 때우고 싶지는 않았
다. 뭔가 분위기 있는 특별한 곳, 이곳의 대표적인 식당에 가 보
고 싶었다.

엄마가 스페인 사람이라는 사실을 알게 된 후, 나는 이 나라
에 관해 가능한 한 모든 걸 흡수하려고 애썼다. 이곳의 관습과
음식, 사람들…… 인생의 마지막 장에 접어들었고, 내게 남은 날
이 며칠일지, 몇 주일지, 혹은 약간의 운이 따라 줘서 몇 달이 될
지 알 수 없는 상황에 나는 이 나라를 떠날 계획이 없었다. 이상
한 일이지만, 내 조상의 땅에 오니 엄마에게, 또 나 자신에게 더
가까워지는 느낌이 들었다.

고속 도로 표지판이 다음 출구를 가리켰다. 알카사르 데 산
후안(Alcázar de San Juan), 1킬로미터. 웹에서 그 이름을 검색

해 보니 유서 깊은 건축물과 좁은 자갈길이 있는 그림 같은 작은 마을일 뿐만 아니라, 평이 좋은 식당이 여럿 있었다. 완벽해. 나는 그중 한 곳을 선택했다.

"다음 출구로 나가자." 나는 카일에게 말했다. "여기에서 몇 마일만 가면 별점 4.7점을 받은 식당이 있대."

하지만 카일은 내 말을 듣지 못했는지 고속 도로만 바라보고 있었다.

"카일?" 나는 조금 더 큰 소리로 말했다. 출구가 가까워지고 있었다. "여기서 나가라고. 여기!"

카일은 멍한 표정이었다. 분기점에 다 왔는데도 여전히 반응이 없었다.

"카일!"

나는 운전대를 잡고 출구 쪽으로 휙 잡아당겼다. 우리의 캠프용 밴이 거의 도로를 벗어날 뻔했다.

"안 돼!" 카일이 소리를 지르며 핸들을 바로잡았다. 통제권을 되찾은 그는 숨을 헐떡이며 격노했다. 그리고 내게 쩌렁쩌렁한 목소리로 퍼부었다. 한 단어 한 단어 말할 때마다 부글부글 끓는 분노가 느껴졌다. "다시는 그런 짓 하지 마."

독기 서린 목소리에 나는 몸이 떨리기 시작했다.

"미안해, 정말. 나는 그냥······."

"그만." 카일이 도로에서 눈을 떼지 않은 채 운전대를 움켜잡으며 소리쳤다. "제발, 생각하지 마. 말하지도 말고. 아니, 그냥 존재하지 마."

그 말은 내게 상처가 되었다. 많이, 아니 그 정도가 아니라 아주 심하게. 나는 무너지듯 자리에 앉아 창밖을 내다봤다. 차는 강가 옆의 시골길을 달리는 중이었다. 몇 분의 시간이 말없이 흘러갔다. 그때, 저 멀리 황새 한 마리가 둥지에서 날아올라 하늘로 비상하는 모습이 눈에 들어왔다. 이건 징조였다. 징조여야 했다. 이제 나는 자유이고, 누구도 더는 내게 해를 끼칠 수 없으며, 누구에게서 어떤 도움도 받을 필요 없고, 더는 이런 기분을 느낄 필요도 없음을 말해 주는 그런 징조. 그래서 나는 엄마를 생각했다. 곧 엄마를 만나 느끼게 될 기쁨을 생각했다. 베카도 생각했다. 베카를 떠올리면 언제나 미소를 짓게 되니까. 베일리 언니도 떠올렸다. 언니라면 어떤 말을 들어도 하루를 망치거나 하지는 않을 테니까. 생일에는 특히나 더더욱. 그리고 억지로 미소를 지어 보았다. 그러면 혹시 마음이 울음을 멈출지도 모르니까.

미아

카일이 식당으로 이어지는 비포장도로를 따라 달리다 마침내 사시나무 그늘에 주차할 때까지 나는 계속해서 사진을 찍었다. 파란색 나무 덧문이 달린 흰색 선술집, 조각된 목재 출입문 양쪽에 자리 잡은 두 개의 거대한 도기 주전자, 햇빛을 받아 은빛으로 반짝이는 사시나무 이파리, 흰색 원통형 몸통에 검은 원뿔형 지붕이 달린 오래된 풍차. 마치 다른 시대, 다른 세상에 온 기분이었다. 꿈으로 이루어진, 세상과 동떨어진 그런 곳에.

나는 그날 기꺼이 남은 시간 동안 사진을 찍고, 순간을 포착하고, 아름다운 것을 담을 생각이었다. 노아도 그렇게 만났다. 2년 전 한 커뮤니티 사진 수업에서였다. 노아는 정말 뛰어났다. 인물, 풍경, 심지어 일상의 물건에서도 뭔가 특별한 걸 끄집어낼 줄 알았다. 우리는 이 여행을 아주 사소한 것 하나까지 함께 계획했다. 그의 죽음만 빼고.

카일은 시동을 끄고서도 차에서 내리지 않았다. 바람이 들어오도록 차창을 내리고는 똑바로 앞만 바라봤다. 아마도 혼자 있을 시간이 필요하다는 나름의 표현 방식인 것 같았다.

"내가 들어가서 뭐라도 주문할게, 괜찮지?" 나는 최대한 눈치껏 말했다. "뭐 먹을래? 좋아하는 거 있어? 못 먹는 거는? 알레르기는? 과민증 같은 건?"

"있지, 바로 이번 여행."

좋아, 어쨌든, 그는 지금 농담을 하고 있었다.

식당 안으로 들어가니 내부는 더 예뻤다. 노아가 좋아했을 것 같았다. 짙은 색의 나무 들보에 숙성 햄이 통째로 매달려 있었고, 출입구 옆 한쪽에는 엄선된 치즈들이 먹음직스럽게 놓여 있었다. 식당은 청색과 흰색이 섞인 체크무늬 식탁보를 덮은 투박한 식탁에서 열심히 먹고 떠드는 사람들로 북적였다. 하지만 가장 나를 매혹한 건 그곳의 냄새였다. 잘은 몰라도 치즈와 햄, 그리고 식당에서 제공하는 요리 냄새들이 뒤섞여 있는 듯했다. 뭐였든, 그 냄새를 맡는 순간 입안에 침이 고였다.

나는 카운터로 다가가 메뉴판 하나를 집어 들었다. 코팅된 메뉴판의 한쪽 면에는 '라씨오네스(Raciones, 2인분 이상 요리)', 다른 쪽 면에는 '보카디요(Bocadillos, 가벼운 식사)'라고 적혀 있다. 식당 문이 열렸다. 카일이었다. 나는 기뻐서 가슴이 뛰었다. 이곳의 사람들과 따뜻한 분위기, 맛있는 냄새라면 그도 그냥 무심하게만 있지는 못하리라는 확신이 들었다. 이곳이라면 그에게서 반응을 끌어내고, 그를 껍질 밖으로 나오게 할 수 있을 터였다. 설사 아주 잠깐이라 하더라도 말이다. 하지만 나를 못 본 척 지나쳐 곧장 안쪽의 화장실로 향하는 그를 보면서 쉽지 않으리라는 걸 깨달았다. 나는 세상에 묻고 싶었다. 그가 무슨 생각을 하고 있는지, 그에게 대체 무슨 말을 해야 하는지, 그리고 어떻게 하면 그를 도울 수 있는지. 나는 그가 남자 화장실 문 뒤로 사라지는 모습을 말없이 지켜보았다.

카운터 건너편에는 7~8명의 웨이터가 있었다. 모두 검은색 바지에 흰색 반팔 셔츠 차림이었다. 몇 명은 커피를 만들고, 몇 명은 맥주를 제공하고 있었다. 나머지는 식당 안쪽의 주방 문을 드나들며 어지러울 정도로 바삐 접시를 나르고 있었다.

나는 누구의 눈에라도 띄기 위해 카운터 위로 몸을 더 숙이며 손을 들었다. 아무도 보지 않는 걸 보니 내가 뭔가 잘못하고 있는 게 틀림없었다.

"저기요." 나는 웨이터 중 하나에게 손을 흔들며 말했다.

반응이 없었다.

"저기요." 이번에는 키가 큰 웨이터 중 한 사람을 콕 집어 불렀다.

역시 행운은 따르지 않는다. 확실히 이런 접근 방법은 통하지 않는 것 같았다. 그래서 나는 바 의자 중 하나에 올라앉아 공중에 손을 연달아 흔들며 "저기요!" 하고 고함을 쳤다.

짧고 삐죽삐죽한 머리를 한, 특별히 젊어 보이는 웨이터가 돌아서서 내게 미소를 지으며 물었다.

"아메리카나(Americana, 미국인이에요)? 노?"

"네, 아, 그게…… 뭐 상관없고요, 햄 치즈 샌드위치 두 개 주시겠어요?"

우연히도 이 샌드위치는 내가 스페인에서 꼭 먹어 보고 싶은 음식 목록 중 다섯 번째였다.

"마르찬도(Marchando, 금방 나옵니다)." 그가 미소 띤 얼굴로 말했다. 그리고 주방 문에 대고 외쳤다. "도스 보카타스, 테레. 데 하몽 에 퀘소(Dos bocatas, Tere; de jamón y queso, 햄 치즈 샌드위치, 두 개)." 그가 다시 나를 돌아보며 물었다. "음료는 뭐?"

"네, 물 주세요. 그리고 혹시 타르타 데 산티아고(Tarta de Santiago, 스페인의 아몬드 케이크)도 있나요?"

그가 한쪽 눈썹을 치켜떴다.

"아니요, 세뇨리타, 여기는 라만차예요. 타르타 데 산티아고는 북쪽, 갈리시아 음식이죠. 하지만 우리 식당에는 우리 엄마가 만드는 레몬 파이가 있어요." 그는 마치 비밀을 공유하듯 가까이 몸을 기댔다. "그 조리법은 우리 가문에서 300년 동안 전해 내려온 거예요."

"그렇군요." 나는 킥킥 웃으며 대답했다. "저, 내가 그 조리법을 훔쳐서 미국 레스토랑 체인에 팔아넘길까 봐 두려운 게 아니라면, 그 파이를 좀 맛보고 싶네요."

그는 웃으면서 카운터 반대쪽 끝에 있는 냉장고로 걸어갔다. 그 틈을 타서 나는 포도주 통, 하트 모양 철제 자물쇠가 달리고 조각 문양이 있는 목재 문, 투우사들 사진이 담긴 액자들, 주위 사람들, 그리고 한쪽 구석에 세워져 있는 클래식 기타를 사진에 담았다. 그런 다음 카메라를 웨이터들 쪽으로 돌렸다. 그들 중 한 사람이 나를 보고는 동료를 팔꿈치로 치며 알아듣지 못할 스페인어로 뭐라고 말했다. 그러자 갑자기 전부 내 앞에서 우스꽝스러운 자세를 취했다. 나는 웃음이 터져 나왔다. 그들이 다시 호출받고 일하러 가기 전에 나는 그들의 사진을 가능한 한 많이 찍었다.

앞서 그 뾰족한 머리를 한 웨이터가 레몬 파이 한 조각을 가지고 돌아왔다. 너무 맛있어 보여서 사진을 찍지 않을 수 없었다. 표면에는 머랭이 작은 파도 모양으로 덮여 있었고, 아래쪽에 자리한 노란색 크림에서는 중독성 있는 새콤달콤한 냄새가 났다. 나는 과연 내가 한 조각만 먹고 끝낼 수 있을지 확신이 서지 않았다.

파이를 보면서 나는 다시 울고 싶은 충동에 사로잡혔다. 하지만 꾹 참았다. 화도 났지만 드러내지 않았다. 또 한 번의 생일이 지나가고 있었다. 나를 진심으로 걱정해 주는 사람이 하나라도 있을지 궁금했다. 아니, 지금은 이런 생각에 빠져들고 싶지 않았다. 나는 파이를 세세하게 사진에 담기 위해 카메라 렌즈의 줌을 확대했다. 바로 그때, 왼쪽에서 누군가가 다가오는 느낌이 들었다. 순간적으로 나는 얼굴에 카메라를 댄 채 그대로 고개를 휙 돌렸다. 분노의 화신이 된 카일이 크게 확대된 얼굴로 나를 쏘아보고 있었다. 헉!

카일

믿을 수가 없었다. 잠깐 혼자 둔 것뿐인데 미아는 그새 직원 절반과 수다를 떨고 있었다. 그리고 이젠 그 낡아 빠진 카메라를 나한테 들이대고 있었다. 미아는 잠시도 카메라를 내려놓지 않았다. 심지어 화장실에 갈 때도! 나는 손으로 렌즈를 가렸다. 그 많은 사진으로 뭘 할지 어떻게 알겠는가?

당장 뭐라도 먹지 않으면 쓰러질 것만 같았다. 웨이터가 샌드위치 두 개와 물 한 병을 들고 왔다. 반가움에 뱃속이 요동치기 시작했다. 미아가 지갑에서 지폐를 꺼내는 동안, 나는 뾰족 머리를 한 그 웨이터에게 샌드위치와 함께 마실 뭔가 더 맛있는 것을 주문했다.

"오렌지 주스 하나." 나는 말했다.

웨이터가 씩 웃으며 대답했다. "죄송합니다만, 착즙기가 고장 나서요. 모스토(포도주를 발효시키기 전 단계의 즙으로 만든 음료,

스페인 남부에서만 맛볼 수 있다)는 있는데 그걸로 드릴까요?"

모스토가 뭔지 몰랐지만, 나는 고개를 끄덕였다.

"'주세요'나 '고맙습니다'라는 말, 할 줄 몰라?" 미아가 목소리를 낮추고는 꾸짖듯 속삭였다.

나는 너무 배가 고파 대꾸할 기운도 없었다. 나는 마치 죽기 전 마지막 음식이라도 되는 것처럼 샌드위치 하나를 움켜잡고 한 입 크게 베어 물었다. 미아는 느긋하게 자기 몫의 샌드위치를 집어 들었다.

"배고파서 죽는 줄 알았어." 미아가 이렇게 말하며 입을 크게 벌렸다. 미아가 샌드위치를 들어 올리자 바삭한 빵 두 쪽이 슬쩍 벌어졌다. 순간, 훈제 햄 두 장이 눈에 들어왔다. 미아가 거짓말쟁이라는 진짜 확실한 증거였다.

"채식주의자라고 하지 않았나?" 나는 물었다. 미아가 베어 물다 말고 나를 올려다봤다. "어처구니가 없군." 나는 중얼거렸다. "네가 하는 말 중에 진실이 있긴 하냐?"

미아가 샌드위치를 다시 접시에 내려놓았다. "음, 그건 내가 누구랑 얘기하느냐에 따라 다르지. 그리고, 네 말 맞아. 나 채식주의자 아니야. 하지만 인간의 즐거움을 위해 평생 고통받지 않은 동물의 고기만 먹어. 네가 먹는 고기 중에서 깨어 있는 시간 내내 좁은 우리 안에 갇혀 착취당하지 않은 동물의 고기가 얼마나 될지 생각해 본 적 있어?" 그러고는 대답할 시간도 주지 않고, 물론 대답할 생각도 없었지만, 계속해서 말했다. "상상이 가겠지만, 아니, 상상이 안 갈 수도 있으니까 내가 설명해 줄게. 지금 내가 너든 누구든 가르치려는 게 아니라, 실제로 사람들은 진실을 듣고 싶어 하지를 않으니까. 참고로 말하자면, 이 햄은 인증받은 정통 이베리아 햄이야. 그리고 이베리아 돼지들은 스페인 중부의 목초지에서 자유롭게 돌아다니며 자라. 바로 여기 내 관광 안내 책자에 그렇게 나와 있어."

미아가 끝도 없이 늘어놓는 기괴한 헛소리는 이미 충분히 들을 만큼 들었기 때문에 나는 굳이 대답하지 않았다. 대신, 음료가 나오길 기다리며 샌드위치 먹는 데 열중했다. 잡담할 기분이 아니었기 때문에 벽 선반에 진열된 포도주병들을 집중해서 둘러보았다. 선반 바로 옆은 거울이었다. 미아가 샌드위치 먹는 모습이 비쳤다. 미아는 무슨 신성한 음식이라도 먹는 사람처럼 눈을 감고 아주 천천히 샌드위치를 음미하고 있었다. 실제로, 곧 오르가슴에 이르기라도 할 것처럼 황홀한 표정이었다.

나는 잠시 내 샌드위치를 자세히 들여다봤다. 꽤 맛있는 냄새가 나긴 했다. 나는 다시 한번 크게 한 입 베어 물고 천천히 씹으며 풍미와 질감을 음미했다. 그런 다음 코에 가져다 대고 한껏 향기를 들이마셨다. 잠깐, 빌어먹을, 내가 지금 뭐 하는 거지? 설마, 미아라는 인물한테 전염된 건 아니겠지? 나는 10유로짜리 지폐를 찾으려고 주머니를 뒤적거렸다. 저거 얼마지? 빨간 지폐야, 파란 지폐야? 그때 미아가 내 팔에 손을 얹었다.

"내가 말했지, 먹는 건 다 내가 낸다고."

또다시, 미아의 손이 닿자 찌릿한 느낌이 손가락을 관통해 곧
장 팔까지 퍼져 나갔다. 그런데 이번에는 백만 배 더 강렬했다.
내가 왜 이러지? 웨이터가 내 모스토를 가져오자마자 나는 식
당을 나왔다. 얼마 남지 않은 제정신이라도 지켜 내려면 이럴
수밖에 없었다. 나는 만져선 안 될 걸 만진 사람처럼 손가락을
잔뜩 벌린 채 밖을 서성거렸다.

나는 우리의 낡아 빠진 '사랑과 평화의 밴'에서 가능한 한 멀
리 떨어져서 샌드위치를 마저 먹었다. 그때 휴대전화가 울렸다.
여행은 어떤지 묻는 엄마의 문자 메시지였다. 나는 밴 사진을
찍어 보내고 엄마가 직접 판단을 내리게 할지, 아니면 선의의
거짓말을 할지 고민했다. 나는 결국 거짓말을 하기로 하고 이모
티콘 세 개, 즉 엄지와 키스, 파란색 하트를 보냈다.

시간을 확인하니 거의 오후 3시가 다 되어 가고 있었다. 내
GPS에 따르면 아직도 두 시간이나 더 가야 했다. 어디로 가는
지도 확인하지 않았다. 오로지 내가 관심 있는 건 어디든 가서
잠을 자는 것(그리고 약간의 운이 따라 준다면 그 상태로 다시는 깨어
나지 않는 것)이었다. 나는 단숨에 잔을 비우고 미아를 데리러 다
시 식당으로 향했다.

막 출입구를 지나는데, 운명의 여신이 엉덩이를 걷어차는 듯

한 충격을 받았다. 당해도 쌌다. 미아가 혼자 바 카운터에 앉아 있는 모습이 보였다. 파이 한 조각을 앞에 두고 어깨를 잔뜩 웅크린 채였다. 미아 앞에는 그녀만큼이나 쓸쓸해 보이는 생일 초 하나가 깜박이고 있었다. 미아는 노래를 부르고 있는 것 같았다. 나는 미아 몰래 가까이 다가가 귀를 기울였다.

"사랑하는 아멜리아, 생일 축하합니다." 미아가 조용히 노래를 부르고 있었다. 목소리가 갈라져 나왔다. "사랑하는 나의, 생일 축하합니다."

나는 그 자리에서 꼼짝도 할 수 없었다. 미아가 너무나 연약하고 외로워 보였다. 거울에 미아의 얼굴이 비쳤다. 눈에 눈물이 가득했다. 미아는 평생 쌓일 대로 쌓여 막 터지기 직전의 댐처럼 그렁그렁 차오르는 눈물을 애써 참고 있는 듯했다. 그 작고 약한 몸은 마치 해가 갈수록 상처가 더해진 지뢰밭 같았다. 그녀의 모습은 바라보기 힘들 만큼 고통스러운 뭔가가 있었다. 마치 복부를 칼로 찌르는 듯한 느낌이었다. 눈물이 터져 나올 것 같았다. 이 순간까지, 나는 사실상 미아를 똑바로 바라본 적이 한 번도 없었다. 내 분노 때문에 그녀를 제대로 보지 못했다. 나는 천천히 뒤로 물러났다. 아주 자그마한 소리에도 미아가 바스러질 것처럼. 아주 작은 움직임에도 미아를 바깥세상으로부터 지켜주는 얇은 유리막이 깨지기라도 할 것처럼. 막 출입문 밖으로 나오려는데, 미아가 촛불을 훅 불어 껐다. 그녀의 목소리가 들려왔다.

"생일 축하해, 아멜리아."

내 평생에 그 세 단어가 이토록 슬프고 절망적으로 들린 건 처음이었다. 소녀의 입에서 나온 말이 아니라, 계속되는 싸움에 지쳐버린 영혼, 심장이 멎을 만큼 침울한 사람의 입에서 나온 말 같았다.

나는 밖에 선 채 눈앞에서 문이 닫히는 걸 지켜봤다. 무기력하고, 움직일 수도 없었지만, 마음속에서 뭔가 어렴풋하게 새로운 감정이 움트는 기분이 들었다. 맙소사, 내가 고통스럽다고 다른 사람의 고통을 이렇게 외면하다니? 이건 내가 아니었다. 젠장. 이건 진정한 내 모습이 아니었다.

미아

눈을 떠 보니 머릿속이 멍했다. 마치 뿌옇게 안개가 낀 듯 기억이 잘 나지 않았다. 내가 왜 지금 여기에 앉아 있는지 기억나지 않았지만, 힘들 때 먹는 약을 입에 털어 넣은 건 어렴풋이 기억났다. 그 약은 늘 이렇게 사람을 곯아떨어지게 했다. 조수석에서 무릎을 끌어 앉은 채 머리를 등받이에 기대고 잠든 모양이었다. 눈앞에서 다시 세상이 돌아가기 시작했다. 하나씩 기억나기 시작했다. 여행, 밴, 식당, 그리고 카일. 카일! 식당에서 나와 카일이 밴 운전석에서 잠들어 있는 모습을 본 기억이 났다. 깨우고 싶지 않아서, 그래서, 일기에 쓴 후에 나도 잠을 청했었다. 그런데 카일이 다시 시동을 걸고 도로로 나선 것도 알아채지 못한걸 보면, 아주 깊이 잠들었던 모양이다.

꽤 오래 잔 게 틀림없었다. 해가 이미 그 빛나는 자홍색 장막을 하늘에 펼쳐 보이며 산봉우리 뒤로 저물고 있었다. 잠시 의심이 들었다. 카일은 지금 우리가 가야 할 곳으로 제대로 가고 있는 걸까? 아니면 제멋대로 가고 있는 걸까? 그러다 킥킥 웃음이 났다. 카일이 만일 제멋대로 어딜 간다고 한다면, 절대 나를 태우고 가지는 않을 테니까. 게다가 너무 느렸다. 방금 어떤 남자는 심지어 땀 한 방울도 흘리지 않고 자전거로 우리를 앞질러 갔다.

나는 목이 아파서 조금 자세를 고쳐 앉았다. 하지만 카일을 돌아보지는 않았다. 엄청나게 사교적인 운전기사에게는 계속 등을 돌리고 있는 편이 나았다. 나는 나를 잘 알고 있었다. 그를 보면, 말을 걸고 싶어질 게 뻔했다. 게다가 솔직히 그의 모욕적인 반응, 또는 그보다 더한 무반응을 받아줄 기분이 아니었다. 나는 휴대전화를 집어 들고 해리 스타일스의 최신 영상을 찾아 재생 버튼을 눌렀다. 그런데 해리의 섹시한 목소리 대신 훨씬 더 섹시한 목소리가 내 뒤에서 들려왔다.

"그래서, 이 여행의 핵심이 뭔지 말 안 해 줄 거야?"

순간 나는 방금 들은 소리가 뭔지 파악하느라 그대로 얼어붙었다. 그가 말한 게 맞나? 아니면 내 상상이 만들어 낸 깜짝 생일 선물인가?

"미아?"

나는 몸을 돌려 넋을 잃고 그를 바라보았다. 그러다 손을 뻗어 그의 이마를 짚었다.

"맙소사, 너 정말 괜찮아? 제정신이 아닌 것 같은데. 구급차 불러 줄게."

전화를 거는 척하는데, 카일이 미소를 지으며 고개를 한 번 저었다. 그러더니 고개를 내 쪽으로 고정한 채 회색 눈으로 나를 아주 잠깐 응시했다. 아무래도 목에 심각한 문제가 생긴 게 틀림없었다.

"어쩔 거야?" 그가 고집스럽게 또 물었다. "그냥 말해 줄 거야, 아니면 내가 제발 말해 달라고 간청해야 해?"

"간청, 그거 좋네." 나는 애써 화난 척 말했다. "왜 갑자기 말투가 바뀌었는지부터 털어놓는 게 어때?"

당연히 전율이 일 정도로 짜릿했지만, 덥석 받아 줄 수는 없었다. 그가 침을 삼켰다. 자기가 한 말을 후회하는 듯했다. 아니, 굴욕을 억지로 참는 듯했다.

나는 여전히 화가 난 척했다. "그리고, 만일 이제 내가 너하고 말하고 싶지 않다면 어쩔래? 이미 때는 늦었어. 이젠 너한테 아무 얘기도 하고 싶지 않아. 어쩌면 너랑 이 여행을 계속하고 싶지도 않은 것 같아."

그래, 조금 세게 나가 보자. 하지만 카일은 우리 옆으로 지나가는 트럭에 신경 쓰느라 바빠서 내 말을 못 들은 것 같았다.

"그래, 좋아, 말해 줄게." 나는 너무 빨리 항복하고 말았다. 어쩔 수 없었다. 나는 너무 마음이 약했다. "이 여행은 엄마를 찾기 위한 거야."

카일이 천천히 고개를 끄덕였다. 여기저기 흩어져 있는 조각들을 한데 모으려고 애쓰는 사람 같은 표정이었다. "정확히 어떤 엄마를 말하는 거야? 교수라는 분? 아니면 너무 가난해서 휴대전화도 못 사 준다는 그 어머니? 아니면 널 고아로 만든 사람?"

"실은 다 아니야."

"아하." 그가 다시 고개를 주억거리며 말했다. "아니면 혹시라도 네가 나 때문에 죽으면 무지 상심할 또 다른 엄마인가."

나는 당당하게 몸을 곧추세우고 앉았다. "맞아, 엄마라면 분명 너무 슬퍼서 쓰러지셨을 거야."

"쓰러지셨을 거라니? 엄마가 이미 돌아가셨다는 말이야, 지금? 설마 겨우 묘비나 찾자고 수천 마일을 날아온 거라는 말은 아니겠지?"

"그게, 실은…… 엄마가 누군지 몰라. 내가 태어난 지 며칠 만에 떠나셨거든."

내 말에 그의 기분이 안 좋아졌다는 게 느껴졌다. 어쩌면 웃고 싶은 욕구를 잃은 건 나뿐만이 아닐지도 모른다. 신체 언어는 입에서 나오는 말보다 늘 직설적이었고, 나는 오래전부터 이 분야에는 전문가나 마찬가지였다.

누군가를 정말 자세히 보면 많은 걸 알게 된다. 곧 나을 거라고 말해 놓고는 돌아서서 떨리는 턱을 감추는 간호사도 그랬고, 입으로는 간단한 수술이라고 말하면서 손에서는 식은땀을 흘리는 의사도 그랬다. 또 집에 안 좋은 일이 생겨서 더 데리고 있을 수 없다고, 정말 미안하다고 말하면서 눈으로는 다른 말을 하는 새 위탁 엄마도 그랬다.

물론, 사람들을 관찰하는 일은 내가 살아남는 데 유용했다. 하지만 부작용도 있었다. 예를 들어, 사람들이 사랑한다고 말할 때는 대부분 감정 없이 형식적으로 하는 말이고, 밉다는 말은 실은 자신을 사랑하지 않아서 밉다는, 관심을 갈구하는 비참한 울부짖음임을 깨닫게 되었다.

카일이 목을 가다듬더니 반대 심문을 시작했다. "잠깐만, 엄마가 떠났다니, 일하러 가신 거야, 아니면……." 카일은 말을 마치지 못하고 머뭇거렸다. 마치 내가 문장을 마무리해 주기를 기다리는 듯했다.

"나도 몰라." 나는 말했다. 이제는 그가 다시 나를 무시해 주었으면 싶은 심정이었다. "그걸 알아내려고 여기에 온 거야."

"그럼 그 오랜 세월 동안 엄마나 가족으로부터 아무 소식도 못 들었다는 거야?"

나는 고개를 끄덕였다. 베일리 언니 말고는 누구한테도 엄마 얘기는 한 적이 없었다. 그냥, 그러는 편이 더 나았겠다는 생각이 들기 시작했다.

"그래도 최소한 편지나 전화는 왔을 거 아니야, 그렇지?"

"이 얘긴 그만하자." 나는 손가락을 그의 입에 가져다 대며 말했다. "네가 알아야 할 건 다 말했어."

나는 그가 이제 아무 말도 하지 않기를 바라면서 천천히 손을 거두었다. 그의 뺨이 붉게 상기되어 있었다. 그럴 만도 했다. 해는 졌지만, 온도계는 여전히 화씨 77도(섭씨 25도)를 가리키고 있었다. 그가 무슨 말을 하려는 듯했지만, 내가 먼저 선수 쳤다. "그거 알아? 오늘 내 생일이야. 내가 태어난 날에 엄마를 찾으면 멋지지 않겠어?"

"생일 축하해." 카일은 이렇게 말하며 깜빡이를 켰다. 우린 고속 도로에서 벗어나 일반 도로로 빠져나왔다. "혹시 날 납치한 사이코가 오늘 몇 살이 된 건지 물어도 돼? 미성년자를 책임지고 싶지는 않아서 말이야."

"걱정하지 마. 오늘 열여덟 살이 되었으니까." 나는 거짓말했다. 앨라배마에서는 19세가 되기 전까지는 성인이 아니라는 이상한 법이 있지만, 여기 유럽에서는 성인이 맞았다. 자유롭고 독립적인 성인.

"그거 다행이네."

"그리고 혹시 네가 나한테 생일 축하 노래를 불러 주고 싶어 할지도 몰라서 초를 하나 가져왔었는데 이젠 너무 늦었어. 내가 이미 불어 버렸거든. 넌 기회를 날린 거야, 아미고(Amigo, 친구)."

그의 배에 또다시 힘이 들어갔다. 하지만 이번에는 조금 빨리 진정되었다.

"아니, 아직 늦지 않았어." 그가 애써 태연한 척 말했다.

"아니, 늦었어." 나는 배를 두드리며 말을 계속했다. "넌 이 나라를 통틀어 최고의 레몬 파이를 놓쳤잖아."

"엄청난 손해를 봤군. 자, 이제 말해 봐. 네 엄마라는 분이 사는 곳이 어디야?"

"몰라."

"뭐라고?"

카일이 이글거리는 눈으로 나를 돌아보았다(아까부터 목에 생긴 심각한 문제 때문인지, 아니면 내 대답 때문인지 확실치 않았다). 그러고는 곧바로 시선을 돌렸다. "그럼 대체 지금 우리 어디 가는 건데? 맙소사, 제발 한 번이라도 똑바로 말할 순 없는 거야? 우리가 대체 여기서 뭘 하는 건지 말해 줄 수 없는 거냐고."

"알겠어, 알겠어. 흥분하지 마. 심장에 안 좋아. 처음부터 말해 줄게. 2년 전에 내 입양 문서를 손에 넣었어. 그리고 엄마 이름이 '마리아 아스티예로스'라는 것과 스페인 출신이라는 걸 알게 됐지. 다행스럽게도 아스티예로스라는 이름은 그렇게 흔한 이름이 아니야. 그래서 여행을 할 수 있게 될 때까지 기다리는 동안, 나는 36세에서 66세에 해당하는 여성 중에서 이 이름을 가진 사람을 전부 찾아봤어. 그리고 13명의 유력한 엄마 후보를 추려 냈지.”

“엄마 후보라고?”

그가 말하니까 우스꽝스럽게 들려서 나는 그의 말을 무시하고 이어서 말했다. “첫 번째 엄마 후보가 사는 곳은 안달루시아 지방에 있는 그라나다라는 도시야. 남쪽에 있어.”

“뭐, 금방 만나겠네.” 그가 길가의 표지판을 가리켰다. 나는 깜짝 놀랐다. 거기에는 ‘그라나다(Granada), 15킬로미터’라고 적혀 있었다.

“말도 안 돼.” 나는 이미 흥분한 상태로 대답했다.

나는 GPS를 확인했다. 목적지까지는 10분 정도 남은 상태였다. “맙소사, 맙소사, 맙소사, 지금 내 꼴 좀 봐. 왜 아무 말도 안 해 줬어? 좀 깨워 줄 순 없었어? 머리 빗고 옷을 갈아입어야겠어. 넌 이해 못 하겠지만, 이런 꼴로 나타날 순 없어.”

재미있어하는 카일의 표정이 모든 걸 말해 주고 있었다. 지금 아무것도 이해하지 못하고 있다는 걸. 나는 벌떡 일어나 앉아서 단 몇 분만이라도 시간이 느리게 흘러가 주기를 기도했다. 곧 엄마를 만나게 된다는 사실을 믿을 수가 없었다. 나는 이 순간을 맞이할 준비가 아직 되어 있지 않았다. 어떡하지? (오, 신이시여, 제발!)

카일

미아가 재빨리 자리에서 벌떡 일어나더니 내 어깨를 짚고 밴 뒷 좌석으로 자리를 옮겼다. 손끝이 잠깐 닿는 것만으로도 온몸이 다시 짜릿해졌다. 그리고 그 100만 분의 1초 동안 미아가 손을 떼지 않기를 바랐다. 미아가 미끄러지듯 앞 좌석을 벗어나 뒤로 사라지는 동안, 나는 이런 내 엉뚱한 생각들도 같이 떨치려고 애를 썼다.

좋아, 당장 원래의 카일 모드로 뇌를 되돌려야 해. 나는 눈앞에 놓인 도로에 정신을 집중했다. 하지만 효과가 없었다. 짜릿한 느낌은 계속되었다. 나는 심호흡이라도 해서 그 느낌을 떨치려고 깊이 숨을 들이마셨지만, 운이 따르지 않았다.

잠시 후, 고대 도시 그라나다가 산마루 위로 모습을 드러냈다. 그곳에는 높은 담과 여러 개의 탑으로 둘러싸인 무어 스타일의 인상적인 석조 궁전이 자리하고 있었다. 성벽으로 둘러싸인 도시 너머에는 눈 덮인 산봉우리들이 도시를 수호하듯 핏빛 하늘을 배경으로 장엄하게 솟아 있었다. 믿기지 않을 정도로 놀라운 풍경이었다. 기내에 비치되어 있던 잡지에서 이 궁전에 대해 읽은 기억이 났다. 이름이 '알람브라'라고 했던 것 같다. 사진으로 봤을 때도 근사했지만, 직접 눈으로 보니 숨이 멎을 지경이었다. 완전히 다른 시간, 다른 장소로 이동한 느낌이었다. 내가 한 일로 인해 친구들이 죽지 않은 그런 시간과 장소, 경고도 없이 비극이 삶을 박살 내지 않는, 그런 시간과 장소 말이다. 부모님도 이곳을 마음에 들어 할 터였다. 노아도 물론이었다.

그런데 그때, 뭔가 이상한 느낌이 들었다. 미아가 1분 넘게 조용했다.

"야, 미아, 거기 너 괜찮냐?"

대답이 없었다.

"너 지금 엄청 멋진 풍경을 놓치고 있어. 여기 진짜 믿을 수 없을 정도로 끝내줘."

미아는 여전히 대답하지 않았다. 나는 걱정되기 시작했다. 한마디 할 기회를 절대 놓칠 애가 아니었다. 그래서 나는 백미러를 통해 미아를 확인했다. 미아는 티셔츠를 벗은 채 내게 등을 돌리고 있었다. 그 모습은 자석처럼 나를 끌어당겼다. 거울에서 시선을 떼야 한다고 생각했지만, 그럴수록 눈은 더욱 그곳으로 향했다. 미아는 정말 매력적이었다. 내가 인정하고 싶지 않을 정도로 매력적이었다. 나는 평소보다 더 자주 가속 페달에서 발을 뗐다. 미아가 허리를 굽히고 가방에서 티셔츠를 꺼냈다. 뒤에서 차 한 대가 경적을 울렸다. 알았어, 알았다고. 나는 뒤를 돌아보며 속도를 조금 올렸다. 다시 백미러를 확인했을 때 이미 미아는 티셔츠를 입은 상태였다(물론, 뒤집어서). 그리고 그 위에 카디건을 걸치고 있었다. 넋을 놓고 보던 나는 그녀가 나를 돌아보는 것도 알아채지 못했다. 젠장. 나는 가능한 한 빨리 시선을 돌렸다.

맙소사, 내가 대체 왜 이러지? 저번에 폭포에서 평정심을 잃었던 일로 인한 일시적인 부작용 같은 게 틀림없었다. 온라인에서 검색해 봐야 할 듯했다. 스톡홀름 증후군 같은 증상 중 하나일지도 몰랐다. 물론, 이건 자살하는 걸 방해한 사람에게 이상한 감정을 느끼기 시작했다는 점이 다르긴 하지만. 모르겠다. 아무튼 뭐가 됐든 간에, 미아가 조수석으로 돌아와 앉았을 때 나는 이미 뺨이 화끈거렸다.

"더워?" 미아가 물었다. 너무 아무렇지 않게 말해서 괴로웠다. "에어컨 켜 줄까?"

"아니, 당연히 아니지. 네가 감기 걸리는 건 싫으니까. 진심인데, 나 때문에 카디건 입고 있을 필요 없어."

"아, 아니야, 그런 거. 그냥 입고 싶어서 그래." 미아가 카디건 단추를 아래쪽에서부터 채우며 말했다. "그냥…… 잘은 모르겠지만…… 안전하다는 느낌이 들거든.”

나는 곁눈질로 미아를 봤다. 그녀는 눈에 띄게 걱정스러운 표정으로 색바랜 티셔츠 가장자리를 카디건의 목깃과 소매 아래 숨기려고 애쓰고 있었다.

우리는 신호등 앞에 정차했다.

“3분 후에 목적지에 도착합니다.” GPS가 알려 주었다.

미아의 호흡이 거칠어졌다. 거의 헐떡거리고 있었다. 미아는 청바지에 손바닥을 문질러 닦으며 심호흡하려고 애쓰고 있었다. 조수석 거울을 내리고 매무새를 살폈다. 머리를 올렸다 내렸다, 다시 올리기를 반복했다. 그러고는 1초도 채 지나지 않아 목소리를 가다듬고 다시 거울을 흘깃거리며 머리를 긁적이더니, 말없이 나를 바라보았다. 나는 그 눈을 마주 보았다. 공포에 질려 있었다. 미아가 내 손을 잡더니 손목을 틀어 시간을 확인했다.

“조금 늦은 시간인 것 같지 않아?” 미아가 불쑥 말했다. “맞아, 좀 늦은 것 같아. 이런 시간에 초대도 받지 않은 집에 불쑥 찾아가기는 좀 그렇잖아? 저녁 식사 중일 수도 있고, 또—”

“아, 왜 그래, 아직 대낮이야.” 나는 달래듯 말했다. “게다가 책자를 읽어 보니 여기 사람들은 늦게 저녁을 먹는다던데.”

“아니, 아니야, 아니야.” 미아가 대시보드에 있는 내 휴대전화를 집어 들며 말했다. “오늘은 정말 긴 하루였어. 벌써 지쳐 버렸어." 미아가 휴대전화에 뭔가를 입력하고 있었다. "좋아, 내일 일찍 희망찬 아침을 시작하자."

그 순간 미아는 정말 지쳐 보였다. 피부가 푸르스름해 보일 정도로 창백했고, 두 눈 아래에는 다크서클이 드리워져 있었다. 미아가 내 휴대전화를 다시 대시보드에 올려놓았다. 새 주소가 입력되어 있었다.

"오늘 밤 묵을 곳을 예약했어." 그녀가 말했다. "가서 말하기만 하면 돼."

내가 무슨 말을 하기도 전에 미아는 자리에서 일어나 뒷좌석으로 미끄러지듯 넘어갔다. 신호등이 녹색으로 바뀌었다. 나는 거울 속으로 그녀를 바라보며 가속 페달을 밟았다. 다시 한번, 미아는 자신이 감당할 수 있는 것보다 무거운 짐을 어깨에 지고 있는 것처럼 느껴졌다. 미아는 힘겨운 표정으로 침상을 펴고 누웠다. 옷을 그대로 입은 채.

목에 뭔가 걸린 듯 답답했다. 나는 조금 더 속도를 냈다. 이제 내가 바라는 건 목적지에 도착하는 것, 그리고 약간의 행운이 따라 준다면, 그녀 옆에 머무는 것이었다.

카일

마침내 캠프장에 도착해 배정받은 자리에 들어서자마자 미아는 바로 잠이 들었다. 날이 어두워지면서 머리 위로 별이 하나둘 떠오르기 시작했다. 우리 자리는 공간이 넉넉했다. 덤불과 초록 잎 무성한 나무들, 하얀 작은 꽃들이 사방을 보호하듯 둘러싸고 있었다. 미아가 좋아할 것 같았다. 나는 미아를 향해 고개를 돌렸다.

"미아." 나는 부드럽게 속삭였다. 하지만 미아는 몇 광년이나 떨어진 곳에 가 있었다.

마지막으로 식사한 지도 몇 시간이 지났다. 잠에서 깨면 배고파할 게 뻔했다. 나는 캠프장에 있는 식당에서 먹을 것을 찾아보기로 마음먹었다. 차 문을 열자, 곧바로 수백 마리의 새들이 지저귀는 소리가 들려왔다. 거기에 귀뚜라미와 매미의 합창, 음악 소리, 아이들의 웃음소리가 뒤섞여 있었다. 한창 꽃이 만발

한 오렌지 나무의 달콤한 향기가 스며들듯, 산들바람에 실려 날아왔다. 플로리다에 계시는 할머니와 할머니의 집이 생각났다. 우리는 매년 이맘때면 할머니를 방문하곤 했다. 할머니 집에는 오렌지 꽃냄새와 할머니의 특제 시나몬 쿠키 냄새가 가득했다.

미아가 깨어나면 이걸 볼 거라는 생각에 나도 모르게 미소를 지었다. 이것 봐라, 또 미아 생각을 하고 있네. 나는 이것이 오직 하나만 생각하는 이상한 증후군의 증상이라고 생각하려 노력했다. 틀림없었다. 지금 머릿속에는 오직 한 가지 생각으로 꽉 차 있었다. 그건 바로 미아였다.

나는 우리 구역에서 벗어나 자갈이 깔린 길을 따라 걸었다. 길 양쪽에는 다양한 색과 모양의 덤불과 올리브 나무들이 사람들의 호기심 어린 시선으로부터 텐트와 얼마 안 되는 캠핑족들을 보호해 주고 있었다. 자유분방한 분위기였지만, 자홍색에 형광 녹색을 띤 우리 밴을 이길 사람은 아무도 없었다. 어떤 구역에는 아이를 동반한 가족들이, 어떤 구역에는 커플들이 있었다. 반면 친구들끼리 모여 잡담과 농담을 주고받는 구역도 있었다.

그러다 세 남자가 록 음악을 틀어 놓고 맥주를 홀짝거리며 시끄럽게 웃고 떠드는 새빨간 색의 텐트를 지나게 되었다. 나는 걸음을 늦췄다. 난데없이 분노가 턱까지 치솟았다. 미친 듯이 소리 지르고 싶었다. 욕을 퍼붓고 싶었다. 저 빌어먹을 음악을 꺼 버리고 저 멍청한 웃음을 저들의 얼굴에서 없애 버리고 싶었다. 빌어먹을, 저 개소리를 아무도 간파하지 못한단 말이야? 결국 우린 삶에 지고 말 거라는 사실을 알면서 어떻게 저렇게 웃을 수 있지? 순간, 나는 깊이 숨을 들이마시며 레스토랑에서 파이 조각을 앞에 둔 채 힘없이 앉아 있는 미아의 모습을 마음속으로 그려 보았다. 그리고 미아가 밴 안에서 평화롭게 잠들어 있는 모습을 떠올렸다. 분노가 수치심으로 바뀌었다. 젠장, 가끔은 내가 미쳐 가는 것 같다. 하지만 평생 이어질 광기가 시작되기 전에 그것을 깨고 나와야 할 사람은 결국 나였다. 평생 아무것도 바뀌지 않을 것 같은, 모든 걸 당연히 감수하고 살아야할 것 같은 과대망상에서 벗어나야 했다. 그런 것들은 눈 깜짝할 사이에 모든 걸 무너뜨리고 발목을 잡을 가능성이 있었다.

나는 잠시 생각을 접고 세 남자를 조심스럽게 바라보며 사과했다. 그런 다음 걸음을 재촉했다. 미아가 깨어나 또다시 공황 발작을 일으키거나, 더 나쁘게는 내가 자신을 떠났다고 생각하게 두고 싶진 않았다.

원목 테이블과 파란색 체크무늬 식탁보가 있는 레스토랑 테라스는 사람들로 가득했다. 다행스럽게도 안쪽은 비어 있었다. 아무도 보지 않는 TV 채널만 윙윙거릴 뿐이었다. 노란 앞치마를 두른 한 중년 여자가 테라스에 있다가 나를 보고 들어왔다.

"푸에도 아르다를레, 호벤(¿Puedo ayudarle, joven? 도와드릴까요, 젊은이?)" 그녀가 활짝 웃으며 물었다.

"죄송합니다. 전 스페인어를 못해요. 혹시 영어 할 줄 아세요?"

"조금은요."

"다행이네요." 나는 조금 느리게 말했다. "이곳의 전통 음식을 좋아하는 친구가 먹을 요리를 찾고 있어요. 추천해 주실 수 있나요?"

그녀가 얼굴을 찡그리며 아랫입술을 깨물었다. '조금은' 한다는 영어의 의미는 정말 문자 그대로 '조금'을 의미하는 모양이었다.

"보통의 스페인 요리요." 나는 포크를 입에 가져다 대는 시늉을 하며 말했다. "일반적인 거, 먹는 거요."

"아, 티피코(Típico, 대표적인 거), 클라로(Claro, 물론이지요)."

여자가 환한 얼굴로 고개를 끄덕였다.

그녀는 따라오라는 손짓을 하더니 바로 가서 커다랗고 둥근, 노란 파이처럼 생긴 것을 가리켰다.

"오믈렛, 감자, 좋아요." 그러고는 기대해도 괜찮을 거라는 신호를 보냈다. "좋아요, 맛있어요."

나는 고개를 끄덕인 후 그것 2인분과 디저트 진열장에 보이는 치즈 케이크 두 조각을 달라고 손짓했다. 레몬 파이도 아니고 아마도 이 나라에서 제공하는 최고의 디저트도 아니겠지만, 적어도 그건 케이크였고, 우리가 어떻게든 미아의 생일을 축하할 수 있다는 걸 의미했다.

여자가 주문한 음식을 준비해 쟁반에 담는 동안, 나는 사진을 몇 장 찍어 엄마에게 보냈다. 5초 후, 나는 엄마와 아빠의 셀카와 함께 키스와 붉은 하트 2개를 받았다. 나는 혼자 웃었다.

음식이 잔뜩 올려진 쟁반을 들고 우리의 캠핑카 문체이서에 도착했을 때는 이미 날이 어두워진 후였다. 어둑한 데서 보니 자홍색도, 꽃무늬도 그리 요란해 보이지 않았다. 어쩌면 그렇게 나쁘지 않을지도 모르겠다는 생각이 들려는 찰나, 뒤에서 불빛이 우리 차를 환하게 비췄다. 휙 돌아보니 한 커플이 관광 상품 보듯 사진을 찍고 있었다. 그러더니 마치 오랜 친구 대하듯 미소 띤 얼굴로 손을 흔들고는 가버렸다. 나는 웃음이 났다. 이런 사소한 일에 화가 나지 않는다는 게 놀라웠다. 지금 내가 겪고 있는 증후군의 또 다른 증상이 틀림없었다.

"미아?" 나는 조수석 쪽 문으로 다가가 잠시 기다렸다. 하지만 안에서는 아무런 움직임도 없었다. 나는 아프지 않은 무릎에 쟁반을 아슬아슬 올린 후 가까스로 문을 밀어서 열었다. 미아는 조금도 움직인 흔적이 없었다. 30분 전과 똑같이 쪼그린 자세로 잠들어 있었다. 나는 침상과 앞 좌석 사이 좁은 공간을 비집고 들어가 조리대 겸용 카운터 위에 쟁반을 내려놓았다.

"미아, 저녁 거리 좀 가져왔어." 나는 속삭였다. 아무 반응도 없었다.

사람이 어떻게 이렇게 곤하게 잘 수가 있지? 밴의 열린 문으로 불어 들어오는 바람이 선선하게 느껴져서, 나는 미아를 따뜻하게 덮어 줄 만한 것을 찾기 위해 캐비닛을 뒤졌다. 그리고 얇은 담요 두 장으로 조심스럽게 그녀를 감싸 주고 얼굴 위로 흘러내린 머리카락을 쓸어 넘겼다. 어떤 이유에선지 이 엘프 소녀를 바라보는 것만으로도 마음이 편안해지는 느낌이 들었다. 잠시나마 내가 노아를 죽인 멍청한 놈이라는 사실을 잊을 수 있었다. 하지만 이렇게 밤새도록 그녀가 잠들어 있는 모습을 지켜보는 건 상상만 해도 소름이 끼쳤다(증후군 때문이든, 아니든 그런 행동은 용납할 수 없었다). 그래서 소리를 내지 않으려 조심스럽게 일어나 차 문을 밀어 닫았다. 하지만 결국 열려 있던 미아의 가방에 걸려 나뒹굴고 말았다. 가방이 침상 아래로 튀어나와 있었다.

나는 그걸 밀어내려고 몸을 숙이다가 미아가 가져온 몇 벌 안 되는 옷이 전부 올이 다 드러날 정도로 낡은 걸 발견했다. 게다가 미아 같은 여자애가 골라 입었을 법한 그런 옷도 아니었다. 옷가지들 옆에는 가죽으로 만들어진 일기장 세 권이 리본으로 묶여 있었다. 나는 그중 한 권을 집어 들었다. 앞표지에 '아멜리아 페이스의 일기 *I*'이라고 적혀 있었다. 나는 리본을 풀고 첫 페이지를 펼쳤다. 여러 색 사인펜으로 그린 하트와 유니콘으로 장식되어 있었다. 상단에는 '우리가 마침내 만나게 되면 물어볼 것들'이라고 적혀 있었다.

뭐야, 내가 지금 뭐 하는 거지? 나는 순간 당황해서 얼른 일기장을 덮었다. 그리고 원래 있던 자리에 돌려놓았다. 그러다 사인펜 한 뭉치가 고무줄에 묶여 있는 걸 보았다. 좋은 생각이 떠올랐다. 처음에는 터무니없고 심지어 조금 잔인하게까지 느껴졌지만, 미아의 옷 문제를 해결할 유일한 방법일 것 같았다. 그동안 못되게 군 데 대한 보상도 될 수 있을 터였다.

나는 여행 가방을 내가 본 상태 그대로 열어두고 레인지후드 조명을 켰다. 그리고 조명의 플라스틱 덮개를 제거한 후 미아의 사인펜을 집어 들고 따뜻한 전구에 펜촉을 가져다 댔다. 이제 내가 할 일은 기다리는 것뿐이었다.

미아

감은 눈 위로 햇살이 내려앉아 눈꺼풀이 간지러웠지만, 나는 잠시 기다렸다가 눈을 떴다. 하루가 시작되는 새벽의 느낌이 너무나 좋아서 모든 순간을 만끽하지 않을 수가 없었다. 거기에는 잠시 잠자리에서 느긋하게 게으름을 부리는 것도 포함되었다. 오늘 어쩌면 엄마를 만나게 될지도 몰랐다. 맙소사! 나는 벌떡 일어나 앉았다. 이렇게 편안하고 상쾌한 기분은 몇 달 만에 처음이었다. 이 기분을 기념하기 위해 나는 차창으로 달려가 밖을 내다보았다. 거의 엉덩방아를 찧을 정도로 놀라운 풍경이 반겨주었다. 이곳은 천국이었다. 나는 차창을 내리고 한껏 공기를 들이마셨다. 꽃과 생기, 더할 나위 없는 행복 등 세상 모든 좋은 것의 향기가 밀려 들어왔다. 카일도 이걸 봐야 하는데.

"카일?"

대답이 없었다. 하지만 그를 탓할 순 없었다. 카일은 지쳐 곯

아떨어진 게 분명했다. 나는 자리에서 일어나 침대를 다시 정리해 소파로 바꾸고 발로 여행 가방을 닫은 후, 한쪽으로 밀어 놓았다. 어젯밤에 너무 정신이 없어서 바닥에 아무렇게나 놓았는데, 카일이 나를 얼마나 정신없는 애라고 생각할까. 주방 카운터 위에는 케이크 한 조각이 종이 접시에 담겨 있었다. 두 번째 접시에는 (안내 책자에서 본 듯한) 정통 감자 오믈렛 같은 게 담겨 있었다. 차갑게 식은 상태였지만 냄새는 정말 유혹적이었다. 카일이 지난 밤에 가져다 놓은 게 틀림없었다. 어쩌면 자기가 배불리 먹고 남은 걸 나한테 주는 건지도 몰랐다. 그런데 문득 이런 생각이 들었다. 나한테 주는 건가? 그냥 남은 게 아니고, 설마 정말 나 먹으라고? 말도 안 되는 얘기였지만, 생각만으로도 눈시울이 붉어졌다.

몇 걸음 뒤로 물러나 루프톱 침대를 살펴보았지만, 비어 있었다.

"카일?" 다시 한번 부르며 운전석을 확인하기 위해 몸을 앞으로 기울였다. 거기에도 없었다.

괜찮아. 나는 애써 마음을 가라앉혔다. 화장실에 갔을 수도 있고, 아침 식사 거리를 사러 나간 것일 수도 있었다. 하지만 가슴이 철렁 내려앉는 느낌은 어쩔 수 없었다. 혹시 정말 나만 여기 혼자 남겨 두고 가 버린 거면 어떡하지? 어쨌든 그의 의지와 상관없이 이번 여행에 억지로 끌고 온 건 나였다. 그가 마음대로 하지 못하도록 협박하고 조종한 것도 나였다. 물론 좋은 의도에서였다. 하지만 조금 지나치게 밀어붙인 건 아닐까? 아니, 어쩌면 조금 지나친 정도가 아닐 수도 있었다.

마음이 완전히 기울어지고 있었다. 아니야, 아닐 거야, 안 돼. 나는 뒷문으로 급히 뛰어가 침대 뒤편에 자리한 짐칸을 확인했다. 카일의 더플백이 보이지 않았다. 가 버렸다! 내가 바보였다. 대체 뭘 기대했던 걸까? 결국 모두 떠나 버리는 것을. 게다가 우린 친구도 뭣도 아니었다. 서로 거의 알지도 못하는 사이였다. 내 인생 최고의 날이 될 줄 알았는데, 순식간에 완전히 혼자가 되고 말았다. 몰지도 못하는 밴과 함께 어딘지도 모르는 곳에서 오지도 가지도 못하는 채로. 나는 숨이 차기 시작했다.

좋아, 징징거릴 시간 없어. 당장 계획을 세워야 했다. 나는 소파에 털썩 주저앉아 휴대전화를 집어 들었다. 나한테는 밴이 있었고, 엄마 후보 목록이 있었다. 그러므로 지금 필요한 건 운전하는 법을 배우는 것이었다. 자자, 수백만 명의 사람들이 매일 운전하고 다닌다고. 그러니 별로 어렵지 않을 거야. 이런 걸 알려 주는 온라인 튜토리얼이 분명 있을 터였다. 휴대전화가 켜지길 기다리는 동안, 나는 가능한 모든 시나리오를 검토해 봤다. 그중에 단연코 최악의 경우는 내 계획 전체를 망쳐놓을 게 뻔했다. 그건 바로 무면허로 운전하다 경찰에 붙잡히는 경우였다. 경찰은 그 자리에서 내 신원을 조사해 나를 다시 앨라배마로 되돌려보낼 테고, 그러면 곧장 병원행이었다. 좋아, 차선책이 필요해. 이건 그렇게 복잡하지 않았다. 그냥 나 대신 한 일주일 동안 운전해 줄 사람만 찾으면 되는 일이었다. 물론 무료여야 했다. 불안으로 심장이 터질 것 같았다. 바로 그때, 밴의 문손잡이가 위아래로 움직이기 시작했다.

멋진데. 지금 내게 필요한 건 바로 강도를 만나는 거였구나. 나는 벌떡 일어나 손잡이를 붙들고 침입자를 향해 소리 지를 준비를 했다. 그러고 나서 홱 문을 잡아당겼다.

"안녕," 카일이 미소를 지으며 인사했다. 내 통제 불가한 불안을 전혀 알지 못한 표정이었다. "누가 일어났나 볼까? 어라, 드디어 일어났구나."

나는 순간 너무 당황해서 버럭 화를 내야 할지, 기뻐 울어야 할지 알 수 없었다. 그는 머리카락이 젖은 채로 어깨에 더플백을 메고 있었다. 한 손에는 맛있는 냄새가 나는 기름이 번들거리는 종이봉투 두 개를, 나머지 한 손에는 핫초코 냄새가 나는 종이컵 두 개를 들고 있었다.

"대체 어디 갔었어!" 나는 생각보다 약간 짜증 난 목소리로 물었다. "가방은 왜 가지고 간 거야? 뭐 했길래?"

그가 재미있다는 듯 한쪽 눈썹을 치켜떴다. 뭐가 그렇게 우스운지 모를 일이었다.

"아, 좋은 아침입니다, 미아 페이스 양. 답해 드리자면, 샤워했지요." 마치 내가 너무 뻔한 걸 묻는다는 듯 그가 대답했다. "그리고 돌아오는 길에 아침 식사 거리도 좀 사고요." 그가 양팔을 들어 올리며 말했다. "배 안 고파?"

"그래서 짐을 다 가져갔다고? 샤워 때문에 짐을 다 들고 갔다는 말을 나더러 믿으라는 거야?"

"왜 그렇게 화가 났어?"

나는 뭐라고 대답해야 할지 몰라서 고개를 저었다.

"네가 정신없이 자고 있길래," 그가 말했다. "이것저것 물건 꺼내느라 시끄럽게 하고 싶지 않았어."

"정말이야?"

"내 말 못 믿겠어?"

나는 대답하지 않았다.

"그러니까, 나 혼자 남겨 두고 떠나려던 게 아니라는 거지?"

그의 표정을 보니, 내 질문이 그를 슬프게 했다는 걸 짐작할 수 있었다. 카일이 나 때문에 슬프다고?

"당연히 아니지." 그가 대답했다. 맹세할 수도 있을 만큼 그 목소리에는 애정이 묻어 있었다. "계약은 계약이잖아, 안 그래?"

동시에 울고 웃고 소리 지르고 싶은 감정이 밀려들었다. 하지만 그 대신 나는 밴에서 뛰어내려 그를 끌어안았다. 카일이 웃으며 잔뜩 짐을 든 손을 양옆으로 뻗었다.

"고마워." 나는 말했다. "떠나지 않아 줘서 고마워. 내가 골치 아프게 군 거 알아. 하지만 정말 그냥 도와주고 싶어서 그랬던 거야."

"야, 야." 그가 키득거리며 말했다. "너 때문에 흘렸잖아."

나는 그를 풀어 주었다. 반이나 흘러 버린 핫초코가 내 하나뿐인 카디건 소매에서 뚝뚝 떨어졌다.

"앗, 이런, 정말 미안." 그가 말했다. 눈빛을 보니 진심이었다.

"걱정하지 마." 나는 말했다. "네 잘못 아니야."

카일이 지금 여기에 있다. 나한테 중요한 건 그것뿐이었다. 혼자 발이 묶인 채 남겨지게 될까 봐 두려워할 필요가 없었다. 카일과의 관계에 익숙해질지도 모른다는 생각만으로도 마음이 들떴다.

"이거 사 왔어." 그가 기름기 흐르는 종이봉투를 들어 올리며 말했다. "추로스라는 거래. 몇 개 먹어 봤는데, 못 먹고 지나치면 안 되겠더라고."

"추로스, 맞아, 안내 책자에 밀가루와 설탕을 섞어서 식물성 기름에 튀기는 거라고 되어 있어. 소화가 잘 되지 않아서 오랫동안 배가 부르며, 콜레스테롤과 당의 함량이 매우 높고, 심장에 좋지 않다네." 카일이 한쪽 입꼬리를 올리며 묘한 표정을 지었다. "하지만 너무 먹어 보고 싶어, 고마워."

카일이 어깨를 으쓱하며 대꾸했다. "좋으실 대로." 나는 종이

봉투 하나와 반쯤 남은 핫초코 컵을 받아들고 재빨리 밴으로 돌아갔다. 카일은 웃기만 할 뿐 움직이지 않았다.

"안 들어와? 나 배고파 죽을 것 같은데." 내가 말했다.

"아니, 벌써 시간이 많이 늦었어. 게다가 오늘은 화요일이고, 네 첫 번째 엄마 후보를 만나러 가기에 완벽한 시간이잖아. 안 그래?"

나는 고개를 끄덕였다. 너무 신이 나서 온갖 예쁜 색의 구름 위를 둥둥 떠다니는 기분이었다.

"어제랑 똑같은 주소, 맞지?" 그가 자신의 휴대전화 화면을 보여 주며 물었다. 그의 미소에 넋이 나갈 것만 같았다.

나는 여전히 하늘을 날듯한 기분을 느끼며 다시 한번 고개를 끄덕였다.

"좋아, 그럼 이제, 옷 갈아입어."

나는 대답하는 것도 잊은 채 여전히 구름 위를 나는 기분에 휩싸여 있었다. 또 한 번 싱긋 웃으면서 그가 밴 문을 밀어서 닫았다. 나는 재빨리 카디건을 벗고 얼마나 젖었는지 확인했다. 티셔츠에까지 핫초코 얼룩이 번져 있었다.

카일이 운전석에 올라타 시동을 걸었다. 나는 그를 힐끗 쳐다보았다. 어떤 이유에선지, 엄마의 집 문 앞에 섰을 때 내가 어떻게 보일지 더는 신경 쓰이지 않았다. 무엇보다도, 외모나 옷차림 때문에 자식을 사랑하지 않는 엄마가 있다는 얘기는 들어 본 적이 없었다. 나는 깊이 숨을 들이마시며 머릿속으로 희망적인 생각을 구체적으로 그렸다. 나는 가슴에 빛바랜 무지개가 그려진 파란색 티셔츠를 입을 것이다. 그 무지개가 거의 보이지 않도록 안팎을 뒤집어서.

나는 무릎을 꿇고 앉아 여행 가방을 열었다. 그런데, 심장이 3연속 공중제비를 돌다 쿵 떨어졌다. 이런 일은 있을 수 없었다. 옷이 전부 유색 잉크에 젖어 있었다. 진심으로 비명이 터져 나왔다.

카일

아침 5시쯤, 나는 이미 완전히 잠에서 깨어 있었다. 잠깐 스케치를 한 다음, 가는 길에 괜찮은 옷가게가 있는지 온라인으로 검색했다. 핫초코를 쏟은 걸 미아가 자신의 탓으로 돌리는 바람에 결과적으로 조금 지나친 장난이 되었지만, 끝에 가서는 결국 결과가 수단을 정당화해 줄 것이다. 굳이 변명하자면, 핫초코를 쏟기 전에 미아가 데이지 않겠다는 확신이 들 때까지 캠프장을 두 바퀴나 돌면서 입으로 불어서 식혀둔 터였다.

시동을 켜기 전에, 나는 고개를 돌리지 않고도 조수석에 앉은 미아의 모습을 볼 수 있도록 백미러의 각도를 조정했다. 그리고 캠프장을 빠져나와 GPS를 따라 우회전했다. 구시가지로 연결되는 고속 도로에 막 들어섰을 때였다. 미아가 실제 타노스라도 본 사람처럼 비명을 지르는 소리가 들렸다.

"아아악!"

어이쿠. 목소리가 어찌나 날카로운지 머리카락이 다 쭈뼛 서는 느낌이었다. 순간, 정말로 타노스가 밴 뒤에 있는 줄 알았다. 나는 감히 거울 속 미아를 쳐다볼 수 없었다. 내가 저지른 행동 때문에 미아가 화를 낼 줄은 알았지만, 낡아 빠진 바지와 티셔츠 몇 벌 때문에 저토록 절망할 줄은 미처 생각하지 못했다.

밀려드는 죄책감에 당황한 사이, 미아가 앞 좌석으로 넘어와 조수석에 털썩 앉으며 말했다.

"이것 좀 봐." 지금까지 내가 들어 본 중 가장 절망적인 목소리로 미아가 말했다.

나는 최선을 다해서 내가 한 거 아니라는 눈빛을 보내고 다시 도로 쪽으로 시선을 돌렸다. 미아가 티셔츠 밑단을 아래로 잡아당겨 내게 그 눈부신 흔적을 보여 주었다. 곳곳이 온통 잉크 자국이었다.

"음." 나는 농담을 건네려고 노력했다. "적어도 뒤집히진 않았네."

"난 정말 덜렁인가 봐."

미아가 티셔츠를 노려보며 말했다.

"그런 말 마."

"하지만 사실이잖아." 미아가 신음하며 말했다. "사인펜이랑 옷을 같이 가방에 넣다니. 그것도 옷 전부랑 같이. 봐 봐."

미아가 찌푸린 얼굴로 앞을 똑바로 바라보며 침묵에 빠졌다.

그러고는 고개를 절레절레 흔들며 말했다. "이해가 안 돼. 어제도 펜을 사용했는데 괜찮았거든. 잉크가 샐 만큼 지금 날씨가 그렇게 더운 것도 아니고 말이야."

"그러게, 음." 나는 의도를 감추느라 엄청나게 애쓰며 대답했다. "나도 몇 번 겪어 봤어. 아마 네 가방이 햇빛에 너무 오래 노출되었거나, 엔진에 너무 가까웠나 보지. 누가 알겠어? 지구 온난화······ 뭐 그런 거랑 관계가 있을지도 모르잖아."

머리가 어떻게 된 거 아니냐는 표정으로 미아가 나를 쳐다봤다. 미아의 판단이 옳았다. 지구 온난화라니? 제정신으로 하는 말인가? 뇌가 고장 난 게 분명했다. 죄책감은 여전히 속을 불편하게 만들었다. 내 축축한 손이 모든 걸 폭로하지 않기만을 바랄 뿐이었다. 미아가 자기 배낭에 손을 넣어 유니콘이 그려진 지갑을 꺼냈다. 그리고 지갑을 열며 아랫입술을 깨물었다. 미아는 안절부절못하고 있었다. 그리고 지금 나는 그녀가 엄마를 처음 만나는 일을 좀 더 편안하게 느끼게 해 주기 위해 깜짝 놀랄일을 준비 중이었다. 그리고 이미 대성공을 거두고 있었다.

우리는 그라나다의 구시가지에 진입했다. 어디를 보더라도 고대 석조 건물과 발코니가 달린 흰색 집들이 보였다. 정말 경이로웠다. 노아라면 이 모든 걸 사진에 담고 싶어 했을 것이다. 젠장, 다시 메스꺼워지기 시작했다. 마치 나한테는 이런 걸 즐길 권리가 없다는 걸 상기시키는 듯했다. 아주 잠깐이었지만 나는 그곳에서 거의 예전의 카일이 된 듯한 느낌을 받았다. 아무도 죽이기 전의 카일, 그 많은 사람의 인생을 망쳐 버리기 전의 카일 말이다. 하지만 지금은 자기 연민에 빠져 있을 때가 아니었다. 미아를 보니 한 손으로 돈을 세면서 다른 한 손은 손톱을 물어뜯고 있었다.

"어이, 왜 그래." 나는 안심시키려 애쓰며 말을 걸었다. "그렇게 나쁜 상황은 아니야. 누구한테나 일어날 수 있는 일이라고."

우리는 내가 골라 놓은 옷가게와 가까워지고 있었다. 하지만 나는 아직 아무 말도 하지 않았다.

"그렇게 나쁜 상황은 아니라고? 그럼, 내가 대체 지금 뭘 해야 하는데? 이런 몰골로 엄마 집에 나타날 순 없어."

빙고. 이보다 완벽한 타이밍은 있을 수 없었다.

"정말 이런 걸로 그렇게 예민하게 굴 거야? 좋아, 네 펜에서 잉크가 새어 나왔고, 옷이 다 현대 미술 작품처럼 됐다고 쳐. 어쩌면 오히려 잘된 일일 수도 있다고 생각해 본 적 없어? 그러니까, 이제 옷을 좀 바꿀 때가 된 걸 수도 있지. 어디든 차를 좀 세우고 새 옷을 사자. 끝."

나는 미아가 고개를 저으며 얼마 안 되는 돈을 세 번째로 세기 시작하는 모습을 거울로 지켜보았다. 내 GPS가 신경에 거슬리는 오만불손한 목소리로 내게 우회전하라고 지시했지만, 나는 이번만큼은 지시를 무시해도 된다는 사실에 신이 나서 곧장 직진했다.

"뭐 하는 거야?" 미아가 불쑥 고개를 쳐들며 물었다. "GPS가 우회전하라고 했잖아."

"맞아, 나 귀 안 먹었어. 하지만 저 앞에 가게가 몇 군데 있던 데."

"아니. 그냥 계속 가 줘."

나는 미아의 말을 못 들은 척하며, 적어도 300년은 되어 보이는 건물에 자리 잡은 한 세련되고 현대적인 매장 앞에 차를 세웠다. 그 두 요소의 대비가 너무 뚜렷해서, 곧장 스케치북을 꺼내 그리고 싶을 정도였다. 하지만 미아는 별 감흥이 없는 듯했다. 거리를 통틀어 딱 하나 남은 자리에 차를 세우는 동안, 미아는 단단히 팔짱을 낀 채 나를 노려봤다.

"아, 왜 그래." 내가 일부러 명랑한 척하며 말했다. "너도 그런 꼴로는 엄마한테 못 가겠다고 했잖아."

"생각 좀 해 보고."

"생각 좀 해 보겠다고? 혹시 내 옷을 빌릴 생각을 하고 있다면, 꿈 깨."

미아는 웃나 싶더니, 어깨를 움츠리며 안절부절못하기 시작했다. "난 옷 못 사, 알아?" 미아가 조심스럽게 말했다. "난 예산이 빠듯하다고."

"좋아." 나는 약간 들뜬 목소리로 말했다. "그렇다면 우리 둘의 문제가 다 해결되겠네."

미아가 불현듯 내 정신 상태가 의심스럽다는 눈빛으로 쳐다봤다. 나는 바닥에 내려놓았던 배낭을 집어 우리 둘 사이에 놓은 다음 아빠가 준 신용 카드를 꺼내 보여 주었다.

"미스터 베어 허그(이 말은 미아를 웃게 만들었다), 그러니까 우리 아빠가 이번 여행에 쓰라고 이 신용 카드를 주시면서 한도액이 다 찰 때까지 쓰라고 부탁, 아니 잠깐, 간청하셨거든. 만일 내가 아무것도 사지 않으면, 아빠는 내가 끔찍한 시간을 보내고 있다고 생각하실 거고, 그러면 한 무리의 정신과 의사들을 보내 나를 찾으려 하고도 남을 거야. 농담 아니야."

미아의 안색이 약간 창백해졌다. 나는 계속해서 말했다. "우리 아빠가 대사관에 연락해서 수색대를 보내는 거, 너도 원치 않겠지?" 나는 과장에 능한 편이 아니었지만, 상황이 어쩔 수 없었다. "왜냐하면 아빠는 정말 그러고도 남을 사람이거든." 미아는 담갈색 눈을 크게 뜨며 고개를 저었다. 마치 뭔가 말로 하기 힘든 걸 상상하는 듯했다. "늦은 생일 선물이라고 생각해도 좋고." 나는 말했다.

미아가 내 얼굴을 자세히 들여다보며 곰곰이 생각했다. 잠시, 받아들이려는 듯 보였다. 하지만 미아가 턱을 들어 올렸을 때, 결국 나는 내가 완전히 잘못 생각했다는 사실을 깨달았다. "고마워. 하지만 그 제안은 받아들일 수 없어." 미아가 도도한 표정으로 말했다.

"아니 받아들여도 돼."

미아는 고개를 저으며 창밖을 바라보았다.

"제발, 그렇게 너무 고고하게 굴지 말고." 내가 말했다.

미아는 내 말을 못 들은 척했다.

"좋아." 나는 어깨를 으쓱했다. "그럼 내가 네 마음에 안 드는 걸 가져와도 후회하지 마." 나는 신용 카드를 주머니에 쑤셔 넣고 추로스 두 개를 집어 든 후(당연히 한 봉지는 오늘 아침에 이미 다 먹어버렸다) 밴에서 내렸다.

미아가 뒤따라오길 바랐지만, 내 뒤를 따르는 건 미아의 시선뿐이었다. 미아는 깨닫지 못했겠지만, 나는 매장 진열창에 비친 미아의 모습을 볼 수 있었다. 그리고 왠지 시간이 갈수록 점점 더 그녀를 보는 게 좋았다.

미아

나는 카일의 배낭에 기댄 채 그가 매장 안으로 사라져 가는 모습을 지켜보았다. 정말 자기가 말한 대로 하려는 걸까? 정말 아빠의 신용 카드를 써야 한다면, 내 옷 대신 자기 물건을 사면 되는 거 아닌가? 도무지 말이 되지 않았다. 터무니없는 생각이지만, 왠지 그냥 우연히 이 매장에 온 게 아닌 듯했다. 카일은 거짓말에 더럽게 서툴렀지만, 나도 그렇게 곧이곧대로만 사는 사람은 아니었다. 원래 이번 여행을 같이 오기로 했던 사람이 실은 노아였다는 사실도 아직 말하지 않았다. 그것에 대해서는 생각하고 싶지 않았다.

한 번 생각하기 시작하면 멈출 수 없을 게 뻔했다. 그리고 지금부터 몇 분 안에 엄마를 만나게 될지도 모른다는 사실만으로도 이미 하루치 흥분 지수 초과였다.

정신을 딴 데로 돌리기 위해 매장에 진열된 옷들을 구경했다.

나도 모르게 입가에 미소가 번졌다. 정말 예쁘고 아름다운 옷들이었다. 마치 뭔가가, 아니 누군가가 오로지 나를 위해 준비해 놓은 것 같았다.

나는 자리에서 일어나 앉다가 그만 카일의 배낭을 건드려 넘어트리고 말았다. 내용물이 운전석으로 쏟아졌다. 이런. 갈색 가죽끈이 달려 있고 주머니가 많은 그런 배낭 중 하나였다.

나는 재빨리 그의 소지품들을 주워 담기 시작했다. 매우 건강에 해로운 껌 한 통, 선글라스 한 개, 연필이 가득 담긴 상자, 지우개 두 개, 연필깎이, 파란색 모자, 가죽 지갑, 그리고 휴대전화 충전기였다. 가속 페달과 브레이크 페달 옆 바닥에는 책 한 권과 메모장이 떨어져 있었다.

나는 책을 집어 들었다. 낡은 가죽 표지 위에 금박으로 '라빈드라나트 타고르 시선집(The Complete Poetical Works of Rabindranath Tagore)'이라는 제목이 적혀 있었다. 나는 그 부드러운 가죽을 손가락으로 훑으면서 코에 가져다 댔다. 도서관에서 나는 고풍스럽고 은밀한 냄새가 났다. 나는 책을 펼쳤다. 누렇게 바랜 페이지 위로 여러 구절에 밑줄이 그어져 있었다. 그중 하나가 내 시선을 붙잡았다.

마음속 비밀을 혼자 간직하지 마시게, 친구여!
내게, 오직 내게, 은밀하게 말해 주게.

그 다정한 웃음, 그 부드러운 속삭임을 나는 귀가 아니라 마음으로 들을 테니.

마치 그 글자들은 단순한 글자 그 이상인 듯했고, 단어들은 구절 그 이상인 듯했으며, 언어를 넘어서는 뭔가가 내게 말을 거는 것 같았다. 어쩌면 내가 카일을 너무 야박하게 판단한 걸지도 모르겠다는 생각이 들었다. 이런 걸 읽는 사람일 거라고는 생각하지 못했다. 나는 그 구절을 다시 한번 읽었다. 그리고 그가 정말 그렇게 해 주기를, 내게 마음을 열고 고장 난 자신의 마음속 비밀을 털어놔 주기를 바라고 있음을 깨달았다.

나는 고개를 돌려 매장을 바라보았다. 하지만 카일은 어디에도 보이지 않았다. 나는 책을 배낭에 다시 넣어 두고 노트를 집어 들었다. 우리가 초등학교 3학년 때 사용했던 그런 스케치북 중 하나였다. 카일이 마지막으로 쓴 페이지가 펼쳐진 채 떨어져 있었다. 뒤돌아서 있는 엘프 소녀의 그림이 그려져 있었다. 상반신을 벗은 채 청바지를 입고 머리를 위로 올리고 있는 모습이었다. 스케치를 자세히 살펴보다가, 어쩌면 나일지도 모른다는 느낌이 들었다. 솔직히, 애초에 불가능한 일이 아니었다면 정말 나라고 맹세할 수도 있을 정도였다. 맙소사, 나 이러면 안 되는데. 심장이 쿵쾅거리기 시작했다.

나는 다시 매장의 진열창을 건너다보았다. 이번에는 죄책감이 신경을 건드리는데도 불구하고 스케치북을 넘기지 않을 수가 없었다. 그림들이 너무 멋졌다. 우울한 그림도 있고 밝고 즐거운 분위기의 그림도 있었지만, 모두 깜짝 놀랄 만큼 생동감 있었다. 그 그림들은 뭔가 다른 것, 선과 형태를 뛰어넘는 뭔가를 전하고 있었다. 나무와 바위, 심지어 건물들까지 하나의 영혼에서 솟아난 듯했다. 시선에는 깊은 열망이 가득했으며, 들려주고 싶은 비밀이 흘러넘쳤다. 나는 그 소녀 그림을 한 번 더 들여다보았다. 간절히 그 소녀가 되고 싶었다.

갑자기 심장이 빨리 뛰기 시작했다. 마치 위험을 감지했을 때 같았다. 이번에는 아마도 지금 막 발견하기 시작한 카일의 매력에 빠질 위험 때문인 것 같았다. 하지만 조수석 창문 앞에 그림자 하나가 어렴풋이 나타나 나를 기절 일보 직전까지 가도록 놀라게 했을 때, 나는 그런 위험 때문에 심장이 뛰는 게 아니었음을 깨달았다.

"앗!" 나도 모르게 요란한 비명이 터져 나왔다.

진한 파란색 유니폼을 입은 여자가 꼼짝도 하지 않고 보도에 서서 나를 바라보고 있었다. 이크, 설마 무분별한 행동을 하고 다닌다고 스페인 경찰이 나를 처벌하는 건 아니겠지. 나는 죄책감이 그대로 드러난 얼굴로 그녀를 바라봤다. 그녀가 창문을 내리라는 손짓을 했다. 나는 군말 없이 그대로 따랐다.

"에스타 엔 우나 소나 레굴라다(Está en una zona regulada,

이곳은 규제 구역입니다)." 그녀가 말했다.

"죄송해요, 그런데……." 나는 조심스럽게 서투른 스페인어를 시도했다. "노 아블로 에스파뇰(No hablo español, 전 스페인어를 못해요)." 유튜브로 일 년 내내 스페인어 튜토리얼을 열심히 본 후 내가 할 수 있는 말은 스페인어를 못한다는 말, 그리고 말끝에 "무차스 그라시아스(Muchas gracias, 대단히 감사합니다)"와 "데 나다(De nada, 천만에요)"를 덧붙이는 게 전부였다. 알고 보니 유전적 결함은 내 심장에만 있는 게 아니었다. 외국어 학습 능력도 심각했다.

그 여자가 몇 미터 떨어져 있는 주차권 자동판매기를 가리키며 엄지와 검지를 함께 비볐다.

"아, 그렇군요, 미안합니다." 나는 안도의 한숨을 내쉬며 말했다. "제가 실수했네요, 주차증을 받아야 한다는 거지요?"

경찰관이 엷은 미소를 지으며 고개를 끄덕이고는 내게서 눈을 떼지 않은 채 다음 차로 다가갔다. 나는 재빨리 스케치북을 다시 배낭에 넣은 후 손을 털었다. 마치 그렇게 하면 내 범행의 증거를 없앨 수 있다는 듯이. 그런 다음 지갑을 집어 들고 밴 밖으로 나왔다. 그리고 경찰관은 내가 주차권 판매기에 동전을 넣을 때까지도 계속 나를 주시하고 있었다. 혹시 저 경찰관이 우리 엄마일 수도 있다는 생각에 등골이 서늘했다.

주차권이 나오기를 기다리는 동안, 나는 떠들썩거리는 보도

위의 다른 여자들을 둘러보았다. 그들 중 누구라도 우리 엄마일 수 있었다. 어쩌면 방금 나를 지나쳤을지도 모르는 일이다. 갑자기 가슴에 벼락같은 통증이 느껴졌다. 생각을 멈추라는 신호였다. 휴스턴 메모리얼 병원의 아동 심리학 전문의인 브루너 박사님은 늘 생각을 너무 많이 하면 불안해질 수 있다고, 약한 심장에는 치명적이라고 말씀하시곤 했었다. 이런 순간에는 머릿속을 텅 빈 캔버스로 만드는 게 좋다고 했다. 박사님 말씀이 옳다는 걸 나도 안다. 다만 내 머릿속은 아무리 상태가 좋을 때라도 총천연색 생각들이 동시다발적으로 떠오르는 게 문제였다.

나는 주차권에 몇 분 후 돌아오겠다는 메모를 남긴 후 대시보드 위에 올려놓았다. 그런 다음 어깨에 카메라를 메고 거리의 인파 속으로 뛰어들었다.

내 평생에 처음으로, 오롯이 혼자였다. 완전히 자유라는 느낌이 들었다. 그런데 이상했다. 왠지 내가 상상했던 것과는 달랐다. 행복할 거라고, 심지어 황홀할 거라고 믿었었는데, 오히려 낯설고 불편했다. 숨 막힐 듯한 슬픔이 밀려들면서, 나는 이 자유를 오래 누리지 못할 거라는 생각이 들었다. 이 순간이 영원히 지속되게 해 달라고 빌고 싶었다. 아니, 이런 소원을 빌면 안 된다. 나는 충분히 오래 살았다. 충분한 정도가 아니다. 엄마만 만나고 나면 내가 바라는 건 오직 고통에서 벗어나는 것, 싸움을 멈추는 것뿐이다. 사는 건 고단한 일이었다. 나는 끊임없이 밀려드는 생각에서 벗어나기 위해 머릿속을 눈부신 색으로 채워 넣고 구시가지를 탐색하는 데 집중하면서 주의를 끄는 것들을 사진에 담았다. 나중에 사진 블로그에 올리기 위한 것이었다. 자갈이 깔린 좁은 길, 수제 가죽 제품과 고리버들 바구니를 파는 전통 상점, 수백 년 된 석조 교회들, 도시를 휘감으며 굽이굽이 흐르는 강, 관광객들이 빵부스러기 던져 주는 리듬에 맞춰 파닥이는 비둘기들, 투박한 나무 문, 가파른 경사면, 회반죽을 바른 하얀 집들과 다양한 색의 화분을 자랑하는 발코니 등이 내 카메라에 담겼다. 다채로운 꽃향기를 한껏 들이마시니 마침내 고동치던 심장이 서서히 차분해지는 게 느껴졌다.

교회 종탑의 시계를 확인하니 벌써 30분이 지나 있었다! 내 머릿속 시계가 고장 난 모양이었다. 정말 5분밖에 지나지 않은 줄 알았다. 주차권 시간이 곧 끝날 것 같아서 미로 같은 골목길을 서둘러 빠져나왔다.

마침내 밴이 주차된 거리로 이어지는 가파른 언덕에 도착했다. 그때 카일이 양팔에 쇼핑백을 가득 들고 또 다른 상점에서 나오는 모습이 보였다.

쟤 완전히 미친 거 아니야?

솔직히, 화가 난다기보다는 호기심이 일었다. 그래서 찌푸린 얼굴 그대로 내 폐가 허락하는 만큼 가능한 한 빨리 카일을 향해 걸음을 옮겼다.

카일

결국 내 신용 카드를 사용했다. 다행히 어젯밤 저녁을 계산한 후, 청바지 주머니에 그대로 있었다. 부모님은 절대 신용 카드를 바지 주머니에 대충 넣어 두지 말라고 했지만, 지갑을 가지고 다니는 건 아무리 해도 익숙해지지가 않았다. 그리고 일 년 내내 치즈케이크 팩토리 대기실에서 일해 모은 돈을 30분도 채 되지 않아 다 써 버렸지만, 상관없었다. 미아를 기쁘게 하는 일에 대해서는 값을 매길 수 없었다. 게다가 나를 스페인 여행에 초대할 정도로 부유한 부모님을 둔 여자 친구를 위해 옷을 산 걸 알면 부모님은 극도로 걱정하실 게 뻔했다. 만일 부모님이 상황이 이렇게 될 줄 알았다면 이 여행은 시작되기도 전에 끝났을 것이다.

미아가 좋아할 만한 선글라스를 고르느라 10분을 보낸 후 매장을 나서는데, 미아가 회오리바람처럼 뛰어오는 모습이 눈에 들어왔다. 나는 미아를 위해 산 지갑을 재빨리 선글라스가 든 쇼핑백에 넣은 다음 조수석과 운전석 사이로 집어 던졌다. 하지만 나머지 쇼핑백들을 뒷좌석에 던져 넣을 새도 없이 미아가 옆에 와서 노려봤다. 그리고 거의 호통치다시피 씩씩거리며 말했다. "뭐야? 매장을 다 털기라도 한 거야?"

나는 웃지 않을 수 없었다. 미아는 몹시 화가 난 듯 보였지만, 내 생각에 미아의 그런 반응은 분노라기보단 피로 때문인 듯했다. 반짝이는 눈빛을 보니 정말 화가 난 건 아닌 모양이었다.

"미안, 결정하기가 힘들어서." 나는 대답했다.

미아의 눈이 이 쇼핑백에서 저 쇼핑백을 빠르게 훑었다. 개수를 세는 듯했다. "설마 이거 다 내 거 아니지? 제발, 전부 내 거 아니라고 말해 줘."

"뭐, 원한다면 내가 입어 볼 수는 있지. 맞을지는 모르겠지만."

"왜 이런 멍청한 짓을 하는 거야."

"난 그렇게 생각 안 하거든. 아무튼, 내가 뭘 샀는지 보고 싶지 않아?"

미아의 눈은 보고 싶다고 비명을 지르고 있었지만, 고집 센 그녀는 절대 그렇게 대답할 생각이 없을 터였다. 미아는 턱을 내밀고 그 어느 때보다 약하게 고개를 저었다. 하지만 은근히 쇼핑백에서 시선을 떼지 못하고 있었다.

나는 옆문을 밀어 열고 쇼핑백들을 안쪽 소파 옆자리에 놓았다. "좋아." 나는 어깨를 으쓱하며 말했다. "정말 그런 꼴로 엄마를 만나고 싶다면……, 그러시든가."

미아가 입고 있는 티셔츠를 내려다봤다. 티셔츠 앞면에 잔뜩 흩뿌려진 거대한 잉크 자국을 깜빡 잊은 모양이었다. 가려 보겠다고 팔짱을 꼈지만, 될 리 없었다. 미아가 겸연쩍어하며 주위를 둘러봤다.

"얼른." 나는 말했다. "이러다 늦겠어. 그냥 들어가서 입어나 봐. 마음에 안 들거나 어울리지 않으면 오후에 다시 가서 교환하면 돼. 일단 첫 번째 엄마 후보부터 만나고."

"내가 뭐 때문에 이걸 받아들일 수 없는지 정말 이해 못 하겠어?" 미아가 절망적인 얼굴로 짐짓 화난 척 물었다.

"내가 이해할 수 없는 건, 더 나은 대안이 없다는 걸 알면서도 내 제안을 고집스럽게 거부하는 네 태도야. 게다가 대단하게 무슨 별장을 사 주겠다는 것도 아니잖아." 그리고 나는 능글맞게 웃으며 덧붙였다. "그리고 귀하께서 이 끝내주는 운전사를 고용한 기간은 단 열흘이라는 사실을 상기시켜 드리고 싶군요. 그러니 여기에 이렇게 서서 소중한 시간을 낭비하고 싶은 게 아니라면……."

미아가 할 말을 잃은 듯 입을 떡 벌렸다. 그리고는 숨을 헐떡이며 밴에 올라탔다. 그리고 문을 닫기 직전 외쳤다. "나중에 갚을 거야." 그렇게 내 앞에서 문이 닫히는 순간, 차 안에서 미아가 또 고함을 질렀다. "마지막 한 푼까지 전부 다!"

웃음이 터져 나왔다. 이상하게도 이 여자애는 나를 웃게 했다. 하지만 내가 운전석에 앉자마자 엘프의 마법 주문은 바로 풀려 버렸다. 메스꺼움과 두려움이 다시 속을 할퀴기 시작했다. 이것들은 절대 내가 그 일을 잊게 놔두지 않을 모양이었다. 마치 내가 잊을 수 있기라도 한 것처럼. 최악은, 이 끔찍한 악몽이 영원히 나를 괴롭힐 거라는 걸 내가 잘 알고 있다는 사실이었다. 매일 밤 악몽에서 깨어나 깨닫는 건 갈수록 이 악몽이 점점 더 현실적으로 느껴질 것이며 절대 끝나지 않으리라는 점이었다. 다신 운전하지 않아도 되고, 다신 차에 발을 들이지 않아도 되고, 다신 깨어나지 않을 수만 있다면 얼마나 좋을까!

하지만 "어머, 이거 너무 예쁘다"라는 미아의 목소리에 나는 또 다른 하루를 살고 싶어 하는 사람들이 사는 세상으로 다시 돌아왔다.

나는 내 휴대전화의 GPS에 주소를 다시 입력하고 가장 긴 경로를 선택했다. 그 정도면 미아에게 준비할 시간을 벌어줄 수 있을 터였다. 미아는 몇 분 동안 계속 "오오", "우와", "굉장해", "너무 예쁘다, 마음에 들어, 진짜"라며 감탄사를 연발했다. "세상에나!"가 여러 번 나온 건 물론이었다. 미아의 목소리를 들으면 들을수록 더 웃음이 났다. 끊임없이 속을 불편하게 하는 메스꺼움도 차차 참을 만해졌다.

"믿어지지 않아." 미아가 미끄러지듯 앞자리로 자리를 옮기며 말했다. "하나같이 맞춘 것처럼 딱이야."

마치 아주 오랫동안 원래 그랬던 것처럼 기분이 좋았다. 그런데 미아가 조수석에 앉아 벨트를 매려는 순간, 꼬마 하나가 빌어먹을 축구공을 쫓느라 난데없이 도로로 뛰어들었다. 젠장! 이러다 치겠어! 꼬마가 공포에 질린 얼굴로 나를 올려다봤다. 나는 브레이크를 밟으면서 미아를 보호하기 위해 손을 뻗었다. 꼬마의 얼굴이, 맙소사, 노아로 보였다. 모든 기억이 마치 선로를 벗어난 열차처럼 전속력으로 몰려와 곧장 내 가슴으로 달려들었다. 나는 속으로 비명을 지르며 브레이크를 세게 밟았다. 밴이 끼익하는 날카로운 소리와 함께 멈춰 섰다. 꼬마와 불과 1인치 떨어진 자리였다.

"괜찮아?" 미아였다. 미아의 목소리가 마치 꿈속에서처럼 멀고 나른하게 들렸다.

꼬마는 손짓으로 미안하다고 사과하고 그곳을 떠났다.

"카일?"

나는 미아를 돌아보았다. 하지만 내 정신은 그곳에 있지 않았다. 미아가 걱정스러운 표정을 지었다. 나는 고개를 저었다가, 끄덕였다. 내가 뭘 하는지도 모르면서. 나는 미아에게 집중했다. 미아는 예뻤다. 청 반바지와 일몰 그림이 있는 새 티셔츠를,

뒤집어서 입고 있었다. 문득 내가 거칠게 숨을 쉬고 있다는 걸 깨달았다. 나는 깊이 숨을 들이마신 후 세게 내쉬었다.

"야." 나는 지구상에서 완전히 사라져 버리고 싶은 기분을 감추며 말했다. "그렇게 몰래 다가와 있으면 어떡하나. 눈이 머는 줄 알았잖아. 엄청 예쁘네." 정말이었다.

"어, 됐거든." 미아가 대꾸했다. "너 정말 괜찮아? 나한테는 털어놔도 돼, 알고 있겠지만."

"심장이 멎는 줄 알았는데(사실 멎어버리고 싶었지만) 네 눈부신 모습을 보니까 괜찮아질 것 같아. 진짜야."

미아가 고개를 흔들었다. 조금 실망한 듯했다. 일촉즉발의 상황을 겪은 다리는 여전히 떨리고 있었고 발은 도저히 가속 페달을 밟을 수 있을 것 같지 않았지만. 나는 아무렇지 않은 척 백미러를 확인했다. 적어도 뒤에는 아무도 없었다. 나는 헛기침을 했다. 미아가 나를 바라보고 있다가 어깨를 으쓱하는 게 느껴졌다.

"300피트(약 1킬로미터) 전방에서 우회전하세요." GPS에서 안내가 나왔다.

"말해 봐, 어떻게 된 거야?" 미아가 말했다. 나는 미아를 바라보았다. 미아의 따뜻한 눈빛에 담긴 뭔가가 가속 페달을 밟을 용기를 주었다. "혹시 쇼핑 대행하는 부업이라도 해?"

나는 가까스로 미소를 지었다. 고동치던 맥박은 점차 안정을 찾아가고 있었지만, 다 끝내 버리고 싶은 욕구는 여전히 나를 괴롭혔다. "내 여자 친구, 주디스라고." 나는 페달에 얹은 발에 힘을 주며 말하기 시작했다. "그러니까, 전 여자 친구 주디스 때문이야. 같이 쇼핑 가 주지 않으면 차 버리겠다고 계속 협박했었거든." 밴의 속도가 빨라지면서, 생각을 정리하는 데 시간이 걸렸다. "정말이야, 걔는 진짜 쇼핑하는 걸 좋아했어."

"아, 주디스라는 그 애 최곤데? 남자를 아주 제대로 가르치고 훈련했네."

"가르치고 훈련했다고?" 나는 천천히 커브 길을 돌며 물었다. "내가 무슨, 애완동물이냐?"

"음, 애완동물이랑 남자 친구가 공통점이 많긴 하지. 그렇지 않아?"

"제발 농담이라고 해 줘."

"생각해 봐. 둘 다 산책할 수 있지. 둘 다 같이 지내지. 둘 다 쓰다듬어 주면 좋아하지. 물론 쓰다듬는 곳이 다르지만. 그리고 둘 다 훈련을 받아야 제대로 행동하잖아. 비록 본성에 어긋난다고 해도. 내가 보기에 실질적으로 그 둘의 차이점은 애완동물이 조금 더 충실한 경향이 있다는 것뿐이야."

다른 여자들은 이런 얘기를 놀리듯이 하겠지만, 미아는 세상 진지한 표정이었다. 그 모습에 나는 미소가 지어졌다.

미아는 자신이 얼마나 재미있는 사람인지 깨닫지 못하는 것 같았다.

"참 나." 나는 말했다. "나 같은 남자들을 위해 세상 모든 여자가 너처럼 생각하지 않기를 바란다."

"아니, 난 그런 생각은 하지도 않아. 넌 가끔 그럴 때 없어? 말도 안 되는 생각이긴 한데 갑자기 머릿속에 떠올라서 누구한테 말하지 않을 수 없는 그런 경우 말이야."

"아니."

"흠, 난 그런데. 설마 아무 감명도 받지 못했다고 말하진 말아 줘."

사실 그랬지만, 그렇다고 말하진 않았다. 왜냐하면 그 순간 내 GPS가 온갖 좁은 도로로 안내해서 날 괴롭히고 있었기 때문이다. 대체 어느 방향으로 가라는 건지 알 수 없었다. 미로 같은 이런 옛길에서 길을 잃고 싶지 않았다. 마침내 방향을 제대로 찾고 나서야 나는 거울로 미아를 바라보았다. 미아는 티셔츠를 마치 인형처럼 쓰다듬고 있었다.

"정말 마음에 들어." 미아가 말했다. "늘 이런 색을 갖고 싶었어." 그리고 나는 미아가 그렇게 말하는 이유를 알 수 있었다. 그 티셔츠는 미아를 위해 만들어진 듯 미아에게 잘 어울렸다. "이 파란색은 맑은 날의 밤하늘을 생각하게 해. 달도 별도 너무 밝아서 어둠도 몰아내는 그런 밤." 미아는 혼잣말하듯 생각나는 대로 말하는 듯했다. "그런 밤에는 정말 기분이 좋아. 두려움 따위는 존재하지 않고, 모든 게 고요하고 평화롭고. 그런 밤이 나는 제일 좋아."

나는 내가 상상력이 풍부하다고 생각했었는데, 아니었다. 나는 할 말을 잃었다. 그리고 미아도 그런 듯했다. 미아는 열중해서 하늘을 올려다보았다. 나 같은 평범한 사람보다 훨씬 더 많은 걸 보는 게 분명했다.

나는 미아가 자신의 환상을 즐기도록 놔두었다. 그리고 조금 더 넓은 길에 접어든 후 물었다. "야, 그런데 뭐 하나만 물어 보자, 대체 옷은 왜 맨날 뒤집어 입는 거야?"

미아가 장난꾸러기처럼 씩 웃으며 대답했다. "제대로 입는 사람들하고 다르게 말이지?"

"어, 그래. 보통 사람들하고 다르게 말이야."

"그래서야. 보통 사람들처럼 되고 싶지 않거든."

우리는 신호등 앞에 멈췄다. 나는 브레이크 페달을 밟은 채 재치 있게 받아치려고 미아를 바라보았다. 하지만 말을 삼켰다. 미아는, 몸은 여기에 있어도 어딘가 완전히 다른 곳에 가 있는 것 같았다. 그녀는 아련한 눈빛으로 거리를 오가는 사람들을 바라보고 있었다. 보도를 느긋하게 거니는 사람들, 매장을 드나드는 사람들, 카페에 여유롭게 앉아 있는 사람들이 보였다. 미아는 한 사람 한 사람 집중해서 바라보고 있었다. 마치 그 한 사람 한 사람이 미아 자신에게 의미 있는 사람인 것처럼, 그리고 그들의 뭔가가 슬픔의 원인인 것처럼. 미아의 눈이 우리 또래의 두 여자아이에게 쏠렸다. 그들은 주변을 전혀 의식하지 않은 채 휴대전화만 바라보며 걷고 있었다. 그때 한 힙스터가 미아의 시선을 사로잡았다. 그는 이어폰을 낀 채 똑바로 앞만 보고 걸어가고 있었다. 마치 다른 사람은 아무도 존재하지 않는다는 듯이, 설사 존재한다고 하더라도 전혀 신경 쓰이지 않는다는 듯이. 그런 다음에는 길 건너편 카페 테이블에 앉아 있는 커플을 바라보았다. 여자가 메뉴판을 보고 있는 동안 남자는 여종업원을 훔쳐보고 있었다. 몇 테이블 옆에는 또 다른 커플이 있었는데, 지루한 표정의 그들은 한마디도 하지 않은 채 서로를 제외한 모든 곳에 시선을 돌리고 있었다. 잠시지만 이 모든 광경이 내게는 한 편의 영화처럼 보였다. 그동안 중요하게 여겨 왔던 모든 게 그 안에서는 더 이상 중요하지 않은 그런 영화. 나는 미아를 이해할 수 있을 것 같다는 생각이 들기 시작했다. 조금이긴 하지만.

나는 미아를 관찰했다. 미아의 눈에서는 깊은 슬픔이, 오래된 영혼의 슬픔이 느껴졌다. 미아는 다른 사람들보다 더 강렬하게 세상을 느끼는 듯했다. 그녀는 인류 전체의 슬픔을 느끼고 있었고, 그걸 도울 힘이 자신에게 없다는 사실에 고통스러워했다. 하지만 그녀는 누가 돕지?

카일

부모님이 보낸 문자 메시지에 답장하고 나니 신호등이 초록으로 바뀌었다. 나는 미아에게 다시 말을 걸었다.

"저기." 내가 말했다. "내가 볼 땐 아직 열어 볼 쇼핑백이 하나 더 있는 것 같은데."

미아가 눈을 가늘게 뜨고 주위를 둘러봤다. 몇 초 만에 미아는 좌석 사이에 있던 안경점 쇼핑백을 발견했다.

"이건 뭐야?" 그녀가 말했다.

"열어 봐."

미아는 나를 흘겨보더니 입술을 삐죽이며 기가 막히게 매력적인 미소를 지었다. 그리고 손끝으로 쇼핑백을 훑으면서 동화 속 공주처럼 우아하게 리본을 풀었다. 짙은 파랑 바탕에 은색 리본이 달린 바로 그 멋진 상자였다. 미아는 살짝 안쪽을 들여다보더니 말없이 빨간 가죽 지갑을 꺼냈다. 사실 한마디도 할 필요가 없었다. 눈빛만으로도 얼마나 감격했는지 알 수 있었다. 미아는 지갑에 달린 주머니와 수납 칸을 하나하나 열어 보더니 그야말로 고마운 표정으로 나를 바라보았다. 그런 다음 쇼핑백에 다시 손을 넣어 다이아몬드 박힌 롤렉스라도 꺼내는 사람처럼 선글라스 상자를 꺼냈다. 살짝 입술이 벌어지는 걸 보니 거절하려는 것 같아서, 나는 먼저 선수 쳤다.

"그래, 그래, 알아, 도저히 받을 수 없다 이거지. 하지만 나는 네가 받아야 하는 이유를 둘은 댈 수 있어. 첫째……" 나는 선글라스를 끼고 마치 낭만시 암송하듯 말했다. "햇살이 그대의 커다란 적갈색 눈동자에 반사되어 나는 매번 운전이 힘들 정도로 눈이 부시다오." 미아가 피식 웃었다. 나는 계속해서 걱정스러운 표정으로 말을 이었다. "그리고 둘째…… 만일 그대가 토이저러스 장난감 지갑을 들고 다니는 걸 누가 보기라도 한다면, 나는 미성년자 유괴 혐의로 체포될지도 모른다오."

미아가 웃음을 터트렸다. 그러고는 한쪽 눈썹을 치켜뜨며 말했다. "뭔가 진전이 있는데? 운전은 여전히 노인처럼 느리지만, 오늘따라 말을 아주 번드르르하게 잘하네. 확실히."

"그것 봐. 난 안전하고 조심성 있는 운전사일 뿐만 아니라, 말도 잘한다고. 넌 완전 횡재한 거야. 꿩 먹고 알 먹기."

미아는 새 선글라스를 걸치고 만족스러운 미소를 지으며 거울을 들여다보았다. 미아가 쓰니 거대해 보였다.

"젠장, 내 쇼핑 대행 기술은 선글라스에는 적용이 안 되나 보네." 나는 깜빡이를 켰다. "다시 가서 교환하는 게 좋겠어."

"절대 안 돼." 미아가 깜빡이를 껐다. "난 마음에 들어. 처음 가져 본단 말이야."

"레이벤이 처음이라고? 정말? 진짜 흔한 건데."

"아니, 바보야, 선글라스가 처음이라고."

배가 조이는 느낌이 들었다. 나는 바보다. 우리 동네에 사는 누군가 선글라스를 한 번도 가져 본 적이 없을 거라는 생각은 한 번도 해 보지 않았다. 안다, 멍청한 거. 그냥 그런 생각 자체를 해 본 적이 없었다.

우린 잠시 둘 다 말이 없었다. 들리는 소리라고는 방향을 지시하는 GPS 음성뿐이었다. 거울로 보니 미아가 돌아앉아 입을 꾹 다문 채 나를 바라보고 있었다. 적어도 1분이 이런 상태로 지나갔다. 내 속눈썹에도 땀방울이 맺히기 시작했다. 정말이다.

"뭐! 왜 그렇게 쳐다봐!" 나는 미아가 그만 보기를 바라며 불쑥 말했다.

"내가 보는 게 불편해?"

"아마도. 설마 고아원에서 가르쳐 준 제다이 마인드 트릭을 나한테 쓰고 있는 건 아니겠지."

"아, 왜 이래, 고아원이 사라진 지가 언젠데. 세인트 제롬은 보호 시설이지 고아원이 아니었어……. 난 그냥 우연히 널 관찰하고 있었던 것뿐이야."

"우와." 나는 뺨이 달아올랐다. "너 정말 사람 불편하게 만드는 방법을 잘 아는구나. 그거 하난 인정한다."

미아가 키득거렸다. 그러고는 계속 나를 쳐다보며 온갖 표정을 짓기 시작했다. 눈을 가운데로 몰리게 뜨더니, 물고기처럼 뺨을 불룩하게 만들고, 눈썹을 잔뜩 찡그렸다가는 한껏 위로 치켜떴다. 그러더니 눈을 휘둥그레 뜨고는 얼굴을 아주 가까이 가져다 댔다. 너무 가까워서 샴푸 냄새도 맡을 수 있을 정도였다. 미아가 말했다. "넌 정말 좋은 애야, 카일. 네가 그걸 알았으면 좋겠어."

이 말은 나를 당황하게 했다. 나도 모르게 고개를 저었다.

"알았어, 넌 진짜 바보 멍청이야. 듣고 싶은 말이 이거라면 해 주지. 뭐. 네가 원한 거다. 딴말하기 없기." 미아가 웃었다. "그리고 생각해 보니까 너도 꽤 나 못지않아."

"고맙다, 친구."

"아니, 정말로." 미아가 말했다. "하지만 이것도 정말이야. 지금까지 너 말고 이렇게 나한테 해 준 사람은 아무도 없었어."

"당연하지." 나는 별생각 없이 대꾸했다.

미아가 다시 자리에 풀썩 앉아 차창에 머리를 기댄 채 멍하니 있는 모습을 보고 나서야 나는 내가 실수했다는 사실을, 그것도 아주 심한 실수를 했다는 사실을 깨달았다. 미아는 나를 놀린

174

게 아니었다. 진지하게 한 말이었던 거다. 젠장, 그것도 완전히 진지하게. 나는 눈물이 나려는 걸 참느라 계속 침묵을 지켰다. 맙소사, 미아 같은 애를 대체 누가 거부할 수 있단 말인가? 이제 나는 미아의 엄마를 만나고 싶어 참을 수가 없었다. 미아에 대해 해 주고 싶은 말이 있었다.

1분도 채 지나지 않아 우리는 오래된 집들이 늘어선 가파른 내리막길에 접어들었다. GPS에서 안내 음성이 나왔다. "약 300피트(약 1킬로미터) 전방에 목적지가 있습니다."

나는 속도를 줄였다. 마침내 78번지 집을 찾았다. 미아는 그 빨간 벽돌집을 구석구석 살폈다. 이층집이었다. 문과 창은 모두 광택이 흐르는 짙은 색 목재로 되어 있었고, 출입구 위에는 돌에 문장紋章도 새겨져 있었다. 영국 귀족이 나오는 케이블 드라마 시리즈에서 본, 가문 대대로 내려오는 표식 같았지만, 그보다 훨씬 작았다. 못해도 몇백 년은 되었을 것 같았다. 나는 집 현관에서 몇 야드 떨어진 곳에 밴을 주차했다. 미아의 얼굴이 창백했다. 미아가 나를 향해 돌아섰다. 하지만 말이 없었다.

"어이, 원한다면 같이 들어가 주고."

미아가 고개를 저었다. 왜 그러는지 알 것 같았다. 아니다. 솔직히 미아가 무슨 일을 겪고 있는 건지 도무지 알 수 없었다. 다만 혼자 직면해야 하는 일이라고 짐작할 따름이었다.

미아가 문을 열고 밴에서 내렸다. 손에는 일기장 하나를 움켜잡고 있었다. 그리고 완전히 침묵한 채 창밖에서 나를 바라보았다. 나는 격려하는 뜻으로 웃으며 고개를 끄덕했다. 미아가 나를 가만히 응시하며 숨을 깊이 들이마셨다 내쉬었다. 그런 후에야 미아도 고개를 끄덕였다. 그런 다음 돌아서서 그 집 쪽으로 걸음을 옮겼다.

나는 미아에게서 시선을 떼지 않았다. 미아는 잠시 꼼짝하지 않고 서서 그 집을 바라보았다. 그러다가 어깨를 한 번 치켜올렸다가 내리고는 앞을 향해 걸음을 옮겼다. 그녀의 그런 모습은 마치 처음 학교에 가는 아이 같았다. 엄마 손 대신 일기장을 쥔 것만 다를 뿐이었다. 현관 앞에 도착하자 미아는 곧바로 초인종을 눌렀다. 거의 동시에 문이 열리면서 머리가 벗어지기 시작한 한 남자가 나타났다. 흰색 셔츠에 청바지를 입은 그는 40대 중반쯤 되어 보였다. 두 사람은 얘기를 나누고 있었는데, 무슨 말인지 하나도 들리지 않았다. 조수석 쪽으로 몸을 기대고 차창을 내렸는데도 한 마디도 알아들을 수가 없었다. 남자가 고개를 끄덕이더니 현관문을 열어둔 채 집 안으로 들어갔다.

지금 당장 미아 옆에 가 있을 수만 있다면 얼마나 좋을까. 맙소사, 나까지 진땀이 나려고 했다. 그런데도 여기 이렇게 앉아 있을 수밖에 없었다.

미아가 나를 돌아봤다. 여전히 손에 일기장을 쥔 상태였다. 내가 엄지손가락을 들어 보였더니 미아가 웃었다. 갈색 머리에

날씬한 여자가 현관에 나타났다. 미아가 그녀에게 뭔가를 말했다. 여자가 미소를 지으며 여러 번 반복해서 고개를 저었다. 미아가 고개를 끄덕하더니 뒤로 물러섰다. 그리고 무슨 말인가를 하는 듯했다. 미아가 뒤돌아서서 내가 있는 쪽을 향해 걸음을 옮겼다. 여자는 미아를 바라보며 오랫동안 문가를 떠나지 않았다. 멀어서 잘 보이지 않았지만, 서 있는 모습에서 왠지 모를 슬픔과 연민이 느껴졌다. 미아는 뒤돌아오면서 나를 똑바로 바라보며 어깨를 으쓱했다. 그리고 상처받은 마음을 감추지 못하겠는지 아쉬움의 미소를 지었다. 나는 조수석 문을 열었다. 미아는 차에 타면서 뒤도 돌아보지 않고 문을 닫았다.

"좋아." 내가 말했다. "후보가 한 명 줄었네. 즉, 엄마를 찾을 가능성이 그만큼 커졌다는 뜻이지."

미아가 눈에 띄게 고마워하며 고개를 끄덕였다. 하지만 실망감이 너무 큰지 입을 열고도 말은 한마디도 하지 못했다. 그저 멍하니 허공만 바라볼 뿐이었다.

"다음은 어디로 가면 돼?" 내가 물었다. "아직 이른 시간이고, 우린 만나 볼 사람이 많아."

미아는 말없이 배낭에서 공책을 꺼내 첫 번째 페이지를 펼치며 미소를 지으려 애썼다. 하지만 떨리는 턱은 허탈한 미소보다 더 많은 말을 하고 있었다. 미아가 모든 엄마 후보와 그들의 주소가 적힌 목록을 건넸다. 두 번째 후보는 '우베다(Úbeda)'라는 곳에 살고 있었다. 나는 주소를 입력하고 시동을 걸었다. 복잡하기 이를 데 없는 이곳 도로를 운전하는 일은 그 자체가 도전이었지만(예전의 나였어도 마찬가지였을 것이다), 나는 운전대를 꽉 움켜잡았다. 그리고 나머지 한 손으로 미아의 손을 쥐었다. 미아는 여전히 앞만 바라보고 있었다. 눈물 한 방울이 뺨을 타고 흘러내렸다.

　미아의 손은 따뜻하고, 부드럽고, 가냘팠다. 이미 잡아본 손처럼 익숙한 느낌이 들었다. 미아는 떨고 있었다. 나는 흔들림 없이 손을 꽉 잡은 채 엄지손가락으로 미아의 손등을 쓰다듬었다. 그때 내 안의 목소리가 말했다. 나는 널 버리지 않을 거야, 미아. 나는 그 말을 속으로 여러 번 말하고 또 말했다. 그렇게 나는 수 마일을 달렸다. 드디어 미아가 잠이 들었다.

미아

다음 이틀 동안 우리는 엄마를 찾아 스페인 남부 곳곳을 돌아다
녔다. 카일은 내게 진정한 친구가 되어 주었다. 고통이 찾아와
그를 괴롭히는 순간이 있었지만, 카일은 내색하지 않으려 애썼
다. 그러다가 평온함을 되찾으면 원래 카일의 모습으로 돌아왔
고, 그럴 때면 나는 기쁜 마음이 들었다. 하지만 변하지 않는 것
도 한 가지 있었다. 그건 바로 그가 여전히 관절염 걸린 거북이
처럼 운전한다는 사실이었다.

틈이 날 때마다 나는 일기장에 편지를 썼다. 조만간 만나게
될 엄마에게 지금 내가 어떤 생각을 하고 어떤 기분인지 알려
주고 싶었다.

3월 28일

엄마를 계속 찾고 있지만, 아직 만나지 못했네요. 오늘 아침에 그라나다를 떠났는데, 잠시 자고 일어났더니 벌써 우베다에 도착해 있었어요. 우베다는 멋진 곳 그 이상이에요. 만일 엄마가 이곳에 계신다면 나는 이곳을 정말 좋아하게 될 것 같아요. 우린 그림처럼 아름다운 작은 마을에서 즐겁게 보냈어요. 한 남자가 문을 열어 주었는데, 내가 마리아라는 사람을 찾는다고 말했더니, 자신이 마리아라고 대답했어요. 성전환 수술을 하고 10년 전에 이름을 마리오로 바꿨대요. 그 말을 듣는데, 마치 삶이 내게 윙크하는 듯한 기분이 들었어요. 나도 모르게 웃음이 나고 마음이 가벼워졌어요. 그는 카일과 나를 점심 식사에 초대했어요. 그리고 자신의 인생 이야기를 들려주었어요. 정말 흥미로웠어요. 언제 꼭 저한테 얘기해 달라고 해 주세요. 아셨죠? 다음 목적지는 바에나(Baena)예요. 계속 소식 전할게요(직접 만나서 들려드릴 수 있으면 좋겠네요).

오후 7시

카일은 운전 중이에요. 아직도 한 시간 정도 더 가야 하니까, 그동안 몇 줄 써야겠다는 생각이 들었어요. 앞에서 말씀드린 것처럼, 우린 우베다를 떠나 바에나로 갔어요. 와, 정말 멋진 곳이었어요. 하지만 거기서도 엄마를 찾지 못했어요. 이곳에서 만난 마리아는 아주 친절한 분이었는데, 학교 선생님이었어요. 그분이 세마나 산타(Semana Santa, 부활절) 어린이 축제를 준비해야 해서 얘기를 많이 나누지는 못했지만, 만날 수 있어서 기뻤어요.

나는 조금씩 마음이 편안해지는 것 같아요. 카일 덕분이 커요. 내내 힘이 되어 주고 있어요. 그가 이럴 줄 누가 생각이나 했을까요? 엄마가 꼭 카일을 만나 보셨으면 좋겠어요. 아마 곧바로 사랑에 빠지실 거예요. 음, 꼭 사랑이라기보다는, 무슨 말인지 아실 거예요. 카일은 정말 사랑스러워요. 그 애가 그동안 정말 많은 일을 해 줬는데 전 며칠 전에야 겨우 고맙다고 말했어요. 이제 내가 내내 숨겨 온 말을 해야 해요. 원래 이 여행을 같이 오기로 한 친구가 노아였다는 사실을 카일에게 어떻게 말해야 할지 몰라서 며칠 동안 잠도 못 자고 고민 중이에요. 털어놓을 용기가 나지 않아요. 아직은요.

아무튼, 이제 화제를 바꿔서, 우린 지금 네르하(Nerja)라는 곳을 향해 가고 있어요. 안내 책자에 방문할 만한 곳이라고 적혀 있더라고요. 그곳 캠프장에서 하룻밤을 보낼 예정이에요. 바다가 보고 싶어 죽겠어요. 바다를 보는 게 처음이거든요.

오후 9시

지중해가 보이는 식당 테라스에서 저녁을 먹고 있어요. 카일이 화장실에 간 동안, 잠깐 시간을 내서 편지를 쓰고 있어요. 오늘 벌써 세 번째 편지라는 걸 알아요. 하지만 너무 신이 나서... 오늘 바다를 처음 봤는데 정말 뭐라고 표현해야 할지 모르겠어요. 어떤 말로도 충분하지 않을 것 같아요. 보는 순간 울컥해서 눈물이 났어요. 애처롭게도 카일은 계속해서 내게 왜 그러는지, 뭐든 도와 줄 일이 있는지 물었어요. 한곳에 그렇게 많은 물이 있는 광활한 광경을 보고 있으니까 우주와 은하계, 삶, 금성* 같은 것이 떠올랐어요. 모래사장에 파도가 끊임없이 와서 부딪치는 모습이 마치 분노처럼 느껴졌어요. 그럴 만도 하죠. 내가 바다라도 인간들에게 화가 날 것 같아요. 엄마랑 같이 봤더라면 좋았을 텐데 아쉬워요.

웨이터 중 한 명이 아주 친절하게도 오늘 밤 우리가 캠프장으로 돌아가기 전에 들르면 좋을 만한 장소들을 냅킨에 모두 적어 줬어요. 너무 기대돼요.

*그런데 이번 편지를 다시 읽다가 내가 왜 금성에 특별한 감정을 느끼는지 엄마한테 말한 적이 없다는 걸 알았어요. 아니, 생각해 보니까 아무한테도 말한 적이 없는 것 같아요. 이 모든

건 내가 피닉스 시티의 위탁 가정에 머물 때 도서관에서 발견한 책 한 권에서 시작되었어요. 책 제목이 '동맹: 금성인들이 지구인들에게 보내는 메시지'였는데, 혹시 읽어 보셨나요? 정말 놀라운 책이에요. 말 그대로 제 인생을 바꿔 놓았어요. 그거 아세요? 금성에는 아픔도, 비극도, 부모 자격이 없는 부모도 없다는 걸⋯. (아무튼, 나중에 다시 쓸게요. 카일이 돌아왔거든요.)

밤 11시

이런 말은 하고 싶지 않았지만, 요즘 내 심장이 조금 문제가 있어요. 지금은 상태가 안 좋을 때만 먹으라고 준 약으로 버티고 있어요. 3일 이상 연속해서 먹으면 안 된다고 했지만, 지금은 그게 중요한 문제가 아니라는 생각이 들어요. 중요한 건 엄마를 찾고, 헤어지기 전에 조금이라도 서로에 대해 아는 거예요. 안녕히 주무세요, 엄마.

3월 29일

오늘은 아침에 일어나자마자 두 명의 마리아를 만나러 갔었어요. 하지만 둘 다 엄마가 아니었어요. 지금 론다(Ronda)라는 곳으로 차를 몰고 가는 중이에요. 엄마가 계신 곳인가요? 그러면 좋겠는데.

우리가 가까이 있다는 게 느껴져요. 바로 옆에서 엄마의 심장이 뛰는 게 느껴지는 것 같을 때도 있어요. 오래지 않아 우리가 나란히 앉아 이 글을 읽으며 우리가 잃어버린 시간에 대해 울고 웃게 될 거라는 사실이 믿기지 않아요. 내가 쓴 글이 마음에 드시나요? 엄마는 과연 이 글을 읽고 싶어 하실까요? 저에 대해 알고 싶어 하실까요? 가끔은 엄마를 찾을 시간이 충분하지 않을까 봐 두려워요. 또 가끔은, 혹시라도 엄마가 내가 엄마를 찾는 걸 원하지 않을까 봐 두려워요. 그런 생각을 하면 슬퍼진답니다.

오후 5시

카일은 지금 부모님과 통화 중이에요. 카일이 전화를 받는 동안 잠깐 새로운 소식을 들려드릴게요. 오늘 방문할 엄마 후보 목록의 마지막 그 론다에 있다는 엄마 후보의 집에 갔었어요. 아, 정말 끔찍했어요. 최근에 사망하셨다는 거예요. 전 그분이 엄마일지도 모른다는 생각에 거의 정신을 차릴 수가 없었어요. 그때도 카일이 옆에 있어 줬어요. 카일은 그분에 대해 뭐라도 얘기해 줄 사람을 찾아 주변에 묻고 다니길 멈추지 않았어요. 다행히도 이분은 미국을 여행한 적이 없대요.

인생이란 얼마나 덧없는 것인지요. 지금 여기에 있다가도 다음 순간엔 이곳에 없을 수도 있으니. 그리고 그 엄청난 변화를 맞이할 준비가 된 사람이 얼마나 될까요? 엄마는 어때요? 준비됐다고 느끼세요? 엄마와 얘기를 나누고, 엄마의 이야기에 귀를 기울이고, 엄마의 의견을 묻고, 엄마가 뭘 좋아하는지, 혹시 좋아하는 게 없다면 어떻게 할 건지 알 수 있다면 얼마나 좋을까요. 엄마는 나를 좋아할까요?

밤 10시

카일은 지금 루프톱 침대에서 자고 있어요. 오늘 밤에는 캠프장 대신에 바닷가 근처 좋은 곳을 찾아서 자리 잡았어요. 지금 차창 밖으로 별을 보면서 엄마한테 편지를 써요. 혹시 엄마도 같은 별을 보고 있을지 모르겠네요. 카일 얘기가 나와서 말인데, 그거 아세요? 전 지금 카일과 함께 하는 것에 위험할 정도로 '익숙해지는' 것 같아요 같아요. 전 그 애한테 너무 빠지고 싶지 않고, 그 애도 저한테 그렇게 되지 않았으면 좋겠어요. 그 애는 내문제에 대해 아무것도 몰라요. 게다가 난 내가 지금 하는 일이옳은 것인지도 의심스러워지기 시작했어요. 그 애는 알 권리가있지만, 도저히 털어놓을 자신이 없어요. 그 애가 떠날까 봐 두려워요. 사실을 알면 다들 떠나니까요. 어쩌면 엄마가 날 떠난 이유도 그 때문이겠죠.

어쨌든, 내 심장이 이제 좀 쉬라고 재촉하니 오늘 편지는 여기서 마칠게요. 전 오늘 별빛 아래서 잘 거예요. 금성을 바라보면서, 엄마 생각을 하면서요.

내일은 코르도바(Córdoba)로 가기 위해 아침 일찍 일어날 예정이에요. 안내 책자에서 사진을 몇 장 봤는데, 빨리 실제로 보고 싶어요. 무엇보다 빨리 엄마를 만나고 싶어요. 좋은 꿈 꾸세요, 엄마. 우리 내일 만나요?

카일

오늘 아침 알람을 6시로 맞췄다. 우리가 밤을 보낸 이 장소를 스케치하기 위해서였다. 이곳의 이름은 '마로(Maro)'였는데, 경외감마저 드는 장소였다. 이 특별한 곳은 고운 모래사장과 바위, 초목이 야생 그대로의 모습으로 어우러져 있었다. 스케치하는 동안 지금껏 보지 못한 생생한 색들이 새벽하늘을 물들였다. 믿어지지 않을 정도로 비현실적인 광경이었다. 뒤늦게 9시쯤 일어난 미아는 밴에서 내리자마자 해변으로 달려가 발가락을 물에 담갔다. 파도 속에서 아이처럼 노는 미아의 모습을 나는 그녀가 눈치채지 못하게 겨우 스케치북에 담았다. 정말 감탄이 절로 나왔다. 시간이 갈수록 점점 편안해지는 모습이었다. 약간 피곤한 것 같기도 했다. 엄마를 찾는 일이 힘들어서 그런지도 몰랐다. 하지만 훨씬 여유로워 보였다.

우리는 바위 위에 앉아 아침을 먹었다. 그리고 그녀에게 설득

당해 막대기로 모래 위에 우리 이름을 쓴 후, 코르도바로 가는 고속 도로에 올랐다.

다음 엄마 후보는 '유데리아(Judería, 유대인 지구)' 중심부에 살고 있었다. 듣기로는 중세 시대 때 유대인들이 모여 살았던 곳이라고 했다. 유데리아는 구시가지에 자리한 보행자 전용 구역이었기 때문에, 우리는 문체이서를 성벽 밖에 주차하고 계속 걸어야 했다. 미아는 굳이 내가 같이 가지 않아도 괜찮으니 박물관이나 다른 곳을 구경하라고 했지만, 이런 때 내가 정말 자신을 혼자 가게 놔둘 거로 생각했다면 그건 미아의 착각이었다.

"여기야." 미아가 한 번에 두 사람 이상은 지나갈 수 없을 만큼 좁은 자갈길을 가리키며 말했다. 흰색으로 칠해진 파사드(건축물의 정면부)와 좁은 철제 발코니 위에는 모두 똑같이 생긴 쪽빛 화분들이 수없이 걸려 있었다. 미아가 심호흡했다. 불안한 모양이었다.

"혹시 필요하면 전화해, 알았지?" 내가 말했다. "바로 여기서 기다리고 있을게."

미아가 고맙다는 뜻으로 고개를 끄덕한 후 걸음을 옮기기 시작했다. 나는 미아한테서 눈을 떼지 않은 채 팔각형 석조 분수 가장자리에 자리를 잡고 앉았다. 몇 세기 전에 축조된 이 부러운 역사적 유물에 관광객 무리가 끊임없이 밀려들었다. 미아가 어느 집 앞에 멈춰 섰다. 아치형의 출입문 가장자리가 작은 모자이크 타일로 장식되어 있었다. 미아가 초인종을 누르고 기다렸다. 마치 마술을 부려 책에서 바로 끄집어 내놓은 듯 황홀한 장소였지만, 엘프 미아가 그 안에 있으니 마술은 새로운 차원을 이끌어 냈다. 스케치하지 않을 수 없는 광경이었다.

나는 미아에게서 시선을 떼지 않은 채 배낭에서 스케치북과 연필을 꺼냈다. 긴 곱슬머리를 한 여자가 문을 열고 나왔다. 나는 넓은 필치로 미아를 그리기 시작했다. 두 사람이 이야기를 나누고 있었다. 나는 미아의 실루엣을 머리를 하나로 모아 묶은 매력적인 모습으로 작게 스케치했다. 이미 크게 뜬 벌꿀 색 눈을 더 크게 하고, 엘프의 귀와 엘프의 왕관을 마음대로 더했다. 허락 없이 그리는 것에 약간 죄책감이 들려는 순간, 휴대전화가 울렸다. 깜짝 놀라 재빨리 확인해 보니 화면에 조시라고 떠 있었다. 젠장, 조시는 내가 스페인에 있는 줄도 모르는데. 심장이 터질 듯 뛰기 시작했다. 전화를 받고 싶었지만, 미아가 날 필요로 하지 않는 걸 확인하기 전까지는 받을 수 없었다. 전화벨이 울릴 때마다 죄책감이 더해지면서 기분이 좋지 않았다. 그렇다고 음성 메일로 넘어가게 둘 용기도 없었다. 나는 대신에 사진을 보냈다. 어쨌거나 달리 상황을 설명할 방법이 없었다.

나는 휴대전화 카메라로 미아를 확대해 사진을 찍었다. 그런데 찍자마자 미아가 나를 돌아봤다. 이런. 나는 전화기를 옆에 내려놓고, 한술 더 떠서 바보처럼 손을 흔들었다. 미아가 여자에게 작별 인사를 하고 다시 내가 있는 쪽을 바라봤다. 나는 인간이 할 수 있는 한 최대한 빠르게 조시에게 사진을 보내고 이렇게 썼다. 스페인에 있어. 나중에 설명할게. 미아가 다가오고 있었다.

핑곗거리가 필요했다. 뒤에서 몰래 사진을 찍고 있었다고 생각하게 놔둘 수는 없었다(물론 어제 처음 바다를 본 그녀의 모습을 수없이 찍긴 했지만). 지금 당장 미아에게 필요한 건 몰카범이 아니라 좋은 친구였다.

미아에게 포즈를 취해 달라고 부탁하는 게 가장 합당하겠지만, 어쩐지 어색했다. 게다가 그녀가 오해할까 봐 염려되었다. 밤에, 미아가 자고 있을 때, 나는 찍어 놓은 사진을 모델 삼아 그림을 그렸다. 스케치북에 연필이 닿자마자 왠지 모르게 기분이 좋아졌다. 마치 가장 친한 친구를 죽인 적도 없고 조시의 다리를 그렇게 만든 적도 없는 새로운 평행 차원으로 들어가는 것 같았다. 나는 미아를 그리는 걸 멈출 수 없었다. 아니, 멈추지 않을 생각이었다.

"잘 안 됐어?" 나는 미아를 향해 물었다.

미아가 고개를 저었다. 확실히 실망한 모습이었다. "저 여자는 영어도 거의 못 해. 내가 이해한 바로는, 유럽 밖으로 나가본 적도 없대."

나는 그녀를 찍은 사진을 보여 주며 떳떳한 얼굴로 말했다.

"가족한테 보냈어. 사진 좀 보내달라고 해서 말이야. 이 길 정말 예쁘지 않냐, 응?"

맙소사, 난 정말 형편없는 거짓말쟁이였다.

"아," 미아는 잠시 말을 멈췄다가 계속했다. "난 네가 나를 그림으로 그려서 불멸의 존재로 만들고 싶어 하는 줄 알았지. 그래서 보고 그릴 사진이 필요하고."

꼴깍. 이런, 젠장.

"뭐야?" 미아가 다 안다는 듯한 표정으로 말했다. "내가 모를 줄 알았어?"

망했군.

미아가 킥킥 웃으며 이렇게 말하는 걸 보니 내가 바보 같은 표정을 지은 게 틀림없었다. "네가 나한테 안 보이는 줄 아나 봐?"

피가 거꾸로 솟는 기분이었다. 미아는 지금 내가 자신을 몰래 그렸다는 사실을 안다고, 그리고 그런 짓을 하다니 이상한 놈이라는 말을 하려는 듯했다.

"침대에서…… 맨날 스케치북 갖고 놀잖아. 밤마다 자지 않고 몇 시간씩 그림 그리는 거 다 알아."

"아," 나는 나도 모르게 안도감을 드러내며 말했다. "그 뜻이었구나."

이번에는 미아가 혼란스러워 보였다. "무슨 뜻으로 한 말인

줄 안 거야?"

"별거 아니야……." 나는 바보가 된 기분이 얼굴에 드러나지 않길 바라며 대답했다.

미아가 이해할 수 없다는 표정으로 어깨를 으쓱했다. 그러고는 내 스케치북을 가리키며 말했다. "한 번 봐도 돼?"

아니, 안 돼! "뭐 어쩌면 나중에." 나는 침착해 보이려 애쓰며 대답했다. "지금은 이것 말고도 볼거리가 많으니까. 게다가 어디 가서 밥 먹을지 생각해 봐야 해."

"오늘은 아침부터 어째 좀 이상하게 군다, 너." 미아가 눈썹을 치켜올렸다. "뭐야? 혹시 생리 중이야? <코스모>에서 읽었는데, 과민성 남성 증후군이라는 게 있대. 대충, 한 달에 한 번 테스토스테론인지 뭔지의 수치가 낮아서 생기는 증상이라던데. 내가 이렇게 빨리 그 영향을 받게 될 줄은 몰랐네."

"하하, 걱정은 고맙지만 내 테스토스테론 수치는 문제없거든. 배고파서 그런 거야."

내 말을 믿은 듯 미아가 말했다. "좋아, 그럼, 그 문제부터 해결하자. 내 안내 책자에 따르면, 멀지 않은 곳에 이 도시 최고의 샌드위치를 파는 타파스 바가 있대." 미아가 관광 안내소에서 받은 소책자를 꺼냈다. 그리고 왼쪽을 가리키며 덧붙였다. "이쪽으로 가면 되는 것 같아."

나는 미아가 이끄는 대로 유대인 지구의 좁고 구불구불한 거리를 오가는 관광객 무리에 합류했다. 눈에 보이는 모든 게 신기했다. 미아는 마치 꿈속이라도 거닐 듯 모든 것들을 사진에 담았다. 나는 나중에 그림으로 그릴 수 있도록 미아의 모습을 마음에 담았다. 우리는 아치형 문과 창문이 있는 집들과 다양한 형태와 크기의 석조 분수들, 수공예품을 파는 상점, 식당, 그리고 몇몇 집의 안쪽 테라스에서 비밀스럽게 열리는 작은 전시회들을 지나쳤다. 걷는 동안 나는 내내 손끝으로 벽을 쓸었다. 그 돌들이 목격했을 수백 년의 역사가 부러웠다.

좁은 길을 빠져나오니 하얗게 칠한 집들로 둘러싸인 직사각형의 광장이 나타났다. 한쪽 구석에 테라스가 딸린 레스토랑이 하나 보였다. 또 한쪽 구석에서는 머리를 하나로 올려 묶은 남자가 이젤 앞에 서서 그림을 그리고 있었다. 미아가 광장 전체를 사진 찍으며 돌아다니는 동안, 나는 그 예술가에게 다가갔다. 그는 관광객들의 초상화를 그려 주면서 또한 그 도시의 풍경과 내가 알지 못하는 다른 곳들의 풍경을 그린, 믿을 수 없을 정도로 멋진 그림들을 갖고 있었다. 그 옆의 바닥에는 온갖 국기와 지명 스티커로 덮인 상자 안에 든 물감 세트가 놓여 있었다.

"정말 놀랍지 않아?" 미아가 내 옆으로 다가오며 말했다.

나는 무슨 말인지 알 수 없어 미아를 바라봤다.

"저렇게 사는 거 말이야." 미아가 상자의 스티커들을 가리키며 말했다. "분명 자기 작품을 판 돈으로 저곳을 다 여행한 걸 거야." 나는 눈썹을 치켜떴지만, 미아는 눈치채지 못했다. 그러고는 세상에서 가장 환상적인 생각이라도 되는 듯 말했다. "저렇게 사는 거, 넌 생각해 본 적 있어?"

나는 세상에 그런 멍청한 말은 처음 들어 본다는 표정으로 웃음을 터트렸다. 순간 미아가 노려봤다. 내 생각에 동의하지 않는 것 같았다.

"왜 그래." 나는 이의를 제기했다. "설마 진심으로 하는 말은 아니지?"

"뭐가 그렇게 웃긴 건지 모르겠네. 너 그림 좋아하잖아. 그리고 가식을 떤 게 아니라면 여행하는 것도 좋아하고 말이야."

"맞아. 하지만 그렇다고 전 세계를 떠돌이로 돌아다니면서 일할 필요는 없잖아."

잠시 미아는 실망한 눈빛을 감추지 못했다. 그러다 이제까지 본 것 중 가장 멋진 걸 본 사람처럼 그 예술가의 사진을 찍으면서 이렇게 물었다. "그렇다면, 카일 씨는 살면서 뭘 할 계획이신가요?"

나는 킥킥 웃으며 고개를 저었다. "카일 씨는 오번 대학교에 입학 예정입니다. 그곳에서 건축을 공부하고 평범한 사람들과 평범한 곳에서 평범한 삶을 살아갈 겁니다."

"건축이라고?" 미아는 내가 무슨 사형 집행인이라도 되려고 공부한다는 소리를 들은 사람처럼 놀라며 물었다.

"그게 그렇게 이상해?"

"음, 만일 네가 정말 하고 싶은 일이 건축이라면, 동경하는 건축물과 구조물을 찾아다니면서, 왜 있잖아, 그런 거 얘기를 계속 늘어놓고 있지 않았을까? 네가 정말로 건축에 열정이 있었다면, 내가 알아차렸을 거야."

"별로 그쪽에 열정적이진 않아. 하지만 좋은 직업이고, 돈을 많이 벌 수 있으니까. 게다가 아빠도 마음에 들어 하시고."

미아가 웃음을 터트렸다. "돈을 잘 벌 수 있어서라고? 넌 지금 네가 무슨 말 하고 있는지는 아는 거야? 꼭 지난번 내 위탁 아빠 같아. 진짜 고리타분한 분이었지. 재미없고, 책임감 있고, 죽을 만큼 지루하고."

"아니." 나는 대답했다. "서른이 되기 전에 집을 살 계획인 아주 분별 있는 사람이지."

"난 도무지 이해가 안 가, 카일." 미아가 불쑥 낙담한 표정으로 말했다. "넌 그림 그리기를 좋아하잖아."

"맞아, 하지만 그냥 취미야. 이걸로는 먹고 살 수 없어."

"정말 그런 것 같네." 미아가 그 젊은 예술가를 가리키며 말했다. 정말 진지하다는 걸 눈빛으로 알 수 있었다.

"음, 내 말 무슨 뜻인지 알겠지?"

미아는 고개를 저었다. "대체 무슨 뜻인데, 카일? 다른 사람들처럼 빈 껍데기처럼 살겠다는 말이야? 대학 공부하느라 오랜 세월을 보내고, 컴퓨터 앞에 붙어 앉아 수천 시간을 허비한 후에, 겨우 정신이 마비될 정도로 지루한 직장에서 또 수천 시간을 더 보내기 위해서 이 모든 걸 놓치겠다는 거야?" 미아가 양팔을 활짝 벌렸다. "인생의 기회를 놓치겠다고? 그거 알아? 인생은 휴가나 주말에만 즐기는 게 아니야." 나는 할 말을 잃었다. 미아는 아직 끝나지 않은 모양이었다. "다들 제정신이 아니야. 모르겠어?" 이상하게도 이 말을 할 때 미아의 목소리에서 열정이 느껴지고 눈빛이 반짝였다. "다른 사람들처럼 평생을 기다리면서 살겠다는 거야? 대학에 가기 위해 고등학교 졸업을 기다리고, 직장에 가고 결혼을 하고 집을 사기 위해 대학 졸업을 기다리고, 아이가 생기길 기다리고, 대출 상환 완료를 기다리고, 그러고 나면 결국 그토록 기다렸던 꿈은 지나가 버리고 인생 전체가 손가락 사이로 빠져나갔음을 깨닫는 그런 삶을 살겠다고?"

미아는 거의 숨도 쉬지 않고 이 모든 말을 단번에 토해냈다. 나는 웃어야 할지 울어야 할지 알 수 없었다. "와, 이렇게 강렬하고 우울한 얘기는 진짜 진짜 오랜만에 들어 본다."

"진짜 솔직하게 얘기해 볼까, 카일?" 미아가 실망이라기보다는 낙담한 표정으로 말했다. "네가 다른 사람들처럼 그냥 대충 사는 게 안타까워."

이 마지막 말은 마치 얼음물을 뒤집어쓰는 것 같았다. 미아는 걸음을 옮기기 시작했지만, 나는 꼼짝도 할 수 없었다. 나는 그 젊은 예술가를 바라보며, 그의 입장이 된 나를 상상해 봤다. 그런 자유, 시간이 얼마나 걸리든 그림만 그릴 수 있는 자유, 근무 시간으로부터의 자유, 나를 얽매는 것들로부터의 자유, 컴퓨터에 묶인 삶으로부터의 자유를 상상해 봤다. 그리고 갑자기 내 안에서 뭔가가 폭발했다. 내가 정말 좋아하는 일, 진짜 행복하게 만드는 일을 하고 싶다는 생각이 밀려들었다. 스트레스도 없고, 압박감도 없고, 경쟁도 요구도 없는 그런 일 말이다. 세상에, 이 애는 나를 완전히 깨부수고 있었다. 갑자기, 미아를 만나기 전의 삶이 공허하고 재미없고 무의미하게 느껴졌다. 나는 완전히 잘못 살고 있었다.

미아

오늘 아침은 자리에서 일어나기가 힘들었다. 가슴을 짓누르는 느낌이 너무 강해서 알약을 한 번에 두 알이나 먹어야 했다. 그런데도 약효가 더뎠다. 꼬박 한 시간이 지난 후에야 정상적으로 숨을 쉬고 밴에서 내릴 수 있었다. 그래서 지금 내가 이렇게 예민한 건가. 이 약만 먹으면 늘 피곤하고 조금 우울한 기분마저 들었다. 카일에게 한 말들을 전부 되돌릴 수만 있다면 얼마나 좋을까. 그런 민감한 주제를 꺼내서는 안 되는 거였는데. 아직은.

내 생각인데, 곧 닥칠 짧은 유효 기간을 타고 난 덕분에 나는 세상을 조금 다른 관점으로 보는 듯하다. 그리고 아무리 노력해도 다른 사람들의 관점을 이해하기가 여전히 어렵다. 누군가를 위하는 마음이 생기면 잔소리를 늘어놓지만, 사실 내가 정말 원하는 건 실제로 돕는 일이다. 노아는 나를 외계인이라 불렀지만 내 별난 점을 높이 산다고 말했다. 내가 사진 블로그인 '유효 기간'을 시작한 것도 모두 노아 덕분이었다. 노아는 언젠가 읽었다면서, 사람들은 깨달음을 강요당할 때보다 스스로 깨달음에 이를 때(또는 이르렀다고 생각할 때) 훨씬 기꺼이 변화를 택한다고 했다. 그리고 내 사진 블로그가 마치 오솔길을 따라 뿌려진 빵 조각처럼 사람들이 스스로 자신의 마음을 되찾을 수 있도록 도움을 준다고 말했다. 내가 살면서 들어 본 말 중에 가장 아름다운 말이었다. 오늘 나는 그가 미친 듯이 그립다. 노아는 이곳에 정말 오고 싶었을 것이다.

아무튼, 나는 지금 이곳에 와 있었다. 광장을 돌아다니며 안내 책자에 나온 그곳을 찾기 위해 노력 중이었다. 그 타파스 바가 광장 바로 옆 거리에 있다고 했는데, 어찌 된 일인지 어디서도 거리 표지판이 보이질 않았다. 지금까지 계속 지도에 의존했던 터라 당황스러웠다. 도움을 청할 사람을 찾아 둘러봤지만, 모두 나 못지않게 길을 잃은 듯한 관광객들뿐이었다. 카일이 광장 저 반대쪽 끝에서 걸어오는 게 보였다. 그때 수공예 가게에서 한 판매원이 고리버들 바구니를 들고나왔다.

"실례합니다." 나는 그녀에게 지도를 보여 주며 물었다. "이 길을 찾고 있는데요."

"조심해요, 헷갈릴 수 있거든요." 그녀가 눈썹을 위아래로 들썩거리며 말했다.

아, 무슨 말인지 알아들을 수가 없었다. 그런데 그때 그녀가 앞에 있는 집의 벽에 붙은 작은 사각 타일을 가리켰다. 이럴 수가. 내가 찾던 길 이름이 바로 거기에 적혀 있었다. 거리 이름이 타일에 적혀 있다니. 사랑스러웠다. 카일에게 얘기해 줘야겠다는 생각이 들었다.

"무차스 그라시아스(Muchas gracias, 대단히 감사합니다)." 내가 인사했다.

그녀가 미소를 지으며 다른 고객에게로 시선을 돌렸다. 그때, 근사한 냄새가 났다. 나는 돌아서지 않을 수 없었다. 세상에, 제대로 만든 파에야(스페인식 쌀밥요리)가 맞은편 레스토랑 야외 테이블 중 하나에 서빙되고 있었다. 안내 책자에서 본 사진과 똑같았다. 노르스름한 주황색 밥이 피망과 새우, 홍합, 그리고 한 번도 먹어 보지 못한 많은 것들과 함께 얇고 널찍한 프라이팬에 담겨 있었다. 가까스로 음식에서 시선을 돌렸을 때, 나는 카일이 바로 옆에 서서 말없이 나를 쳐다보고 있는 걸 알았다.

당장 저 파에야를 먹지 않아도 세상이 끝나지 않는다고 애써 자신을 설득하면서 나는 이렇게 말했다. "그 타파스 바를 찾은 것 같아. 이 길 바로 저 아래에 있어. 어떤 샌드위치 먹을래?"

"진심으로 하는 말이야?" 그가 의심스러운 표정으로 눈썹을 치켜뜨며 물었다. "설마 일주일 내내 샌드위치만 먹이려는 생각은 아니겠지? 한 끼만 더 샌드위치를 먹었다간 난 미쳐 버릴지도 몰라."

뭐라고? 이번 여행을 계획하면서 우리 일원 중 누군가가 샌드위치 반란을 일으킬 거라고는 전혀 예상하지 못했다. 카일은 내가 뭐라 대답할 말을 찾아내기도 전에 맞은편 레스토랑으로 가서 비어 있는 테이블 중 하나에 자리를 잡고 앉았다.

"점심은 근사한 거 먹자." 그가 매력적인 미소를 지으며 말했다. "내가 한턱낼게."

좋다고 하고 싶었지만, 머리에서는 계속 너무 과한 배려이고 받아들일 수 없다고 말하고 있었다.

"얼른." 그가 간청하듯 말했다. "우리 부모님들을 위해서 그렇게 하자."

하지만 그 순간 그의 눈빛은 이렇게 말하고 있었다. 이건 그의 부모님과도, 그 신용 카드와도, 또 자기 자신과도 관계가 없다고……. 나를 위해, 오직 나를 위해 이러는 것이라고.

"좋아." 나는 쓰러질 것 같아 테이블 의자에 앉았다. "하지만 분명히 말하는데, 이건 네 부모님을 생각해서 수락하는 거야."

"그럼 얘기 끝난 거다."

나는 카일을 진지한 눈빛으로 바라보았다. 미소로도, 말로도 표현할 수 없는 순수한 감사의 마음이 전해지기를 바라는 마음이었다. 하지만 제대로 실패한 듯했다. 카일은 웃는 대신 얼굴을 붉히고 시선을 떨구며 침울한 표정을 지었다.

"어쨌든," 그가 다시 자신감을 되찾은 목소리로 말했다. "아까 하던 얘기 마저 해야지. 너 무슨 일을 하고 살 건지 아직 얘기 안 했잖아."

그가 얘기를 꺼냈으므로 나는 대답했다. "카일, 그 얘기 말인데, 내가 좀 너무……."

"너무 뭐? 심했다고?"

"그래, 좀 그랬던 것 같아. 나도 알아. 어떨 땐 내가 말이 너무 많은 거. 예전에 같은 위탁 가정에 있었던 베일리 언니도 늘 그렇게 얘기해."

"무슨 소리를 하는 거야? 넌 우리 학교 상담 전문가가 1년 동안 겨우 처리한 일을 단 1분도 안 되는 짧은 시간에 말끔히 정리했어. 상담료는 너한테 내야 할 것 같은데."

"진심이야?"

"완전히 진심이지. 하룻밤 사이에 방랑 예술가가 된다거나, 전 세계를 돌아다니며 가는 곳마다 스티커를 모으는 사람은 되지 못하겠지만, 그래. 네가 해 준 얘기는 정말 가슴에 와닿았어."

그 말에 나는 진심으로 웃음이 났다.

"하지만," 그가 말했다. "말 돌리지 마. 넌 졸업하고 뭐 할 건지 아직도 나한테 얘기 안 했어."

나는 그에게 거짓말을 하고 싶지 않았다. 그래서 양팔을 옆으로 활짝 벌리며 말했다. "날아갈 거야, 별을 향해서."

"그렇군," 그가 키득거리며 대답했다. "더 구체적인 건 없나? 어디서 들었는데, 우주 비행사들은 우주로 이륙하기 전에 컴퓨터 화면 앞에서 꽤 오랜 시간을 보내야 한다던데."

나는 웃음이 터져 나왔다. "좋아, 그럼, 어쩌면 관광 가이드를 할지도 모르겠다. 어떻게 생각해? 아니면, 잃어버린 엄마를 찾아 주는 탐정은 어떨까? 물론 이번 첫 임무가 성공해야 가능하겠지. 너도 알다시피, 이력이 안 좋으면 망하는 거잖아."

카일이 웃었다. 나는 그가 웃는 모습을 보는 게 좋았다. 그의 얼굴은 웃기 위해 만들어진 것 같았다. 웃을 때면 이목구비가 모두 딱 제자리를 찾은 듯한 느낌이 들었다. 콧수염을 기른 친근한 분위기의 웨이터가 고리버들 바구니에 바삭하고 맛있어 보이는 빵을 담아 왔다. 그가 메뉴판을 건네자마자, 나는 곧바로 돌려주며 말했다. "뭐 먹을지 이미 정했어요. 고마워요."

웨이터가 고개를 끄덕이고는 기대하는 표정으로 나를 바라봤다. 카일도 나를 바라봤다. 나는 조심스럽게 근처 테이블을 가리키며 조용히 말했다. "저 사람들이 먹고 있는 파에야랑 레드 크림이요."

"탁월한 선택이십니다." 웨이터도 윙크하며 속삭였다. "여자분은 파에야와 살모레호(차가운 토마토수프, 스페인 안달루시아 지방의 전통 요리), 그런데 죄송하지만, 파에야는 최소 2인분부터 가능합니다."

"문제없어요." 카일이 메뉴판을 돌려주며 말했다. "저도 같은 걸로 할게요."

웨이터가 텔레비전에서처럼 우아하게 턱을 한쪽으로 숙이고 눈을 살짝 감았다 뜨고는 조용히 물러갔다.

"고마워." 나는 감정을 숨기지 않고 말했다. "늘 파에야가 먹어 보고 싶었어."

사실 내가 정말로 하고 싶었던 말은, 늘 이렇게 누군가와 함께 있는 기분을 느껴 보고 싶었다는 것이었다. 다만 그런 줄 몰랐던 것뿐이었다. 아니 알고 싶지 않았다. 그런 건 뭔가 무척 위험한 일일지도 모른다고 생각했다. 내 경우에는, 실로 엄청난 고통을 초래할 수도 있는 일이었다.

카일

파에야를 기다리면서, 우리는 다음 이틀 동안의 여행 계획을 세웠다. 오늘 오후에는 세비야(Sevilla)라는 곳으로 갈 예정이어서 방문할 엄마 후보가 없었다. 미아는 애피타이저로 나온 빵과 올리브를 먹느라 바빴다.

오늘따라 햇볕이 강렬하게 내리쬐었다. 차양 밑에 있는데도 점점 열기가 참을 수 없을 정도로 뜨거워졌다. 나는 후드티를 벗어 옆 의자로 던졌다. 미아가 내 팔을 보고 있었다. 그게 내 빌어먹을 흉터를 보고 있는 것임을 깨닫는 데는 시간이 좀 걸렸다. 소매를 끌어당겨 감춰 보려고 했지만 소용없었다. 운 없게도, 그 흉터는 미아의 관심을 마법처럼 끌어당겼다. 미아가 만지고 싶은지 손을 뻗어왔다. 나는 철근 덩어리라도 된 듯 꼼짝도 할 수 없었다. 흉터에 미아의 손가락이 스치는 순간, 몸이 전기 충격이라도 받은 것처럼 움찔했다.

"하지 마." 나는 팔을 억지로 떼어 내며 말했다.

미아가 몸을 웅크렸다. 내가 때리기라도 할 줄 알았는지 눈이 휘둥그레져 있었다.

"아니, 아니, 아니야. 미안." 나는 말했다. "그냥 반사적으로 나온 행동이었어. 겁주려던 게 아니고."

미아가 머리를 젓고는 고개를 숙였다. 여전히 숨이 가빴다. "아니야, 카일, 내가 미안해. 그러지 말았어야 했는데……."

웨이터가 음료를 가져 오는 바람에 우리는 어쩔 수 없이 입을 다물었다. 웨이터가 가고 나자, 미아는 다시 흉터를 바라보고는 나를 올려다봤다. 그리고 숨죽인 목소리로 물었다. "아파?"

나는 아니라고 대답해 버리고 화제를 바꾸고 싶었지만, 머리가 선수를 치는 바람에 나도 모르게 끄덕이고 말았다. 나는 혼란스러운 마음을 애써 억누르며 말했다. "사람들이 그러는데, 절대 낫지 않는 상처도 있대."

"맞아, 하지만 시간이 약이라는 말도 있지. 그리고 경험해 봐서 아는데, 그 말 진짜야."

경험해 봐서 안다고? 눈이 어떻게 된 거 아니야? 어떻게 내 경험과 자기 경험이 완전히 반대라는 걸 모르지? 자신의 상처는 다른 사람에게 받은 것이니 잊어버릴 수 있겠지만, 내 상처는 다른 사람을 죽게 만들고 생긴 것이라 영원히 내 안에 각인되어 잊히지 않을 텐데.

"그래서 지난번에 그 폭포에 갔던 거야?" 미아가 아픈 데를 건드렸다.

나는 어깨를 으쓱하고 한숨을 쉬었다. 신경이 곤두섰지만, 티 내지 않으려고 애쓰는 중이었다. 미아가 화제를 바꾸기만을 바랄 뿐이었다. 하지만 미아는 그러지 않았다.

"노아는 네가 그러길 바라지 않았을 거야. 그 애는 너를 정말 좋아했어."

미아의 말에 귀에서 폭탄이라도 터진 듯 멍했다. 빌어먹을, 아무 소리도 알아들을 수가 없었다.

"대체 무슨 소리야? 대체 무슨 소리를 하는 거야, 미아?" 나는 물었다. 생각보다 목소리가 거칠게 나왔다.

미아가 겁먹은 얼굴로 입술을 깨물었다. 그리고 불쑥 내뱉었다. "미안해. 처음부터 말했어야 한다는 거 알아. 하지만 만일 사실을 알게 되면 안 온다고 할까 봐 두려웠어. 애초에 오고 싶어 하지도 않았잖아? 그리고,"

"잠깐, 기다려 봐. 노아를 알아? 그 말을 하려는 거야?"

미아가 희미하게 고개를 끄덕였다. "그때 폭포에서 내가, 원래 이 여행을 함께 하려던 친구가 있었는데 무슨 일이 생겨서 그럴 수 없게 됐다고 말했던 거, 기억해?"

이번에는 내가 고개를 끄덕였다. 대체 무슨 말을 하려는 건가, 덜컥 겁이 났다.

"그 친구가 바로 노아였어."

순간 나는 무슨 말을 해야 할지 알 수 없었다. 이건 현실이 아니었다. 말도 안 되는 일이었다. "노아는 한 번도 스페인 여행 얘기를 한 적이 없었어."

"알아. 내가 비밀로 하겠다고 맹세하게 했거든. 나는 누구라도 알게 되는 게 싫었어. 지금쯤은 너도 내가 얼마나 설득에 능한지 알겠지."

이해할 수 없었다. 노아는 나와 가장 친한 친구였다. 그런 일이 있었다면 내게 말했을 것이다. 갑자기 배신감이 들었다. 말이 안 되는 소리로 들리겠지만, 마치 모든 게 다 거짓말 같았다. 노아가 내 뒤에서 몰래, 그 많은 사람 중에 하필이면 미아와 이중 생활을 해 온 거라는 느낌마저 들었다. 심지어 질투심도 느껴졌다. 맙소사. 덫에 걸린 기분이었다.

"우린 2, 3년 전에 사진 수업에서 만났어." 내 마음을 어지럽히는 갈등을 의식하지 못한 채 미아가 말했다. "그리고 곧바로 친해졌지. 너도 알다시피, 노아는 아주 내성적이고 말하는 걸 별로 좋아하지 않는 아이였지만, 몇 마디 말만으로도 나는 그 애가 너를 형제처럼 사랑하는 걸 분명히 알 수 있었어."

이 말은 칼로 속을 후비는 것보다 더 아팠다. 나는 그를 배신했다. 그의 목숨을 빼앗았다. 나는 미아를 정면으로 마주 보았다. 말을 할 수도, 똑바로 눈을 마주칠 수도, 귓속을 울리는 내 맥박 소리 말고는 아무것도 들을 수 없었다. 그때, 기억이 났다.

"에이미? 혹시 네가 그 외계인 에이미야? 집 밖으로 나가는 게 허락되지 않아서 한 번도 우리가 못 만나 본 그 친구?"

미아가 고개를 끄덕하며 어깨를 으쓱했다.

"에이미라고?" 이번에는 얼굴을 찌푸리고 물었다.

"음, 내 이름은 어떨 땐 에이미고, 어떨 땐 미아고, 또 아멜리아, 리아, 멜, 심지어 밀라일 때도 있어. 어떤 이름을 쓰느냐에 따라 기분이 달라져. 어쨌든 한 이름에 갇힐 필요 없잖아. 안 그래?"

말을 듣긴 했는데 뇌가 처리를 못 하는 느낌이 들었다.

"그러니까 네 말은," 나는 내가 노아에게서 훔친 모든 걸 둘러보며 말했다. "지금 여기에 너와 있어야 할 사람은 노아였다는 거네."

"맞아." 그리고 미아는 내 마음을 읽은 듯 덧붙여 말했다. "하지만 노아는 네가 나와 함께 온 걸 기쁘게 생각할 거야. 내가 혼자 오는 건 원치 않았을 테니까. 노아한테는 엄마 얘기 안 했어. 기다렸다가 여기 와서 하는 게 좋겠다고 생각했거든."

그러고 나서 미아는 기나긴 설명을 시작했다. 하지만 나는 더 이상 아무 소리도 들리지 않았다. 미아가 입술을 분주히 움직이며 얘기를 계속하는 동안, 나는 내가 내 가장 친한 친구인 노아를 죽였을 뿐만 아니라 그가 미아와 하기로 했던 여행도 빼앗았음을 깨달았다. 노아 역시 나만큼이나 미아를 좋아했을지 모른다는 것도. 대체 왜 노아는 내게 아무 말도 하지 않았을까? 도대체 왜 이 여행에 대해 한마디도 하지 않은 걸까? 그리고 왜 내가 미아를 알게 되는 걸 꺼렸을까?

미아는 말이 없었다. 미아의 표정에는 우리 부모님이나 주디스, 그 외에 모든 사람이 나를 볼 때마다 똑같이 드러내는 걱정과 무력감이 드러나 있었다. 젠장, 이젠 미아까지 날 저런 표정으로 보다니. 목이 메어 와 숨이 막혔다. 버럭 화를 내야 할지, 사과해야 할지, 울어야 할지 알 수가 없었다.

"나 잠깐만⋯⋯."

나는 말을 끝내지 못한 채 자리에서 일어나 레스토랑 안으로 들어갔다.

그리고 저 안쪽에 있는 화장실을 뚫어지게 바라보며 식당을 가로질러 곧장 걸어갔다. 테이블에 사람들이 있는지 없는지는 전혀 눈에 들어오지 않았다. 화장실에 들어간 나는 문을 닫고 주먹으로 벽을 때리기 시작했다. 손가락에 아무 감각도 느껴지지 않았다. 이런, 젠장, 빌어먹을. 세면대에 기대어 거울에 비친 내 모습을 보니 혐오감이 밀려왔다. 나는 시선을 떨구었다. 이러면 안 돼, 미아한테 이럴 순 없어. 아무리 지긋지긋한 인생이라도 한번은 누군가에게 옳은 일을 해야겠다는 생각이 들었다. 나는 다시 거울을 들여다봤다. 나 자신이 측은했다. 나는 눈을 감고, 깊이 숨을 들이마신 후, 다시 밖으로 나왔다.

미아는 옆으로 돌아앉아 안절부절못하고 있었다. 걱정스러운 것 같기도 했고, 겁먹은 것 같기도 했다. 아니, 어쩌면 그 둘 다일 수도 있었다. 나한테 이런 폭탄선언을 숨긴 그녀가 미웠지만, 그런 모습을 보니 마음이 아팠다. 나 때문이라고 생각하니 더 그랬다. 우리 테이블을 찾아 다가가니 미아가 나를 애원하는 표정으로 올려다보며 말했다. "미안해, 카일. 진작 말했어야 했다는 거 알아. 그렇지만 화내지 마, 제발. 나한테 화내지 마."

나는 미아를 팔로 감싸 안고 진정시켜 주고 싶은 기분을 느꼈다. "장난해? 당연히 화 안 났어, 미아. 너한테는."

어색한 침묵이 흘렀다. 미아는 걱정 어린 눈빛으로 나를 바라보았다. 여전히 나를 도울 방법을 찾느라 그 문제와 씨름하는 듯한 표정이었다. 그때 미아가 무슨 말인가를 하려는 기색을 보였다. 나는 급히 말을 잘랐다. "그거 알아? 너 아직도 그…… 엄마 후보 명단 어떻게 할 건지 얘기 안 했거든?" 나는 미아의 말투를 흉내 내며 말했다.

미아는 아련한 미소를 지어 보이며 어깨를 으쓱했다. "음, 정말 알고 싶다면, 나는 늘 엄마가 어떤 사람일까 궁금했던 것 같아. 무엇보다, 왜…… 그거 있잖아, 대체 왜 그랬을까 하는 거. 오랫동안 알아보려고 노력했지만, 내가 들은 말은 입양 서류는 기밀이라는 것, 그리고 정보를 열람하려면 열아홉 살이 될 때까지 기다려야 한다는 것뿐이었어. 그래서 몇 년 전에 위탁 가정에서 만난 베일리 언니가 나한테 자신의 새 남자 친구를 소개해 준 거야. 해커인데 나한테 도움을 줄 수 있을 거라면서."

미아가 배낭에서 종이를 한 장 꺼내 테이블 위에 올려놓았다.

"이게 그 사람이 찾아낸 거야." 미아가 공문서 같은 걸 가리키며 말했다. "내 입양 서류야." 그러면서 '마리아 A. 아스티예로스'라고 적힌 부분을 가리켰다. "여기에 스페인 출신이라고 적혀 있어. 베일리 언니 남자 친구가 알아낸 바로는, 앨라배마 대학 교환 학생이었대. 나는 그 사람이 더 알아봐 주기를 바랐어. 대학 서버를 해킹해서 더 많은 내용을 찾아봐 주기를 원했는데, 무슨 작전 같은 걸 하다가 걸리는 바람에…… 감옥에서 3개월을 보내더니 좀 안전한 일을 하겠다며 업종을 변경했어. 신분증 위조로."

웃음이 났다. "그래, 훨씬 안전하긴 하네."

미아가 희미하게 웃으며 어깨를 으쓱했다.

온통 검은 옷차림의 구레나룻을 길게 기른 기타리스트 하나와 물방울무늬 원피스를 입은 여자 하나가 식당 앞에 와서 섰다. 기내 잡지에서 본 플라멩코 집시가 생각났다.

"그래서 스페인에서 그 이름을 가진 여자들을 추적하기 시작한 거고?" 나는 미아에게 말했다.

미아가 고개를 끄덕이며 대답했다. "스페인뿐만 아니라 미국도 알아봤어. 다행히 '아스티예로스'라는 성은 흔치 않아. 게다가, 스페인 여자들은 결혼해도 남편 성을 따르지 않거든."

"그럼 전화하는 방법도 있지 않았어? 여기까지 찾아오는 것보다는 그편이 훨씬 수월했을 텐데."

미아는 바로 대답하지 않고 잠시 머뭇거렸다. 입술을 깨물면서 바닥을 바라보다가, 다시 고개를 들고서, 침착한 목소리로 천천히 말했다. "왜냐하면, 나하고 전혀 관계가 없다고 말한다면, 적어도 눈을 똑바로 보면서 물어볼 수 있으니까. 왜…… 왜 나를 사랑하지 않았느냐고." 미아의 눈이 정의를 요구하는 사람의 눈처럼 빛났다. "만일 내가 바로 앞에 있으면, 대답하지 않을 수 없겠지. 혹시 대답하지 않는다고 해도…… 얼굴에 답이 다 드러날 거고."

미아의 말에 나는 소름이 돋았다. 남자가 기타 연주를 시작하고 여자가 춤을 추기 시작하자, 미아의 시선이 그들에게로 향했다. 하지만 마음은 어딘가 다른 곳에 가 있는 듯했다. 아마도 자신만의 어둡고 비밀스러운 섬으로 돌아가 표류하고 있는지도 몰랐다. 집시가 연주하는 구슬픈 멜로디는 이 순간을 위한 완벽한 사운드트랙이었다.

미아

내가 먹어본 중 두 번째로 맛있는 디저트의 마지막 한 입을 방금 먹었다. 물론 최고는 레몬 파이다. '가차스 코르도베사스(Ga-chas cordobesas)'라는 음식이었는데, 레몬과 계피, 아니스 씨 맛이 나는 크림 위에 잘게 튀긴 빵조각을 뿌린 것이었다. 정말 맛이 죽여줬다. 카일은 커스터드 요리를 주문했다. 이렇게 많이 먹어 보기는 처음이었다. 솔기가 터질까 봐 새로 산 멋진 흰 바지의 단추까지 풀어야 했다.

카일은 식사 내내 내 얘기에 귀를 기울여 주었고, 맛있는 식사에 감사해할 때마다 웃어 주었다. 무엇보다, 최선을 다해 기분 좋은 척 해 주었다. 하지만 눈은 거짓말을 할 줄 몰랐다. 그는 기분 좋은 상태가 아니었다. 당연한 일이었다. 그는 노아 얘기가 편치 않았을 것이다. 하지만 나는 얘기해야 했고, 무엇보다 이 여행에 대해 털어놔야 했다. 하지만 아주 짧긴 했어도 그의 미소가 진짜처럼 느껴지는 순간들이 있었다.

나는 다음 목적지로 빨리 출발하고 싶어 몸이 근질근질했다. 게다가 광장은 시간이 갈수록 점점 더 붐비기 시작했다. 나는 밴의 조용함이 그리웠다. 그래서 시간을 확인하기 위해 카일의 손목을 뒤집었다. 그런데 그에게 손이 닿는 순간, 그의 고급 시계를 들여다보기도 전에 이상한 일이 일어났다. 피부의 온기가 전류처럼 내 팔 전체로 퍼져 나갔다. 마치 롤러코스터를 탄 기분이었다. 깜짝 놀라 카일을 보니 그 역시 똑같이 놀란 눈빛이었다. 아 이런, 이건 계획에 없던 일이었다. 나는 전기 같은 건 느낀 적 없는 듯 고개를 돌리며 말했다. "그만 가는 게 좋겠어. 지금 출발하면, 딱 저녁 시간에 맞게 도착하겠다. 너도 알다시피 네가 워낙 천천히 가잖아."

카일이 조롱하는 듯한 미소를 지어 보이며 고개를 저었다. 하나도 재미없다는 표정이었다. 그리고 계산서를 요청하기 위해 웨이터가 보일 때마다 손을 들었다. 하지만 손님이 너무 많아서 계산보다는 새로 들어오는 손님들을 맞이하는 일에 더 열중하는 듯 보였다.

"안에 들어가서 계산하고 올게." 그가 자리에서 일어나며 말했다. "네가 얼마나 말을 많이 하는지를 고려했을 때, 더 기다리다가는 이 불쌍한 운전사는 무사히 저녁 시간 안에 목적지에 도착할 수 없을 테니까."

참신한 변명이네. 그가 돌아서서 레스토랑을 향해 걸음을 옮겼다. 나도 모르게 그의 엉덩이로 눈이 갔다. '엉덩이가 귀엽네' 정도가 아니라, 오랫동안 시선이 머물렀다. 가까스로 시선을 돌렸더니, 이번에는 등과 목을 비롯한 온몸 구석구석 꿈틀거리는 근육들이 눈에 들어왔다. 심지어 그의 향기, 그에게서 물씬 풍기는 온기와 구릿빛 피부의 감촉까지 느껴지는 듯했다. 갑자기 그를 팔로 감싸 안고 싶은 충동이 일었다. 갑자기 호흡이 가빠지고 기절할 듯 정신이 혼미해졌다. 맙소사, 나 지금 뭐 하는 거야? 이건 나답지 않았다. 나 '미아 페이스'는 절대 탱탱한 엉덩이든 등이든 뭐든, 누구의 몸이든, 그런 거에 홀딱 반하는 여자가 아니었다. 그러니 여기까지만. 이상, 끝.

확실히 주의를 분산시킬 필요가 있었다. 나는 자리에서 벌떡 일어났다. 그 과정에서 의자가 엄청 시끄럽게 덜그럭거리며 뒤로 넘어갔다. 아주 잘하는 짓이다. 이젠 모든 사람의 시선이 나한테 쏠렸다. 농담이 아니고, 정말 한 사람도 빠짐없이 모든 사람이 나를 쳐다보고 있었다. 나는 당황해서 얼굴이 달아올랐다. 내가 카일의 엉덩이에 반해 정신이 혼미한 상태인 걸 다들 눈치챘을 것 같았다. 단 일 초도 이곳에 머물 수 없었다. 나는 배낭을 움켜쥐고 최대한 빠르게 걷기 시작했다.

광장을 가로질러 가면서 나는 카메라를 꺼내 뷰파인더에 눈을 고정했다. 내 시선이 위험천만한 곳으로 향하는 걸 막을 방법이 달리 생각나지 않았다. 하지만 걷는 중에도 카일의 목덜미와 허리, 그리고 그 아래쪽에 있는 것들에 관한 생각을 멈출 수가 없었다. 짜릿한 느낌이 배꼽 아래쪽에서부터 가슴을 지나 머리끝까지 번지기 시작했다. 책에서 읽은 '설렘'이라는 감정이 이런 걸까. 아 정말.

그러다 문득 나는 내가 아직도 카메라에 한쪽 눈을 고정한 채 돌아다니고 있다는 사실을 깨달았다. 사진은 한 장도 찍지 않고, 심지어 렌즈 초점도 맞추지 않고 말이다. 완전 얼간이처럼 보일 게 틀림없었다. 나는 헛기침을 하며 조금이라도 정상인으로 보이려고 노력했다. 그리고 보이는 것마다 다 스냅 사진을 찍기 시작했다. 거리며 타일이며, 눈앞에 보이는 건 뭐든 닥치는 대로 찍었다. 그런데 땅바닥에 유난히 빛깔이 어두운 돌멩이가 하나 있는 게 보였다. 나는 사진 블로그에 올리고 싶어 그 돌멩이를 사진에 담았다. 그리고 제목을 '코르도바의 미운 오리 새끼'라고 해야겠다고 생각하면서 카메라를 들어 올렸다. 그런데 그때, 렌즈 너머로 한 여자가 보였다. 주름지고 어두운 피부, 둥글게 말아 묶은 검은 머리, 긴 원석 귀걸이가 눈에 띄었다. 그녀는 나를 가만히 응시하고 있었다. 나는 재빨리 카메라 렌즈에서 눈을 뗐다.

여자가 내게 잔가지 하나를 건넸다. 예전 위탁 엄마가 과수원에서 키우던 로즈메리를 닮은 가지였다. 관광 안내 책자에서 스페인 사람들이 친절하다고 자주 이야기하더니, 이런 게 바로 그런 예인가 싶어 나는 가만히 미소를 지었다.

"고맙습니다." 나는 그 허브의 향을 맡으며 말했다.

"손 싱코 에우로스 보니타(Son cinco euros bonita, 5유로예요, 예쁜 아가씨)."

"무슨 말인지 잘 모르겠어요." 나는 어깨를 으쓱하며 대답했다.

여자는 어떻게 반응할 새도 없이 재빠르게 내 손을 잡더니 손바닥을 뒤집고는 불쾌할 정도로 자세히 들여다보았다. 기분 나쁜 차가움이 느껴졌다. 손을 빼려고 해도 여자가 너무 꽉 잡고 있어서 꼼짝도 할 수 없었다. 나는 소리쳐서 도움을 청하고 싶은 마음이 들었다. 하지만 여자가 나를 올려다보는 눈빛이 너무 강렬하고 괴상한 데다 속을 꿰뚫어 보는 것 같아서 싸울 수가 없었다. 손을 그대로 꽉 잡은 채 여자가 내 손금을 읽기 시작했다. 그러더니 고개를 저으며 눈썹을 찡그리고서 나를 바라보더니 시선을 다시 손금으로 돌렸다.

"티에네스 엘 코라손 로토(Tienes el corazón roto, 마음에 슬픔이 있군요)."

여자가 내 손금 중 짧은 선을 따라 그리며 말했다.

"무슨 말인지 모른다고 말했잖아요." 내가 항의하듯 말했다.

여자가 손가락 하나를 내 가슴 중앙에 가져다 대고 말했다.

"코라손(Corazón, 마음 말이에요)." 그러고는 그 로즈메리 가지를 가져가 반으로 뚝 부러뜨렸다. 그리고 고개를 끄덕이며 나를 바라봤다. 이해했는지 묻는 듯했다.

이건 시간 낭비였다. 나는 그런 점괘가 누구보다 달갑지 않은 사람이라는 걸 설명할 수 있다면 얼마나 좋을까. 여자에게서 벗어나고 싶었지만, 이글이글 타오르는 듯한 여자의 눈빛은 내게서 저항할 의지를 빼앗아갔다. 나는 제자리에서 꼼짝도 할 수 없었다.

여자가 내게서 시선을 떼지 않은 채 큰 목소리로 말했다. 마치 큰 목소리로 말하면 더 명확하게 전달된다고 믿는 듯했다. "운 코라손 세디엔토 솔로 세 쿠라 시엔도 푸엔테(Un corazón sediento sólo se cura siendo fuente, 목마른 마음은 그 근원이 되어야만 치유할 수 있어요)."

무슨 말인지 이해 못 한다고 말해도 소용없을 것 같았다. 대신 여자가 하는 말을 반복하며 외웠다. 여자는 여전히 그 자리에 가만히 있었다. 뭔가를 기다리는 것 같은 느낌이 들었지만, 그게 뭔지는 전혀 짐작할 수 없었다. 여자가 내게 자기 손바닥을 보여 주었다. 설마 나더러? 나는 손금을 전혀 볼 줄 몰랐다. 하지만 정 원한다면⋯⋯. 하지만 내가 여자의 손을 잡으려 하자, 여자가 무섭게 노려보며 말했다. "돈, 돈."

이런, 바보 멍청이. 나는 지갑에서 동전을 몇 개 꺼내 여자에게 건넸다. 여자가 아무것도 모르는 새로운 관광객을 찾아 멀어져가는 동안, 나는 여자가 해 준 말을 계속해서 되뇌었다.

"누구야?" 카일이 내 옆으로 오면서 물었다. "그 여자가 뭐래?"

"몰라. 빨리 적어야 해, 빨리. 펜 좀 줘."

카일이 배낭에서 펜 하나를 꺼내 건넸다. 여자가 했던 말을 어떻게 쓰는지 몰랐던 나는 도움을 구하기 위해 주위를 둘러봤다. 주변을 오가는 사람들은 대부분 관광객이었다. 그들의 스페인어 실력이 나보다 나을 것 같지는 않았다. 그때, 앞쪽에 있는 집에서 내 또래로 보이는 남자 하나가 문을 열고 나오는 모습이 보였다. 나는 그에게로 뛰어갔다.

"뭐해? 얼른 가자." 카일이 말했다.

"실례합니다." 나는 그 남자에게 말을 걸었다. "제가 하는 말을 스페인어로 좀 써주실 수 있나요?"

그가 고개를 저었다. 어리둥절하면서도 재미있다는 표정이었다. "노 아블로 잉글레스, 로 시엔토(No hablo inglés, lo siento, 나 영어 못해요, 미안합니다)."

카일은 별로 재미있어 보이지 않았다. 나는 그 남자에게 펜을 건네며 내 팔에 적어달라는 손짓을 했다. 그가 치약 광고의 한 장면이라 해도 손색이 없을 만큼 환하게 웃으며 펜을 받아들고 고개를 끄덕였다.

"티에네스 엘 코라손 로토." 받아 적을 수 있도록 내가 말했다. "운 코라손 세디엔토 솔로 세 쿠라 시엔도 푸엔테."

다행히 내 발음이 나쁘진 않았는지 그는 문제없이 단어들을 받아 적었다.

"그라시아스(Gracias, 고맙습니다)." 나는 기뻐하며 말했다.

그 남자는 다시 미소를 지으며 손을 흔들고 집 안으로 사라졌다. 나는 카일에게 모든 걸 얘기해 줄 생각으로 돌아섰다. 그런데 카일의 부루퉁한 눈빛에 그만 맥이 빠져 버렸다.

"내가 써 줄 수도 있었거든, 알아?" 그가 말했다. "굳이 알지도 못하는 사람한테, 팔에 뭘 적어 달라는 그런 부탁을 할 필요는 없잖아."

나도 모르게 피식 웃음이 났다.

"언제부터 스페인어를 쓸 줄 알았어?"

"초등학교 때 1년 동안 배웠고, 또······." 카일 자신도 얼마나 웃기는 소리인지 깨달은 것 같았다. 그는 어깨를 으쓱하며 중얼거렸다. "아무튼, 그렇게 어렵지 않거든?"

나는 다시 웃음이 났다. 하지만 이번에는 혼자 속으로만 웃으며 걸음을 옮기기 시작했다.

"이쪽이야." 나는 광장을 벗어나는 오른쪽 길을 가리키며 말했다. "자연 보호 구역에 가 보고 싶어 죽겠어. 트립어드바이저에서 그러는데, 절대 놓치면 안 되는 곳이래."

카일이 앞장섰다. 둘이 나란히 걷기에는 길이 너무 좁고 붐볐다. 주위를 둘러보는데, 이 길이 우리가 가려고 한 길이 맞는지 확신이 서지 않았다. 다 너무 비슷비슷해 보여서 나는 잠시 멈춰 지도를 확인했다. 그럼 그렇지, 우린 잘못된 방향으로 가고 있었다.

"카일, 잠깐만, 여긴 반대 방향이야." 나는 카일을 소리쳐 불렀다. 하지만 북적거리는 군중 속에서 내 목소리가 들리지 않는 듯했다.

나는 사람들을 헤치며 걸음을 재촉했다. 그리고 카일의 팔을 잡았다. 카일이 돌아서는 순간, 또다시 짜릿한 전류 같은 게 느껴지면서 심장이 철렁했다. 그런데 이번에는 두 배로 강렬했다. 카일이 말없이 나를 바라봤다. 하지만 테네시강처럼 푸른 그의 두 눈이 그 역시 똑같이 느꼈음을 말하고 있었다. 아니야, 아니, 안 돼. 이런 건 애초에 싹부터 잘라 내야 해.

"가자." 나는 억지 미소를 지으며 말했다. "빨리 엄마를 찾고 싶어. 그리고 무엇보다 널 이 여행의 부담에서 벗어나게 해 주고 싶어."

카일이 창백해진 낯빛으로 눈길을 떨구었다. 그에게 이런 말을 하려니 마음 아팠다. 너무 아파서 심장이 터질 것만 같았다. 하지만 이게 최선이었다. 아니, 내가 할 수 있는 유일한 일이었다. 나는 카일에게 상처를 주고 싶지 않았다. 헛된 기대를 품게 하고 싶지 않았다. 나는 이 여행이 영원하길 바라지만, 그건 불가능한 일이었다. 내 인생에는 영원이란 없었다. 또한 나는 알고 있었다. 카일은 오래지 않아 나를 잊으리라는 사실을. 카일 같은 남자라면 어떤 여자든 원하는 대로 만날 수 있을 테니까.

그래서, 우리는 앞뒤로 선 채 좁은 골목길을 빠져나갔다. 완전한 침묵, 터질 것 같은 침묵, 말이 없어도 모든 걸 말해 주는 침묵 속에서.

카일

코르도바를 떠난 지 한 시간이 지났다. 미아는 그 이상한 집시 여자가 준 메시지를 알아내기 위해 그녀가 건넨 그 소중한 구절을 해석하느라 내내 휴대전화를 끼고 앉아 있었다. 그런 여자들은 점쟁이가 아니라 그냥 예술가 같은 거라고 아무리 말해도 미아는 들으려 하지 않았다. 무슨 일이 일어날 때는 다 이유가 있기 때문이며, 삶이 보내는 신호에 주의를 기울이는 것이 우리가 할 일이라는 게 미아의 주장이었다. 미아의 말대로라면, 내가 그냥 여행 동반자 이상임을 제발 그 신호가 알려 줬으면 하는 게 내 바람이었다.

미아와 함께 있으면 다 괜찮았다. 모든 게 이해되었고, 별들마저 줄 맞춰 빛나는 듯했다. 어떨 땐 다른 생각은 아무것도 나지 않았다. 집도, 과거도, 다 잊을 수 있을 것만 같았다. 가끔은 다시 어느 정도 평범한 삶을 다시 살 수 있지 않을까 하는 생각마저 들었다. 하지만 미아가 차갑고 무관심하게 굴거나, 어서 이 여행이 끝났으면 좋겠다고 말하거나, 노아와 계획했던 여행이라는 사실을 내게 숨겼던 일이 떠오를 때면, 나는 미아에게 배신당한 기분, 가라앉는 기분이 들고 어찌해야 할지 알 수 없었다. 엄마를 빨리 찾고 싶은 마음은 이해할 수 있었다. 이해할 수 없는 것은, 왜 그토록 나를 놔 주고 싶어 하는가였다. 미아가 그 말을 할 때면, 그녀가 내게서 그만큼 벗어나고 싶다는 소리로 들렸다. 나는 그게 그냥 이해가 안 갔다. 우린 함께 멋진 시간을 보냈고, 함께 잘 지냈으며, 함께 웃지 않았던가. 솔직히, 미아가 진짜 엄마를 못 찾게 할 수만 있다면, 아니, 진짜 엄마를 목록의 맨 마지막 후보로 만들 수만 있다면, 그래서 미아와 더 많은 시간을 보낼 수만 있다면, 간이라도 내주고 싶은 심정이었다. 그런데 혹시 다음 후보가 진짜 엄마면 어쩌지? 설마 당장 여행을 끝내고, 나를 쫓아 버릴까? 쓸모없어진 하찮은 운전사 자르듯이?

나는 미아에게 진짜 엄마를 만나면 뭘 할 계획인지 묻지도 않았다. 내가 그걸 알고 싶은지도 모르겠다. 대답을 받아들일 수 있을지도 모르겠다. 모든 게 너무 혼란스러웠다. 미아가 나한테 관심이 없지 않다고, 맹세코 내가 느끼는 것처럼 미아도 똑같이 느낀다고 생각되는 순간도 있었다. 하지만 그럴 때마다 미아는 전혀 나한테 관심이 없는 듯한 말이나 행동을 했다. 적어도 내가 생각하는 그런 감정은 아니라는 듯이.

"찾았다!" 미아가 말했다. "감 잡았어." 미아가 휴대전화에 급히 뭔가를 입력했다. "좋아, 드디어 찾아냈어. 보자, 이렇게 되어 있네. '상처받은 마음은 그 근원이 되어야만 치유될 수 있다.'" 미아가 나를 쳐다보며 얼굴을 찌푸렸다. "근원이 된다니? 이게 무슨 소리 같아?" 나는 어깨를 으쓱했다. "말이 안 되는데……." 미아가 배낭에서 일기장을 꺼냈다. "무엇의 근원이라는 거야?" 미아는 일기장에 그 구절을 적어 넣은 후 생각에 잠긴 채 먼 곳을 응시했다.

"다음에는 뭔가 조금 덜 난해한 걸로 보내 달라고 삶에 부탁해 봐." 내가 말했다.

"신호는 늘 명확해, 카일. 우리 눈이 가려져 있어서 이해를 못 하는 거지. 그게 뭐가 됐든, 알아내고 말겠어. 반드시."

미아가 팔에 적힌 글자들을 문질렀지만 좀처럼 지워지지 않았다. 식당에서 준 작은 물티슈로도 문질러 봤지만, 소용없었다. 미아는 글자들을 자세히 들여다보고는 더 세게, 계속 문질렀다. "안 지워지네."

"삶은 네가 그 신호를 잊지 않길 바라나 봐." 나는 빈정거렸다.

"웃을 일 아니야. 난 심각하다고. 진짜 안 지워져."

오, 맙소사. 아까 배낭에서 꺼내 준 펜이 지워지지 않는 펜이었다는 사실을 깜빡했다. 주디스가 부활절 달걀에 뭘 끄적거리느라 쓰고 넣어둔 것이었다. 나도 모르게 얼굴에 당황한 티가 역력했던 모양인지 미아가 물었다. "뭐야?"

"아무래도……" 나는 머리를 긁적이며 말했다. "내가 유성 마커를 준 것 같네."

"농담이지, 너." 미아가 말했다. 말하는 속도가 빨라지고 있었다. "그럼 이걸 어떻게 지워? 이 꼴로는 엄마 못 만나. 내가 문신을 했다고 생각하실 수도 있잖아. 아니, 더 나쁜 걸로 오해하실수도 있고. 게다가 색깔도 없고, 검정이잖아. 이건 나답지 않다고. 이제 어떡해?"

그때 미아의 말을 끊으며 경찰차의 사이렌 소리가 들렸다. 찰나였지만 나는 다시 그 무서운 날로 돌아갔다. 나는 숨을 헐떡이며 백미러를 올려다봤다. 경찰관 두 명이 오토바이를 타고 다가오고 있었다. 그중 한 사람이 내게 차를 세우라는 손짓을 했다. 나는 길가 덤불 옆에 차를 세웠다. 그 경찰관이 걸어와 차창을 내리라고 손짓했다. 나는 가능한 한 빨리 창문을 내렸다.

"세뇨르, 바 포르 데바호 데 라 벨로시다드 미니마(Señor, va por debajo de la velocidad mínima, 선생님, 최저 속도 위반입니다)."

"죄송합니다만, 무슨 말인지 모르겠습니다."

강한 스페인어 억양이 담긴 영어로 그가 다시 말했다. "최저속도. 시속 45킬로미터. 당신, 너무 느려."

이 말을 이해하는 데 잠깐 시간이 걸렸다. 설마 진짜 뭘 어쩌려는 건 아니겠지. "아, 그렇군요." 내가 말했다. "죄송합니다. 몰랐어요."

"처음, 경고. 두 번째, 벌금. 오케이?"

나는 고개를 끄덕였다. 여전히 멍했다. 그들은 오토바이에 시동을 걸더니 쌩 가버렸다. 그때 뒤에서 요란한 웃음소리가 들려왔다. 둘러보니 조수석이 비어 있었다. "이게 어떻게 된……?"

미아가 계속 웃으면서 미끄러지듯 앞자리로 와 앉았다. "여든도 안된 나이에 너무 느리게 운전한다고 경찰한테 잡힌 사람은 아마 네가 처음일 거다."

"너 뒤에서 뭐 하고 있었어?" 미아는 대답하지 않았다. 밖에서 뭘 봤는지, 신이 나서는 창문을 내리고 있었다. "진짜 묻는 거야, 미아. 뭐 하고 있었어? 숨어 있었던 거야?"

미아는 내 말이 아예 안 들리는 것처럼 창밖의 뭔가를 가리키며 말했다. "저기 봐, 산딸기야, 진짜 산딸기! 오, 세상에, 먹어 봐야겠다."

미아가 조수석 문을 열고 뛰쳐나갔다. 돌담 뒤에 산딸기가 무더기로 자라고 있었다. 미아는 한 알 따더니 코에 가져다 대고 신성한 열매라도 되는 양 한껏 그 향기를 들이마셨다. 그런 다음 조수석 창가로 다가와 내게 보여 주며 말했다.

"내려서 나 좀 도와줄래. 산딸기가 엄청 많아. 따서 저녁으로 먹어도 되겠어."

그리고 이 말을 하자마자 또 다른 곳으로 관심을 돌렸다. 길 저 위쪽에 서 있는 나무들이었다.

"저기 좀 봐! 체리야! 빨리, 저걸 담을 게 필요해. 어제 샌드위치 담아 온 봉투 어딨어? 네가 치웠잖아."

나는 조수석 앞쪽의 수납함을 열고 봉투를 꺼내 미아에게 건넸다.

"뭐해? 얼른 나와."

하지만 나는 움직이지 않았다. 안전한 밴에 앉아서 미아를 관찰하는 게 더 좋았다. 나는 미아가 크리스마스 선물 풀어 보는 아이처럼 나무에서 체리를 따는 모습을 지켜봤다. 더없이 행복해 보였다. 나는 이 순간이 끝나지 않기를, 미아가 내 인생에 계속 있어 주기를 바랐다.

카일

해가 지기 시작할 무렵, 우리는 마침내 밤을 보낼 장소에 도착했다. 보아하니 자연 보호 구역이면서 캠핑이 허용되는 곳 같았다. 30분 동안 내게 밤새 운전하라고 설득하던 미아가 우연히 발견한 곳이었다. 오는 길에 미아는 이 지역에서 최고의 엠파나다를 만든다는 빵집에 차를 세우게 했다. 엠파나다는 일종의 페이스트리인데, 속에 뭐가 들어가는지는 몰라도 냄새가 너무 좋아서 그걸 먹는 게 꼭 죄를 짓는 느낌마저 드는 음식이었다.

미아가 엠파나다를 포장한 호일 모서리를 살짝 열어 맛있는 냄새를 맡으며 말했다. "배고파 죽을 것 같아. 캠프장 아직 안 지나친 거 맞지?"

나는 고개를 끄덕였다.

"잘 보면서 가고 있는 거, 맞지?"

"잘 보면서 가고 있어."

"지도를 보면, 분명 이 근처 어디쯤인데." 미아가 말했다. 벌써 30분째 같은 말을 하고 있었다. "잠깐. 차 세워!" 미아가 꽥 소리를 질렀다. 나는 갑자기 무슨 외계 우주선이라도 앞에 나타난 줄 알았다.

"이번엔 또 왜?"

"저 뒤에, 표지판을 본 것 같아."

"내가 잘 보고 있다고 말했잖아. 그리고 난 아무 표지판도 못 봤어."

"차 세우라니까."

나는 속도를 줄이고 뒤에 아무도 없는지 재차 확인한 후 차를 멈췄다.

"뭘 기다리고 있어?" 미아가 물었다. "후진해."

"제대로 본 거 맞아? 우린 지금 도로 한가운데라고. 무작정 뒤로 갈 순 없어."

미아는 마치 믿을 수 없을 정도로 멍청한 말을 들었다는 듯 나를 쳐다보고는 고개를 저었다. 그런 다음 내 위로 몸을 기울이고는 운전석 차창 밖으로 고개를 내밀었다.

"네 말이 맞네. 개미 가족이 단체로 지나가는 바람에 길이 어마어마하게 막히지만, 깜빡이를 켜면 비켜 줄 거야."

미아가 내게 너무 가까이 몸을 숙여서 심장이 쿵쾅거렸다. 미아를 감싸 안지 않으려고 엄청난 자제력을 발휘해야 했다.

"하하." 내가 웃었다.

"어서, 카일." 미아가 살짝 몸을 떼며 말했다. "한 시간이 넘도록 차라고는 단 한 대도 못 봤어."

미아 말이 맞을 것이다. 그리고 만일 예전의 카일이었다면 후진은 식은 죽 먹기였을 거고 시골길에서 후진하는 걸 놓고 두 번 생각하지도 않았을 것이다. 하지만 지금, 이 카일은 어디서나 위험을 감지했다. 나는 후진 기어를 넣고, 거울 세 개를 수십 번 둘러본 후에 천천히 액셀을 밟았다. 한 150피트(약 46미터)쯤 후진했을까. 미아가 말했다. "여기, 여기서 세워 봐. 저기."

길가에 '무료 캠프장'이라고 쓰인 나무 표지판이 있었다.

"저거 어떻게 생각해?" 미아가 팔짱을 낀 채 곁눈질로 나를 바라보며 말했다.

"저건 공식 도로 표지판이 아니잖아. 뭘 어떻게 생각해?"

"다른 사람의 공은 인정하지 못하겠다 이거지? '그렇군, 사랑하는 미아, 그대 말이 옳았구려, 난 저 표지판을 미처 보지 못했소' 뭐 이런 말을 기대했더니만."

"그래, 사랑하는 미아." 나는 미아의 말투를 흉내 내며 말했다. "당신은 마음만 먹으면 정말 짜증 나게 굴 수 있구려."

"패배를 인정할 줄 모르는 비겁한 놈."

어떻게 이런 심한 말을. 믿기지 않았다. 나는 대답하지 않았다. 나는 밴을 몰고 작은 나무 화살표를 따라 올리브나무와 참

나무, 소나무 몇 그루가 늘어선 비포장도로로 들어섰다. 그렇게 몇 분을 들어가니 탁 트인 공간이 나타났다. 한쪽에는 맑은 물이 흐르는 개울이, 다른 한쪽에는 바비큐 그릴이 있었다. 마치 관광 안내 책자에서 툭 튀어나온 듯 완벽한 장소였다.

"세상에 이럴 수가, 여기 정말 완벽하다." 미아가 차 문을 열고 서둘러 내렸다.

그리고 양팔을 벌린 채 눈을 감고 서서 숨을 깊이 들이마셨다. 마치 풍경 전체를 다 들이마시겠다는 듯이. 전부 자기 것으로 만들겠다는 듯이. 만약 정말 그럴 수 있다면 그녀는 그걸 어디로 가져갈지 궁금했다.

나는 핸드 브레이크를 건 후 차에서 내렸다.

"저 향기 느껴져?" 내가 옆으로 가서 서자 미아가 물었다.

나는 깊이 숨을 들이마셨다. 야생 허브와 꽃, 송진 향이 느껴졌다. 이곳 하늘은 왠지 더 가깝게 느껴졌다. 손을 뻗으면 닿을 것 같았다. 이미 별들이 점점이 박혀 있었지만, 하늘 높이 뜬 달은 어둠에 아랑곳하지 않고 밝게 빛나고 있었다. 맙소사, 나 지금 미아처럼 생각하고 있잖아.

미아는 모래가 깔린 바닥에 벌렁 눕더니 두 팔을 쭉 뻗었다. "지금 난 죽어서 금성에 있어." 미아가 말했다.

"아." 내가 키득거리며 말했다. "확실히 이 행성 출신은 아니지. 그런데 그게 금성인 줄은 몰랐네."

미아가 눈을 뜨며 웃음을 터트렸다. "내가 좀 이상하다는 소리야?"

나는 '아주 약간'이라는 뜻으로 엄지와 검지를 모아 보였다.

"그렇단 말이지." 미아가 침통하게 대답했다. "평범한 게 실은 과대평가 된 거야. 학교 가고, 결혼하고, 아이 낳고, 일하고, 일하고, 일하고, 또 쓰러질 때까지 쇼핑하고, 쇼핑하고, 쇼핑하다, TV 보고, 그리고 죽을 때까지 기다리는 거." 생생하기 그지없는 표현이었다. 미아는 자리에서 일어나 앉아 옷에 묻은 모래를 툭툭 털었다. "고맙지만 사양하겠어. 평범함이란 삶이라는 선물을 받고도 그 사용법을 모르는 사람들 몫이니까."

"좋아, 난 저녁 준비할게. 배고파 죽겠는데 철학이 다 무슨 소용이냐."

"좋아. 그리고 엠파나다 잊지 마. 먹어 보고 싶어 죽을 지경이거든."

음식을 챙기러 가려고 돌아서는데, 미아가 밴을 가만히 쳐다보는 게 보였다. 대체 무슨 생각을 하는 거지?

나는 옆문을 밀어서 열고는 차에 올라타 식탁으로 쓸만한 것과 접이식 의자를 찾아 뒤지기 시작했다. 그것들은 침대 아래 작은 수납장에 있었다. 무릎을 꿇고 물건을 꺼내는데, 그 순간 밖에서 쿵 하는 커다란 소리와 함께 비명이 들려왔다.

"악!"

나는 무릎에 아직 심한 통증이 있음에도 불구하고 밴에서 뛰어내려 초고속으로 밴 반대편으로 뛰어갔다. 도착해 보니 미아가 바닥에 등을 대고 누운 채 다리로 문을 밀어내고 있었다. 안도감에 웃어야 할지, 공황발작을 일으켜야 할지 도무지 종잡을 수 없는 상황이었다.

"대체 무슨 일이야?"

"영화에서는 쉬워 보였는데." 미아가 신음하며 대답했다. "허위 광고로 할리우드를 고발하든지 해야겠어."

나는 미아를 부축해 일으키며 고개를 저었다. 참는데도 킬킬 웃음이 났다. 미아는 엉덩이를 움켜잡으며 아파했다.

"오늘 밤에 유성우가 쏟아질 거라고 했거든. 엄청날 거라고. 좀 가까이 보고 싶어서 지붕에 올라가려고 했지."

이 말에 나는 웃음이 났다. "내가 말했잖아, 너 외계인이라고. 여기서 기다려. 딛고 올라갈 만한 거 가져다줄게." 나는 접이식 테이블을 꺼내 밴 바로 뒤에 설치했다. "됐어, 올라가. 내가 잡아줄게."

나는 미아에게 팔을 내밀었다. 그리고 미아는 내 팔에 기대 테이블 위로 올라갔다. 그런 다음 발끝으로 서서 지붕으로 올라가려고 애썼다. 하지만 지붕은 너무 높고 미아의 팔 힘은 너무 약했다.

미아의 엉덩이가 바로 내 눈앞에 있었다. 그때 미아가 말했다. "밀어 올려 줘."

나는 손을 댈만한 다른 부위를 찾아봤지만, 솔직히 찾을 수 없었다.

"어서, 나 좀 올려 줘." 미아가 신음하며 말했다. "뭘 기다리는 거야?"

그래서 나는 해 달라는 대로 했다. 미아의 엉덩이에 두 손을 대고 위로 밀어 올렸다. 아주 천천히. 그 순간을 오래 느끼고 싶어서이기도 했고, 미아가 너무 앙증맞아서 혹시라도 너무 세게 밀면 날아갈까 봐 걱정돼서였다.

"좋아, 거의 다 올라왔어." 미아가 지붕에 있는 금속 막대를 붙잡으며 말했다. "조금만 더, 조금만 더."

나는 마지막으로 힘을 주었다. 미아가 낑낑대며 꼭대기로 기어 올라가 그 위에 벌렁 누웠다.

"야호!" 미아가 일어서며 소리쳤다.

나는 얼굴이 달아올랐다. 힘들어서 그런 게 아니었다. 저 위에, 별이 반짝이는 맑은 하늘을 배경으로 서 있는 미아한테서 눈을 뗄 수가 없었다. 미아는 아름다웠다. 정말.

미아

위에서 바라보는 풍경은 예상대로 완벽했다. 이미 떠 있는 별들이 나를 부르며 이렇게 말하는 듯했다. 우리 여기 있어, 널 기다리고 있었어. 그리고 평생 처음으로 내가 있어야 할 곳, 바로 집에 와 있는 느낌이 들었다. 나는 모든 걸 받아들이며 이 순간을 한껏 즐겼다. 어떤 처지가 되더라도 이 기억이 늘 나와 함께 하기를 바라는 마음이었다.

하지만 유성우를 알리는 휴대전화 알람 소리에 마법은 곧 풀려 버리고 말았다. 인터넷에서 읽은 바에 따르면, 유성우는 저녁 8시, 즉 지금 시작될 예정이었다. 뱃속이 요란한 걸 보니 이미 한참 전에 저녁 식사를 했어야 했다. 내 계획대로 따랐다면 나무랄 데 없이 진행되었을 것이다. 먼저 엠파나다를 든든히 먹고, 그런 다음 여기로 올라와 유성우 쇼를 즐기면 되는 거였다. 하지만 그걸 누가 기다릴 수 있겠는가? 적어도 나는 아니었다.

나는 빨리 높은 데서 하늘을 보고 싶어 안달이 나 있었다.

저 아래서 카일이 분주하게 오가는 소리가 들렸다. 저녁 식사 준비를 하는 게 틀림없었다. 밴 지붕 위에서 하늘을 보는 건 확실히 카일이 좋아할 만한 일은 아니었다. 게다가 그는 지쳐 보였다. 세비야(Seville)를 해 질 무렵 방문하고 쿠엥카(Cuenca)를 내일 아침 일찍 도착하고 싶었지만, 카일에게 너무 무리한 부탁일 것 같았다. 긴장한 상태로 밤에 운전하는 건 쉬운 일이 아닐 터였다. 게다가 나도 몸 상태가 별로 좋지 않았다. 어찌 된 일인지, 약은 더 이상 갈비뼈를 짓누르는 압박감을 완화하는 데 효과가 없었다. 몸이 곤죽처럼 흐물흐물 힘이 없어지는 느낌이 들 때도 있었다. 나는 엠파나다 한 조각을 달라고 말하기 위해 지붕 가장자리 너머로 몸을 내밀었다. 그때 담요 두 장이 내 머리 위로 날아왔다.

"조심해." 카일이 말했다. 하지만 너무 늦었다.

나는 손을 뻗어 가까스로 한 장을 잡았지만, 나머지 한 장은 내 머리 위로 떨어졌다. 나는 무슨 일이 벌어지고 있는 건지 궁금해서 담요를 치워 버리고 지붕 가장자리에 매달려 아래를 내려다보았다. 카일이 환하게 웃으며 나를 보고 있었다. 한 손에는 다양한 크기로 자른 엠파나다가 담긴 접시가, 다른 한 손에는 깨끗하게 씻은 체리와 딸기가 담긴 그릇이 냅킨 두 장과 함께 들려 있었다. "거기 위에 내 자리 있나?" 그가 엠파나다 접시를 올려 주며 물었다.

나는 일순간 얼어붙었다. 뇌가 파업을 결정한 건지, 아니면 내가 원래 누군가 이유 없는 친절을 베풀면 뒤로 물러서는 사람이어서인지 이유를 알 수 없었다. 카일이 접시를 든 채로 키득거렸다.

"뭐가 문제야? 둘이 올라가 있기엔 너무 좁아?" 그가 처량한 표정으로 물었다. "제발, 난 최대한 구석에 있을게."

"아니야, 아니야, 공간은 많아." 나는 정신을 차리고 대답했다.

나는 엠파나다 접시와 과일이 든 그릇을 받아들었다. 그리고 카일을 위해 자리를 비켜 주었다. 카일은 지붕 난간을 잡고 손쉽게 내 옆으로 훌쩍 올라왔다. 참 이 세상은 근육을 불공평하게 나눠 줬다는 생각이 들었다. 그가 일어서는데 내 재킷을 걸치고 있는 게 보였다. 가만 보니 색 단추가 달린 노란 재킷을 허리에 묶은 것이었다. 나는 입이 떡 벌어졌다. 너무 놀란 나머지 입을 다무는 것도 잊을 정도였다.

"아, 맞다, 네 재킷." 카일이 방금 기억난 듯 말하며 재킷을 풀러 내게 건넸다. "여긴 좀 쌀쌀할 것 같아서, 그래서……"

나는 다시 이해할 수 없는 감정에 사로잡혀 말을 잃었다. 카일은 지금 나를 위해서 이러는 거야? 정말? 그런데 왜 나는 못 믿겠지? 왜 기쁨이 넘치는 게 아니라 누가 두 손으로 목을 조르는 것 같지? 말 한마디 내뱉지 않고도 대답을 말해 주는 목소리가 내 안에서 울려 퍼졌다. 누군가가 나한테 이렇게 친절하다면, 다른 이들은 그렇지 않다는 사실을 어쩔 수 없이 인정해야 하니까. 내 엄마도 그렇지 않았으니까. 그리고 아마, 아마도, 그럴 생각도 없을 테니까.

불쌍한 카일은 갑자기 민망했는지 헛기침하며 시선을 돌렸다. 그제야 나는 내가 환영이라도 본 사람처럼 입을 벌린 채 그를 멍하니 바라보고 있었다는 걸 깨달았다.

"그건 그렇고," 그가 담요를 나란히 펼치며 말했다. "여기에 대충 식탁을 만들어야 할 것 같아. 테이블이랑 접이식 의자를 가지고 올라오는 건 무리였거든." 그가 엠파나다 접시와 과일 그릇을 담요 사이에 내려놓았다. "그렇게 쳐다보니까 걱정된다?" 그가 말했다. "여기 내가 올라온 지, 한 60초? 정도 됐는데, 넌 유성우나 엠파나다, 별이 빛나는 하늘 같은 얘기는 한마디도 안 하고 있잖아. 내가 뭐 잘못했어? 아니면 외계인 친구가 널 꿀 먹은 벙어리로 만들어 버리기라도 한 건가?"

나는 피식 웃음이 났다. 그때 별똥별이 떨어졌다. 오늘의 첫 별똥별이 마치 내게 길을 알려 주듯 아주 잠깐 어스름한 하늘을 밝혔다.

"저기 봐." 내가 말했다.

"멋진데." 카일이 담요 위에 자리를 잡으며 말했다. 그런데 엉덩이가 지붕에 닿자마자 썩은 달걀이라도 깔고 앉은 사람처럼 벌떡 일어났다. "젠장." 카일이 청바지 뒷주머니에서 뭉개진 초콜릿 두 개를 꺼내며 말했다.

"이 전설적인 유성우 쇼가 얼마나 오래 진행될지도 모르고," 그가 다시 자리에 앉으며 말했다. "그리고 네가 안 먹고 오래 버티지 못한다는 거 아니까. 너 주려고 가져온 거야. 너무 배고파서 나를 구운 닭고기로 착각하면 안 되니까, 환각에 빠지기 전에 이 초콜릿부터 먹는 게 좋겠다. 아 물론 자유 방목한 재료로 만든 거야."

나는 웃었다. 카일이 희미하게 빛나는 광활한 밤하늘을 올려다보다가 매료된 듯 잠시 숨을 멈췄다. 그러다가 예민한 감수성을 억누르며 엠파나다 접시를 들고 말했다. "지금 배가 얼마나 고픈 거야?"

"물어보나 마나지."

카일이 낄낄 웃으며 커다란 엠파나다 조각을 들어 냅킨 위에 올려놓았다. 그걸 내게 건네는데, 그의 손 밖으로 삐져나온 냅킨 한 귀퉁이가 처지면서 엠파나다가 떨어지려고 했다.

"조심해." 그가 다른 손으로 그 밑을 받치며 말했다.

온기가 느껴질 정도로 그의 손이 내 얼굴 가까이에 와 있었다. 나는 얼른 냅킨을 받아들고 재빨리 엠파나다를 한 입 베어 물었다.

"음." 나는 그의 손가락에 입술을 스치고 싶은 충동을 억누르며 말했다. "와, 이거 진짜 맛있다."

나는 엠파나다를 채우는 소에 집중했다. 고추와 양파, 튀긴 토마토, 그리고 뭔지는 모르겠지만 참치 비슷한 게 섞인 듯했다.

너무 맛있어서 정신이 혼미할 지경이었다. 나를 지켜보고 있던 카일이 마구 웃기 시작했다.

"왜?" 나는 물었다.

카일은 재미있다는 표정으로 고개를 저으며 자기가 먹을 조각을 집어 들었다.

우리는 말없이 나란히 앉아 하늘을 올려다보며 떨어지는 별을 사냥하듯 눈으로 뒤쫓았다. 그리고 엠파나다를 마음껏 먹으면서 마구 내달리는 생각의 흐름에 몸을 맡겼다.

누구와 있으면서 이렇게 편한 적은 처음이었다. 베일리 언니와 있을 때도 이렇게 편하지는 않았다. 이 사실에 머리가 혼란스러웠다. 예전에는 말없이 누구와 함께 있는 게 견디기 힘들었다. 그건 생각할 수도 없는 일이었다. 5분만 지나면 신경이 곤두서곤 했다. 그런데 카일이랑 있으면 달랐다. 몇 시간씩 떠들어도, 아예 말을 안 해도 괜찮았다. 그리고 제정신 아닌 소리로 들리겠지만, 어떨 땐 그를 만나기 전에 내가 세상에 존재했다는 게 믿기지 않았다. 게다가 그와 있으면 다른 누구와 있을 때보다 치유받는 기분이 들었다. 그는 내 약한 심장에 대해 모르는

데도 말이다. 그는 내가 아무리 이상한 농담을 해도 이해해 주었고, 변덕스러운 기분도 받아 주었다. 더불어 내 끝없는 호언장담도 좋아하는 것 같았다.

만일 내가 시한부 삶이 아니라면, 카일이 내가 늘 꿈꿔 온 바로 그런 남자임을 인정했을 것이다. 꿈에라도 이렇게 완벽한 이상형은 만나기 힘들 테니까. 나는 그를 곁눈질로 훔쳐봤다. 수백만 개의 별빛이 비친 그의 눈은 내게 온기와 상냥함을 말해 주고 있었다. 그 자신도 인식하지 못하는 보기 드문 깊이도. 그가 나를 볼 때면 나는 매번 그 청회색 눈에 넋을 잃었다. 마치 온 우주가 그의 뒤에서 빛나는 듯했다. 아 이런, 또 내 시적인 면모가 나오기 시작했다. 내가 자신의 내면만 파고든다는 의미였다.

내가 왜 이럴까? 카일을 이런 식으로 생각해서는 안 되는데. 그에게 이럴 수는 없었다. 이러고 싶지 않았다. 하지만 이게 무엇을 의미하든, 그만둬야 한다고 생각하니 마음이 아팠다. 그것도 너무나. 공허감 같은 게 밀려들었다. 나는 잘 알고 있었다. 오직 슬픔만이 그 자리를 채우게 될 것임을.

미아

세인트 제롬에 있을 때의 어느 날이 기억난다. 아마도 나는 6살인가 7살쯤 되었을 것이다. 크리스마스였는데, 마을 사람들이 자기 아이들이 더는 가지고 놀지 않는 장난감을 기부하기로 했다. 멋진 날이었다. 데스티니스 차일드 바비 인형이 많았던 걸 보면, 그때 엄청 인기가 있었던 모양이다. 언니들은 자신의 바비 인형과 짝지어 줄 몇 안 되는 켄 인형을 누가 가질지를 놓고 다퉜다. 내 바비 인형은 켄을 절대 얻지 못하리라는 걸 이미 알고 있었기 때문에, 나한테는 중요한 문제가 아니었다. 그런 건 전혀 상관없었다. 지금도 마찬가지다. 그런데 카일 옆에 앉아 있으니 정말 신경이 쓰인다. 도망치고 싶다. 하지만 이제는 알 것 같다. 보이지 않는 끈이 나를 놓아주지 않으려고 한다는 것을.

"내가 보니까, 이번 유성우는 몇 번 안 떨어지는 것 같다." 내 안에서 마구 날뛰는 감정을 전혀 알지 못한 채 카일이 말했다. "지금까지, 그러니까, 네다섯 번 정도 밖에 별똥별을 못 본 것 같아."

"좋은 건 원래 기다리는 사람한테 찾아오는 거야."

카일은 이 말에 숨겨진 의미를 찾으려 노력하는 듯했지만, 찾지 못했다. "좋아." 카일이 빈 접시와 그릇을 초콜릿 옆으로 치우며 말했다. "그렇다면, 좀 더 편하게 기다리는 건 어때?"

그러더니 카일은 정말 그렇게 했다. 내 바로 옆에, 정말 가깝게 누운 것이다. 내 생각에 이건 내 정신 건강에 좋은 정도를 넘어서는, 낭만적 분위기였다. 그래서 나는 계속 앉아 있으려고 안간힘을 썼다. 하지만 오래지 않아 지친 심장을 이기지 못하고 나도 모르게 그의 옆에 미끄러지듯 누웠다. 절대 하지 않겠다고 스스로 약속한 일을 말이다.

"야, 봐 봐, 저기!" 카일이 하늘을 가리키며 외쳤다.

순간 수십 개의 별이 불꽃놀이 하듯 사방에서 우르르 쏟아져 내렸다. 흥분한 카일의 모습에 입가에 다시 미소가 지어졌다.

"정말 놀랍다." 그가 이렇게 말하며 은근히 팔로 내 손을 스쳤다. 그의 손을 잡고 싶은 뜨거운 충동이 일었다. 하지만 그러는 대신 나는 손을 움직이지 않았고, 카일도 자신의 손을 그대로 가만히 두었다. 우리는 1분 내내 하늘을 바라보며 정적 속에 누워 있었다. 귀뚜라미와 몇몇 새들만이 우리의 말이 채우지 못하는 고요를 최선을 다해 채워 주었다.

그때, 갑자기 나는 이 순간의 아이러니에 비명을 지르고 싶은 충동에 사로잡혔다. 왜 하필 지금 이런 일이 생기는 거지? 내게 남은 시간이 별로 없는 이때? 그의 손을 잡을 수도 없고, 며칠 후면 그와 헤어져야 하고, 그에게 말도 할 수 없고…… 그리고 무슨 말을 하고 싶은지도 모르겠고. 내 인생에 분노가 치밀어 올랐다. 너무 멋진 카일에게도 마찬가지였다. 왜 내 인생에 나타난 거야. 악담은 퍼붓지 않았지만 나도 모르게 반박하는 말들이 속에서 튀어나왔다. *쓰레기 같아. 다 허튼짓이야. 말도 안 돼.*

카일은 휘몰아치는 내 감정을 눈치챘는지 팔을 괴고 옆으로 누우며 물었다. "어이." 나는 고개를 돌려 그를 마주 보았다.

"왜 그래? 좀 우울해 보인다?"

"아니, 전혀. 그냥 생각 좀 하느라고……. 엄마에 대해서, 그리고…… 아무것도 아니야, 신경 쓰지 마."

그는 말을 잇기 전에 잠시 나를 유심히 바라보더니 진지한 표정으로 말했다. "고마워. 네가 아니었다면 이 모든 걸 놓칠 뻔했어." 그가 위를 가리키며 덧붙였다. "다른 것들도."

나는 그만 굴복하고 말 것 같은 기분이 들었다. 그의 입술이 자석처럼 나를 끌어당기고 있었다. 그의 시선이 내 입술에 머물렀다. 뭐라도 해야 한다. 뭐라도 말해야 한다. *지금 당장.* "세상에서 제일 좋아하는 곳이 어디야?" 어쩌다 갑자기 이 질문이 생각났는지 모르겠다. 하지만 효과가 있을 것이다.

카일이 이마를 찡그리며 어깨를 으쓱하고는 살짝 미소 띤 얼굴로 말했다. "식스 플래그 놀이공원?"

나는 실실 웃으며 고개를 저었다. 남자애들이란 정말. "나는……." 나는 하늘에서 가장 밝게 빛나는 별을 가리키며 말했다. "금성. 다음 생은 거기서 태어날 거야."

"환생 같은 거 믿어?"

"믿을 필요가 아예 없는 것도 있어." 나는 너무 당연한 말처럼 대답했다. "뭐가 됐든 마음속 깊은 곳에서 느껴지는, 바로 그런 것들 말이야."

카일이 먼 곳을 멍하니 바라보며 물었다. "내가 마음 깊은 곳에서 느끼는 것이 네가 느끼는 것과 다르면 어떡하지?"

"야, 왜 이래, 설마 너도 생명체가 사는 행상이 지구뿐이라고 믿는 그런 사람이라는 얘기는 아니지?" 나는 그를 마주 보기 위해 옆으로 돌아누웠다. "우리 인간들은 자신이 매우 중요한 존재라고 생각하지만, 실은 어둠 속을 더듬거리며 헤매는 존재에 불과해. 나는 저 밖에 여기보다 더 나은 다른 세상이 있다고 확신해. 질병도 없고, 오염, 전쟁, 굶주림도 없고, 자기 아이를 사랑하지 않는 부모도 없고, 또—."

"죽음도 없고?" 그의 표정이 차가워졌다. 약간 괴로운 것 같기도 하고 화가 난 것 같기도 했다.

"죽음은 나쁜 게 아니야, 카일."

카일이 이를 악물며 자리에서 일어나 앉았다. 그리고 똑바로 앞을 바라보며 거칠게 숨을 쉬었다. 다신 어리석은 실수를 하지 않으려고 나도 일어나 앉았다.

카일은 엠파나다를 포장했던 호일을 집어 들고는 공 모양으로 구겼다. "일단 죽으면," 그가 말했다. "더 이상 웃지도 못하고, 친구들이랑 놀지도 못하고, 사랑에 빠지지도 못하고, 빌어먹을 햄버거도 못 먹어." 그는 몹시 화가 난 얼굴로 나를 돌아봤다. "그리고 죽으면, 엄마를 끌어안고 '울지 마세요, 엄마. 다 잘 될 거예요'라는 말도 못 해." 그가 벌떡 일어서더니 지붕 가장자리로 성큼성큼 걸어갔다. 그리고 호일을 뭉쳐 만든 공을 밤공기 속으로 집어 던졌다. "죽는다는 건 진짜 최악이라고."

나도 일어섰다. 하지만 감히 그에게 다가갈 수가 없었다. 그의 고통을 덜어줄 수만 있다면 뭐든 내놓고 싶은 기분이었다. 이런 무력감은 참기 힘들었다. "카일…… 그건 그냥 사고였어. 그런 일은 누구한테든 일어날 수 있어."

카일이 고개를 흔들었다. 그리고 머리 위 하늘을 거대한 캐노 피처럼 덮고 있는 별들에 시선을 둔 채 갈라진 목소리로 말하기 시작했다. "무슨 일이 있었는지 기억도 안 나. 도무지 모르겠어. 차를 제어할 수가 없었던 것 같은데, 모르겠어. 내가 아는 사실, 바꿀 수 없는 사실은 그건 내 잘못이었다는 거야. 내가 운전했으니까. 바꿀 수만 있다면 목숨이라도 내놓겠어."

나는 손을 뻗어 그를 만지고, 안아 주고, 괜찮다고 말해 주고 싶었다. 하지만 그럴 수 없었고, 그러는 게 과연 좋은 것인지도 알 수 없었다. 그래서 나는 그 옆으로 가 섰다. "노아는 네가 이러는 걸 원치 않았을 거야. 너 자신을 벌주는 일, 노아는 원치 않았을 거야. 만일 운전대를 잡은 사람이 노아였고 네가 죽었다면, 노아가 이렇게 많이 고통스러워하기를 너는 바랐을까? 나는 그렇게 생각 안 해, 카일."

카일은 시선을 떨구며 숨을 깊이 들이마셨다. "노아만 그렇게 된 게 아니야." 그가 말했다. "조시도 차에 타고 있었어, 그리고…… 다시는 걸을 수 없을지도 몰라." 카일이 내게로 돌아섰다. 그의 두 눈이 마치 봉합되지 않은 상처 같았다. "그런 사실을 알면서 어떻게 살아갈 수 있겠어?" 그가 다시 별을 바라보며 거의 속삭이듯 말했다. "난 못해."

그의 고통에 나는 마음이 찢어지는 듯했다. 말 그대로 심장이 두 쪽 나는 기분이었다. 마음이 아팠다. 견디기 힘들 만큼 아팠다. 하지만 이대로 카일을 놔둘 수는 없었다. "카일, 신은 네가 이런 식으로 자책하길 원치 않을 거야."

그가 화난 얼굴로 몸을 휙 돌렸다. 나를 바라보고 있었지만, 어딘가 다른 곳을 보고 있는 듯한 눈빛이었다. "그런 말 하지 마. 신이라고……? 그딴 건 없어. 무슨 신이 그런 일을 그냥 일어나게 뭐?!"

나는 내 심장에게 빌었다. 1분만, 1분만 더 카일과 함께 시간을 보내게 해 달라고. "그렇지 않아, 카일." 나는 거의 남아 있지 않은 힘을 쥐어 짜내며 말했다. "나는 성서에 나오는 불과 유황의 신, 그런 신을 말하는 게 아니야. 네가 믿을 필요조차 없는 그런 신을 말하는 거야." 나는 내 병든 심장을 가리켰다. "그 신은 바로 여기에 있거든. 그 신은 확실히 존재해. 존재해야 하고. 왜냐하면 엄마나 아빠, 위탁 부모가 나를 사랑하지 않더라도……." 내 말에 카일의 얼굴이 창백해졌다. 나는 괴로워하며 말했다. "내가 태어난 걸 기뻐해 주는 뭔가가, 아니, 누군가가 어딘가에는 있어야 하니까."

카일이 내 손을 잡았다. 그제야 나는 그의 호흡이 불규칙하고 뺨이 젖어 있다는 사실을 깨달았다. "미아." 카일이 나를 불렀다. 그의 눈빛에서 우정 이상의 무엇인가가 느껴졌다. "나는 네가 세상에 태어나서 기뻐."

숨쉬기가 힘들었다. 이런 말은 듣고 싶지 않았다. 이런 식으로 나를 좋아해 주길 원치 않았다. 지금은 안 된다. 지금은 너무 늦었다. 나는 머리가 어지러웠다. 별을 보면서 생각했다. 지금 어느 때보다 밝게 빛나는 건 나일까, 아니면 금성일까? 별이 나를 부르고 있었다. 분명히 느낄 수 있었다.

"미아? 미아, 말 좀 해 봐. 왜 그래?"

"카일……." 내 목소리가 아득하게 들려왔다.

겁이 났다. 나는 카일을 보았다. 아니, 지금은 안 돼, 아직은 아니야, 제발, 아직은 안 돼.

두 팔이 나를 붙잡는 게 느껴졌다. 카일이 분명했다. 천천히 의식이 사라지기 시작했다. 저 하늘에서 금성이 나를 내려다보고 있었다.

"미아!"

그의 목소리가 점점 작게 들렸다. 마치 내가 내 몸을 떠나 멀리, 아주 멀리 가고 있는 느낌이었다. 조금씩 불빛이 꺼지고, 서서히 모든 게 희미해졌다. 남은 건 오로지 고통뿐이었다.

카일

이 빌어먹을 대기실에서 벌써 두 시간째다. 미아가 왜 그러는지 알게 되면 말해 주기로 했는데, 아직 한 마디도 없다. 이건 고문이다. 이렇게 빨리 다시 병원에 올 줄은 생각지도 못했다. 사실, 남은 인생 동안 평생 병원에는 발도 들이지 않겠다고 맹세했었다. 그런데 지금 여기서 이렇게, 믿지도 않는 신에게 미아를 낫게 해 달라고 빌고 있다. 미아한테 무슨 문제가 있는지, 그렇다면 얼마나 안 좋은 상태인지 알지도 못한 채.

내 옆에는 한 뚱뚱한 남자가 앉아서 한 시간 째 TV를 보고 있었다. 나는 두 손으로 머리를 감싼 채 팔꿈치를 무릎에 대고 앉아 이 모든 상황을 곰곰이 생각하기 시작했다. 뭔가 이상하다는 걸 눈치챘어야 했다. 오후 내내 미아는 피곤해 보였다. 그리고 너무 쉽게 지쳤다. 바이러스 같은 것에 감염된 것일 수도 있었다. 하지만 그게 아니면 어떡하지? 심각한 거면 어떡하지? 미아

252

가 아파하는 걸 볼 자신이 없었다. 미아를 잘 돌봐 주고는 있는 걸까? 그들은 모른다. 미아가 얼마나 연약한지. 불안해서 죽을 것 같았다. 미아를, 미아마저, 잃을 순 없었다. 나는 그냥 앉아 있을 수가 없었다. 인내심을 갖고 여기서 기다리라고 했지만, 나는 벌써 스무 번째 자리에서 일어나 안내처에 있는 간호사에게 확인하고 있었다.

"두 시간이나 지났어요." 나는 간호사에게 다가가며 날카로운 목소리로 물었다. "대체 언제 뭐라도 말해 줄 거예요?"

간호사는 헤드셋으로 전화를 받으며 기다리라는 손짓을 했다. 좋아. 의료진의 공감 부족이 어디 하루 이틀 일인가.

"아비타시온 시엔토 싱코(Habitación ciento cinco, 105번 방이요)." "시, 클라로, 레 파소(Sí, claro, le paso, 네, 물론입니다)."

미아가 있는 입원실을 찾아 다시 복도를 돌아다녀 볼까 하는 생각이 들었지만, 이미 두 번이나 경비원에게 쫓겨날 뻔했다. 그러니 얌전히 기다려야 했다. 그래도 뭐든 해야겠기에, 나는 간호사가 불편함을 참다못해 뭐라도 얘기해 주길 바라는 마음으로 제자리에 서서 간호사를 응시했다. 가망이 없었다. 완전히 철벽을 친 것 같았다. 그때 바로 내 눈앞 책상에 놓인 프린터에서 종이 한 장이 인쇄되어 나오고 있었다. 처음에는 그 소리가 너무 거슬려서 한 대 후려치고 싶었다. 그런데 그때, 종이 위 글자들이 내 시선을 붙잡았다. 첫 줄에 **실종 신고서**라고 적혀 있었다. 하지만 이상했다. 미국에서 작성된 문서 같았다. 두 번째 줄이 천천히 눈에 들어왔다. 설마! 거기에 미아의 이름이 대문자로 적혀 있었다. **아멜리아 페이스.**

간호사는 통화를 마친 후, 가능한 한 빨리 해치워 버리고 싶은 잡일 대하듯 나를 돌아보며 말했다. "아까도 말씀드렸지만, 의사가 나오기 전까지는 어떠한 정보도 드릴 수 없습니다."

나는 고개를 끄덕였다. "물론, 압니다." 나는 좀 더 조심스럽게 말했다. "그냥, 대기실 냄새가 좀 안 좋아서요. 옆에 앉은 남자가 몇 달은 안 씻은 것 같더라고요." 간호사가 어리둥절한 표정을 지었다. "괜찮으시다면, 잠시만 여기 서 있을게요. 괜찮죠?"

간호사는 어깨를 으쓱하고는 다시 책상으로 돌아가 전화를 받았다.

"오스피탈 시에라 노르테(Hospital Sierra Norte, 시에라 노르테 병원입니다)." 그녀가 스페인어로 말했다. "¿엔 케 푸에도 아유다를레(¿En qué puedo ayudarle, 어떻게 도와드릴까요)?"

나는 주위를 둘러보았다. 출력이 끝났다. 뒤에서는 경비원이 복도를 순찰 중이었다. 간호사가 한쪽 옆으로 가서 서랍을 열었다. 나는 재빨리 인쇄된 문서를 낚아채 배낭에 쑤셔 넣었다. 미처 지퍼를 잠그기도 전에 뒤에서 급히 다가오는 발소리가 들렸다. 나는 숨이 턱 막혔다. 발소리는 리듬감 있게 나를 향해 다가왔다. *젠장, 젠장, 젠장!*

"실례합니다." 남자 목소리였다. 심각한 얘기를 하려는 듯했다.

나는 목소리를 가다듬으며 돌아섰다. 머리로는 경비원에게 둘러댈 그럴듯한 변명거리를 미친 듯 찾고 있었다. 하지만 경비원 대신 흰 가운을 입은 한 젊은 의사가 나를 바라보고 있었다. "미리엄 아벨만과 함께 오신 분인가요?"

"괜찮은가요?" 나는 불쑥 물었다.

"네, 네, 걱정하지 않으셔도 됩니다. 그런 상태에서는 종종 있는 일이에요. 지금 퇴원하셔도 됩니다. 하루 더 입원하길 권했지만, 거부하셔서요."

잠깐, 방금 무슨 소리지? "무슨 상태를 말씀하시는 건가요?"

내 질문에 의사는 놀란 듯했다.

"아, 알고 계시는 줄……." 의사가 더듬거리며 말하기 시작했다.

"음, 이런 건, 본인한테 직접 듣는 게 좋을 것 같군요. 그냥, 가능한 한 빨리 수술을 받으라고 설득하세요. 요새는 기술이 발전해서, 생존율이 꾸준히 높아지고 있으니까요."

"생존율이라니요?" 내가 물었다. 신경이 곤두섰다. "무슨 말씀을 하시는 건가요?"

"그냥…… 그렇게 설득해 보세요. 아셨죠?"

그 말을 끝으로, 의사는 돌아서서 빠르게 사라졌다. 뒤쫓아가서 더 자세히 말해 달라고 조르려는데, 그때 복도 끝에 있는 엘리베이터에서 미아가 어깨에 배낭을 멘 채 내리는 모습이 보였다. 나는 미아에게 달려갔다. 나를 보고도 별로 기쁘지 않은 것 같았다. 미아가 나를 향해 걸어왔다. 우울하고 지쳐 보였다. 나는 일단 미아 곁으로 가서 그녀의 배낭을 받아들었다. 미아의 눈 밑에 다크서클이 보였다.

"미아." 나는 최대한 부드럽게 말을 걸었다. "좀 어때?"

미아는 마치 내가 그 자리에 없다는 듯 계속 걷기만 했다. 표정이 차갑게 굳어 있었다. 어쩐지 나를 피하는 듯했고, 동시에 조금 부끄러워하는 것 같기도 했다.

나는 미아의 침묵을 존중해 가만히 옆에서 걸었다. 한 걸음한 걸음 내디딜 때마다 괴로움이 커졌다. 한 걸음 내디딜 때마다 생존율이라는 말이 머릿속에서 울려 퍼졌다. 마치 심술궂은 메아리가 우리 둘을 조롱하는 듯했다. 나는 미아를 바라봤다. 기운이 하나도 없어 보였다. 이번에는 나 때문이 아니었다. 미아 자신 때문이었다. 나는 더 이상 내 문제로 미아를 힘들게 하지 않기로 했다. 미아에게는 내가 필요했다. 미아를 실망하게 만들지 않을 생각이었다.

미아

카일이 의사와 이야기 나누는 모습이 보였다. 순간 모든 게 끝났음을 알았다. 어떻게 그 많은 행복이 눈 깜짝할 새에 사라질 수 있는 걸까? 하지만 이제는 너무 늦어 버렸다. 이제 다 알았으니 카일은 나를 떠날 것이다. 다른 사람들도 다 그랬다. 몇 시간 전만 해도 모든 게 완벽했는데, 이젠 다 망가져 버렸다. 나는 출구로 이어지는 길고 하얀 복도를 따라 가능한 한 빨리 걸음을 옮겼다. 그래도 아주 느렸다. 그런 내 옆에 카일이 있었다.

카일은 나를 흘끔거리며 간간이 무슨 말인가를 할 듯했지만, 하지 않았다. 아마 떠나겠다고, 나 같은 시한폭탄과는 어울리고 싶지 않다고 말할 가장 좋은 방법을 찾고 있을지도 몰랐다. 음, 굳이 말을 할 필요는 없을 것이다. 내가 그 수고를 덜어 주기로 마음먹었으니까.

한 걸음 내디딜 때마다 지치고 점점 더 아팠다. 병원이라면 이제 지긋지긋했다. 피곤한 것에도 지쳤다. 항상 병마와 싸워야 하는 것도 이젠 신물이 났다. 바늘에 찔린 팔이 아팠다. 억지로 삼켜야 했던 끔찍한 약의 맛이 아직도 입안에 남아 있었다. 나를 위해서라는 건 알지만, 뭐가 나를 위한 것인지 그들은 어떻게 확신하는 걸까? 왜 다들 수술이, 그리고 그것에 수반되는 고통이 최선의 해결책이라고 생각하는 걸까? 그리고 이번에는 침대에 혼자 앉아 있는 게 그 어느 때보다 외롭게 느껴졌다. 카일이 그리웠다. 내 옆에 그가 있었으면 했다. 내가 누군지 알아채지 못하게 어쩔 수 없이 거짓말을 늘어놓는 동안 그가 내 손을 잡아 주었으면 했다.

나는 바보였다. 카일에게 그렇게 마음을 줘서는 안 되었다. 절대 누구와도 가까워지지 않겠다고 다짐하지 않았던가. 그를 잃는다면, 그날로 내 마음은 갈기갈기 찢어질 게 뻔했다. 나는 입술을 깨물었다. 터져 나오려는 눈물을 막는 데는 이 방법이 최고였다. 출구에 도착하자 문이 열리면서 중앙에 두 개의 도로가 나 있는 원형 주차장이 나타났다. 가로등이 켜져 있었지만, 너무 어두워서 우리 밴이 어디에 있는지 보이지 않았다.

카일이 한쪽 보도를 가리키며 말했다. "저기 있다."

나는 그를 바라보지도, 대답하지도 않았다. 그에게 더 말할 기회를 줘서 이제 나랑은 끝났다는 말을 듣게 될 위험을 감수하고 싶지 않았다. 지금은, 아직은, 아니었다. 연석 위에 주차된 밴이 보였다. 주차 상태가 엉망이었다. 한쪽 옆으로 기울어진 채 비상등도 켜져 있었다. 순간 뭉클했다. 카일이 차를 저렇게 둔 걸 보니 나를 정말 걱정했음이 틀림없었다. 하지만 그 한 줄기 희망은 곧 꺼져 버렸다. 병원에 올 때 카일은 내가 얼마나 실망스러운 사람인지 아직 모르는 상태였다.

나는 지친 심장의 리듬에 맞춰 천천히 밴을 향해 걸었다. 옆에 카일이 걷고 있었다. 뭘 해야 할지, 무슨 말을 할지 몰라 불안한 것 같았다. "미아." 마침내 그가 부드럽고 조심스러운 목소리로 입을 열었다. 나는 아무렇지 않은 척했다. "미아, 의사가 한 말이 뭐야? 수술은 다 무슨 소리고?"

나는 대답할 수가 없었다. 그에게 말할 수 없었다. 수술 같은 건 없을 거라고, 다 포기했다고, 계속 살고 싶지 않다고. 그래서 얼른 문을 열고 조수석에 올라타 입술을 더 꼭 깨물었다. 그리고 내 피에서 나는 콕 쏘는 듯한 쇠 맛을 느끼며, GPS에 공항 주소를 입력했다.

카일이 운전석에 올라탔다. 나는 휴대전화를 대시보드에 올려놓았다.

"어디로 가?" 카일이 물었다. 내가 눈도 깜박하지 않고 앞만 바라보고 있자, 그가 휴대전화를 집어 들고 주소를 확인했다. "뒷자리로 가서 좀 눕는 게 좋겠다." 그가 말했다.

생각만 해도 등골이 시렸다. 하지만 혼자 있고 싶지 않다고,

아니 너와 떨어져 있고 싶지 않다고, 남은 시간을 네 옆에서 보내고 싶다고 차마 말할 수가 없었다.

"내일 엄마 후보를 방문할 만한 상태가 아닌 것 같아. 그리고……." 그가 말을 멈췄다. GPS 주소를 알아챈 듯했다. 태도가 갑자기 바뀌었다.

"마드리드 공항? 뭐야, 이거……?"

좋아, 그만 끝내자. 하지만 카일에게 우는 모습을 보이고 싶지 않았다. 나를 불쌍하게 여길 거라는 생각만 해도 견디기 힘들었다. 그래서 마음속으로 고심했다. 감정이 없는 차갑고 먼 곳, 어린 시절부터 내가 살아남을 수 있도록 해 준 은신처를 찾아야 했다. 슬프게도 별로 오래 걸리지 않았다. "넌 그만 돌아가." 나는 얼음처럼 차가운 말투로 말했다. "오늘 밤에."

"뭐? 뭐가 그렇게 급해?" 카일이 나를 돌아보며 말했다. "대체 이게 다 무슨 소린지 좀 말해 주지?"

"왜 그런지 알고 싶어? 내 심장에 유전적 결함이 있어서 언제든지 펑-하고 터질 수 있거든." 나는 손으로 폭발하는 흉내를 내며 말했다. 나는 카일한테서 휴대전화를 빼앗아 다시 대시보드 위에 올려놓았다. "유효 기간, 기억나?" 그의 시선이 느껴졌다. 견디기 힘들었다. 그래서 자정이 넘은 시간이었지만 선글라스를 끼고 계속 차가운 말투로 쏘아붙였다. "그래서, 널 그만 계약 관계에서 풀어 주려고. 완전히 이해하니까, 걱정하지 마. 대체 누가 아파서 언제 죽을지 모르는 사람 옆에 있고 싶겠어." 그리고 나중에 생각난 말을 덧붙였다. "믿어도 돼, 난 이런 일에 익숙해."

카일이 입을 떡 벌리고 나를 쳐다봤다. 얼굴이 백지장처럼 창백했다. 마치 내 말이 그의 얼굴에서 색이란 색은 다 지워 버린 듯했다. 나는 팔짱을 끼고 알 수 없는 분노에 휩싸여 이를 갈았다. 오, 이런. 난 화가 나 있었다. 내 인생에, 그에게, 내 약해 빠진 심장에. 그리고 무엇보다도, 엄마에게.

"대체 뭔 소리를 하는 거야?" 카일이 불쑥, 아무 일도 없다는 듯 내뱉었다. "나는 지금 널 놔두고 갈 생각 없는데. 게다가 우리 계약했잖아, 아니야? 얼른, 다음 주소나 알려 줘."

나는 그의 말이 이해가 가지 않았다. 온몸이 굳어 버린 듯 꼼짝도 할 수 없었다.

"좋아, 그럼." 그가 몸을 기울여 내 배낭을 잡아채더니 좌석 사이에 놓고는 주소가 적힌 공책을 꺼냈다. 나는 등을 돌린 채 몸을 웅크렸다. 생각이 정리되지 않았다. 지금 진심으로 하는 소리인가? 정말 계속 내 옆에 있겠다고? 아니, 믿을 수 없었다. 이대로 경계를 풀고 결국 산산조각이 날 위험을 감수할 수는 없는 일이었다.

"플라사 데 에스파냐, 세비야(Plaza de España, Seville 세비야, 스페인 광장)?" 그가 주소를 읽었다. "이건 정확한 주소가 아닌데.

좋아, 그렇다면 뭐지? 가 보고 싶었던 곳이야? 여긴 엄마 후보도 적혀 있지 않은데."

애초에 노아가 스페인에 오고 싶어 했던 이유가 바로 스페인 광장 때문이었다는 얘기를 어떻게 할 수 있을까? 노아는 이곳 사진을 찍기 전에는 죽을 수 없다는 농담을 자주 하곤 했었다. 그래서 나는 그를 위해서 이곳에 오고 싶었다. 하지만 물론 카일에게는 말할 수 없었다. 그에게 더 이상 말할 수 없는 얘기들이 많았다. 게다가 어쩌면 카일은 그곳 세비야에 나를 두고 떠날 계획인지도 몰랐다. 아니면, 노아에 대한 죄책감이 너무 커서 일종의 자선 행위로 내가 엄마 찾는 일을 도와주려는 것이거나, 자신의 업보를 씻어 내려는 그런 이유에서 도와주는 것일 수도 있었다. 그런 사람들에 관한 글을 읽은 적이 있었다.

카일은 나를 흘낏 보더니 내가 대답할 생각이 없는 걸 알아채고는 휴대전화에 주소를 입력했다. "좋아." 그가 시동을 걸며 말했다. "스페인 광장으로 간다."

졸음이 쏟아졌다. 나는 의자를 뒤로 젖히고 창에 머리를 기대며 몸을 공처럼 웅크렸다. 그리고 조는 척하면서 선글라스를 통해 카일을 지켜봤다. 선글라스가 이렇게 유용한지 처음 알았다. 나는 말없이 그를 관찰하면서 그의 진짜 의도를 알아내려고 노력했다.

그는 입가에 미소를 띠고 있었다. 여유로워 보였다. 하지만 가슴은 마치 우는 사람처럼 들썩이고 있었다. 눈물이 나려는 걸 참는 사람처럼 힘겹게 침을 삼켰고 호흡이 깊었다. 순간, 진짜일지도 모른다는 생각이 들었다. 카일이 정말 나를 걱정하고 있고 결국 떠나지 않을지도 모른다는 생각. 하지만 나는 기대를 접었다. 그런 기대를 품을 형편이 아니었다.

나는 지치고 혼란스러워 그만 자고 싶었다. 옆에 있는 카일의 모습을 그대로 간직한 채 영원히 잠들고 싶었다. 나를 귀찮은 존재, 치워야 할 짐으로 보지 않는 카일, 나를 좋아하는 카일, 그리고 내가, 좋아한다는 감정 그 이상으로 좋아하는 카일을.

카일

우리는 마침내 세비야에 도착했다. 새벽이 밝아 오고 있었다. 미아는 병원을 떠날 때를 빼고는 거의 내내 잠을 자거나 한동안 말없이 나를 관찰했다. 선글라스를 쓰고 있어서 내가 모른다고 생각했겠지만, 당황할까 봐 그냥 모른 척해 준 것뿐이었다. 덕분에 나는 속으로 웃었다. 그리고 그건 좋은 일이기도 했다. 그녀가 나를 웃기지 않았더라면 나는 울음을 터트렸을지도 몰랐다. 나는 남은 여행 내내 실종 신고서 때문에 머리를 쥐어짰고, 미아의 상태를 어떻게든 이해하려 노력했다. 그리고 스스로 굳게 믿으려고 노력했다. 미아 같은 애는 절대 그렇게 죽을 리 없다고, 어떤 신도 미아를 데려갈 만큼 잔인하지 않을 거라고, 반드시 치료 방법이 있을 거라고. 의사가 수술을 언급하면서 미아를 설득해 달라고 했으므로, 미아가 깨어나면 그 얘기를 어떻게 꺼낼지 수십 가지 방법을 고민했다.

스페인 광장은 공원 안에 있었고, 보행자 전용이었다. 그래서 나는 근처 주차장을 찾았다. 만일 미아가 광장에 가 보고 싶어 할 경우, 멀리 걷지 않아도 되는 곳이어야 했다. 병원을 떠나올 때 이미 너무 지쳐있었기 때문에 깨어나더라도 그다지 관광할 기분이 아닐 것 같았다. 공원을 두 바퀴쯤 돌고 난 후에 나무들이 지붕처럼 우거진 옆길에 자리 하나를 찾아냈다. 나는 시동을 끄고 그녀를 바라보았다. 맙소사, 너무 움직임이 없어서 덜컥 겁이 났다. 코밑에 손가락을 갖다 대고 호흡을 확인했다. 휴, 살아 있었다. 그리고 놀랍게도, 나는 아직 화해하지도 않은 신에게 감사하는 나 자신을 발견했다.

나는 예술가가 자신의 뮤즈를 관찰하듯 그녀를 관찰하기 시작했다. 이 뮤즈는 날이 갈수록 점점 더 많은 영감을 주고 있었다.

처음부터 미아의 진짜 모습, 그 절대적인 아름다움을 알아보지 못한 나는 바보 천치였다. 미아는 평범한 다른 사람들과 달리 세상에 덜 얽매인 듯 모든 게 정제되고 신비로웠다. 너무 진부한 표현이지만, 미아는 정말이지 천사 같았다. 아니, 그녀 자신이 한 말처럼 별에서 온 것 같았다. 몸이 잠을 자고 싶다고 아우성쳤지만, 나는 미아를 그리고 싶다는, 한 번 더 종이 위에 담고 싶다는, 어쩌면 마지막이 될 충동에 사로잡혔다.

나는 소리를 내지 않기 위해 노력하면서 몸을 숙여 배낭에서 스케치북을 꺼냈다. 그런데 차 밖 어딘가에서 말 울음소리가 들려왔다. 그래, 어쩌면 여기는 이 세상에 속한 곳이 아닌지도 모르지. 하지만 그 소리는 너무 실제 같았다. 나는 너무 피곤해서 환청이 들리나보다 생각하며 고개를 들었다. 하지만 환청이 아니었다. 우리 앞 도로에 경찰관 두 명이 말을 타고 우리를 향해 빠르게 다가오고 있었다. 젠장. 나는 미아를 바라보았다. 선글라스가 얼굴에서 흘러내려 벗겨져 있었다. 창문에 기대어 있던 탓에 그들이 미아를 쉽게 알아볼 것 같았다. 그들 눈에 띄게 둘 수 없었다. 극단적인 상황에서는 극단적인 조치가 필요한 법. 나는 그녀 위로 몸을 던져 두 손으로 얼굴을 감싸고 입 맞추는 척했다. 겨우 몇 인치 앞에 그녀의 입술이 보였다.

그때 미아가 번쩍 눈을 떴다. 아직 상황 파악이 안 된 그녀는 여전히 잠이 덜 깬 상태에서 미소를 짓기 시작했다. 그러다 찡 그린 얼굴로 나를 노려보며 말했다. "잠깐, 지금 뭐 하는 거야?" 미아가 나를 밀치며 말했다.

"쉿, 경찰이야. 그대로 있어."

미아가 밖을 힐끗 보더니, 경찰을 발견하고는 앉은 채로 잔뜩 몸을 웅크렸다. "어떡해, 어떡해." 미아는 숨을 헐떡이며 작은 소리로 말했다. "가려 줘. 제발, 저 사람들이 못 보게 해 줘."

나는 다시 미아에게 가까이 다가가다가, 유감스럽지만 그녀의 입술을 1밀리미터 남겨 놓은 상태에서 멈췄다. 내 아래에 있는 미아의 몸이 떨리는 게 느껴졌다. 말들은 이제 아주 빠르게 다가오고 있었다. 우리는 서로의 눈을 가만히 바라보았다. 아주 가까이에서, 같은 공기를 호흡하고 있었다. 미아가 내 입술로 시선을 떨궜다가 곧바로 다시 내 눈을 바라보았다. 나도 똑같이 따라 했다. 우리 둘의 호흡이 거칠어졌다. 내가 오해하고 있는 걸까? 아니면, 미아도 나만큼이나 간절히 원하고 있을까? 며칠 동안 입을 맞추는 상상을 했지만, 그 어떤 환상에도 경찰이나 실종자, 위험한 상황 같은 건 포함되지 않았었다. 맙소사. 내 입술, 가슴, 손, 그리고 이름을 알 수 없는 부위까지, 온몸이 불타는 듯 화끈거렸다. 도저히 더는 참을 수 없을 것 같았다. 더 참으라는 건 너무 심한 요구였다. 마음은 이미 몸보다 몇 광년은 앞서 있었다. 마음속으로 나는 이미 불타는 열정으로 그녀의 목에 키스하고, 그녀의 엉덩이골을 따라 손을 미끄러트렸다가 또 다른 미지의 영역으로 올라가고 있었다. 몸의 속도가 마음의 속도를 따라잡으려는 그 순간, 말발굽 소리가 멀어져 갔다. 젠장. 나는 살짝 물러났다. 하지만 그녀를 너무 바랐던 탓일까. 몸이 꼼짝도 하지 않았다. 말도 나오지 않았다.

미아는 아무 일도 없었던 것처럼 내 목에 팔을 감고 몸을 조금 일으키더니, 사이드 미러를 들여다봤다. 경찰관이 멀어지는 걸 확인한 그녀는 안도의 한숨을 내쉬며 다시 주저앉았다. "고마워." 그리고 시선을 피하며 내 목을 놓았다.

나는 오히려 좋았다고 말하려다가 생각을 바꿨다. 겉으로는 차가워도 미아는 약간 불편해 보였다. 당황한 것 같기도 했다. 다만 티 내지 않으려 애쓰고 있을 뿐이었다.

"사실," 미아가 목소리를 가다듬으며 말했다. "나는 경찰 공포증이 있거든. 물론 걱정할 건 없어. 그냥 내 별난 점 중 하나일 뿐이니까."

와, 미아는 또 망설이지도 않고 거짓말을 했다. 나는 몸을 바로 세우고 동의하는 척했다. 마치 방금 있었던 일이 내가 상상으로 꾸며 낸 허구였던 것처럼, 그녀가 내 몸 아래에서 떤 적도 없고, 그 눈이 내 입술을 뚫어지게 바라본 적도 없는 것처럼. "이젠 괜찮아?" 나는 아무렇지 않은 척 물었다. "그런 공포증은 너한테 좋지 않은 것 같은데. 무슨 말인지 알 거야. 약국에 갈까? 아니면 병원에?"

미아가 고개를 저었다. 내 말이 그녀를 불편하게 만들고 있었다. 마침내 미아가 의자에서 똑바로 일어나 앉았다. 머리카락들이 한쪽으로 쏠려 있었다. 나는 웃지 않으려고 안간힘을 썼지만 소용없었다. 미아는 진지해 보이려고 할 때마저도 웃겼다. 미아가 다시 목을 가다듬고 머리를 다시 묶었다. 그 틈에 나는 배낭에서 실종자를 찾는다는 광고지를 꺼냈다.

"이해할 수가 없어, 카일." 미아가 머리띠를 고쳐 쓰며 내게 말했다. "어떻게 내가 경찰을 피하고 싶어 한다고 생각하게 된 거야?"

나는 미아에게 광고지를 건넸다. 미아의 예쁜 눈이 휘둥그레졌다. "이번에는 다 말해 줘야 해." 내가 말했다.

미아가 광고지를 집어 들고 읽었다. 가느다랗고 창백한 손가락이 떨리기 시작했다.

"어이, 이봐, 괜찮아." 나는 미아의 심장이 흥분하지 않기를 바라면서 말했다. "난 그냥 네가 무슨 일인지 말해 줬으면 좋겠어. 우리가 뭐라도 할 수 있게. 알겠지?"

미아는 여러 번 고개를 끄덕이다가 말을 시작했다. "좋아, 말해 줄게. 하지만 우선 버스 정류장으로 데려다줄 수 있어? 정말 오늘 오후에는 쿠엥카에 가야 해서 그래. 얘기는 가는 길에 해 줄게, 약속해."

"버스 정류장이라니? 무슨 말을 하는 거야, 미아? 절대 빌어먹을 버스 정류장에 널 데려다주는 일은 없을 거야!"

미아가 놀란 강아지처럼 의자 깊숙이 몸을 웅크렸다. 놀라게 할 생각은 아니었기 때문에, 나는 최대한 위로하는 투로 말했다. "제발, 그냥 하루 쉬는 것뿐이야. 꼭 의사가 아니더라도 휴식이 필요하다는 건 알 수 있어. 아직 시간 있잖아, 그렇지? 엄마는 꼭 찾을 거야, 우리 둘이 같이."

그녀가 고개를 끄덕였다. 하지만 눈은 믿지 못하겠다고 말하고 있었다.

269

"바람 좀 쐬어야겠어." 미아가 밖을 가리키며 말했다. "혹시 같이……?"

"좋아, 당연한 거 아니야? 하지만 저 경찰들 주변에서는 별로 좋은 생각이 아닌 것 같다."

미아는 입술을 깨물며 어떻게 하는 게 좋을지 갈등했다. 그러더니 마치 암호라도 푼 사람처럼 바닥에 떨어져 있던 선글라스를 집어 들고 얼굴에 썼다. "이러면 어때?" 그녀가 물었다. "이걸 쓰면 나도 나를 못 알아보거든."

나는 살짝 움찔했다. "그냥, 뭐, 나쁘지 않네."

나는 배낭에서 내 모자를 꺼냈다. 엄마가 챙겨 준 것이었다. 그리고 그걸 미아에게 씌웠다. 나는 모자를 정말 싫어했다. 하지만 자외선과 일사병, 오존층의 위험에 대해 엄마가 늘 늘어놓는 설교를 듣지 않기 위해 군말 없이 들고 온 것이었다. 원래 하던 걱정에 걱정을 더 보태지 않을 수만 있다면, 기꺼이 그럴 생각이었다. 미아에게 씌웠더니 모자가 눈 바로 위로 흘러내려 코까지 내려왔다. 내가 배꼽 빠지게 웃으며 끈을 조절해 잘 맞도록 조정해 주는 동안, 미아는 꿈쩍도 하지 않았다. "훨씬 낫네." 내가 말했다. "엑스레이 급 눈이 아닌 이상 절대 못 알아보겠다."

미아가 거울을 들여다봤다. 확신이 서지 않는 듯했다. 그녀가 모자를 살짝 옆으로 기울여 썼다. "이제 좀 괜찮네." 그녀가 말했다. "가자."

카일

미아는 차 문을 열고 차에서 내리기 전에, 백 년 동안의 겨울잠에서 막 깬 고양이처럼 팔과 다리를 쭉 뻗었다. 말은 하지 않았지만, 긴장한 입술과 게슴츠레한 눈을 보니 여전히 통증에 시달리는 게 분명했다. 나는 배낭을 집어 들고 차 밖으로 나갔다. 그리고 그녀가 있는 쪽으로 건너가 흠잡을 데 없는 신사처럼 한쪽 팔을 내밀었다. 엄마가 이 모습을 볼 수 있다면 얼마나 좋을까. 아마도 엄청 재미있어하실 것이다.

"자, 내 팔 잡아." 내가 말했다.

미아가 눈길을 돌리며 거만한 말투로 중얼거렸다. "괜찮아. 나 혼자 걸을 수 있어, 고마워."

글쎄다. 미아가 지금 거짓말을 하고 있거나, 아니면 나 혼자만 몇 분 전 우리 사이에 있었던 일로 인한 맹렬한 감정에 여전히 휩싸여 있는 것일 수도 있었다.

어색한 침묵 속에서 우리는 연한 색의 벽돌로 지은 거대한 르네상스 양식의 궁전 주변을 천천히 걸었다. 그러다 본관을 마주보고 있는 안뜰에 이르렀다. 그 장소의 순수한 장엄함에 우리는 정확히 동시에 걸음을 멈췄다. 미아의 얼굴이 밝아졌다. 마침내 내가 아는 미아, 완전히 나를 사로잡은 그 미아로 돌아왔다. 반원 형태로 자리한 궁전이 마치 우리를 감싸 안고 그 벽 안에 안전하게 보호해 주는 듯했다.

광장 전체를 휘감고 천천히 흐르는 수로에는 사람들이 작은 보트를 타고 노를 저으며 유유히 지나가고 있었다. 이 광경을 아빠가 봤더라면 엄청나게 흥분했을 것이다. 그리고 궁전 벽을 장식하는 타일로 된 벽감과 수로를 따라 설치된 대리석 난간, 그리고 그림이 그려진 도자기 난간에 관해 일장 연설을 늘어놓기 시작했을 것이다. 주변에는 이 모든 풍경을 동화적인 분위기로 만들어 주는, 말이 끄는 마차를 타고 여유롭게 광장을 가로지르는 관광객들도 있었다.

나는 미아를 바라봤다. 이 모든 풍경을 온몸으로 감상하던 미아가 무슨 말인가를 하려다가 내가 자신을 보고 있다는 걸 알았는지, 우리 사이에 나눌 이야기가 남아 있음을 기억한 듯했다. 어깨가 축 처지는가 싶더니, 시선을 떨구고 걷기 시작했다. "좋아, 얘기할게. 위탁 가정에서 도망쳐야 했어." 미아가 입을 뗐다. 말하는 게 눈에 띄게 힘들어 보였다. "어디로 갈 건지 아무한테도 말 안 했어."

혹시라도 거기서 학대 같은 것을 받은 거라면 맹세컨대 그들을 죽여 버리겠다고 생각하며, 나는 치밀어 오르는 화를 감추고 물었다. "왜?"

"강제로 수술을 받게 하려고 했거든. 그리고, 음, 내가 열여덟 살이라고 했던 말, 정확히 말하면—"

"잠깐만, 기다려 봐." 나는 당황해 얼굴이 굳었다. "강제로라고? 의사는 네가 당장 수술을 해야 한다고 하던데."

"그래, 알아. 하긴 할 거야." 우리는 바닥에 깔린 돌바닥을 바라보며 계속 걸었다. "그냥…… 아직은 아니야."

마차가 가까이 오고 있었다. 마차가 지나갈 수 있도록 한쪽으로 비켜서 있는 동안, 나무로 된 커다란 바퀴와 가죽을 씌운 우아한 실내가 눈에 들어왔다. 잠시 나는 그 안에서 미아가 내 팔에 안겨 있는 모습을 상상했다. 그런데 우리도 타자고 말하려는 순간, 미아가 큰 소리로 말했다. "저 사람들은 부끄러운 줄 알아야 해. 저건 동물 착취야. 달리 표현할 말이 없네."

이런. 사랑하는 할머니의 말씀이 떠올랐다. 입은 다물고 있을 때 더 보기 좋단다.

"미아." 나는 그녀를 다시 대화에 끌어들이기 위해 애쓰며 말을 걸었다. "아직 얘기 다 안 해 줬는데—"

미아는 내 말을 못 들은 척하며, 마치 다른 세상으로 가는 마

법 터널이라도 본 것처럼 벽감을 가리켰다. "저기 봐. 진짜 끝내
주게 멋지다."

말을 돌리고 싶은 거라면 좋은 시도네. 내가 뭐라고 반박하기
도 전에 미아는 이미 벽감으로 걸어가 앉았다. 벽돌로 된 벽과
벤치는 손으로 채색한 타일로 꾸며져 있었다. 마치 먼 옛날부터
전해져 내려오는 퍼즐 같았다. 이곳이 놀랍도록 아름다운 건 부
인할 수 없는 사실이었다. 그리고 미아가 즐거워하는 모습을 보
는 것만으로도 즐거웠다. 하지만 나는 중단된 우리의 대화를 이
어가고 싶었다.

"이것도 좀 봐." 미아가 근처의 또 다른 벽감에 가서 천천히
앉으며 말했다.

그리고 눈을 감고 고개를 들며 하늘을 통째로 마시기라도 할
것처럼 숨을 들이마셨다. 마치 공기뿐만 아니라 평화가, 그리고
그 어떤 것과도 같지 않은, 순수하고 훼손되지 않은 행복이 그
녀의 가슴을 채우는 듯했다. 오직 그녀만이 알 수 있는 행복이
었다. "고맙습니다." 그녀가 하늘을 향해 속삭였다. 가슴이 저밀
정도로 부드러운 속삭임이었다.

갑자기 등골이 서늘했다. 세상에, 도무지 이해가 안 갔다. 미
아는 도대체 어떻게 신에게 감사할 수가 있지? 분개해야 맞는
거 아닌가? 마치 내 생각을 읽은 듯, 미아가 눈을 크게 뜨고 내
눈을 바라봤다. 심장이 쿵쾅거렸다. 우리는 차마 하지 않은 말

이 가득한 침묵 속에서 잠시 서로를 응시했다.

먼저 움찔한 건 나였다. 가까스로 미아를 다시 쳐다봤을 때, 나는 그녀도 알고 있음을 확신했다. 내가 화가 났다는 것, 그리고 우리의 은밀한 게임을 계속할 수 없다는 것을.

미아가 또 한 번 숨을 깊이 들이마셨다. 우리는 침묵 속에서 수로를 따라 다시 걷기 시작했다. 나는 그녀가 그 침묵을 깨 주길 바랐다. 하지만 미아는 그러지 않았다.

1분 정도 기다리다가 내가 먼저 입을 열었다. "미아……, 네 수술 얘기로 돌아가서, 의사가—"

"그래, 수술 얘기로 다시 돌아가자. 물론 수술받을 거야. 하지만 엄마부터 만난 다음에." 미아가 나를 돌아보며 고개를 갸웃했다. "상상이나 가? 평생 이 순간만을 기다렸는데, 엄마를 만나기도 전에 수술대 위에서 죽는다는 게 얼마나 아이러니한 일인지?"

젠장, 굳이 그렇게 노골적으로 말하는 이유가 뭐야? 나는 불만을 터트리고 싶은 충동이 서서히 치밀어 오르는 걸 참으며 물었다. "그게 정말 그렇게 위험한 수술이야?"

"그런 수술을 받는 사람 중 절반은 살아남지 못해."

미아는 이 말을 하면서 얼음처럼 차가운 시선으로 멀리 있는 분수를 바라보았다. 누가 배를 주먹으로 때린 것보다 더 아팠다.

"그럼 절반은 살아남는다는 거네, 맞지?" 이 말을 하는데 쉰 목소리가 나왔다. 생각보다 훨씬 심했다.

미아의 어깨가 한숨과 함께 오르내렸다. 그 외엔 꼼짝도 하지 않았다. 눈조차 여전히 멀리 있는 분수에 고정되어 있었다.

"왜 말 안 했어?" 나는 짜증을 숨기려는 노력을 포기했다. "나한테 알 권리가 있다는 생각 안 해 봤어?"

고개를 숙인 그녀가 여러 번 고개를 끄덕였다. 눈동자에 옅은 안개가 드리워졌다. 얼어 있던 마음이 녹기 시작한 듯했다. "그냥……, 널 믿어도 좋을지 알 수가 없었어." 미아가 속삭이듯 말했다. 희미하게 슬픔과 죄책감이 느껴지는 말투였다. 하지만 입술을 물어뜯고 있는 그녀의 모습에서 나는 그녀가 지금도 확신하지 못하고 있음을 알았다. 그게 날 슬프게 했다.

"좋아." 나는 일부러 확신에 찬 목소리로 말했다. "하지만 네가 집에서 도망쳐야 했다는 사실이 어쩌다 그 미국의 실종 신고서가 스페인에 있는 병원까지 왔는지는 설명해 주지 않아."

"나도 모르겠어. 원래는 오늘이 수술 예정일이었어. 아마 내 위탁 가족이 실종 신고를 했겠지. 그런데……." 미아는 잠시 생각에 잠겼다. 그런 다음 고개를 들며 말했다. "내가 이해할 수 없는 건 어떻게 내가 스페인에 있다는 걸 알았나 하는 거야. 절대 행방을 알 수 없도록 감췄거든."

"너도 모르게 단서를 남겼겠지."

"아니야, 정말, 조심했다고. 어디로 가는지 아무한테도 말하지 않았고, 여기에 올 거라고 짐작할 만한 것도 남기지 않았어."

"컴퓨터에 흔적이 남았을 수도 있고, 플래시 드라이브도 있고. 누가 알겠어."

"그럴 리 없어. 떠나기 전에 하드 드라이브의 모든 걸 지웠다고. 플래시 드라이브도 없어."

"와, 이런 거에 능숙하구나." 나는 분위기를 띄우려고 애쓰며 말했다.

"아니, 도움받았지." 미아가 다시 걷기 시작했다. 그리고 마치 모자이크 패턴을 해독하려는 듯 바닥을 유심히 바라보았다. "모르겠어. 어쩌면 노아의 부모님일 수도. 이 여행에 대해 아는 유일한 사람들이거든. 하지만 그들이 내 위탁 부모에게 그 얘기를 했을 것 같진 않아. 서로 알지도 못하는 사이고…… 그냥 이건 말이 안 돼."

노아의 이름이 언급되자 속이 옥죄는 듯 답답해졌지만, 드러내지 않았다. "음, 어떻게 된 경우든, 이제 그들이 알고 있고, 우린 들킬 위험을 감수할 수 없고. 그러니―"

"날 찾지 않을 거야." 미아는 한 치의 의심도 없이 말했다.

"어떻게 그렇게 말할 수 있어? 오늘은 운이 좋았을지 몰라도 저 요란한 밴을 타고 돌아다니는 건 전혀 영리한 선택이 아니야. 번호판만 확인하면 곧바로―"

미아가 장난꾸러기처럼 씩 웃으며 말을 받았다. "그럴 줄 알고, 모든 걸 다 미리엄 아벨만 이름으로 예약했지. 밴, 캠프사이트, 비행기표까지 모두. 내 위조 여권에 있는 이름이야. 절대 추적 불가능해."

나는 깜짝 놀랐다. 이 여자애는 멈추지 않고 계속해서 나를 놀라게 했다. 미아한테는 '절대'나 '늘'이라는 말은 더 이상 쓸 수 없겠다는 생각이 확실해지자, 입이 저절로 다물어졌다.

미아는 웃으며 손으로 타일 난간을 쓸면서 말했다. "셜록 홈스 광으로 살아온 덕을 톡톡히 보는 것 같지?"

"그래. 하지만 내가 아는 한 셜록 홈스는 신분 위조를 하진 않았는데."

"시대가 다르잖아. 필요하면 했을걸."

"여권 위조는 어떻게 했어?"

미아가 또 짓궂은 미소를 지었다. 그녀가 더욱 매력적으로 보였다.

"아는 사람들이 있거든. 베일리 언니 전 남자 친구 기억해?"

물론이다. 그 멍청한 놈. 왜 그 녀석 생각을 못 했지? "그 말은, 해커가 위조범이 됐다는 거야?"

"맞아. 나는 단골손님이라고 특별가로 해줬어."

미아는 피곤해 보였다. 하지만 투덜거리지 않았다. 그래서 나는 피곤한 척 난간에 가서 앉았다. 미아도 내 옆에 앉았다. 그녀가 앉는 동안, 나는 배낭에서 초코칩 쿠키 한 봉지를 꺼냈다. 아까 병원 자판기에서 산 것이었다. 나는 미아에게 한 개를 권했다. "배고프겠다. 여기, 하나 먹어."

미아가 배에 손을 가져다 대더니 코를 찡그렸다. "하나 먹고 싶긴 한데, 병원에서 준 쓰레기 같은 약 때문에 속이 타들어 가는 것 같아."

뱃속에서 요란한 소리가 났지만, 미아가 먹지 않는다면 나도 먹지 않을 생각이었다. 우리는 침묵 속에서 물을 바라보았다. 다채로운 색으로 칠해진 배를 타고 수로를 따라 떠다니는 커플과 가족들이 있었다. 미아는 일종의 향수 어린 눈으로 물끄러미 그들을 바라보았다. 나는 미아를 안고 싶었다. 보트들이 오가는 모습을 함께 바라보고 싶었다. 그리고 다 잘될 거라고, 우린 이걸 극복할 거라고, 우린 이 상황을 헤쳐나갈 것이고 네 심장도 모든 걸 극복해 낼 거라고 말하고 싶었다. 하지만 그럴 수 없었다. 미아에게 아무 말도 할 수 없었다. 왜냐하면 내가 한 말이 틀릴 수도 있으니까.

미아

카일에게 거짓말을 해야 하는 게 싫었지만, 달리 뭘 어쩔 수가 없었다. 수술받을 생각이 없다는 말을 어떻게 하나? 며칠, 또는 몇 주, 아니 혹시 기적이 일어나 몇 달 후에 내가 이 세상에 없을지도 모른다는 말을 어떻게 한단 말인가? 안 될 일이었다. 나는 카일이 이해하지 못하리라는 걸 그냥 알고 있었다. 그런 걸 이해할 사람은 없었다. 게다가 이곳은 그런 무의미한 논쟁으로 망치기에는 너무 아름다운 곳이었다.

우리는 색 타일이 붙은 낮은 담 위에 나란히 앉았다. 나는 물에 비친 그의 모습을 바라보며 그가 나를 꼭 안아주기를 간절히 바랐다. 그의 품 안에서 그의 온기와 냄새, 나를 감싼 그 강한 팔을 느끼고 싶었다. 그 기억을 영원히 간직하고 싶었다. 하지만 그럴 수 없었다. 밴에서 있었던 일만 하더라도 꽤 당황스러웠다. 내 온몸이 그의 몸 아래에서 연주를 기다리는 악기처럼 떨렸다. 마치 타오르는 불길이 온몸의 감각을 집어삼킨 듯, 입술과 손, 가슴, 그리고 미지의 영역까지 뜨겁게 달아올랐다. 경찰들이 떠난 후 카일이 간신히 몸을 떼지 않았더라면 어떤 일이 일어났을지 모른다. 적어도 그에게 키스했을 텐데, 그건 아무리 꿈에서라도 절대, 절대, 절대, 일어나서는 안 되는 일이었다.

"보호 시설에 있을 때 배운 방법 쓰는 거야?"

부끄러운 기억을 떠올리고 있던 순간을 들킨 나는 심장이 철렁했다. 생각을 정리할 새도 없이 그를 돌아봤다. 겉으로는 무슨 말인지 전혀 모르겠다는 표정을 지었다. 그가 말을 이어갔다. "왜, 그거, 정말 원하는 게 있을 때 그걸 얻게 될 때까지 집중하는 방법 말이야."

그가 우리 발치에서 헤엄치는 오리 두 마리를 가리켰다. 그제야 나는 밴에서 있었던 우리의 작은 에피소드에 넋이 나가, 내내 눈 깜박하는 것도 잊고 그 오리들을 바라보고 있었다는 걸 깨달았다.

"농담 아니야." 그가 말했다. "배고프면 어디 저녁 먹을 만한 곳으로 데려가 줄게. 그러니까 오리 좀 그만 보지? 방목해서 키운 동물을 좋아하는 건 알지만, 지금 이건 좀 오싹하네."

"뭐야." 나는 웃음을 터트리며 그를 힘껏 떠밀었다. "무슨 소릴 하는 거야?"

"그래, 효과가 좀 있나?"

"무슨 효과?"

"그 방법 말이야."

"아마도." 나는 시큰둥하게 대답했다.

그는 수상쩍다는 듯 이마를 찌푸렸다. "이봐, 언제부터 훈계하는 역할을 나한테 넘기게 된 거야?"

카일은 나를 웃게 만들고 싶어서 그러는 것 같았지만, 나는 별로 재미있지 않았다. 그가 대답을 기다리고 있었다. 하지만 나는 좀처럼 말이 나오지 않았다. 나는 지쳐 있었다. 몸만 그런 게 아니었다. 그래서 내가 대답하지 않으면 그가 그 얘기를 그만하기를 바랐다. 하지만 그는 그러지 않았다. 대신, 눈을 가늘게 뜨고서 손으로 내 턱을 잡고는 턱을 벌려 입안을 들여다봤다. 그리고 말했다. "후유, 고양이한테 혀라도 뺏긴 줄 알았네."

나는 피식 웃음이 났다.

"얼른, 털어놔." 그가 말했다. "효과가 있어, 없어? 만일 효과가 있으면 특허라도 내게. 농담하는 거 아니야. 우린 부자가 돼서 전 세계를 여행할 수도 있다고. 그러면 나도 길거리 한구석에서 그림 안 팔아도 되고."

나는 그 말에, 그리고 나를 바라보는 그의 눈빛에 마음이 설렜다. 생각하면, 그의 모든 게 그랬다. 그는 여전히 대답을 기다리고 있었다. "그래, 효과가 있기는 한 것 같아. 하지만 다 되는 건 아니고."

카일은 손가락을 빙글 돌리며 더 자세히 말해 보라는 듯 부추겼다. 순간 나는 생생하게 기억나는 그 장소로, 내 감정이 잠들어 있는 그곳으로 정신없이 빠져들기 시작했다. 그리고 설명할 마음이 있는지 확실하지 않은 걸 애써 설명하기 시작했다. 말하는 동안 나는 그를 바라보지 않았다. 아니, 바라보고 싶어도 그럴 수가 없었다. "세인트 제롬에 있을 때, 일요일마다 우리는 대강당에 갔었어. 평소에는 절대 출입할 수 없는 곳이었는데. 정오가 되면 입양을 원하는 부부들이 우리를 보러 오곤 했어. 대개 미사를 마친 후에. 아마 그때가 일주일 중에서 가장 좋은 날이었던 것 같아. 우린 머리를 빗었어. 때로는 몇 시간씩 빗기도 했지. 가지고 있는 옷 중에서 가장 좋은 옷을 입었고, 아무도 모르게 매력적으로 보일 만한 미소를 연습했어. 미래의 부모가 될 사람들을 위해, 눈에 띄고 주목받기 위해, 사랑받을 기회를 얻기 위해 뭐든 했어. 떨리고 신났지. 그래, 괴로우면서도 짜릿했어. 우리 중 많은 아이가 전날 잠을 설쳤어. 그 방법을 알게 된 후로는 일요일마다 한 부부를 골라 집중했어. 그들의 시선을 끌어 다음에 선택받는 아이가 되고 싶다는 열망으로, 멈추지 않고 그들을 바라봤지. 그리고…… 음, 두 번이나 효과가 있었어. 그러니까, 네 질문에 답을 하자면, 그렇다고 할 수 있어. 엄밀히 말해서, 그 방법은 효과가 있어. 마음 놓고 특허 내도 돼."

마침내 가까스로 눈을 들어 그를 보았을 때, 그는 몸에 단 한

방울의 피도 남지 않은 사람처럼 창백했다. 심지어 숨 쉬는 것도 잊은 듯했다. "그래서?" 그가 식식거리며 물었다. "그다음에는 어떻게 됐어?"

"음, 내 생각에 그 방법은 부모한테 사랑받고 싶을 때는 잘 먹히지 않는 것 같아. 아니면, 뭔가 결함이 있는 걸 알게 되어도 최소한 다시 시설로 돌려보내지 않을 정도로 사랑받게는 해 주지 못하는 것 같아."

"나쁜 사람들." 카일이 불쑥 내뱉었다. "젠장, 미아, 미안."

"그렇지만 무슨 일이든 언제나 좋은 면은 있잖아. 이 경우에는, 다신 일요일마다 강제로 강당에 갈 필요가 없어졌어. 게다가 그들이 방문하는 날에는 장난감 가득한 방이 종일 내 차지였지."

카일은 내 얘기를 듣고 환상이 깨진 걸 티 내지 않으려고 애썼지만, 떨리는 턱을 어쩔 수 없었다. 내가 눈치챈 걸 알았는지, 그는 괜히 턱을 좌우로 움직이며 아파서 그런 척했다.

"미아……." 그가 입을 뗐다.

"아니, 아니야, 제발, 그냥 다른 얘기 하자. 다 지난 일이고, 잊고 싶은 순간을 되새기느라 아주 짧을지도 모르는 내 인생을 단 1초도 허비하고 싶지 않아."

"알겠음." 그가 손가락으로 입술을 지퍼처럼 닫는 시늉을 했다. 그런 다음 쿠키 봉지를 집어 하나를 꺼냈다. 자기 입에 넣으려나 했더니, 그가 쿠키를 손가락 사이에 넣고 부수었다. 그리고 부스러기 한 줌을 물고기들에게 뿌려 주었다. 좋은 생각이었다. 나도 똑같이 따라 했다.

부스러기에 이끌린 엄마 오리가 급히 다가왔다. 그 뒤를 새끼 오리들이 따랐다. 우리는 계속 부스러기를 던졌다. 새끼 오리들이 쿠키 부스러기를 쪼아 먹는 동안, 엄마 오리는 새끼들을 지켜보며 가만히 기다렸다. 어쩔 수 없이 마음속 깊이 짜르르한 감정이 밀려들었다. 모든 어미가 다 똑같은 양육 본능을 타고나는 건 아니라고 마음을 다잡았다. 그런데 마음속에서 한 가지 의문이 생겨나기 시작했다. 내 엄마도 내 곁을 지켜 주지 않았는데, 카일은 왜 다르지? 동정심 때문인가? 자신의 업보를 바로잡기 위해서? 아니면, 뭔가 느껴서는 안 될 감정을 느끼기 시작해서?

나는 명확한 답을 얻고 싶어 최대한 티 나지 않게 곁눈질로 그를 바라봤다. 하지만 내가 찾은 건 그 답이 아니었다. 카일이 갑자기 싱긋 웃으며 나를 보고 묻는 게 아닌가. "왜?"

이크. 몰래 훔쳐보는 연습을 좀 더 해야겠다. 나는 잠시 후 용기를 쥐어 짜내 질문을 던졌다. "카일, 진짜 솔직하게 말해 줘야 해. 진심으로, 네가 뭐라고 답하든, 이해할게."

"알았어. 말해 봐."

"혹시 너······." 잠시 말이 목에 걸려 나오지 않았다. "떠나지 않겠다고 한 말, 진심이었어?"

카일의 표정이 어두워졌다. "물론이지, 미아. 내가 왜 떠나고 싶겠어?"

"내가 금방 죽을지도 모르는데?"

"그러면, 내가 아는 여자애 중에 제일 이상하고 웃긴 애와 잠깐이라도 함께 할 기회를 놓치라는 거야?" 카일은 고개를 저으며 미소를 지었다. "절대 안 되지."

그의 슬프고 깊은 눈은 말보다 더 많은 것을 말하고 있었다. 나는 그게 뭔지, 그가 말하지 않고도 전하려는 게 뭔지 알아내려고 애썼지만, 끝없이 밀려드는 생각과 아우성치는 질문들로 머리가 빙빙 돌았다. 그거면 충분했다. 그는 내 곁에 있기를 바란다. 더 바랄 게 없다. 나는 혼란스러운 마음을 숨긴 채 고마움을 전해 보려고 미소를 지었다. 그런데 바로 그때, 어느 배 뒤에서 흰색과 검은색의 두 마리 백조가 갑자기 나타났다. "세상에." 나는 탄성을 내질렀다. "저거 보여?"

카일 쪽으로 고개를 돌리는데, 그의 휴대전화가 나를 향해 막 사진을 찍으려 하고 있었다.

"잠깐, 뭐 하는 거야?"

"네 사진 블로그에 올리라고."

"아니, 아니, 안 돼." 내가 렌즈를 손으로 가리며 말했다. "백조만 찍어, 그냥 백조만."

카일은 내 손을 뿌리치고 연달아 사진을 찍었다. 내 사진을. "구독자들은 카메라 뒤의 네 얼굴이 보고 싶을 거야."

그 사랑스러운 말을 남긴 후, 카일은 휴대전화를 내리고 내 눈을 응시했다. 진지하다 못해 무릎에 힘이 풀릴 정도였다. "겁나?" 그가 물었다.

"물론 아니지. 그냥, 난 사진 찍히는 게 싫어."

"내 말은, 죽는 게 겁나냐고." 그가 말했다.

"아, 그거……." 나는 고개를 저었다. "죽는 건 절대 겁나지 않지."

"그럼, 뭘 겁내는 거야, 미아 페이스?"

너한테 홀딱 빠지는 거? 엄마가 나하고 얽히고 싶어 하지 않는 거? 혼자 죽는 거? 하지만 무엇보다 겁나는 게 하나 있었다. 이건 직접 말로 했다. "내 생각에 내가 가장 겁나는 건 아무것도 아닌 존재로 죽는 거야." 카일은 이해하지 못했다. 찌푸린 표정만 봐도 알 수 있었다. "누구의 삶에도 영향을 끼치지 못한다면, 이 세상에 아무 기여도 하지 못한다면, 태어난 게 무슨 의미가 있어? 사는 게 무슨 의미가 있어? 아무 의미 없잖아."

그는 나를 바라보며 내 말을 이해하려고 애쓰는 듯했다.

"그래서, 사진 블로그를."

"그런 셈이야."

나는 쿠키 하나를 집어서 작은 조각으로 잘게 부수었다.

287

"팔로워가 몇 명이나 돼?"

나는 어깨를 으쓱했다.

"설마? '좋아요'를 몇 개나 받는지 모른단 말이야? 다른 통계도 모르고?"

"그거 만들 때 노아가 도와줬었거든. 물론 나보다 크게 나을 건 없었지만."

사실, 노아는 기술이 예술을 억압한다고 말하곤 했었다.

카일은 절레절레 고개를 저으며 자기 휴대전화를 내게 건넸다. 그리고 말했다. "관리자 모드로 블로그 열어 봐."

무슨 말인지 알아들을 수가 없었다. 그가 웃는 걸 보니 내 표정이 딱 그렇게 말하고 있는 모양이었다. 그가 말했다. "네 사진 블로그 말이야. 사용자 이름이랑 비밀번호 입력해서 열라고."

"알았어, 그런데, 수수께끼처럼 말하지 말고 그냥 얘기할 순 없어?"

나는 '유효 기간' 사이트를 연 다음 그에게 휴대전화를 돌려주었다. 그가 몇 가지 입력하는 동안, 나는 계속 수로의 오리, 백조, 잉어들에게 우리의 아침 식사를 나눠 주었다.

"믿을 수가 없군. '댓글' 옵션도 활성화를 안 해 놓다니." 그가 여전히 뭔가를 입력하면서 말했다. '댓글' 옵션이라는 게 있다고? "오케이, 됐다. 지금부터는 몇 명이나 블로그를 방문했는지 볼 수 있어. 그리고 누가 댓글을 달면 그것도 볼 수 있고."

"정말? 고마워! 나한테는 정말 큰 의미가 있는 일이야." 나는 정말 기뻤다. 그에게 입을 맞추고 싶었지만, 당연히 하지는 않았다.

카일이 빙그레 웃으며 말했다. "너 정말 대단해, 알아?" 카일이 쿠키를 하나 집어 물에 던졌다. 그런데 갑자기 심각한 얼굴이 되더니 고개를 내 쪽으로 기울이고는 물었다. "왜 말하지 않았어? 그러니까…… 네 심장에 대해서 말이야."

왜냐하면, 만약 처음부터 그 사실을 알았더라면 이 여행에 같이 오고 싶지 않았을 테니까. 아니다. 다른 대답을 생각해 보는 게 낫겠다.

"아마도, 인생에 한 번쯤은 평범한 애로 사는 게 어떤 느낌인지 알고 싶었던 것 같아."

내 대답을 들은 카일은 잠시 곰곰이 생각하더니 음흉한 미소를 지으며 자리에서 일어났다. 그리고 말했다. "여기서 잠깐 기다려, 알았지?"

나는 고개를 끄덕였다. 갑자기 궁금증이 일었다. 카일이 수로 위로 난 다리 하나를 건너가는 모습을 지켜보면서, 머릿속으로 그의 사진을 수천 장도 넘게 찍었다. 밴에 카메라를 두고 오는 게 아니었는데. 멍청하긴. 휴대전화로 사진 찍는 건 내가 싫어하는 일이었지만 그의 사진을 찍을 기회가 그리 많지 않을 것이기 때문에, 나는 휴대전화를 집어 들고 사진을 찍었다. 다리 건

너는 뒷모습 한 장, 아이스크림 가판대로 가는 모습 한 장, 아이스크림 파는 여자에게 뭐라고 말하는 모습 한 장, 어떤 맛을 고를지 고민하는 모습 한 장. 맙소사, 대체 몇 숟갈을 담는 거야? 불쌍해라. 배가 엄청 고팠던 모양이군. 아이스크림을 받아드는 모습, 그리고 마지막으로 돈을 내는 모습까지 사진에 담았다.

그가 환하게 웃으며 다가왔다. 그 모습은 내 마음을 설레게 했다.

찰칵, 찰칵, 찰칵. 내 휴대전화가 한 차례 또 사진을 찍었다. 카일은 한 손에는 흰색 아이스크림 한 스쿱이 얹힌 콘을, 다른 한 손에는 온갖 색깔의 아이스크림이 금방이라도 쏟아질 듯 담겨 있는 콘을 들고 있었다. 거기에는 토핑까지 뿌려져 있었다.

"속이 쓰리다길래." 그가 말했다. "불을 끄는 데는 이 방법이 제일이지. 게다가 평범한 여자애가 되고 싶다고 했지?" 내가 깜짝 놀라 고개를 끄덕이는 동안 그는 계속 말했다. "그래, 음, 이미 알잖아, 기억나지? 그냥 먹고 싶은 거 다 먹어. 어차피 노력해도 평범해질 수 없으니까." 그가 온갖 색깔의 아이스크림이 담긴 콘을 건넸다. "너무 솔직하게 말했나? 미안."

나는 배꼽을 잡고 웃었다. 그리고 아이스크림을 받아들면서 말했다. "괜찮아. 들어 본 말 중에 가장 친절한 말이었어."

"저런, 그럴 리가. 넌 살면서 좋은 말을 훨씬 많이 들어야 해. 하지만 우리가 바로잡아 나갈 수 있어. 아주 빨리. 다음 엄마 후보지는 어디야?"

카일의 말이 한 줄기 상쾌한 바람처럼 느껴졌다. 사랑의 숨결, 자유의 숨결 같았다. 그는 심지어 내 식욕까지 돌려놓았다. 나는 형형색색의 아이스크림을 한 입 크게 베어 물었다. 입안에서 다양한 맛이 뒤섞인 무지갯빛 폭탄이 터지는 느낌이 들었다. 이 행성에서 하루를 더 즐길 수 있어서 기뻤다. 나는 내 심장과 내 인생, 그리고 무엇보다 카일에게, 조용히 감사했다.

미아

다시 출발하자고 애써 설득했지만 카일이 오히려 나를 설득했다. 결국 우리는 이곳, 세비야 중심에 있는 이 공원에서 밤을 보내기로 했다. 안내 책자에 따르면 이곳에 밴을 주차하는 건 절대 금지된 일이었지만, 볼거리가 너무 많아서 나는 그만 거절할 수가 없었다. 정말 짜릿했다. 해 질 무렵, 인류 역사상 가장 긴 시에스타(낮잠)를 즐긴 후, 나는 쿠엥카로 떠나자고 백 번도 넘게 얘기했지만, 카일은 거절했다. 그 대신 세비야 구시가지의 아늑한 거리에서 한입 사이즈의 특산물로 유명한 전설의 타파스를 먹으러 가자고 했다. 세상에, 나는 음식은 말할 것도 없고 다채로운 색과 삶, 즐거움, 음악이 이렇게 한곳에 다 모여 있는 건 본 적이 없었다. 이 모든 걸 다 즐기기 위해 천년을 살고 싶다는 생각이 들 정도였다.

해가 뜬 지금, 카일의 예상대로 우리가 여기에 밴을 주차한 것에 대해 뭐라고 하는 사람은 아무도 없었다. 사실 카일이 한 말은, 우리 밴은 워낙 지저분하고 불쌍하게 생겼기 때문에 경찰도 측은해서 아무 말 하지 않으리라는 거였다. 하지만 나는 우리의 이 행운을 하나의 징조, 즉, 오늘은 정말 멋진 날이 될 거라는 징조로 받아들이고 싶었다. 아침으로 추로스 한 봉지를 게걸스레 먹어 치운 후, 우리는 다음 엄마 후보를 찾아 출발했다. 그리고 카일이 (평소보다 아주 조금 빠르게) 운전하는 동안, 엄마에게 근황을 전하기 위해 편지를 썼다.

4월 1일

사랑하는 엄마, 내 심장 때문에 여행이 꼬박 하루만큼 지연됐지만, 마침내 다시 출발했어요. 이미 말했는지 모르겠는데, 오늘은 쿠엥카로 가고 있어요. 사진을 봤는데 너무 멋진 곳이라서, 얼른 보고 싶어 죽겠어요.

하지만 엄마를 정말 만나고 싶은지는 잘 모르겠어요. 오해하지 마세요. 만나고 싶지 않다는 게 아니라, 남은 3일간의 여행을 카일과 함께 보내고 싶어서 그래요. 엄마를 찾은 후에 어떻게 될지 둘 다 이야기하기를 피하고 있지만, 그렇다고 우리가 아무 생각도 하지 않는다는 뜻은 아니에요. 적어도 저는요.

나는 카일이 계속 곁에 있었으면 좋겠어요. 엄마가 카일을 만나서, 내가 그동안 카일에 대해 했던 말이 다 사실이라는 걸 알게 되면 좋겠어요. 하지만 엄마와 나는 할 얘기가 많을 테고, 카일이 불편해하거나 지루해할 수 있겠다는 생각이 들어요. 어쩌면 엄마가 우리끼리만 있기를 바랄 수도 있겠고요. 모르겠어요. 혹시 카일이 조금 일찍 앨라배마로 돌아가는 비행기를 탄다 해도 전 놀라지 않을 거예요. 그런데 그거 아세요? 카일이 떠난다는 생각만 해도 목이 메어요. 조만간 그는 어차피 떠나야 한다고, 떠나서 자신의 삶을 계속 살아가야 한다고 다짐해 봤지만, 내 마음은 그걸 받아들이지도, 이해하지도 못하는 듯해요. 정말 그렇게 되면 제 마음은 완전히 무너져 내릴지도 모르겠어요. 하지만 그건 더 이상 중요하지 않아요. 카일은 가야 해요. 그가 행복하면 좋겠어요. 그러려면 저를 떠나야만 가능한 일이겠죠. 빠를수록 좋을 거고요.

그리고 제 심장은…, 점점 약해지고 있어요. 전 느낄 수 있어요. 스스로 뛰는 것 자체가 이미 힘겨운 것 같고, 그 상태로 더 버티는 게 무리인 것처럼 느껴져요.

어쨌든, 쿠엥카에 도착하면 더 자세히 말씀드릴게요. 직접 만나서 말씀드리게 될지도 모르겠네요. 어쩌면요.

오후 3시

방금 쿠엥카에 있는 어느 스페인 레스토랑의 테라스에서 점심을 먹었어요. 이 도시는 마치 동화에서 바로 튀어나온 것 같아요. 절벽에 매달린 것처럼 자리 잡고 앉아 계곡과 강을 내려다보는 집들, 자갈이 깔린 거리, 아주 오래된 교회, 그리고 나무와 철로 만들어진, 도시를 가로지르는 다리들이 정말 멋져요(그런데, 혹시 이 다리를 건너게 된다면 아래는 보지 마세요. 정말 무섭거든요). 어쨌든, 지금 이 글을 읽고 계신다면 이미 알고 계시겠지만, 우린 쿠엥카에서 엄마를 찾지 못한 거겠죠.

하지만, 여기서 또 한 명의 특별한 마리아 아스티예로스를 만난 건 정말 재밌었어요. 모든 엄마 후보들에게 매번 물어보는 질문을 그분께 하고 있을 때 그분의 딸이 나타난 거예요. 제 나이쯤 되어 보였는데, 온통 검은 옷차림에 코에는 피어싱을 하고, 목에는 개 목걸이를 한 채, 너무 어두워서 거의 검정처럼 보이는 보라색 립스틱을 바르고 있었어요. 현관에서 나와서는 그냥 지나쳐 가더라고요. 우리한테 투명 인간이 되는 초능력이라도 생긴 줄 알았다니까요. 그녀의 엄마가 우리한테 묻더라고요. 혹시 딸을 바꾸는 게 법을 위반하는 일이냐고요. 정말 진지하게 하는 말 같았어요. 한 번 상상해 보세요! 카일과 저는 그야말로 배꼽을 잡고 웃었어요. 제 생각인데, 우리 둘 다 실컷 웃을 일이 필요했던 것 같아요. 어쨌든, 오늘 밤은 과달레스트(Guadalest)에서 잘 거예요. 알리칸테(Alicante) 지방에 있는 도시라는데, 아세요? 혹시 가 보셨나요? 잠깐, 제가 지금 무슨 말을 하는 거죠? 거기에 이미 살고 계실 수도 있는데.

오후 9시

엄마는 거기에 살고 계시지 않았어요. 뭐, 적어도 바위 위에 자리 잡은 돌로 된 마을, 그리고 또 다른 계곡과 강 위로 우뚝 솟은 그곳의 성은 볼 만한 가치가 있었어요. 사진도 정말 많이 찍었고요. 하지만 오늘 밤에는 조금 일찍 카일에게 자고 싶다고 말했어요. 피곤한 것도 사실이지만, 무엇보다 엄마에게 편지를 쓰고 싶어서요. 그냥 제 마음이 어떤지 전하고 싶었어요. 아홉 번째 마리아 아스티예로스와 이야기하는 동안, 나는 속에서 회오리바람이 일어나는 듯한 느낌을 받았어요. 처음에는 이유를 몰랐어요. 하지만 그때 한 가지 의문이 떠올랐어요. 엄마, 왜 제가 엄마를 찾고 있는 걸까요? 왜 엄마는 저를 찾지 않으세요?

카일은 저를 좋아해요. 그걸 알 수 있어요. 그는 매일 자신이 나를 좋아한다는 걸 보여 주려고 노력해요. 그리고 생각해 보니,

카일 말고도 나를 좋아하고 내게 친절하게 대해 주는 사람이 많더라고요. 제가 말씀드리고 싶은 게 있다면 그건 아마도, 엄마, 내가 사랑스럽지 않은 사람이 아니라는 걸 알게 되었다는 거예요. 그리고 엄마에게는 내가 사랑스럽지 않을 수도 있다는 게 정말 가슴 아프다는 것도요.

모든 신과 모든 별, 그리고 기꺼이 내 기도를 들어주는 모든 빛나는 존재에게 수백만 번 기도했어요. 엄마를 만나는 날, 누군가 엄마에게 강제로 나를 포기하고 입양 보내게 했다거나, 엄마가 나를 키울 수 없을 만큼 아팠다거나, 엄마가 산후 우울증이나 정신 질환을 앓았다거나, 생사가 걸린 어쩔 수 없는 상황이었다거나 하는 말을 들을 수 있게 해 달라고요. 만일 이런 이유가 아니라면, 엄마가 왜 나를 두고 떠났는지 이해할 수 없을 것 같아요. 세상에, 전 갓 태어난 아기였잖아요! 저한테 아무 감정도 없었나요? 제가 그렇게 정떨어지게 굴었나요?

엄마는 대체 왜 절 버린 걸까요? 전 이 질문을 정말 여러 번 스스로에게 물어봤어요. 그리고 자주는 아니고 아주 가끔, 그 답을 알게 되는 게 너무 두려워서 차라리 엄마를 못 찾게 해 달라고 기도했어요. 아니면, 혹시 찾더라도 엄마와 직접 눈을 마주치고, 엄마가 그 진짜 이유를 고백할 때 부끄러움에 움츠러들게 해 달라고 기도했어요.

이해해요. 제가 태어났을 때 엄마는 너무 어렸고 아마 실제로 선택권이 없었을 수도 있겠지요. 하지만 나중에는요? 절 찾는 건 쉬웠을 텐데. 그런데 왜 찾지 않았어요? 왜 나한테 편지도 안 쓰고 전화도 안 했어요? 이 세상에 나를 사랑하는 누군가가 있다는 걸 알리기 위해 뭔가를, 아니 뭐든, 왜 하지 않았어요? 내가 괜찮은지, 행복하긴 한지도 굳이 알아보지 않았죠. 어떻게 아느냐면, 만일 그랬다면 내가 매일매일 얼마나 엄마를 그리워하는지 알았을 테니까요. 그 생각을 하면 소리라도 지르고 싶어져요.

이제 그만 써야겠어요. 카일이 괜찮냐고 묻네요. 그가 침대에서 일어나 내가 우는 걸 보게 되는 건 싫어요. 잘 자요, 엄마. 하나만 부탁할게요. 제발 절 실망시키지 말아 주세요.

4월 2일

그래요, 정말, 정말 죄송해요, 엄마. 하지만 어제는 별로 좋은 날이 아니었어요. 어제 그건 진짜 제 모습이 아니라는 걸 알아주세요. 통증과 의혹이 심해지다 보니 갈피를 못 잡고 불안한 생각에 빠지게 된 것 같아요. 그래서 결국 마음에도 없는 말을 쓰고 말았네요. 진심으로 하는 말인데, 엄마, 엄마가 그랬을 때는 분명 그럴 만한 이유가 있었을 거예요. 절 용서해 주실 수 있나요?

카일은 제 마음이 힘든 걸 눈치챘는지, 아침에 지중해 연안에 있는 유명한 식당으로 나를 데려갔어요. 그리고 제 기분을 북돋아 주기 위해 최선을 다하고 있어요. 이 마을 이름은 하베아(Jávea)래요. 다음 엄마 후보가 사는 알테아(Altea)와 무척 가까워요. 어쩌면 그분이 엄마일 수도 있겠네요. 나중에 이어서 쓸게요, 괜찮죠? 카일은 아침 식삿값을 치르러 갔다가 돌아왔어요. 엄마가 알테아에 계셨으면 좋겠어요. 그리고 30분 후 내가 갔을 때 집에 계셨으면 좋겠고요. 아, 그리고 카일한테 우리 곁에 같이 있어 달라고 청하는 거 꼭 기억하세요. 저한테는 무척 중요한 일이거든요.

오후 4시

아, 알테아도 아니군요. 이곳은 하얀색으로 칠해진 집들과 푸른색 돔이 있는 교회들이 있는 작은 마을인데, 거리를 걷고 있으면 바다 냄새가 느껴져요. 카일은 다음 장소로 이동하기 전에 잠깐 쉬자고 고집을 부려요. 그는 제가 너무 피곤하지는 않은지, 잘 먹고 있는지 늘 확인하면서 저한테 정말 잘해 줘요. 자신의 문제에 대해서는 절대 넋두리를 늘어놓지 않아요. 일주일 전만 해도 죽으려고 절벽 끝에 서 있었던 걸 생각하면 정말 놀라운 일이에요. 그때 일은 생각만 해도 속이 안 좋아져요. 만일 그랬다면 지구는 놀라운 사람 하나를 잃었을 거예요. 그가 자신의 고통을 제쳐둔 채 모든 에너지를 나한테 집중하고 있다는 사실이 상상 이상으로 절 감동하게 만들어요. 일주일 전만 해도 의기소침하고 생기 없던 그의 눈이 지금은 비현실적으로 느껴질 정도로 강렬하게 빛나고 있어요. 물론 우린 노아 얘기는 더 이상 하지 않아요. 카일은 나 같은 애랑 여행하는 것만으로도 충분히 힘들 테니까요.

오후 10시

베니도름(Benidorm)에서 보낸 오후는 아주 흥미진진했어요. 한가롭고 평온하면서도 동시에 분주한 도시였어요. 낮은 집들과 까마득한 고층 건물, 전통과 현대적인 것, 거슬리는 풍경과 아름다운 풍경이 뒤섞여 있는, 모든 것이 뒤섞인 그런 곳이었어요. 열한 번째 엄마 후보를 확인한 후, 우리는 야외 테라스가 있는 레스토랑과 작은 상점, 요란한 음악이 나오는 술집, 거리의 악사들이 즐비한 거리를 산책했어요.

그러다 어느 순간, 어느 상점의 진열창을 들여다보다가 뒤처지는 바람에 그만 카일을 놓쳐 버리고 말았어요. 갑자기(아직도 이유를 잘 모르겠지만), 거리 한가운데에 혼자 무방비 상태로 버려진 2살짜리 아이가 된 기분이었어요. 속에서 전기 같은 토네이도가 휘몰아쳐 그 자리에서 꼼짝도 할 수가 없었어요. 움직일 수도, 어떤 반응을 보일 수도 없었어요. 그렇게 바닥으로 내동댕이쳐지려는 찰나, 카일이 보였어요. 아무 말도 필요하지 않았어요. 그는 나를 보기만 해도 내 눈 저편, 내 슬픈 마음의 파편을 볼 수 있는 것 같았어요. 그는 내 손을 꽉 잡고 그곳을 벗어났어요.

우린 둘 다 그 일에 관해 언급하지 않았어요. 그럴 필요가 없었어요. 우린 캠프장에서 조용히 저녁을 먹기로 하고, 빵과 햄, 치즈, 토마토를 사서 편안한 장소를 찾아 밴을 세웠어요. 그리고 접이식 테이블에서 만찬을 즐겼어요. 카일은 그 어느 때보다 편하게 마음을 터놓았어요. 아마도 나에 대해 더 깊이 알게 되면서 경계를 늦출 용기가 생긴 것 같았어요. 자기 부모님 얘기, 조부모님 얘기, 어릴 때 얘기, 휴가 보낸 얘기들을 들려주었어요. 카일의 가족은 애리조나주에 있는 세도나라는 곳에 자주 간대요. 듣기만 해도 근사하죠. 거기에 외할머니와 외할아버지가 사신대요. 어쨌든 그 시간은… 지금까지 내 인생에서 가장 좋은 순간이었어요. 뭔가 더 큰 것의 일부인 듯한 느낌이 들었고, 가족을 갖는다는 것, 나를 사랑하고 나를 위해 목숨을 바칠 사람들에게 둘러싸여 있다는 것이 어떤 기분인지… 언뜻 엿볼 수 있게 해 주었어요. 그리고 잠시 상상해 봤어요. 더 살 수 있다면, 선천적인 결함이 없는 심장을 갖게 된다면, 그리고 카일에게 그토록 빨리 작별 인사를 하지 않아도 된다면 어떨지를요. 심지어 카일은 제게 더 많은 걸 하고 싶게 만들었어요. 사진 공부를 하고, 그와 함께 세계를 여행하고, 그의 부모님을 알게 되고, 애리조나를, 그리고 그가 말한 그 모든 장소를 방문하고 싶어졌어요. 하지만 무엇보다 그의 옆을 떠나고 싶지 않아요.

그때 베니도름의 그 거리와 그때 느꼈던 괴로움이 떠올랐어요. 그 순간 내 모든 욕망이 휙, 연기처럼 사라져 버렸어요. 왜 더 살아야 할까요? 몇 년 후 그가 더 이상 내게 아무 감정도 느끼지 않게 되거나, 떠난다거나, 그에게 무슨 일이라도 생긴다면, 더 사는 게 대체 무슨 의미가 있을까요? 아니요, 저는 절대 그를 잃을지도 모른다는 두려움 속에서 하루하루를 살 수 없어요. 솔직히, 다른 사람들은 그걸 어떻게 견딜 수 있는지 모르겠어요. 누군가에게 마음을 열고, 자신을 내주고, 지극히 은밀한 부분을 보여주었다가, 또 순식간에 마음이 갈가리 찢어지는 일들을요. 고맙지만, 사양하고 싶어요. 엄마, 엄마는 그런 상실감을 느낀 적이 있으세요? 아마 있으셨겠죠.

그래서 제가 이런 결함을 갖고 태어난 것 같아요. 아니 더 정확하게 말하면, 결함이라기보다는 인간이라면 누구나 피할 수 없는 절망으로부터 보호해 주는 방패일지도요. 그래요, 지금 전 그게 뭔지 절대적으로, 그리고 전적으로 확신해요. 그런데, 이토록 확신하는데, 왜 이 글을 쓰는 제 뺨에는 눈물이 끝도 없이 흘러내리는 걸까요?

카일

오늘 아침, 우리는 목록 마지막에서 두 번째인 엄마 후보를 찾아 알리칸테를 떠났다. 부디 이 사람이 우리가 찾는 미아의 엄마여서 마침내 앨라배마로 돌아갈 수 있으면 얼마나 좋을까. 자격도 없는 엄마를 찾겠다고 죽을 위험까지 무릅쓴 미아가 지치고 상처받는 모습을 보는 게 정말 괴롭다. 최근 미아는 갖고 다니는 약을 많이 먹는다. 그녀 말로는, 그 상태로 안전하게 여행하려면 갖고 가라고 처방해 준 약이라고 한다. 하지만 내가 물을 때마다 늘 괜찮다고만 말한다. 그리고 마치 인생이 삶이란 원래 부질없는 것임을 알게 해 주려는 건지, 미아 휴대전화(내 휴대전화는 이틀 동안 다섯 번이나 신호가 잡히지 않았다)의 GPS를 따라 30분을 달려 간선 도로와 비포장도로를 지난 끝에 결국 우리가 도착한 곳은 인적 없는 외딴곳이었다.

집 한 채, 사람 하나 못 보고 수 마일을 달린 끝에, 우리는 거대한 출입문이 있는 저택에 도착했다. 주변에 수많은 올리브 나무와 과일나무, 자유롭게 풀을 뜯는 말들이 보였다. 내가 철문 앞에 차를 세우자, 미아가 색 바랜 나무 문패를 사진에 담았다. 거기에는 '코르티호 라스 트레스 마리아스(Cortijo las Tres Marías, 트레스 마리아스 농장)'라고 적혀 있었다. 이곳은 우리가 지금까지 가 본 곳과 많이 달라 보였다. 여기 사람들은 부자임이 틀림없었다.

"야," 내가 말했다. "주소 확실한 거야?"

"물론이지. 주소마다 적어도 다섯 번씩은 확인한다고."

나는 미아 말을 믿었다. "좋아, 들어가 보자."

철문이 열렸다. 나는 다시 차를 몰았다.

"잠깐 기다려. 뭐 하는 거야? 불쑥 들어가기 전에 벨부터 눌러야지."

"하지만 벨이 없잖아."

"맞아, 음, 혹시 아무도 누르지 말라고 없는 건 아닐까? 아니면 방해받고 싶지 않거나? 아니면, 아무 때나 들어오고 싶을 때 불쑥 들어오면 안 된다는 걸 너 말고는 모두가 너무 잘 알아서 그런 건 아닐까?"

"괜찮아, 걱정하지 마, 아무 문제 없어."

하지만 내 말은 아무 효과가 없었다. 저택으로 이어지는 모래 깔린 진입로에 들어서자, 미아는 점점 더 좌석 깊숙이 웅크리고 앉았다. "어떻게 그렇게 침착할 수 있는지 이해가 안 가." 미아가 말했다.

"아무렴 뭐 큰일이야 있겠어?"

대체 어느 별에서 왔느냐고 묻는 듯한 표정으로 미아가 나를 바라봤다. "얼마나 큰일이 일어날 수 있는지 목록이라도 만들어 줘?"

미아가 (자기가 생각하는) 최악의 상황을 전부 늘어놓을 새도 없이, 나는 농가로 향하기 시작했다. 하얀색에 U자 형태였고, 짙은 색의 광택 나는 나무 현관문에, 양쪽 끝에는 탑이 세워져 있었다.

"멈춰, 멈추라고." 집이 보이기 시작하자 미아가 소리를 질렀다. "제발, 그냥 차 돌려."

나는 브레이크를 밟았다. 웃음이 터져 나왔다. "미아, 대체 뭐가 문제야?"

"너 뭐야, 안 보여? 저 어마어마하게 큰 저택이 안 보이냐고? 여긴 고급스러운 데잖아. 형편없는 문체이서를 타고 들어갈 순 없어. 만일 저 사람들이 우릴 불량배나 무단 침입자, 강도나 광신교 신자인 줄 알면 어떻게 해? 그리고 지금 당장 경찰을 불러 나를 강제 추방하고 억지로 수술받게 하면 어떡할 거야? 얼른, 대체 뭘 기다려? 당장 차 돌려서 나가자."

와, 기네스 세계 기록에 아마 미아 이름으로 두 개가 한 번에 오른 기록이 있지 않을까? 가장 제정신이 아닌 동시에 가장 말이 빠른 사람으로. "너 진짜 대단하다. 알아? 어떻게 그렇게 순식간에 히스테릭하게 바뀔 수가 있냐? 누가 들어오는 게 싫었으면 문을 열어 놓지도 않았겠지."

"아. 그러셔." 그녀가 비꼬며 말했다. "내 걱정은 전혀 짐작도 하지 못하는구나. 하긴, 만일 그랬다면 지금 당장 횡설수설 있는 대로 호들갑을 떨고 있겠지."

원래는 꿀 색인 커다란 미아의 눈동자가 확대된 동공 때문에 검은색으로 보였다. 나는 무심코 미아의 손을 잡았다. "미아, 괜찮을 거야, 내 말 믿어."

미아도 나만큼 놀란 듯 보였다. 하지만 나는 손을 놓지 않았다. 미아도 손을 뿌리치지 않았다. 미아의 손이 약하게 떨리고 있었다. 그래서 나는 잡은 손에 힘을 주었다. 말로 하기보다는 곧바로 다정함을 느끼게 해 주고 싶어서였다. 평온하고, 안전하고, 집에 있는 것처럼 편안하게 느끼기를 바랐다.

"계속 갈까?" 내가 물었다.

미아가 고개를 끄덕였다. 눈은 빛나고 있었지만, 금방이라도 부서질 듯 연약해 보였다. 가속 페달을 밟으면서 나는 그녀의 손을 잡고 진입로를 따라 앞으로 나아갔다. 그녀에게 손이 닿으면 마치 영원히 끝나지 않을 것 같은 롤러코스터를 탄 기분이 들었다. 이렇게 앨라배마까지도 운전해서 갈 수 있을 것만 같았다. 하지만 내가 바라는 것보다 훨씬 빨리 차가 그 집 앞에 도착했다.

우리는 출입구에서 몇 발자국 떨어진 곳, 100년은 되어 보이는 올리브 나무 아래 차를 세웠다. 미아의 눈이 화려한 아치형 현관을 뚫어지게 바라보고 있었다.

"준비됐어?" 내가 물었다.

미아가 나를 돌아봤다. 미아의 눈이 온갖 질문과 두려움, 갈망으로 가득했다. 한참을 그러고 있은 후에야 미아는 가까스로 고개를 끄덕였다. 미아가 조수석 문을 열면서 조심스럽게 내 손에서 손을 빼냈다. 그 순간 나는 일종의 허무함, 공허감을 느꼈다. 공기보다 훨씬 중요한 뭔가가 빠져나간 기분이었다. 미아가 수술을 받는 날, 그녀와 떨어져 있을 때 어떤 기분이 들지 상상도 할 수 없었다.

결국 초인종을 누른 사람은 나였다. 미아는 몇 걸음 뒤에서 기다리는 편을 택했다. 유니폼을 입은 가정부가 문을 열어 주었다. 그녀의 따뜻한 미소가 기적이라도 일으킨 것인지, 미아도 방긋 웃음을 지었다. 그녀는 우리를 집 안으로 초대해 안쪽의 테라스로 안내했다. 그리고 우리에게 잠시 기다려 달라고 말하며 안주인에게 우리의 방문을 알렸다. 은으로 만든 게 분명한 쟁반에 수제 쿠키와 레모네이드까지 담아서 가져다주기까지 했다. 미아는 음식에는 눈길도 주지 않았다. 안 좋은 신호였다.

그래서 나는 미아가 불안한 생각을 하지 못하도록 내가 아는 모든 걸 털어놓았다. 나는 사실 이런 집에 대해서 알고 있었다. 우리가 스페인에 간다고 했을 때 아빠가 말해 준 것과 거의 같았다. 기본적으로, 이곳은 스페인 남부의 전형적인 저택이었다. 일꾼들은 주인집 근처에 한 채 또는 그 이상의 집에서 거주했다. 이 특별한 저택은 안뜰 한쪽에 마구간, 다른 쪽에 하인들 구역, 그리고 중앙에 본관이 자리하고 있었다.

미아는 한마디도 하지 않고 주의 깊게 듣고만 있었다. 내가 말을 마치자, 미아는 마치 몽유병에 걸린 사람처럼 자리에서 일어나 안뜰을 둘러싸고 있는 오렌지 나무 중 하나로 다가가 꽃향기를 마셨다. "이렇게 달콤한 향기 맡아 본 적 있어?" 미아는 대답을 기다리는 대신 내가 아닌 자신에게 말하듯 중얼거렸다. "금성에도 이런 향기가 있다면 좋겠다. 틀림없이 있을 거야."

나는 이런 주제가 마음에 들지 않았다. 아주 조금도. 그래서 화제를 돌렸다. "이분이 네 엄마면 좋겠다, 진심으로." 그러면 넌 드디어 수술을 받을 수 있을 테고 금성 얘기는 그만하겠지. "이런 곳을 물려받는 것도 꽤 괜찮을 거고."

미아가 나를 보며 눈썹을 치켜떴다. 마치 내가 완전히 핵심에서 벗어난 말을 하고 있다는 듯한 표정이었다. "그렇게 물질만능주의적인 말을 하다니, 너답지 않아."

내가 변명할 새도 없이, 한 우아한 여인이 갈기를 땋은 회색 말을 타고 나타났다. 몇 가지 질문도 하기 전에 우린 그녀가 우리가 찾고 있는 사람이 아님을 깨달았다. 하지만 적어도 우리가 호감을 주기는 한 것 같았다. 이 시골 저택과 말, 올리브나무에 관한 온갖 얘기들을 들려준 후에, 그녀는 우리를 문까지 배웅했다. 그리고 스페인식 환대에 걸맞게 선물 꾸러미를 건넸다. 포도주 여러 병과 올리브유, 직접 농장에서 짠 양젖으로 만든 치즈 한 덩어리가 들어 있었다. 기가 막히게 좋은 냄새에 입안에서 군침이 돌았다. 스페인 만세.

우리 뒤에서 문이 닫힐 때, 나는 미아의 마음속에서도 문 하나가 닫히는 소리가 들리는 듯했다. 미아는 평소와 달리 멍해 보였다. 아마도 실망한 것 같았다. 미아는 천천히 밴으로 걸어갔다.

"야, 왜 그래." 나는 쾌활한 척 말을 걸었다. "이번에도 아니었다는 건, 다음에는 맞을 거라는 의미야. 진짜 멋지지 않아? 마침내 진짜 엄마를 만나게 되는 거야."

표정으로 사람을 죽일 수 있다면, 난 이미 땅속에 묻혀 있을 거다. 내가 지금 무슨 소리를 한 거냐?

"너 괜찮아?" 나는 조심스럽게 물었다.

"그럼, 괜찮고말고." 미아의 어조는 마치 '나 정말 화 많이 났는데, 이유는 말하고 싶지 않아'라고 말하는 듯했다.

"왜 그러는데? 내가 뭐 잘못했어? 내가 한 말 때문에 그러는 거야? 아니면 쿠키 때문에? 나 별로 많이 안 먹었거든?"

미아는 내 말을 무시했다. 그리고 계속 그냥 걸으면서 배낭에서 휴대전화를 꺼내며 말했다. "다음 주소 입력해 줄게. 우리 엄마한테 나를 빨리 떠맡길수록 너는 더 좋잖아. 내가 할 말은 이게 다야."

빌어먹을, 대체 왜 이러는 거야? 속이 꽉 막힌 것처럼 아팠다. 미아가 새침하게 밴에 타는 동안 나는 주방 코너에 선물 꾸러미를 실으며 감정을 억누르려고 애썼다. 그리고 차에서 내려 뒷문을 닫는 순간, 미아의 비명이 들려왔다. "안 돼!"

심장이 쿵쾅거렸다. 나는 뭔가 심각한 일이 생겼음을 확신하며 운전석 쪽으로 뛰어갔다. 미아가 휴대전화를 이리저리 흔들며 신호를 잡고 있었다.

"왜 그래?" 나는 조금 날이 선 말투로 물었다. "내가 널 엄마 집에 더 빨리 데려다주지 못하게 휴대전화가 늑장 부려?"

미아는 입술을 깨물며 눈을 가늘게 뜨고 휴대전화를 노려봤다. "2기가면 열흘 동안 충분하다고 했는데, 다 썼대. 관광객에게 잘못된 정보를 주는 건 금지해야 해. 이제 우리 어떻게 하지?"

"세상이 끝난 것도 아닌데 뭐." 나는 의도한 것보다 더 아무렇지 않게 말했다. "내 전화 쓰면 되지. 며칠 로밍했다고 파산하지는 않을 거야."

"아니, 세상이 끝난 것만 같아. 그리고 만일 네 전화기까지 우릴 버리면, 어떻게 여길 빠져나가지?"

나는 배낭을 뒤져 휴대전화를 꺼냈다. 하지만 화면을 보자마자 내 얼굴에서는 웃음이 가셨다. "젠장, 신호가 안 잡혀."

"뭐, 세상이 끝난 것도 아닌데." 미아가 내 흉내를 내며 말했다.

"내가 진짜 맹세하는데, 집에 가자마자 눈물이 쏙 빠지게 리뷰 남길 거야."

미아는 팔짱을 낀 채 '거봐, 내가 뭐랬어'라는 듯한 표정을 지었다.

"좋아, 그렇단 말이지." 나는 내 화난 모습을 보여 미아에게 만족감을 주기 싫어 이렇게 말했다. "문제없어. 보이스카우트 시절에, 태양만 이용해서 길 찾는 법을 배웠거든. 그러니까 방향만 알려 주면 고속 도로를 찾아갈 수 있어. 북쪽이야? 남쪽? 어느 쪽인지 알아?"

미아가 한숨을 쉬며 배낭을 뒤졌다.

"방향을 몰라도 문제없어." 내가 말했다. "방금 만난 그 여자분한테 지도를 인쇄해 달라고 부탁하면 돼. 언짢아하지 않을 거야."

미아는 내 말은 들리지도 않는지 말 그대로 배낭 안에 머리를 파묻었다. "어디 숨었니?" 그리고 이젠 무생물에 말까지 걸고 있었다.

"거기서 뭘 찾고 있는 건지는 모르겠지만, 진짜로 하는 말인데, 다시 돌아가서 그분한테 부탁—"

"찾았다."

미아가 배낭에서 머리를 꺼내며 의기양양한 표정으로 미국 SIM 카드를 치켜들었다. "늘 대비하라. 보이스카우트에서 그런 거 안 배웠어?"

"너 진짜 최고다. 정말."

"그건 맞아, 흠." 미아가 어쩔 수 없이 인정한다는 듯 어깨를 으쓱하며 말했다.

"얼마 되지도 않는 내 저축액, 로밍 요금으로 다 써 버리지 뭐."

"문명 세계로 돌아가면 SIM 카드 새로 사자." 내가 말했다. 그리고 손가락 세 개를 치켜들며 장난스러운 미소와 함께 덧붙였다. "스카우트의 명예를 위해."

나는 차에 시동을 걸었다. 그리고 차도를 향해 가는 동안, 미아는 SIM 카드를 교체했다. GPS에 일단 새 주소를 입력한 미아는, 휴대전화를 대시보드에 올려놓은 후 내게 등을 돌리며 의자 깊숙이 몸을 웅크렸다.

나는 미아의 입장이 되어 보려고 노력했지만, 쉽지 않았다. 자신을 만나고 싶어 하는지도 모른 채 엄마를 찾아다니는 건 그리 재미있는 일이 아닐 터였다. 게다가 더 재미없는 건, 이번이 빌어먹을 마지막 후보라는 사실이었다. 경찰이 그녀를 찾아다니고 있다는 사실과 그 밖의 모든 문제는 더 말할 것도 없었다. 아마도 속이 말이 아닐 터였다.

"미아." 나는 조심스럽게 입을 열었다.

"응?"

미아는 돌아보지 않았다. 나한테 얼굴을 보이고 싶어 하지 않는다는 느낌이 들었다.

나는 계속 이어서 말했다. "난 네가 아무것도 걱정하지 않았으면 좋겠어, 알았지?" 대답이 없었다. "내가 도와줄 테니까 경찰한테 말하자. 무슨 일이 있었는지 설명하면 돼." 여전히 반응이 없었다. "결국 다 잘될 거야. 두고 봐. 일단 네 수술에 대해 알게 되면, 요란하지 않게 앨라배마로 돌아가게 해 줄 거야."

미아는 고개를 아주 살짝 저었다. 그게 다였다.

"넌 혼자가 아니야, 미아." 속에서 뜨거운 감정이 차오르는 기분을 느끼며, 나는 속삭였다. "절대 다신 혼자 두지 않을 거야."

미아가 보인 유일한 반응은 그저 몸을 더 깊숙이 웅크리는 것뿐이었다. 여전히 고개를 돌린 채로. 미아의 반응을 해석해 보려고 머리를 짜냈지만, 알 수가 없었다. 내가 분명히 알 수 있는 건, 미아가 그것에 대해 얘기하고 싶어 하지 않는다는 것이었다. 그리고 우린 그렇게 네 시간을 보냈다. 미아는 자신만의 세계에 갇힌 채 나와 대화하기를 거부하면서, 그리고 나는 미아의 기분을 어설프게나마 풀어 주기 위해 그녀의 '전 세계에서 내가 가장 좋아하는 가수 노래' 전곡을 튼 채로.

미아

하늘이 맛있는 색으로 가득했다. 분홍, 초록, 노랑, 심지어 푸른 빛도 조금 섞여 있었다. 지금 내가 서 있는 곳은 나무로 된 붉은 색 문 앞이었다. 그 옆에는 아래에 종이 매달린 고풍스러운 새 모양의 쇠 장식이 있었다. 나는 종을 눌렀다. 문이 거의 즉시 열리고, 여자가 나왔다. 나랑 비슷한 모습이었다. 머리 색도 같았고, 눈동자 색도 같았고, 입술도 똑같았다. 단지 나이만 스무 살쯤 더 많을 뿐이었다.

"네, 어떻게 오셨나요?" 그녀가 말끝을 길게 늘이며 말했다.

나는 수많은 얘기를 쏟아 내려 입을 열었지만, 어쩐지 소리가 나오지 않았다.

그녀가 살짝 짜증이 난 듯 팔짱을 끼고 말했다. "여기서 뭐 하고 있는 건지 도무지 모르겠네, 또."

나는 온 힘을 다해 말을 해 보려고 했지만, 여전히 아무 소리도 나지 않았다.

그녀가 내 어깨 너머를 바라보더니, 입술을 말아 올리며 마음을 불안하게 만드는, 심술궂은 미소를 지었다. "드디어 그들이 왔군." 그녀가 말했다. "결코 널 없앨 수 없겠다는 생각이 들길래 불렀지."

나는 겁에 질려 뒤로 휙 돌아섰다. 의사 둘이 다가오고 있는 것이 보였다. 그들은 수술 준비가 끝난 듯 흰 가운과 흰 모자, 장갑을 끼고 있었다. 이럴 순 없었다. 나는 비명을 지르고 싶었다. 카일이 도와줬으면 싶었다. 하지만 목소리가 나오지 않았다. 발이 바닥에 붙었는지, 한 발짝도 뗄 수 없었다. 나는 있는 힘껏 소리를 지르기 시작했다. 하지만 나조차 아무 소리도 들을 수가 없었다. 이건 현실이 아니야. 카일은 어디 있지? 의사들은 점점 가까워졌다. 둘 중 한 사람은 거대한 메스를 들고 있었다. 이 사람들이 내 배를 가르려나 봐. 이 사람들이 내 심장을 열려나 봐. 카일!

"미아?"

뭐지? 나는 눈을 떴다. 카일이 나를 내려다보고 있었다. 나는 숨이 차고 겨드랑이가 땀에 젖어 있었다.

"야, 괜찮아?" 카일이 온화한 목소리로 물었다. 숨이 차던 게 진정되는 느낌이 들었다. "악몽 꾸는 것 같더라니."

나는 그의 팔을 붙잡고 몸을 일으켰다. 여전히 어딘지 알 수 없었다. 내가 아는 건, 그를 봐서 기쁘다는 거였다. 비록 그의 눈이 빛을 조금 잃긴 했지만. 그는 생각이 많아 보였다.

"맞아, 괜찮아." 전혀 괜찮지 않은데 왜 그런 대답이 나오는지 알 수 없었다. "나는……"

나는 창밖을 내다보았다. 나지막한 집들이 있는 마을의 광장 같은 곳이었다. 한쪽 끝에는 깃발 세 개가 걸린 건물이 있었고, 다른 쪽 끝에는 돌로 지어진 교회와 황새 둥지가 있는 종탑이 보였다. 됐다. 우린 지금 지구, 더 구체적으로 말하자면 스페인에 있었고, 그것만큼은 분명했다.

"조금 전에 도착했어." 그가 말했다. "그런데 네가 도통 정신을 못 차리는 것 같아서, 깨우고 싶지 않았어."

점차 기억이 되살아났다. 왜 슬퍼서 가슴이 먹먹했었는지 기억이 났다. 카일은 내가 엄마를 만나는 것을 어떻게 저렇게 기뻐할 수 있을까? 이해할 수가 없었다. 분명 나와 헤어지고 싶지 않다고 했었다. 그리고 경찰에 대해 한 얘기는 다 뭐지? 내 속에 여전히 희미하나마 가느다란 희망이 남아 있었던 모양이었다. 적어도 그는 나를 이해해 줄 거라는 희망, 이 악몽이 현실로 나타나지 않게 그가 막아주리라는 희망. 하지만 아니었다. 그도 그냥 다른 사람들과 똑같았다.

"바로 저기야." 그가 차창 너머로 수수해 보이는 집을 가리키며 말했다. "플라사 마요르, 54번지."

거기에는 낮고 폭이 넓은, 흰색으로 칠해진 집이 있었다. 조잡한 초록색 타일이 주위를 둘러싸고 있었다. 그 집의 모든 게 낯설고 나와 어울리지 않는 것 같았다. 마치 '넌 이곳에 속한 사람이 아니야, 넌 어디에도 속하지 않아'라고 소리 지르는 듯했다. 왜 무엇도 내가 상상했던 대로 되지 않는 걸까? 왜 나는 당연히 느껴야 할 감정을 느끼지 않는 걸까? 평생 이 순간만을 기다렸는데, 그리고 지금 바로 그곳에 왔는데, 조금도 기쁘지 않았다. 나는 카일을 돌아보았다. 그는 조용히 나를 바라보고 있었다. 그의 눈빛에 연민과 슬픔이 가득했다.

"광장에 주차하려고 했는데, 운이 없네. 여기에 온 지 30분이 지났는데 다들 꼼짝을 안 해."

나는 광장 전체가 차와 사람으로 꽉 차 있다는 사실조차 깨닫지 못하고 있었다. 지붕과 가로등마다 작은 깃발이 걸려 있고 발코니마다 화환이 걸린 걸 보니, 무슨 축제 같은 게 열리고 있는 모양이었다. 카일은 불편한 표정으로 운전대에 시선을 고정하고 있었다.

"네가 원한다면 여기서 기다리고 있을게. 너 혼자 가보고 싶어 할 것 같아서. 그 마음 이해해, 그리고……."

하지만 그의 목소리는 그가 하는 말과 맞지 않았다. 바로 내가 듣고 싶은 말, 나를 혼자 두고 싶지 않다는 말이 그 목소리에 담겨 있었다.

"같이 갈래?" 내가 물었다.

아쉬움 가득했던 눈빛이 크고 환한 미소로 바뀌었다. 그가 고개를 끄덕였다. "골목길에 주차할 데가 있을 거야." 그가 시동을 걸며 말했다. "미리 돌면서 몇 군데 봐 뒀거든."

광장을 지나가는 동안, 우리 사이의 침묵은 서로 말하지 않은 수많은 감정과 생각이 쌓여 귀가 먹먹할 정도로 크게 느껴졌다. 첫 번째 골목길로 들어서자 한 자리가 눈에 띄었다. 수녀님이 운전하는 형광 녹색 밴 한 대가 막 나가려는 참이었다. 카일은 몇 피트 떨어진 곳에 차를 세우고 그 차가 이동하기를 기다렸다. 우리 사이의 침묵은 점점 더 무겁고 팽팽해졌다. 가슴이 터질 것만 같았다. 그가 주차 자리에 차를 세우고 핸드 브레이크를 채웠다. 내 안에서 찢어지는 듯한 고통이 느껴졌다. 브레이크 소리가 마치 끝을 알리는 신호 같았다. 그와 나, 우리가 함께 했던 게 다 일장춘몽처럼 여겨졌다. 그가 나를 바라봤다. 나도 그를 바라봤다. 어떻게 보지 않을 수 있을까? 그가 떠날 때 어떻게 그를 보지 않고 참지? 내가 떠날 때는?

"음…… 우리 여정은 여기서 끝인가 보네." 카일이 미소 지으며 말했다. 하지만 슬픔을 감추지는 못했다.

나는 적절한 말을 찾으려고 노력했다. 그가 내게 얼마나 큰 의미인지를 분명하게 보여 주는 말, 그러면서도 그가 내게 얼마나 큰 의미인지를 드러내지 않는 말. 하지만 너무 혼란스럽고 약 때문에 멍해서, 내가 할 수 있는 건 고개를 끄덕이는 게 전부였다.

"너하고 네 엄마는 할 얘기가 정말 많겠지……." 그가 운전대를 쓰다듬으며 말했다. 그 손길이 내 온몸을 스치는 듯한 느낌이 들었다. "혹시 다시 말할 기회가 없을지도 모르니까 지금 할게, 고맙다고 말하고 싶었어, 미아." 그의 강렬한 눈빛에 내 마음속의 얼음이 녹아내리는 듯했다. "이 여행도, 이런 날들을 너와 함께 보낼 수 있게 해 준 것도, 나에게 마음을 열어 준 것도, 그리고 또─"

안 돼, 듣고 싶지 않았다. 들을 수 없었다. "그만, 카일, 제발." 나는 손을 그의 입술에 가져다 댔다. 그가 멈추지 않는다면 나는 그의 품에 안겨 울음을 터트릴지도 몰랐다.

그가 내 손을 입에서 떼어 냈다. 그 손길이 너무 따뜻해서 나는 마음이 약해졌다. "아니, 미아, 나는 말 해야겠어. 네가 날 구했다는 걸 알려 줘야지." 그는 이제 더 강렬한 눈빛으로 나를 바라봤다. 테네시강이 범람하듯 그의 눈에 눈물이 고였다. "그리고 나는 지금 폭포에서 만난 그날만 얘기하는 게 아니야."

아니, 안 돼, 나는 감정을 주체하기가 힘들어졌다. 그냥, 이런 얘기는 더 들을 수가 없었다. 나를 힘들게, 정말 힘들게만 할 뿐이었다. 그런 말들은 내게 혹시나 하는 마음을 품게 했다.

"제발 그만해." 나는 피가 날 정도로 입술을 세게 깨물었다.

그리고 대답할 틈을 주지 않고 초인적인 힘으로 문을 열었다. 내 평생 가장 힘든 일이었다. 에베레스트산 등반도 방금 내가 한 일에 비하면 어린애 장난에 불과할 것 같았다. 온몸이 절규했다. 그냥 있으라고, 팔로 그를 껴안으라고, 그에게 키스하라고, 영원히 그의 옆에 있으라고. 하지만 나는 그럴 수 없었다. 내게 '영원'은 너무나 짧았다. 그 사실이 뜨겁게 달궈진 칼처럼 내 마음을 아프게 했다. 나는 말로 다 표현할 수 없을 정도로 그를 사랑했다. 이럴 수가. 방금 내가 이런 말을 생각해 냈다고?

땅을 딛자마자 쏟아지는 태양에 눈이 부시고 정신이 흐릿해졌다. 나는 눈에서 눈물을 닦으며 낯선 분노를 몰아내기 위해 노력했다. 카일이 내 옆에 나타났다. 그리고 그와 함께 내 발밑에 땅이 다시 나타났다. 그렇게 우리는 나란히 걷기 시작했다. 이 순간이 영원히 계속되길 바랐다. 하지만 너무 빨리 끝났다. 나는 하늘을 올려다보며 햇빛에 가려 모습을 감춘 별들을 향해 빌었다. 나를 도와 달라고, 기적을 일으켜 달라고, 내 안의 타는 듯한 고통을 멈춰 달라고. 하지만 효과가 없었다.

그 문, 평생 그려 왔건만 이제는 과연 두드리고 싶은지 확실치 않은 그 문턱 앞에 우리는 멈춰 섰다. 나는 초인종을 가만히 응시했다. 누를 수가 없었다. 누르고 싶지 않았다. 더 이상 내가 원하는 게 뭔지 알 수 없었다.

"내가 해?" 카일이 손가락을 초인종에 가져다 대며 물었다.

나는 갈피를 잡을 수 없었다. 하지만 결국 고개를 끄덕였다. 카일은 아주 천천히 그 하얀색 버튼을 눌렀다. 그 역시 이 순간이 끝나길 원치 않는 듯했다. 딩-동 소리가 생각보다 크게 울렸다. 나는 흠칫 놀랐다. 그리고 수많은 질문을 품은 채 그를 바라봤다. 그는 내 눈만 보고도 안다는 듯 고개를 끄덕이며, 다 괜찮을 거라고 말했다. 하지만 괜찮지 않았다. 아무것도 괜찮지 않았다. 문 뒤에서 발소리가 빠르게 다가왔다. 그 소리에 나는 심장이 뛰었다. 잠금장치가 열리는 소리가 들렸다. 어떻게 하는게 더 좋은 판단인지 알면서도 나는 그의 손을 잡았다. 그의 손길을 느끼고 싶었다. 그가 잡은 손에 힘을 주며 나를 안심시켰다. 마음이 편안해졌다. 문이 열렸다. 그녀였다. 그녀여야 했다. 체크무늬 앞치마와 울 슬리퍼는 내 취향이 아니었지만, 그녀의 얼굴, 그녀의 머리카락, 그녀의 키, 모든 게 나였다. 나이만 조금 더 많을 뿐이었다. 카일이 나를 살폈다. 흥분되는지 그의 눈이 웃고 있었다.

"시(¿Sí, 네)?" 여자가 조금 어리둥절한 표정으로 물었다.

나는 입을 열었지만 무슨 말부터 해야 할지 알 수 없었다. 아무 생각도 나지 않았다.

"마리아 아스티예로스(María Astilleros)?" 카일이 나를 대신해 물었다.

"라 미스마(La misma, 전데요)." 여자가 대답했다. "키엔 메 부스카(¿Quién me busca, 절 찾아오셨나요)?"

"귀찮게 해 드려서 죄송합니다." 카일이 말을 이었다. "영어 할 줄 아세요?"

"예전 같진 않지만 조금은요. 미국에 1년 동안 교환 학생으로 다녀온 이후로는 별로 쓸 일이 없었거든요."

"저……." 나는 가까스로 말을 내뱉었다. "누굴 좀 찾고 있는데 요……." 또다시 혀가 꼬이기 시작했다.

카일이 끼어들었다. "2007년 봄에 혹시 앨라배마에 계시지 않았나요?"

너무 직설적이었다. 나는 그의 손을 잡아당겼다.

"앨라배마라고요?" 여자가 찡그리며 되물었다. "아니요, 뉴욕 북부에 있는 대학이었어요."

왜인지는 모르겠지만, 갑자기 안도감이 밀려왔다. 심지어 다 시 말도 할 수 있게 되었다. "정말 죄송하게 됐네요." 나는 한걸 음 뒤로 물러나며 말했다.

이번에는 카일이 내 손을 잡아당기며 '대체 왜 그래?'라고 묻 는 표정으로 나를 흘깃 바라봤다. "확실한 건가요?" 카일이 여 자에게 물었다. "혹시라도 거기에 있는 동안 여자아이를 낳거 나 하지는 않았죠?"

나는 손톱으로 그의 손바닥을 눌렀다. 여자가 웃음을 터트렸 다. 다행히. "아니, 웃어서 미안해요. 난 아이를 가질 수 없어요.

갖고 싶긴 하지만요. 그런데 왜 그런 걸 묻죠?" 그때 여자의 시선을 우리 등 뒤의 뭔가가 사로잡았다. "이상하네." 여자가 말했다. "무슨 일이지?"

카일과 나는 동시에 돌아섰다. 경찰관 네 명이 차에서 내리고 있었다. 그중 한 경찰관의 손에 GPS 장치가 들려 있었다. 그들이 우리 쪽을 가리켰다. 이런.

"아, 젠장." 카일이 말했다. 나도 전적으로 같은 생각이었다. "널 어떻게 찾았지?" 카일은 다시 여자를 돌아봤다. "제발, 저희 좀 도와주세요. 부탁합니다."

그 여자는 당황스러워하며 이마를 찌푸렸다.

"우린 아무 잘못도 안 했어요, 맹세해요." 카일이 말했다. "우린 그냥 미아의 친엄마를 찾고 있는 거예요."

경찰들이 가까워지고 있었다.

"정말이에요. 나도 맹세해요. 제발 도와주세요. 저들이 날 찾으면 체포해서 다시 앨라배마로 돌려보낼 게 뻔해요. 하지만 난 지금 돌아갈 수 없어요. 엄마를 찾기 전엔 안 돼요. 제발, 제발요."

여자가 우리를 가만히 응시했다. 우리가 한 말들을 이해하려 애쓰는 듯했다. 그때 여자가 다가오는 경찰관들을 보더니, 문을 활짝 열면서 말했다. "들어와요. 빨리. 뒷문이 있어요."

우리는 얼른 안으로 뛰어 들어가 문을 닫았다.

카일

우리는 길고 어두운 복도 끝까지 손을 잡고 뛰었다. 양쪽에 문이 있었다. 그러다 미아가 뒤처지기 시작했다. 나는 돌아섰다. 미아의 얼굴이 창백하다 못해 거의 파르스름해져 있었다. 게다가 숨도 제대로 쉬지 못했다.

"미아!" 나는 겁에 질린 목소리로 소리쳤다.

미아의 눈에 공포가 어렸다. 나는 한쪽 팔은 미아의 무릎 아래에, 다른 한쪽 팔은 미아의 허리를 감싸고 두 팔로 안아 올렸다. 미아는 순순히 내 목을 꼭 끌어안았다. 그리고 빨리 탈출할 수 있도록 나를 도우려는 듯 몸을 내게 밀착했다.

"미안해." 미아가 중얼거리며 얼굴을 내 어깨에 기댔다.

"내가 여기서 데리고 나가 줄게, 미아." 내가 말했다. 결심하고 나니 분노가 치밀어 올랐다. "맹세해."

안뜰로 이어지는 아치형 문을 지나는 순간 초인종이 울렸다.

나는 목덜미에 소름이 돋았다. 우리는 간절한 눈빛으로 서로를 흘깃 보았다. 안뜰에는 중앙에 우물이 있었고, 수십 개의 화분과 자질구레한 물건들이 널려 있었다. 그런데 뒷문이 보이지 않았다.

"함정인가 봐." 미아가 훌쩍이며 말했다. "카일, 이 여자가 경찰에 우리가 있다고 말하고 있어."

"아니야, 미아. 이 여자는 우릴 돕고 싶어 해. 확실해."

나는 미아가 살면서 대체 무슨 일들을 겪었기에 그런 식으로 생각하는지 궁금했다. 복도 반대편 끝에서 현관문이 열리는 소리와 함께 스페인어로 대화하는 소리가 들렸다. 나는 여자의 긴장한 듯한 응대 소리를 들으며 필사적으로 뒷문을 찾았다. 그때 복도를 따라 우리 쪽으로 달려오는 발소리가 들렸다.

"저기야!" 미아가 소리쳤다. "저쪽에!"

미아가 안뜰 한쪽 구석, 오래된 냉장고가 있는 자리를 가리켰다. 나는 그쪽으로 달려갔다. 좋았어. 냉장고 뒤에 먼지와 거미줄에 가로막힌 문이 하나 있었다. 열쇠는 자물쇠에 꽂힌 상태였다. 마치 미리 연습이라도 한 것처럼, 내가 무릎을 살짝 굽히자 그 순간 미아가 동시에 열쇠를 자물쇠에서 빼냈다. 그런데 문이 열리지 않았다. 경첩이 오래되어 고장 난 게 분명했다.

"덴테간세(¡Denténganse, 멈춰)!" 누군가가 우리 뒤에서 소리쳤다.

나는 돌아보지 않았다. 미아는 돌아보았다. 미아의 얼굴이 겁에 질렸다. 무릎이 아파서 죽을 지경이었지만, 나는 한 걸음 물러나 발로 문을 세게 쾅 찼다. 문이 열렸다.

"달려, 카일, 달려!" 미아의 가느다란 팔이 내 목을 너무 세게 끌어안아서 나는 거의 숨을 쉴 수가 없었다.

나는 밖으로 뛰쳐나왔다. 바로 뒤에서 경찰관들이 바짝 쫓는 게 느껴졌다. 나는 문을 닫고 거기에 등을 기댔다. 미아의 몸이 내게 꼭 붙어 있었다. 그들이 문을 밀어댔다. 나는 문이 절대 열리지 않도록 온 힘을 다했다. 그러는 동안 미아는 팔을 뻗어 열쇠 구멍에 다시 열쇠를 넣고 문을 잠갔다. 미아가 몸을 일으켰다. 순간 우리의 눈이 마주쳤다. 그리고 빠르게 시선이 오갔다. 너무나 순식간에 일어난 일이라 어지러웠다. 문 반대편에서 거센 발차기가 경첩을 뒤흔들었다. 공포가 미아의 여린 몸을 훑고 지나갔다.

"괜찮아." 나는 내 목에서 낼 수 있는 가장 태연한 목소리로 말했다. "밴을 타고 여기서 당장 빠져나가자."

미아가 고개를 끄덕였다. 하지만 미아의 얼굴은 그녀가 별로 확신하지 못하고 있음을 말해 주고 있었다.

나는 위치를 파악하려고 애썼다. 밴은 좌측으로 몇 피트 떨어진 곳에 주차되어 있었다. 하지만 만약 경찰들이 되돌아가서 현관문으로 나온다면, 우린 바로 그들과 맞닥뜨리게 될 게 뻔했다. 그러면…….

"저쪽이야." 미아가 거리 끝에서 서로 평행을 이루며 뻗어 있는 도로를 가리키며 소리쳤다. 미아의 감각은 나보다 더 빨리 반응하는 게 분명했다. 사실상 나는 보지도 않고 미아를 안은 채 길을 건넜다. 분수에 맞지도 않게 화려한 차를 몰고 가던 어떤 바보가 분통을 터트리며 경적을 울려대기 시작했다. 나는 그를 무시하고 곧장 짧고, 좁고, 평행으로 나 있는 도로로 향했다. 경찰이 결국 발로 문을 부수는 소리가 들려왔다. 그런 다음엔 고함과 발소리가 이어졌다. 미아는 계속 떨고 있었다.

"저놈들, 경찰 영화를 너무 많이 봤나 봐."

"카일, 저기 봐!"

우리가 평행한 도로 끝에 도착했을 때, 수직으로 만나는 도로에서 경찰차가 갑자기 튀어나왔다. 나는 얼어붙고 말았다. 고함치는 소리와 발소리가 우리 뒤에서 빠르게 다가오고 있었다. 나는 돌아서서 가능한 선택 사항들을 따져봤다.

"여기야, 카일, 여기."

이번에도 미아가 나보다 먼저 반응했다. 미아는 어떤 교회 건물 내부의 작은 안뜰로 이어지는 철제 울타리를 가리켰다. 그 안뜰로 뛰어가는데, '콘 벤토 데 라스 카르멜리타스 데스칼사스 (Con vento de las Carmelitas Descalzas, 맨발의 가르멜 수도회의 바람과 함께)'라고 쓰인 표지판이 얼핏 보였다. 미아는 성모 마리아상을 보더니 잔뜩 긴장했다. 마리아상은 오랜 세월 습한 공기에 시달려 색이 어두워져 있었다. 나는 건물 입구로 이어지는 세 개의 계단을 올라가 어깨로 문을 밀어 열었다.

우리가 들어선 곳은 어느 오래된 성당이었다. 기다란 스테인드글라스 창을 통해 가느다란 빛줄기가 새어 들어왔다. 그곳에서는 밀랍과 먼지, 오래된 나무 냄새가 났다. 우리 뒤에서 문이 삐걱 소리와 함께 닫혔다. 순간 한기가 느껴졌다. 나는 미아를 벤치에 내려놓고 주위를 훑어봤다. 나무로 된 긴 좌석과 파이프오르간, 십자가에 못 박힌 예수상, 그리고 기분 나쁜 정적 속에서 우리를 내려다보는 열두 개의 조각상들이 보였다. 제단 뒤에 문이 하나 있었지만, 내가 찾는 문은 아니었다. 적어도 지금은 그랬다.

"카일, 허비할 시간이 없어. 가자. 뭐 하는 거야?"

"시간 끌고 있지." 내가 말했다. "저들의 속도를 늦춰야 해."

우리 사이에는 말이 필요 없다는 듯 미아가 고개를 끄덕였다. 내 계획을 파악한 모양이었다. 나는 그걸 실행에 옮겼다. 출입구 옆에 낡고 단단한 나무 탁자가 보였다. 조각된 묵직한 다리와 엄청나게 큰 상판을 보니 무게가 상당할 것 같았다. 무릎에 거의 힘이 없었지만, 그래도 온 힘을 다해 그 탁자를 힘껏 밀었다. 마치 단단한 콘크리트 덩어리 같았다. 문밖에서 사람들이 고함치는 소리가 들렸다. 탁자에 몸무게를 실어 밀어 봤지만 꼼짝도 하지 않았다. 찌르는 듯한 통증이 무릎을 스쳤다.

"카일!"

겁에 질린 미아의 목소리가 들렸다. 순간 확 이상한 느낌이 들었다. 힘이 솟는 느낌, 초인적인 힘이 솟구치는 느낌이었다. 마치 마블과 DC 코믹스 속 슈퍼 영웅들의 힘이라도 얻은 것처럼, 나는 내 근육이 낼 수 있는 것보다 훨씬 더 큰 힘으로 한 번 테이블을 밀었다. 문이 열리려고 했다!

"으아아!" 나는 소리를 지르며 맹렬하게 탁자를 밀었다. 탁자가 움직이기 시작했다.

"카일, 서둘러!"

나는 그들이 쳐들어오기 바로 직전에 탁자를 밀어 막았다.

"폴리시아(¡Policía, 경찰이다)!" 그들이 소리쳤다. 예의 따위는 어디에도 보이지 않았다. "문 열어."

미아가 일어서서 나를 바라봤다. 나는 여전히 숨을 헐떡이며 미아에게 물었다. "도대체 어떻게 널 찾았지?"

미아는 고개를 흔들며 생각해 내려고 애썼다. 그러다 눈을 휘둥그레 떴다. 갑자기 뭔가 조금 당황스러운 사실을 깨달은 모양이었다. 경찰이 문을 밀고 두드렸지만, 탁자는 바닥에 못 박힌 듯 꼼짝도 하지 않았다.

"내 SIM 카드." 미아가 말했다. "미국에서 가져온 SIM 카드로 갈아 끼웠을 때 추적하기 시작한 게 틀림없어." 미아가 자기 이마를 손바닥으로 치며 말했다. "어쩌면 그렇게 멍청할 수가 있지?"

"그런 걸로 자책하지 마." 내가 말했다. "셜록도 현대의 기술은 별로 사용하지 않았어."

초조한 표정으로 겨우 미소를 지으며, 미아는 마치 핀 없는 수류탄이라도 되는 듯 휴대전화를 꺼내 SIM 카드를 제거했다.

"가자." 나는 미아의 손을 잡고 제단 쪽으로 끌고 갔다. "여기서 나갈 다른 방도를 찾아야 해."

통로를 따라 걸어가다가 미아는 '기부함'이라고 적힌 상자에 자신의 SIM 카드를 던져 넣었다. "이제 어디 한 번 쫓아 와 봐라, 깡패들아!"

출입구 밖에서 미친 듯 두드리고 고함치는 소리에 나는 얼굴에서 웃음기가 싹 가셨다.

"아브란 라 푸에르타(¡Abrán la puerta, 문 열어)!" 그들이 소리쳤다. "에스탄 데테니도스(Están detenidos, 너희들은 갇혔어)."

제단 뒤에 있는 문에 다다랐을 때, 나는 다시 미아를 안아 올리려고 허리를 숙였다. 하지만 미아는 손으로 나를 물리쳤다. "괜찮아, 정말." 미아가 말했다. "걸을 수 있어."

하지만 눈을 내리뜨고 있는 걸 보니 그 말을 믿을 수 없었다. 나는 어쨌든 안아 올렸다. "일단 이 진창에서 빠져나가면 얼마든지 걷고 싶은 만큼 걷게 해 줄게." 미아는 망설였다. 나는 미아의 눈을 똑바로 들여다보며 말했다. "다시 재발하기라도 하면 완전 끝이야. 정말 앨라배마로 돌려보내지고 싶어?"

효과가 있었다. 미아는 저항을 멈췄을 뿐 아니라 뒷문 여는 것도 도왔다. 경찰들이 고함치는 소리가 한층 커졌다. 우리는 제의실처럼 보이는 곳으로 들어갔다. 좁은 복도처럼 생긴 그곳은 양쪽에 옷을 걸어 둘 수 있는 보관대가 있었고, 사제복이 걸려 있었다. 나는 정 반대쪽 끝에 있는 또 다른 출구로 내달렸다. 그곳으로 나가자 모두 비슷하게 생긴 문들이 늘어선 긴 복도가 나왔다. 그중 문 하나가 열려 있었다. 미아가 내 팔을 두드렸다. 문 안쪽을 들여다보니 좁은 침대 하나, 서랍장 하나, 그리고 검은색 나무로 만들어진 1인용 기도 의자가 있었다.

"저기로 들어가자." 미아가 전전긍긍하며 말했다. "숨어야 해."

나는 그러는 대신에 속도를 올려 계속 걸었다. "저 두 경찰이 문 부수고 들어오면 여기부터 구석구석 수색할 게 뻔해."

미아는 말없이 나를 바라봤다. 하지만 눈은 도와 달라고 비명을 지르고 있었다. 똑같이 그런 눈으로 바라보지 않으려 애쓰면서 나는 말했다. "저 로보캅 팬들이 따라붙기 전에 밴으로 돌아가야 해."

오른쪽으로 굽어진 복도를 따라가니 두 개의 나무 문이 나타났다. 미아는 숨을 깊이 쉬었다. 하지만 공기가 폐에 걸린 듯 숨이 쉬어지지 않는 것 같았다. 무력감과 미아를 잃을지도 모른다는 두려움이 폭뢰처럼 나를 괴롭혔다. 나는 문 앞에 섰다. 그리고 가능한 한 조심조심 미아를 내려놓고 손을 잡았다.

문을 열자 갓 구운 쿠키 냄새가 코를 자극했다. 이곳은 주방이었다. 수녀님들이 쿠키 쟁반을 오븐에서 꺼내고 있었다. 쿠키를 포장하고, 한쪽 구석에서 반죽을 치대고, 커다란 돌로 된 개수대에서 설거지하는 수녀님들도 있었다. 우리가 들어서자 그들 모두 얼어붙었다. 하지만 얼굴이 다들 어찌나 무표정한지, 나는 순간 오싹해졌다. 미아가 내 손을 꽉 쥐었다. 저 멀리 안쪽 끝에 문 두 개가 더 보였다. 둘 중 하나는 밖으로 이어져 있어야 했다.

"안녕하세요." 미아가 천사 같은 목소리로 인사를 건넸다. 미아는 그런 걸 정말 잘했다. "길을 잃었는데, 여기서 나가는 다른 방법이 있나요?"

주방 뒤쪽으로 멀리서 경찰차 사이렌 소리가 들려왔다. 빌어먹을, 벌써 뒤쪽에 와 있는 게 틀림없었다. 미아의 눈이 뭐라도 해 보라고, 자신을 버리지 말아 달라고 애원하고 있었다.

"제발, 자매님들, 제발 부탁드립니다." 나는 가장 친한 친구를 죽인 적 없는, 죄 없는 사람 같은 표정으로 물었다. "저희 좀 도와주세요. 저흰 아무 잘못도 하지 않았어요." 적어도, 미아는 잘못한 게 없었다. "그리고—"

"저흰 사랑하는 사이예요." 미아가 말을 받아 약간의 극적인 요소를 집어넣었다. "함께 도망치는 중이에요. 부모님이 반대하셔서요. 그런데 경찰에 신고하시는 바람에……."

미아는 그들의 혼란스러운 표정을 보고 한 마디도 알아듣지 못한다는 사실을 깨닫자 입을 다물었다. 다른 방문이 열리는 소리가 들려왔다. 남자들이 스페인어로 떠드는 소리도 들려왔다. 미아가 숨을 헐떡이기 시작했다. 내 손을 잡은 미아의 손이 축축했다. 우리는 돌아서서 나가려고 했다.

"아니요." 단호하고 완고한 노파의 목소리였다. "세 안 에키보 카도 데 푸에르타, 라 티엔다 에스타 알 오트로 라도(Se han equivocado de puerta, la tienda está al otro lado, 거긴 잘못된 문이에요. 식료품 저장실은 다른 곳에 있어요)."

우리는 다시 돌아섰다. 두꺼운 안경을 쓴 한 나이 든 수녀가 주방 안쪽 끝에서 우리에게 말하고 있었다. 다른 수녀들은 마치 그녀가 좋아하는 TV를 막 끄기라도 한 것처럼 그녀를 쳐다봤다.

"벵간 콘미고. 레스 아콤파냐레 아 라 살리다(Vengan conmigo. Les acompañaré a la salida, 따라와요. 출구까지 안내해 줄게요)." 그녀가 말했다. 그런 다음 크고 분명한 영어로 덧붙였다. "이쪽으로, 빨리."

미아

한 가닥 희망에 내 병든 심장이 진정되었다. 수녀님을 따라 주
방 반대쪽 문으로 가는 동안, 카일은 내 손을 꽉 움켜잡았다. 마
치 나를 잃을까 봐 두려운 사람처럼, 그리고 마치 내가 갑자기
허공으로 사라지기라도 할 것처럼. 우리는 나무 선반에 쿠키 상
자가 가득 진열된 저장실로 들어갔다. 내 통증만 아니라면 그야
말로 천국이었다. 한 걸음 내디딜 때마다 숨이 점점 더 막혀왔
다. 마치 내 시간이 다 끝나기도 전에 나를 세상에서 나가떨어
지게 하려는 주먹질 같았다. 겁이 났다. 이렇게 무서운 적은 처
음이었다. 여기서 죽을 순 없었다. 이런 식으로는 싫었다. 아직
은 안 될 일이었다.

　내 상태를 감지한 듯 카일이 나를 돌아봤다. 카일의 밝은 눈
에 걱정의 빛이 희미하게 비쳤다. 그는 아무 말도 하지 않았다.
아니, 말할 필요가 없었다. 그냥 팔로 나를 안아 올렸다. 나도 모

르게 눈에 눈물이 차올랐다. 수녀님이 돌아서서 두꺼운 갈색 안경을 통해 우리를 바라봤다. 그리고 잠시 나를 관찰했다. 주의 깊게, 그리고 감동한 눈초리로. 마치 하나도 맞지 않을 정보를 조각조각 모으려 애쓰는 모습이었다. 경찰의 퉁명스러운 목소리와 발소리가 우리가 방금 지나온 문에 가까워졌다.

"빨리 가세요, 빨리." 수녀님이 복도 끝에 있는 문을 가리키며 속삭였다. "이쪽이에요."

카일이 그녀를 따라 문을 지나자, 그녀가 문을 닫아걸었다. 그런 다음 좁은 복도를 따라 걸어가니, 돌 아치로 둘러싸인 안뜰이 나왔다. 카일의 발소리가 으스스한 그곳의 정적을 깼다. 돌 하나하나, 기둥 하나하나가 내가 알지 못하는 비밀을 품고 있는 듯했다. 카일의 심장이 쿵쾅거리는 게 몸으로 전해졌다. 불안감에 점점 더 빨리 뛰는 듯했고, 그와 동시에 아쉬운 듯했다. 내가 느끼기에는 그랬다. 그가 앞으로 나아가는 동안, 나는 그의 어깨에 기댔다. 이상하게도 마음이 편안했다. 벽도, 경계도 없는 집에 있는 기분이었다.

수녀님이 아치 중 하나를 통과했다. 카일은 그녀를 따라 문이 없는 작은 예배당으로 들어갔다. 안에는 좌석이 여덟 개뿐이었고, 간소한 제단과 고해소가 있었다. 눅눅함과 향이 뒤섞인 그곳의 냄새에 순간 소름이 끼쳤다. 나는 카일의 목에 코를 묻었다. 수녀님이 제단 위로 성큼성큼 걸어 올라갔다.

"여기서 뭐하는 건가요?" 카일이 조금 경계하며 물었다. "저들이 우릴 찾아낼 거예요."

수녀님은 돌아보지 않고 대답했다. "자신을 인도하는 계단을 믿어요, 젊은이."

카일이 얼굴을 찡그리며 나를 바라봤다. 하지만 제단 반대편으로 그녀를 따라갔다. 바닥에, 낡은 붉은색 양탄자 아래에, 작은 문이 하나 있었다. 여기서부터 모든 일이 빠르게 연달아 이루어졌다. 카일은 나를 내려놓은 다음 그 문을 열었다. 그리고 수녀님을 뒤따르며, 끝이 보이지 않는 그 가파른 계단을 내려갈 수 있도록 나를 도와주었다. 다행스럽게도 계단에는 끝이 있었다. 나는 다시 카일의 품에 안겼다. 우리는 그물망 같은 지하 복도를 통과했다. 수녀님이 옆에서 걸으며 휴대전화로 불빛을 비추어 주었다. 마치 고대의 비밀스러운 장소를 지나는 기분이었다. 눅눅한 흙냄새가 났다. 세월이 흘러가다 말고 그대로 멈춘 듯했다.

가끔 카일은 한 번씩 나를 힐끗 보았다. 내가 괜찮은지, 정신을 잃는 건 아닌지 확인하고 싶은 듯했다. 수녀님도 마찬가지였다. 소리로 미루어 볼 때, 그녀는 숨죽여 기도문을 외우고 있었다. 가슴의 통증은 가라앉고 있었지만, 수녀님은 지쳐 보였다. 상기된 얼굴이 땀으로 번들거렸다. 마침내, 복도 저 끝에 문이 하나 보였다. 가까이 다가가자, 감정이 전혀 섞이지 않은 말투로 기도문을 암송하는 근엄한 남자 목소리가 들렸다. 세인트 제롬에서 들었던 목사의 설교와 비슷했다. 수녀님이 문 앞에서 걸음을 멈췄다.

"몸은 좀 어때요?" 그녀가 숨차하며 물었다.

카일은 마치 내 대답에 자신의 목숨이 달려 있다는 듯한 표정으로 나를 바라봤다. 나는 할 수만 있다면 눈에 띄지 않고 싶다고 간절히 바라며 고개를 끄덕였다.

"걸을 수 있겠어요?" 수녀님이 물었다. "그렇지 않으면 사람들의 이목을 끌 거예요."

"아, 물론이에요." 나는 카일에게 내려 달라고 손짓했다. 하지만 그는 그러고 싶지 않은 듯했다. "그냥 숨 좀 고르고 있었던 거야." 나는 주장했다. "이젠 괜찮아."

두 사람은 못 믿겠다는 표정을 지으며 마주 봤다. 그때 카일이 나를 내려 주며 내 손을 꽉 쥐었다. 그 힘이 너무 세서, 마치 죽음 자체를 부인하고 싶은 것 같은 느낌을 주었다.

"내가 먼저 나갈게요." 수녀님이 말했다. "경찰이 밖에 있을 수도 있으니까."

나는 고개를 끄덕였다. 우리는 수녀님이 천천히 문을 열고, 숨을 깊이 들이마신 후, 성호를 긋고, 걸어 나가는 모습을 지켜봤다. 카일이 기진맥진한 표정으로 한숨을 쉬었다. 나는 하나, 둘, 셋, 그리고 일곱까지 숫자를 세기 시작했다. 그때 수녀님이 돌아왔다.

"아무도 없어요." 그녀가 말했다. "신께서 당신들과 함께하시기를 빌겠어요."

"정말 감사합니다." 카일이 말했다.

"저희가 영원히 빚을 졌어요." 내가 덧붙였다.

"아니요, 도울 수 있게 해 줘서 내가 고마워요." 그녀가 흔들림 없는 눈빛으로 카일을 돌아보며 말했다. "신께서는 당신의 모든 행동에 거하십니다. 무슨 실수를 하든, 무슨 실수를 했든 상관없이요."

순간 카일은 목이 메는 듯 보였다. 그녀는 문 뒤로 사라지기 전 우리에게 마지막으로 미소를 지어 보였다. 내가 막 나가려는데, 카일이 막아섰다.

"너 정말 괜찮은 것 맞아?" 그가 물었다. "원한다면 어두워질 때까지 여기서 쉬어도 되고. 그리고—"

"나는 단 1초도 여기에 더 머물 수 없어." 나는 그에게 말했다. 그리고 그의 손을 잡아당겨 고해소 뒤에 숨어 있던 문밖으로 나갔다. 그곳은 성당이었다. 가장 좋은 옷을 차려입은 사람들이 가득했다.

"포데이스 이르 엔 파스(Podéis ir en paz, 안심하고 돌아가셔도 됩니다)." 사제가 슬프고도 엄숙한 말투로 말했다.

미사가 끝난 모양이었다. 모두 일어나서 출입문 쪽으로 가고 있었다. 우리는 사람들 속에 섞여 두 개의 나무 문을 통과해 거리로 나왔다. 우리는, 내가 엄마일지도 모른다고 생각했던 바로 그 여자네 집 맞은편 광장으로 돌아와 있었다. 성당 앞에 경찰차 한 대가 서 있었다. 그리고 경찰관 한 명이 차에 기대선 채 무전기에다 대고 뭐라고 말하고 있었다. 기분이 좋지 않아 보였다.

"맙소사, 저 사람 보여?"

대답 대신 카일은 웃고 떠들면서 걸어가는 한 십 대 무리로 나를 잡아끌었다. 우리는 손을 꼭 맞잡은 채 경찰과 멀리 떨어진 무리에 섞여 계속 따라갔다. 그리고 경찰관 옆을 지날 때, 나는 내가 아는 모든 기도문, 생각해 낼 수 있는 모든 기도문을 외웠다. 너무 가까워서 그의 말이 다 들렸다. 우리는 서로의 손을 꽉 잡았다. 숨도 쉬지 않았다. 그때 십 대 무리의 한 청소년이 큰 소리로 웃었다. 경찰관이 우리 쪽을 바라보았다. 이러다 들키겠어! 바로 그때, 비둘기 떼가 날아올랐다. 잠깐 그의 주의가 딴 데로 쏠리는 듯했다. 우리는 앞만 보며 계속 걸었다. 무전기에서 다른 경찰관들의 목소리가 들려왔다. 우리는 차츰 그곳에서 멀어졌다. 나는 밴이 주차된 길까지 와서야 겨우 뒤를 돌아볼 수 있었다.

"안 보여." 나는 속삭였다.

카일은 걸음을 멈추지 않은 채 모든 움직임을 주시하며 고개를 끄덕였다. 밴에 도착하자, 그는 사방을 둘러보며 옆문을 열었다. 나는 눈에 띄지 않으면서 모든 걸 지켜볼 수 있도록, 앞 좌석과 뒷좌석 중간으로 들어가 앉았다. 카일이 운전석에 타고 시동을 걸었다. 그리고 백미러를 바라봤다. 우리의 시선이 마주쳤다. 그는 깜짝 놀라면서도 시선을 피하지 않았다. 나는 그가 내 마음 깊은 곳을 헤아리면서 묻지 않은 질문에 대한 답을 찾고 있음을 알았다. 그가 그 질문을 할까 봐 나는 두려웠다. 그리고 그가 그렇지 않기를 기도했다. 목록에는 이제 엄마 후보가 더는 남아 있지 않았다. 우리가 계속 함께 할 이유가 없었다. 아니, 어쩌면 많은 이유가, 너무 많은 이유가 있을 수도 있었다. 나는 그에게 이 여행을 함께 하자고 하지 말았어야 했다.

카일

밴에 타자마자 시동을 걸었다. 미아는 뒷좌석에 숨어 있었다. 나는 굳이 GPS를 보지 않았다. 우리가 바라는 건 이곳에서 벗어나는 것뿐이었다. 우리는 길을 따라가다가 다른 길로, 또 다른 길을 지나서 어느 마을의 외곽에 도착했다. 정지 신호에 브레이크를 밟았다. 시골 한가운데에 있는 넓은 도로였다.

"야." 내가 말했다. "거기 뒤에, 괜찮아?"

"물론이지." 미아가 좌석 틈으로 고개를 내밀며 대답했다. "다 괜찮아."

전혀 괜찮지 않다는 걸 1마일 밖에서도 알 수 있겠는데, 대체 왜 미아가 거짓말을 고집하는지 알 수 없었다. 미아가 너무 힘들어 보여서 나는 깜짝 놀랐다. 눈 밑의 다크서클과 푸르스름한 피부는 거짓말을 하지 않았다. 미아는 숨도 제대로 쉬지 못했다. 다만 숨기는 데 익숙할 뿐이었다.

미아가 내 등받이를 짚고서 조수석으로 와 앉으려는데, 왼쪽에서 파란색 밴이 오는 게 보였다. 경찰차였다!

"미아, 숙여!"

미아가 바닥에 엎드렸다. 내가 침을 꿀꺽 삼키는데, 파란색 밴이 좌회전하려고 다가왔다. 모든 것이 한 장 한 장 넘어가는 영상처럼 느리게 지나갔다. 그들이 나를 쳐다봤다. 나도 그들을 쳐다봤다. 긴장됐다. 우리 밴 가까이에 그들이 차를 세웠다. 젠장. 우왕좌왕 겁먹은 모습을 보이는 게 최선은 아닐 것 같았다.

"별문제 없습니까?" 그들이 창문 너머로 물었다.

나는 아무렇지 않은 척 미소를 지으려고 노력하며 고개를 끄덕였다. 그들은 퉁명스럽게 고개를 끄덕인 후 차를 몰고 떠났다. 아직 감히 숨도 쉬지 못하는 상태에서, 나는 가속 페달을 밟고 천천히 오른쪽으로 차를 몰았다. 수백 피트를 가는 동안 한마디도 하지 않고 운전만 했다.

"괜찮은 거야?" 미아가 초조한 목소리로 속삭이듯 물었다.

모든 거울을 열두 번씩 확인하고 그들이 가버렸다는 확신이 천 퍼센트 정도 든 후에야 나는 대답했다. "괜찮아."

미아가 조수석으로 와 앉았다. 시선이 내게 머물렀다. 잠시 우리는 우리답지 않게 심각한 표정으로 서로 마주 보았다. 그때, 미아가 목을 가다듬고 엄숙하게 말했다. "음, 이제 우리는 계약서에 이런…… 상황에 관한 조항을 하나 추가해야 할 것 같다.

그렇지 않아?"

갑자기 내 얼굴에 묻어 있던 긴장감이 해소되었다. 나는 걷잡을 수 없이 웃음이 터져 나왔다. 미아가 한쪽 눈썹을 치켜올리며 미소를 짓고는 킥킥 웃기 시작했다. 곧 우리는 배꼽을 쥐고 웃었다. 긴장이 다 풀린 건 아니었지만 해방감이 느껴졌다. 이 웃음에는 그동안 참아온 눈물이 가득 담겨 있었다. 나는 미아와 떨어지고 싶지 않았다. 미아가 죽기를 원하지 않았다. 그리고 미아에게 뭔가 안 좋은 일이 생길 거라는 이런 끊임없는 두려움 속에서 살고 싶지 않았다. 웃음이 잦아들면서, 슬픔이 그 자리를 대신 차지하고 우리를 무겁게 짓눌렀다. 또다시 우리 사이의 분위기가 침울해졌다. 미아가 얼굴을 감추려 차창을 향해 고개를 돌렸다.

"멀리 가자." 미아가 말했다. "여기서 멀리."

나는 대답하지 않았다. 무슨 할 말이 있겠는가? 그만 차를 세우고 미아를 안고서, 다 괜찮을 거라고 말해야 했다. 이런 슬픔은 사람을 진 빠지게 하고 패배를 인정할 때까지 바닥에 내동댕이치는 그런 슬픔이었다. 그리고 나는 그걸 너무 잘 알고 있었다. 그래서 좌측 출구 표시와 함께 '오텔 루랄 로스 테호스(Hotel Rural los Tejos, 로스 테호스 호텔)'이라는 표지판이 보였을 때, 나는 두 번 생각할 것도 없이 차를 돌렸다.

"뭐 하는 거야?" 미아가 물었다. 불안감이 섞인 목소리였다.

"나 지쳤어, 미아." 나는 정말로 지쳐 보이기 위해 씩씩거리기까지 하며 말했다. "내가 이런 일에는 익숙하지 않거든." 나는 '이런 일'이 정말 끔찍하다는 듯 말했다.

미아가 여전히 창밖을 보며 고개를 절레절레 흔들었다. 그리고 건조해진 목소리로 말했다. "거짓말 대회 같은 덴 절대 참가하지 마라. 넌 진짜 불쌍할 정도로 거짓말을 못하거든."

미아는 별로 법석을 떨지는 않았다. 나는 표지판을 따라 나무들이 늘어선 좁은 비포장도로 길로 들어섰다. 들판 가득 양귀비와 이름 모를 흰색과 노란색 꽃들, 염소 떼가 보였다. 이곳을 스케치하는 데만 며칠은 보낼 수 있을 듯했다. 하지만 무엇보다 그리고 싶은 것은, 지금 모습 그대로의 미아의 얼굴, 그동안 꿈꿔 왔던 아름다운 꿈이 바로 눈앞에서 날아가 버린 한 소녀의 빛나는 얼굴이었다.

차를 타고 가는 동안, 미아는 더 의자 깊숙이 가라앉았다. 마치 이 장소, 이 순간, 심지어 이 삶까지도 자신에게 너무 벅차다는 듯이, 마치 자신은 더 이상 이곳에서 살아낼 수 없다는 듯이. 이유는 알 수 없었지만, 어쩐지 미아가 내게 뭔가를 숨기고 있다는 낯선 느낌이 들었다. 나는 속에서 분통이 터지고 강렬한 감정에 휩싸였다. 그리고 무엇보다 너무 화가 났다.

호텔까지는 그리 오래 걸리지 않았다. 온통 돌과 나무로 둘러싸인, 숨 막힐 정도로 근사한 곳이었다. 마치 중세에서 튀어나온 것 같았다. 리셉션은 벽난로가 있는 라운지에 자리하고 있었다. 어찌나 넓은지, 사람들이 앉아 몸을 녹일 수 있는 벤치가 두 개나 놓여 있었다. 아빠가 봤더라면 난리 났을 것이다. 미아는 끝나지 않을 꿈을 꾸는 듯 황홀해 보였다.

"부에나스 타르데스(Buenas tardes, 안녕하세요)." 프런트 직원이 데스크로 걸어오며 인사를 건넸다.

"안녕하세요." 내가 말했다. "오늘 밤 묵을 방이 있을까요?"

"물론입니다." 그녀가 컴퓨터 키보드를 몇 번 두드리며 대답했다. "스위트룸을 드릴까요, 아니면 일반 더블룸을 드릴까요?"

스위트룸이요. 나는 속으로 소리쳤다. 하지만 미아를 돌아보며 우리 둘 모두를 대신해 대답해 주기를 기다렸다. 하지만 미아는 대답하지 않았다. 아무 소리도 들리지 않는 듯 멍하게 있었다.

"저기⋯⋯." 나는 결국 대답했다. "싱글룸 두 개 주세요."

아빠가 준 신용 카드를 건네는데, 속에서 공허감이 부풀어 오르기 시작했다. 최악은, 이유를 모르겠다는 것이었다. 우리는 미아의 목록 속 엄마 후보들을 모두 만났다. 그러니 이제 앨라배마로 돌아가는 것 외에는 선택의 여지가 없었다. 그런데 왜 미아는 거기에 대해 아무 얘기가 없을까? 왜, 수술이나 여행, 내일 있을 일에 관해 얘기하지 않을까? 나한테 뭘 숨기는 게 아니라면, 지금쯤 끝도 없이 떠들어 대고 있을 텐데.

미아

살면서 지금까지 본 중에 가장 아름다운 방이다. 그리고 전부 내 차지다. 낯설지만 왠지 짜릿한 온기가 온몸을 타고 흐르는 느낌이었다. 하지만 카일과 스위트룸에 있을 수도 있었다는 생각에 후회되는 건 어쩔 수 없었다, 역시. 아무래도 아까 그 수녀님들에게 돌아가서 얘기를 좀 나눠 봐야 할 것 같았다. 유혹을 이겨냈으니 성인이 될 자격이 충분하다는 확신이 들었다. 카일의 말을 못 들은 척하기는 쉽지 않았다. 특히 그와 하룻밤을 지낼 생각만 해도 몸이 뜨겁게 달아올라서 더 그랬다. 좋아, 머릿속에서 좀 더 건전한 걸 찾아 거기에 집중해야겠다. 엄마에 대해 생각하는 건 이제 선택 사항이 아니니까, 이 방에 집중하자.

침대는 엄청 컸다. 그리고 강이 내려다보이는 발코니가 있었다. 욕실을 확인해 보니, 세상에나, 영화에서나 보던 월풀 욕조까지 있었다. 욕조에 플러그를 꽂는 법을 찾는 데 시간이 조금 걸리긴 했지만, 일단 꽂은 후 뜨거운 물이 나오도록 틀어 두었다. 영화 <프리티 우먼>의 줄리아 로버츠가 된 기분이었다. 직업만 빼고. 몸이 그만 누우라고 아우성쳤다. 몸이 좀 이상했다. 마치 둥둥 떠 있는 느낌, 몸이 내 몸이 아닌 것 같은 느낌이었다. 오싹한 두려움이 밀려들었다. 아직은 죽고 싶지 않았다. 나는 물이 더 천천히 나오도록 수도꼭지를 조금 잠갔다. 한 시간 후에 저녁을 먹을 예정이라, 목욕하기 전에 조금 쉬고 싶었다.

방안으로 돌아와 배낭에서 약병을 꺼냈다. 두 알밖에 안 남았잖아! 좋아, 진정하자. 나는 약을 먹고 푹신한 침대 위로 몸을 던졌다. 방 안은 더웠지만 온몸이 떨렸다. 나는 비단처럼 부드러운 침대보로 몸을 감쌌다. 너무 큰 두려움이 숨 막힐 듯 밀려와 어린아이처럼 울고 싶지만, 울지 않기로 했다. 나는 휴대전화를 집어 들고 카일의 사진을 찾았다. 그가 회색 눈으로 나를 바라보며 미소 짓는 사진이 보였다. 손에는 내게 줄 알록달록한 아이스크림을 들고 있었다. 그랬다, 그가 보면서 미소 짓고 있는 사람은 바로 나였다. 바로 내가 그를 웃게 만드는 사람이었다. 하지만 못된 목소리가 내 안에서 들려오기 시작했다. 그래, 하지만 얼마나 오래가겠어. 갑자기 실망감이 밀려왔다. 몸이 너무 늘어져서 침대에서 일어날 수가 없었다. 머리가 너무 무거웠다. 물을 잠가야 했지만 눈이 계속 감겼다. 눈을 뜰 수가 없었다. 일어날 수도 없었다. 아, 누가 좀 도와줘요.

카일

방은 나쁘지 않았다. 다만 확실히 나쁜 게 하나 있었다. 미아가 내 곁에 없다는 사실이었다. 나는 배낭을 바닥에 던져 두고 침대 위에 쓰러졌다. 우린 한 시간 후에 만나기로 했다. 도대체 그때까지 어떻게 기다리지? 미아는 전혀 괜찮아 보이지 않았다. 만일 무슨 일이라도 생긴다면…… 아니다, 아무 일도 일어나지 않을 것이다. 그건 너무 부당하다. 발코니로 통하는 창문 밖으로 파란 하늘이 보였다. 바람에 흔들리는 포플러가 마치 내게 뭔가를 말하는 듯했다. 나는 여전히 신에게 화가 난 상태였지만, 그래도 부탁하고, 애원하고, 간청하고 있었다. 미아가 죽지 않게 해달라고.

나는 휴대전화를 꺼내 미아의 사진 블로그를 열었다. 사진들을 훑어 넘기다 미아가 찍힌 몇 장의 사진을 오래도록 바라보았다. 예상치 않게 미아와 노아가 함께 찍은 사진도 보게 되었다.

내 마음속에서 죄책감이 뜨거운 용암처럼 쏟아져 내리기 시작했다. 노아는 무척 행복해 보였다. 그 끔찍했던 날 이후로는 그의 얼굴을 보지 못했다.

"미안해, 노아." 감정이 북받쳐 말이 잘 나오지 않았다.

노아는 계속 웃고 있었다. 마치 용서한다고, 이해한다고 얘기하는 듯했다.

"보고 싶다, 인마. 그냥…… 이야기도 나누고, 예전처럼 재미있게 놀고 싶어." 쏟아져 내리던 용암은 이제 강물이 되어 시야를 거의 가려 버렸다. "야, 미아를 어떻게 해야 하나. 미아가 죽는 건 싫어. 그 애를 사랑해, 알아? 이런 느낌은 처음이야. 미아를 구하고 널 다시 살릴 수만 있다면 내 목숨도 바칠 수 있는데."

푸른 날개를 가진 새가 발코니 난간에 날아와 앉았다. 나는 가만히 있었다. 새는 나를 바라보며 아름다운 소리로 몇 번 지저귀고는 날아가 버렸다. 나는 새가 날아가는 모습을 눈으로 뒤쫓으며 하늘을 바라봤다. 왠지 평소보다 밝아 보였다. 사실 나는 원래 징조 같은 건 믿지 않았다. 하지만 내 얘기를 듣고 있을지도 모르는 그 무언가에 감사했다. 그리고 다시 노아의 사진을 바라봤다.

"저 위에서 네가 뭘 할 수 있을지 모르겠지만, 미아를 지켜봐줘, 그래 줄 거지?"

미아

천천히 눈이 떠졌다. 한 번에 하나씩, 마치 무거운 블라인드가 힘겹게 올라가듯. 침대보의 부드러운 감촉이 느껴지는 순간, 나는 내가 여전히 숨을 쉬고 있음에 감사했다. 기분이 좀 나아졌고 머릿속도 더 맑아졌다. 하지만 여전히 조금 나른했다. 나는 열린 창밖을 내다보면서 별빛 가득한 밤하늘을 감상하기 시작했다. 그런데 그때 불쑥 생각이 났다. 아, 이런, 너무 많이 잤어! 나는 휴대전화를 집어 들고 호텔 와이파이를 이용해 시간과 함께 텔레그램 전화 12통과 메시지 20통 이상을 놓친 걸 확인했다. 모두 카일에게서 온 것이었다. 나는 가장 마지막에 온 메시지를 열었다. 레스토랑에 혼자 앉아 있는 카일의 셀피였다. 배경을 보니 낮이었다. 그리고 이런 캡션이 달려 있었다. '아래층, 식당에서 기다리는 중.' 아, 이런.

나는 최대한 빨리 일어나 문을 열고 나가려다가 욕조가 생각났다. 최악의 상황을 걱정하며 욕실로 뛰어 들어갔다. 욕조에는 물이 가득했지만, 수도꼭지는 잠긴 상태였다. 후유, 센서 같은 게 있는 모양이었다.

나는 배낭을 집어 들고 서둘러 아래층으로 향했다.

카일

양손의 손톱을 얼마나 물어뜯었는지 속살이 다 드러났다. 평생
해 본 적 없는 행동이었다. 방문도 두드려 보고, 텔레그램으로
전화도 걸어 보고, 몇 개인지도 모를 메시지들을 남긴 후, 결국
나는 미아의 방으로 들어갔다. 미아는 깊이 잠들어 있었다. 숨
소리가 너무 약해서 살짝 건드려 괜찮은지 확인해야 했다. 참지
못하고 잠시 그녀 곁에 앉았지만, 오래 있을 순 없었다. 만약 깨
어나서 내가 자신을 정신 나간 사람처럼 들여다보고 있는 걸 본
다면, 어떻게 나올지 알 수 없는 일이었다.

　하지만 그러고도 이미 두 시간이 더 지났다. 그 두 시간 동안
나는 생각해 낼 수 있는 모든 만일의 경우를 놓고 머리를 쥐어
짰다. 잠든 게 아니라 의식이 없는 거면 어떡하지? 병원에 데려
가지 않아서 죽으면 어떡하지? 다신 깨어나지 못하면 어떡하
지? 수술 도중에 죽으면 어떡하지? 나한테 아무 감정도 없으면

어떡하지? 이렇게 '만일의 경우'를 생각해 내는 놀이는 전염성이 있었다. 그건 확실했다.

지난 한 시간 동안 나는 간신히 스케치를 몇 장 했다. 그러니까, 미아를, 스케치했다는 말이다. 다른 건 생각할 수 없었다. 레스토랑은 조금 전 문을 닫았다. 하지만 내가 원하는 만큼 있어도 좋다고 허락해 주었다. 레스토랑은 강둑에 서 있는 나무들 아래에 자리 잡고 있었다. 스케치를 끝냈을 때, 누군가 다가오는 소리가 들렸다. 그녀였다. 확실히 그녀였다. 나무들 사이에서 짧은 원피스와 노란 재킷을 입은 그녀가 나타났을 때, 나는 안도감에 거의 울 뻔했다. 정말 울보가 된 것 같았다. 빌어먹을. 이런 상황에 조금 짜증이 났지만, 나는 하늘에서 우릴 내려다보고 있는 게 뭐든 간에 어쨌든 도와준 것에 대해 감사했다. 나는 노아가 곁에 있음을 느꼈다. 그가 미소 띤 얼굴로 우리를 지켜보고 있는 게 틀림없었다. 소름이 돋았다.

"미안." 미아가 걸어오면서 말했다. "진짜야. 늦잠 잤어. 그리고—"

"알아."

미아가 걸음을 멈췄다. 그랬다가 다시 걸어오기 시작했다. 하지만 훨씬 느린 걸음걸이였다. 미아는 미심쩍어하는 표정을 짓고 있었다.

"내가 봤으니까." 내가 말했다.

"최근에 무슨 유체 이탈이라도 한 거야?"

"그편이 훨씬 쉬울 뻔했지. 기억해 뒀다가 다음번엔 그걸로 해야겠군. 농담이고, 네가 내 전화를 하도 안 받으니까 걱정되더라고. 그래서 리셉션에 열쇠를 달라고 했고, 일단은 네가 익사하는 걸 막았지."

미아의 눈이 휘둥그레졌다. 얼굴까지 붉혔다. "그랬구나……." 미아가 말했다. 실망한 말투였다. "뭔가 좀 더 예술가다운 걸 기대했는데. 예를 들면, 발코니로 올라온다던가, 드론 같은 걸 띄운다던가, 뭐 그런 거. 아무튼 고마워."

미아의 말에 나는 어쩔 수 없이 미소를 지었다.

"배 안 고파?" 나는 미아를 위해 남겨둔 생선과 감자튀김 접시의 덮개를 치우며 물었다.

"고마워. 하지만 별로 배고프진 않아."

젠장. 몸 상태가 좋지 않아 보였다. 하지만 어쨌든 자리에 앉아서 감자튀김을 먹었다.

"잘 들어." 마침내 내가 말했다. "내일 여행 말인데, 공항으로 가기 전에 경찰서에 먼저 들러서 모든 걸 정리하는 게 좋겠어."

"공항이라니?" 미아가 감자튀김을 내려놓으며 말했다. "안 돼. 아직은 떠날 수 없어. 계속 찾아야지."

"뭘 더 찾아? 이미 목록에 있는 후보는 다 만나 봤잖아."

"그래, 하지만 어쩌면 내가 나이대를 잘못 알았을 수도 있고,

또—”

순간 좌절감이 내 온몸의 신경 세포를 압도하는 기분이 들었다. 나도 모르게 생각보다 거친 말투로 물었다. “설마 진심으로 하는 말은 아니겠지?”

“며칠이면 돼.”

“아니, 미아, 넌 돌아가야 해. 빌어먹을 수술을 받아야 하잖아. 이건 장난이 아니야!”

“알아…… 하지만 이대로 포기할 순 없어. 곧 찾을 수 있을 것 같아. 느낌이 그래.”

나는 점점 절박해졌다. “딸이 자신을 찾아오길 바라는지 바라지 않는지도 모르는 여자 때문에 계속 목숨을 걸 순 없어. 넌 최선을 다했어, 미아.” 내 말에 미아는 상처를 받았다. 미아의 떨리는 턱을 보면 알 수 있었다. “미안, 그렇지만—”

“아니, 아니야…….” 미아가 내 말을 자르며 말했다. “네 말이 맞을 거야. 사실…….” 미아가 시선을 떨구며 고개를 저었다. 다시 고개를 들었을 때, 미아의 눈은 분노와 무력감이 뒤섞인 이상한 눈빛을 하고 있었다. “나는 그냥 엄마를 직접 만나 보고 싶은 거야. 왜 나를 키우지 않았는지, 어떻게 나를 버리고 내 존재를 잊을 수 있었는지 듣고 싶어서.”

“아마 그게 너한테 최선이라고 생각해서 그랬겠지.” 나는 거의 생각 없이 내뱉었다. “아마 네가 다른 사람이랑 사는 게 더 낫다고 생각했을지도 모르고. 그런 게 뭐가 중요해?"

"나한테는 중요해, 카일!" 미아의 눈이 고통으로 가득했다. "넌 이해 못 해."

"아니, 미아, 이해 못 하는 건 너야! 세상에는 부모가 되기에 부적합한 사람이 많아. 알아? 그리고 '알고 싶다'라는 게 목숨을 걸 정도의 이유는 될 수 없어. 얼마 남지 않은 시간에 우리의 삶을 파괴할 정도로 가치 있지는 않다고, 젠장!"

미아가 눈에 띄게 심란한 표정으로 나를 쳐다봤다. 그리고 힘겹게 입을 열었다. "그냥……, 며칠만 더."

나는 자리에서 일어났다. 무력감과 분노가 치밀었다. 너무 화가 나서 불쑥 내뱉고 말았다. "아마 네가 널 낳아준 것 말고는 아무 일도 안 한 여자 찾는 일에 집착만 하지 않는다면, 진짜로 널 사랑하는 네 주위 사람들이 보이기 시작할 거야." 젠장, 이런 식으로 말하려던 건 아니었는데. 하지만 적어도 미아가 계속 모르는 척하지는 못하게 만들었다. 미아가 조용해졌다. "바람 좀 쐬고 올게." 나는 이렇게 말하고 강 쪽으로 걸음을 옮겼다.

미아

내가 카일의 말을 곱씹고 있을 때, 카일이 셔츠를 벗더니 물속으로 뛰어들었다. 그 말은 듣고 싶지도, 보고 싶지도, 존재를 인정하고 싶지도 않았던 현실을 천둥 번개가 치듯 내게 일깨워 주었다. 나를 사랑한다는 얘기인가? 그게 카일이 하고 싶었던 말일까? 꿈 깨, 미아. 머릿속에서 악의에 찬 목소리가 또 한 번 독을 뿜어내며 말했다.

나는 잠시 카일을 지켜봤다. 하지만 그는 여전히 물속에 있었다. 숨을 쉬러 가끔 올라왔다가 다시 물속으로 들어가기를 반복했다. 의자 위에는 그의 배낭이, 테이블 위에는 그의 스케치북이 놓여 있었다. 나는 강을 돌아봤다가 다시 스케치북을 봤다. 그리고 그걸 집어 들어 연필로 표시해 둔 자리를 펼쳤다.

그가 그린 그림은 놀랍도록 아름다웠다. 내 눈에 눈물이 차올랐다. 그건 우리가 밴 지붕 위에서 별을 봤던 그 날을 그린 것이었다. 그림 속에서 그는 나를 안고 있었다. 그리고 별똥별이 지는 하늘 아래 펼쳐진 건 우리의……, 우리의, 뭐? 이게 뭐야? 거기에 카일이 연필로 몇 글자 적어 놓은 게 보였다. '태양을 잃었다고 울지 말라. 눈물이 앞을 가려 별을 보지 못할 수도 있으니. ─ 타고르.'

나는 그 문구를 세 번이나 더 읽었다. 단어 하나하나가 마음을 때렸다. 그 의미가 가슴속으로 들어와 불처럼 활활 타올랐다. 나는 다시 강을 돌아봤다. 그리고 내 하늘에서 유일하게 빛나는 별을 찾았다. 카일은 반대편 강둑에 꼼짝도 하지 않고 앉아 있었다. 내게 등을 돌린 채로. 내 안의 모든 것, 즉 내 분자 하나하나, 아주 작은 입자 하나하나, 그리고 모든 감각이 그에게 가라고 재촉하고 있었다. 나는 신발을 벗고 나무다리를 건너 그가 있는 쪽으로 걸어가기 시작했다. 한순간도 그에게서 눈을 뗄 수가 없었다. 카일이 고개를 돌려 우리가 앉아 있던 테이블을 봤다. 거기에 내가 없는 걸 깨달은 그가 불안해하며 주위를 두리번거렸다. 그러다 나를 발견하고는 안도하며 기다리는 듯했다. 그의 시선이 계속해서 나를 따라왔다. 나는 강 건너편 그의 옆으로 다가갔다. 그에게 가까워졌을 때, 나는 떨고 있었다. 그에게 말을 걸고 싶었다. 그에게 내 기분을 설명하고 싶었다. 그의 그림과 글이 얼마나 나를 감동하게 했는지 말해 주고 싶었다. 하지만 그럴 수 없었다. 나는 강둑에 앉아 물속에 발을 담그며 말했다.

"차갑네." 내가 겨우 꺼낸 말은 그게 전부였다.

카일이 내 앞에 섰다. 그의 눈이, 거센 강물처럼 수많은 질문을 내게 던지고 있었다.

"내가 틀린 걸 수도 있어." 내가 말했다. "하지만 나는 끝까지 가 봐야겠어, 카일. 제발, 부탁할게, 3일만 더 줘."

카일은 무표정한 얼굴로 그저 나를 바라만 보고 있었다. 나는 파렴치한 거짓말을 하기로 했다. 그래서 어깨 사이를 긁는 척하면서 손가락 두 개를 꼬며 말했다. "만일 못 찾으면, 집으로 돌아갈게. 그리고 수술도 받을게. 약속해."

그에게 거짓말을 하려니 속이 메스꺼웠다.

그가 고개를 끄덕이며 말했다. "3일이야, 미아, 더는 안 돼."

"카일……." 내 입술이 나하고 상의도 없이 그의 이름을 내뱉었다.

그가 기대에 찬 눈빛으로 나를 바라봤다. 동공이 달 전체를 비출 만큼 크게 확대되어 있었다. 나는 나 자신과 싸웠다. 하고 싶은 행동을 하지 않으려고, 하고 싶은 말을 하지 않으려고. 하지만 결국 질 수밖에 없는 싸움임을 나는 잘 알았다. "네 하늘에는……." 나는 말했다. "별이 많아?"

내 말에 그는 허를 찔린 듯했다. 그의 눈이 온갖 감정들로 빛나는 걸 보니 그런 게 분명했다. "음," 그가 내게 가까이 다가오며 말했다. "내 하늘에는, 다른 별들보다 훨씬 밝게 빛나는 별이 하나 있지."

나는 그를 바라봤다. 그도 나를 바라봤다. 밤이 내린 창공이 담요처럼 우리를 감쌌다.

"만일 잘못되면……." 내가 말을 시작하려는데, 카일이 손가락으로 내 입술을 막았다. 하지만 나는 가능한 한 부드럽게 떨쳐냈다. 이 말은 꼭 해야 했다. 카일이 알게 하고 싶었다.

"만일 잘못되면, 카일, 금성에서 기다리고 있을게."

카일이 눈을 찌푸렸다. 안간힘을 써도 턱이 떨려 왔다. 그가 팔로 내 허리를 감싸 안았다. 나는 다리로 그의 다리를 감쌌다. 내 눈을 똑바로 바라보면서 그가 가까이 다가왔다. 자석처럼, 내 입술이 그의 입술에 끌렸다. 그의 입술이 내 입술을 갈구하고 있었다. 입술과 입술이 만나는 순간, 우린 꼼짝하지 않고 그저 그 부드럽고 뜨거운 감촉을 음미했다. 모든 걸 집어삼킬 듯한 갈망이 걷잡을 수 없이 밀려왔다. 내 몸이 처음 느껴 보는 욕망으로 떨고 있었다. 그의 입술이 내 입술을 따라 부드럽게 미끄러졌다. 나는 그 강물에 녹아들었다. 그가 내게 키스했다. 나도 그에게 키스했다. 그리고 우린 영원과도 같은 단 한 번의 기나긴 키스 속으로 빠져들었다.

미아

4월 3일

아주 아주 이른 아침

잠이 안 오네요, 엄마. 그래서 얼른 몇 줄 적으려고요. 하지만 솔직히, 정말 그러고 싶은지는 잘 모르겠어요. 잠깐이지만 엄마한테 편지를 쓸지, 로비로 내려가 일기장을 다 벽난로에 던져 버릴지 고민했어요. 무엇 때문에 그러지 않았는지 지금도 잘 모르겠어요. 내 생각에, 오늘은 어쩐지 내가 속마음을 털어놓고 조언을 구할 엄마 같은 사람이 필요한 날이라서 그런가 봐요. 내 얘기를 들어주고, 이해해 주고, 다 괜찮다고 말해 줄 그런 사람이요. 엄마는 내가 상상으로 만들어 낸 존재지만, 상상의 존재 그 이상이라고 생각하면 기분이 나아져요.

키스하지 말았어야 했어요. 엄마, <프리티 우먼>은 나에 비하면 거의 성자였더라고요.

세상에서 가장 멋진 남자를 앞에 두고 어떻게 내가 키스하지 않을 수 있었겠어요?

한 시간 넘게 키스를 하다가 내가 추워하는 걸 보고 그는 내 방까지 데려다주겠다고 고집을 부렸어요. 들어오고 싶어 했고요. 그건 분명했어요. 나도 그가 그러길 원했어요. 아, 정말, 얼마나 함께 있고 싶었는지. 그 이상의 뭔가를 원한 건 아니지만, 분명 그랬어요. 이 모든 상황이 너무 위험해진다는 생각이 들어요. 그는 나를 궁금하게 만들고, 원해서는 안 되는 것, 내 운명에 포함되지 않는 것들을 원하게 만들어요. 심지어 두려울 정도예요. 어떻게 됐는지 아세요? 죽음이 두려워지기 시작했어요. 죽음 그 자체가 두려운 게 아니라, 카일을 빼앗기고, 카일 또한 나를 빼앗기는 그런 상황이 올까 봐 두려워요. 하지만 지금은 너무 늦었어요. 나는 아주 오래전에 결정했거든요. 이 관계를 계속 이어가고 싶지 않다고요.

나는 바보 멍청이예요. 하지만 그거 아세요? 엄마가 날 두고 떠나지 않았다면, 이 모든 일은 일어나지 않았을 거라는 사실 말이에요. 만약 엄마가 나를 찾으러 왔더라면, 만약 엄마에게 내가 특별한 존재였다면, 나 역시 누군가를 내게 특별한 사람으로 받아들일 수 있었을 거예요.

나는 바닥으로 내동댕이쳐질 정도로 세게 일기장을 탁 덮었다. 그리고 지친 몸을 이끌고 침대에 쓰러졌다. 여전히 카일의 존재가 느껴졌다. 그의 피부와 그의 향기, 그의 손길, 그 모든 것들이. 그날 밤 내내 나는 그를 갈망하며 잠을 이룰 수 없었다. 오래전 말라 버린 줄 알았던 눈물이 또다시 흘러내리기 시작했다.

카일

밤의 절반은 침대에서 뒤척이며, 나머지 절반은 별빛 밝은 밤하늘 아래 쉬지 않고 미아를 스케치하며 보냈다. 미아가 그리웠다. 아주, 많이. 동이 트기 전, 수영장을 몇 바퀴 돈 후에, 부모님에게 메시지를 보냈다. 미아에 대해, 미아의 병과 그 외의 모든 것에 대해 전부 털어놓을 뻔했지만, 하지 않았다. 때때로 내 안의 혼란스러운 감정을 누구에게라도 털어놓지 않으면 내가 터져버릴 것 같은 느낌이 들었다.

조식 뷔페가 시작되자마자 나는 강 근처에 자리를 잡았다. 잠시 후 미아가 내려왔다. 하지만 나는 그게 정말 미아인지, 아니면 미아의 복제품인지 도저히 분간할 수가 없었다. 오늘 이 미아는 나를 피하면서, 간밤에 아무 일도 없었던 듯, 그리고 우리의 키스가 조금도 기억에 남아 있지 않은 듯 행동하고 있었다. 그리고 나는 오늘 아침 다시 미아에게 키스하고 싶어 죽을 지경이었다. 미아는 오자마자 날 쳐다보지도 않고 마치 동료에게 하듯 손짓으로만 간단히 인사했다. 그리고 그때부터 그대로 자리에 앉아 휴대전화로 새로운 엄마 후보자들을 찾고 있었다.

"어쨌든," 미아가 주위를 전혀 의식하지 않은 채 말했다. "나 이대를 조금 넓혀 봤어. 그랬더니 후보가 다섯 명이 더 나왔어." 그 순간 내 표정을 봤더라면, 미아는 내가 얼마나 그 가망 없는 일에 관심이 없는지 알았을 것이다. "서두르면, 그러면……." 자신만의 세계에 몰두한 채 미아가 계속해서 말했다.

"커피 드릴까요?" 커피포트를 든 웨이트리스가 물었다.

미아가 고개를 들었다. 우리의 눈이 마주쳤다. 미아는 예상하지 못한 게 분명했다. 곧바로 시선을 피하면서 웨이트리스를 바라봤다. 나는 계속 미아에게서 시선을 떼지 않았다. 신경에 거슬리는 상황이었다.

"네, 주세요." 미아가 대답했다. 그리고 눈을 가늘게 뜨고 웨이트리스의 이름표를 자세히 확인했다. 추측하기에, 이런 행동은 다 나를 철저히 무시하려는 전략의 일부인 듯했다. 웨이트리스가 커피를 다 따르자, 미아가 짐짓 고상한 말투로 말했다. "정말 감사해요, 마리아."

"빅토리아예요." 웨이트리스는 이름을 고쳐 말해 준 후 내 잔을 채우기 시작했다.

미아가 한쪽 눈썹을 살짝 치켜뜨고 입술 한쪽을 내린 표정으로 그녀를 바라봤다. 잘 이해가 가지 않아서 짜증이 날 때 보이는 표정이었다. 나는 그 표정이 좋았다.

"내 이름은 빅토리아예요." 웨이트리스가 말했다. "스페인 사람들은 이름이 두 개예요. 하지만 보통은 하나만 쓰죠."

"아, 죄송해요.. 그렇다면, 정말 고맙습니다, 빅토리아."

빅토리아라. 그렇지. 왜 전에는 그 생각을 못 했지? 웨이트리스가 자리를 뜨자 나는 꼬리를 물고 이어지는 생각에 골몰했다. 그때 미아의 말소리가 멀리서 들려오는 메아리처럼 들려왔다. "조금 전에 말했듯이, 수요일 전에 다 만나 볼 수 있겠어."

도무지 가능해 보이지 않는 미아의 '엄마 찾기' 여정을 거의 의식하지 않던 내 뇌가 마침내 새로운 정보 조각을 처리하는 데 성공했다. "그런데 만약에, 어떤 가정을 했는데 그게 진짜 그럴듯하다면 어떡할래?" 나는 거의 혼잣말하듯 그녀에게 물었다.

마침내 미아가 나를 바라봤다. 비록 횡설수설을 듣고 있는 사람처럼 짜증스러운 표정이었지만. 괜찮다. 나는 배낭에서 펜을 꺼내 종이 냅킨에 웨이트리스의 이름을 적었다. 마리아 빅토리아 루이스 수아레스. 이것을 미아에게 보여 주었다. 미아가 냅킨을 바라봤다. 하지만 오늘 아침에는 미아의 신경 세포들이 탄력을 잃은 게 분명했다. 별 반응이 없었다.

"저기, 있잖아……." 미아가 약간 초조해하며 말했다. "한 번이라도 좀 알아듣게 말해 주면 안 될까?"

"좋아, 지금 우린 스페인 사람 중 일부는 이름 두 개를 붙여 쓴다는 걸 알게 되었잖아?"

미아가 고개를 끄덕였다.

"그리고, 내가 어디서 읽은 바에 의하면, 성도 두 개…… 만약 그 웨이트리스의 이름이 공식 문서에 들어간다면 어떻게 쓸 것 같아?"

미아는 어깨를 으쓱했다. 그렇지만 휘둥그레진 그녀의 눈은 내 말이 흥미를 자극했음을 보여 주고 있었다.

"잘 봐." 나는 이렇게 말하고 '빅토리아'와 '루이스'에 선을 긋고 남은 이름을 읽었다. "마리아 수아레스. 미아, 우리가 내내 잘못된 사람을 찾고 다녔던 거 아닐까?"

드디어 미아가 돌아왔다. 나의 미아로. 나와 눈을 맞추는 미아로. 미아의 눈은 어린아이처럼 순수한 희망으로 가득 차 있었다. 미아가 말했다. "그렇게 생각해?"

"출생증명서 좀 보여 줘 봐."

미아가 급히 가방에서 출생증명서를 꺼내 테이블 위에 펼쳐 놓았다. 그리고 두 팔로 배낭을 껴안았다. 마치 바깥세상으로부터 보호하려는 듯했다. 증명서에는 '마리아 A. 아스티예로스'라고 적혀 있었다.

"이 'A' 말이야." 내가 말했다. 고개가 저절로 끄덕여졌다.

"하지만 'A'로 시작하는 이름은 수백 개가 넘어. 다 찾아다니려면 몇 년이 걸릴지도 몰라."

"하지만 만약에?" 나는 이렇게 말하고 '마리아 아멜리아 _____ 아스티예로스'라고 적었다.

미아는 숨을 죽였다. 겁먹은 것 같은 표정이었다. 그러면서 의자 깊숙이 몸을 웅크리고 앉았다. "정말 그렇게 생각……해?" 미아가 작은 소리로 물었다.

나는 고개를 끄덕였다. 어쩌면 미아의 엄마는 여하튼 미아를 원했을지도 모르는 일이었다. 어쩌면 병원에 자기 이름을 주었고, 병원에서 그 이름을 따서 미아라는 이름을 지어 준 것일 수도 있었다. 누가 알겠는가? 미아가 입술을 깨물었다. 그리고 눈물이 그렁그렁 차오른 눈으로 다시 휴대전화를 들여다보기 시작했다. 나도 모르게 자꾸 미아에게 시선이 갔다. 미아는 아름다웠다. 의심의 여지 없이 아름다웠다. 눈 밑의 다크서클도 옅어졌다. 안색도 별 가루를 뿌린 듯 환한 그 광채가 어느 정도 돌아와 있었다. 심지어 이렇게, 울지 않으려고 애쓰는데도 몸 상태가 나아진 듯 보였다.

"좋아." 미아가 말했다. "스페인에서 두 번째 성이 아스티예로스인 아멜리아를 여덟 명 찾아냈어. 하지만 3일은 너무 촉박할 거야. 아무래도 여행 일정을 빡빡하게 계획해야 하겠어. 그것도 빨리. 바로 출발해야 해. 어서, 아침부터 먹자. 아니, 잠깐만, 너 먹어, 나는 그 여덟 명 중 제일 가까운 사람을 찾을 테니까."

미아가 말하다 숨 막혀 죽는 건 보고 싶지 않았기 때문에, 나는 바로 일어나 뷔페로 향했다. "뭐 좀 가져다줄까?"

"아니." 미아가 휴대전화에서 눈도 떼지 않고 대답했다. "아, 좋아, 여기 있는 거면 뭐든 괜찮아."

뷔페에는 흰색 테이블보가 씌워진 테이블이 세 개 있었다. 나는 곧장 롤빵과 머핀이 있는 테이블로 성큼성큼 걸어갔다. 진짜 커플로 보이는 한 남녀가 빵 몇 쪽을 골라 담기에 기다리다가, 관광 안내 책자가 꽂혀 있는 진열대를 발견했다. 그중 하나가 시선을 끌었다. 성모 마리아상이 있는 동굴로의 여행을 광고하는 책자였다. 설마. 미아가 목에 걸고 있는 펜던트와 똑같은 마리아상이었다. 나는 책자 하나와 롤빵 세 개를 담아 들고 급히 테이블로 돌아왔다.

"이것 좀 봐, 네가 목에 걸고 있는 거랑 똑같아."

미아가 책자를 받아 들고 자세히 들여다봤다. 기대했던 것보다 시큰둥했다.

"그 펜던트 어디서 났어?" 나는 미아의 가느다란 목을 가리키며 물었다. 이 질문에 미아는 정신이 번쩍 드는 듯했다. 미아가 손가락으로 펜던트를 만지작거리며 생각에 잠긴 듯한 표정으로 말했다. "세인트 제롬에 도착했을 때 이미 목에 걸고 있었어. 엄마가 걸어 주신 것 같아. 무슨 의미인지, 왜 이걸 걸어 주셨는지, 아니 애초에 왜 이걸 나한테 남기셨는지 이해해 보려고 오랫동안 노력했어. 혹시 자신을 찾을 수 있게 해 주려는 일종의 단서, 또는 신호가 아닐까 생각하며 이야기들을 지어내기도 했지. 하지만……" 미아는 마치 꿈을 포기하듯 펜던트를 놓은 다음 어깨를 으쓱했다. "그때 이후 내가 성장한 것 같아. 많이는 아니라도."

"코바동가의 성모마리아(Our Lady of Covadonga)." 내가 안내 책자를 읽으며 말했다.

"맞아, 인터넷에서 그것에 대해 가능한 한 모든 걸 읽어 봤어. 스페인 북부에, 아스투리아스(Asturias)라는 지역에 있대. 짐작할 수 있겠지만, 제일 처음에 확인해 본 곳이었어. 그런데 거기에는 아스티예로스라는 성을 가진 여성이 한 명도 없었어." 그때 갑자기 미아의 얼굴이 환해졌다. "하지만 지금은…… 어쩌면…… 오, 카일! 너 정말 최고야!"

미아가 휴대전화로 재빨리 뭔가를 검색했다. 미아의 미소에 마음에 따뜻해졌다. "이럴 수가, 카일. 이것 좀 봐, 여기에 한 사람 있어. 마리아 아멜리아 니에토 아스티예로스. 이 사람이 틀림없어." 미아가 벌떡 일어났다. 너무 급히 일어나는 바람에 테이블이 덜거덕거렸다. "가자."

나는 웃으면서 그녀에게 자리에 앉으라고 손짓했다. "이봐, 네 운전기사는 탄수화물이 필요하다고. 잠깐만 기다려, 알았지?"

미아는 자리에 앉았지만 계속 나를 쳐다봤다. 순간, 눈도 깜박하지 못하는 미아 앞에서 롤빵 하나를 게걸스럽게 먹는 건 별로 재미있을 것 같지 않았다. "네가 이겼다." 나는 롤빵을 내려놓으며 이렇게 말했다. "가면서 먹지 뭐."

미아의 미소를 되찾았는데 그깟 아침 한 끼 굶는 게 뭐 대수라고.

카일

미아는 결국 아무것도 먹지 않았다. 롤빵은 손도 대지 않은 상태로 무릎 위에 놓여 있었다. 밴에 타자마자 미아는 좌석을 뒤로 젖혔다. 잠시 일기를 쓰고 나서는 창밖을 내다보기 시작했다. 미아의 시선은 내가 눈으로 볼 수 없는 곳에 가 있었다. 미아는 한마디 말도 하지 않았고, 사진도 찍지 않았다. 미아의 머릿속에서 무슨 일이 일어나고 있는지 알 수만 있다면, 미아의 끔찍한 세상을 일부라도 공유할 수 있다면, 거금이라도 내놓고 싶은 심정이었다.

미아는 숨을 깊게 들이마신 후 자리에 앉은 채로 몸을 쭉 늘이며 뒷좌석으로 손을 뻗었다. 미아의 손에는 붉은 담요가 들려 있었다. 차 안의 온도계에 따르면 현재 기온은 섭씨 27도, 화씨로는 80도 정도에 지나지 않는데도 미아는 담요로 몸을 둘둘 감쌌다. 몸 상태가 어떤지, 뭐가 잘못되었는지 물어봤자 소용없는 일이었다. 어쨌든 거짓으로 대답할 테니까.

"저기……." 나는 무슨 말이 하고 싶은지도 모르면서 미아에게 말을 걸었다.

미아가 나를 돌아봤다. 그리고 무거워 보이는 눈꺼풀 아래 그녀의 멍한 표정을 본 순간, 나도 모르게 말이 나왔다.

"아스투리아스에 도착하려면 아직도 5시간은 더 가야 해. 좀 자는 게 어때?" 미아는 그저 고개를 살짝 좌우로 흔들었다. "진짜 흥미로운 게 보이면 깨워 줄게. 약속해."

미아가 나를 똑바로 응시했다. 말 한마디 없이, 조금도 움직이지 않은 채, 심지어 눈도 깜박이지 않았다. 나는 도무지 알 수가 없었다. 미아는 뭔가를 생각하고 있는 것도 같았고, 나를 자세히 관찰하고 있는 것도 같았다. 자신만의 세계에 빠진 것 같기도 했다.

"정말 뒷자리로 가서 자고 싶지 않아?"

미아는 대답하지 않았다. 다만 내 오른손을 내려다보더니, 자기 손을 그 위에 얹었다. 그런 후 다시 올려다보더니, 몸을 뒤로 기대고, 눈을 감았다. 미아의 피부에 살짝 닿는 것만으로도 나는 마음이 편안해졌다. 마치 백만 개의 상처를 한꺼번에 낫게 해 주는 연고 같았다. 나는 매우 조심스럽게 손깍지를 꼈다. 내가 그러는 동안 미아는 그냥 가만히 있었다. 심지어 내 손을 살짝 꽉 쥐기까지 했다. 마치 괜찮다고, 자신은 아직 여기에 있다고, 돌아올 거라고, 하지만 어쩌면 조금 기다려야 할지도 모른 다고 말하는 듯했다. 한 손만으로 운전하는 일은 말로 다 할 수 없을 만큼 무서웠지만, 설사 지하 세계의 문턱에 와 있다 하더라도 미아의 손을 놓을 수는 없었다. 그렇게 몇 시간을 운전했다. 바스러질 것만 같은 미아를 내 손으로 보호하는 느낌이 들었다. 누가 살짝만 건드려도 산산이 부서질 자신의 일부를 미아는 내게 맡기고 있었다. 미아가 말하는 소리가 들리는 듯했다. 나를 실망하게 만들지 마, 나를 무너져 내리게 두지 마. 절대 안 그럴게, 미아.

정작 무너져 내리는 건 기온이었다. 긴 터널을 지나자 곧바로 초록색 표지판이 우리가 아스투리아스 지방에 들어왔음을 알렸다. 이곳의 풍경은 더할 나위 없이 기막히게 아름다웠다. 초목과 눈으로 뒤덮인 높은 산과 호수, 그리고 다채로운 회색 색조의 뭉게구름들이 가득한 하늘. 미아도 이걸 봐야 했다. 미아가 본다면 깊은 인상을 받을 게 분명했다. 게다가 미아에게 약속도 하지 않았던가. 나는 속도를 줄이고 미아를 돌아보았다. 미아는 여전히 잠들어 있었다. 오늘 아침 9시에 잠들 때와 같은 자세였으니, 약 네 시간 째 그러고 있는 거였다.

"미아……." 나는 작은 소리로 미아를 불렀다.

미아는 듣지 못한 것 같았다.

"야." 나는 미아의 손을 부드럽게 살짝 쥐며 다시 불렀다.

전혀 반응이 없었다. 젠장. 이번에는 홱 잡아당겼다. 미동도 없었다. 조금 더 세계 잡아당겨 보았다. 미아는 꼼짝도 하지 않았다.

"미아." 내 목소리가 높아졌다. "미아, 무슨 일이야?"

나는 급브레이크를 밟고 길가에 차를 세웠다. 그리고 급히 미아를 향해 몸을 돌렸다.

"미아." 나는 공포에 휩싸인 채 애원하듯 미아를 불렀다. "미아, 말 좀 해 봐!"

하지만 미아는 아무 말도 없었다. 미아의 얼굴을 두 손으로 잡고 흔들며 말을 걸었지만, 아무 반응이 없었다. 미아는 움직이지 않았다. 전혀 움직이지 않았다. 너무할 정도로 움직이지 않았다.

맙소사, 안 돼. 나는 가속 페달을 다시 밟았다. 그리고 큰 소리로 기도하며 누군가 미아를 돌봐 줄 수 있을 만한 곳으로 달리기 시작했다.

카일

강제로라도 미아를 병원에 데려갔어야 했다. 우리 부모님에게 모든 걸 말했어야 했다. 나는……, 젠장 내가 뭘 어째야 했는지도 알 수 없었다. 뭔지는 몰라도 어쨌든 이것과는 다른 것, 더 나은 것, 더 좋은 선택을 해야 했다. 젠장, 젠장, 젠장. 벽도 없는 대기실에서 세 시간을 기다리는 동안 나는 무슨 빌어먹을 만트라라도 되는 양 이 말만 반복했다. 부모님께 전화하려고 열두 번도 넘게 휴대전화를 들었지만, 차마 걸지는 못했다. 미아한테 그러지 않겠다고 약속했기 때문이다. 이곳에서 내가 들을 수 있는 말은 "아직은 알 수 없습니다", "전 영어를 못합니다", 또는 "더 알게 되는 내용이 있으면 의사에게서 연락이 있을 겁니다"가 전부였다.

긴장감이 나를 갉아먹다 못해 삼켜 버리는 기분이었다. 나는 머리라도 잡아 뜯고 싶었다. 이런 내 심정을 아는 사람이 아무도 없단 말인가. 이 괴로움을 끝내 줄 사람이 아무도 없단 말인가. 아무래도 그런 것 같아서 나는 공격적으로 간호 스테이션을 향해 성큼성큼 걸어갔다.

"대체 미아한테 뭔 짓을 하는 겁니까?" 나는 씩씩거리며 물었다.

"포르 파보르 세뇨르, 시엔테세(Por favor señor, siéntese, 선생님, 앉으세요)." 한 간호사가 말했다. 도대체 오늘 오후에만 이 말을 몇 번째 듣는 건지 알 수 없었다.

맙소사, 누군가는 무슨 말이라도 해 줘야 하는 것 아닌가? 나는 흰 가운을 입고 거만한 분위기를 풍기는, 오십 대로 보이는 한 남자를 돌아봤다. 그는 느긋한 걸음으로 복도를 지나가고 있었다.

"실례합니다만, 혹시 영어 할 줄 아시나요?"

그는 멈추지 않고 계속 걸어가며 고개를 저었다. 심지어 더 빨리 걷는 것 같았다. 사람들을 돕는 일에 관심도 없으면서 그 빌어먹을 하얀 가운은 대체 왜 입고 있는 거지? 재수 없는 놈. 나는 다시 자리로 돌아왔다. 앉으려는데 미아의 배낭이 의자 등받이에 걸려 바닥으로 떨어졌다. 나는 왈칵 눈물이 날 것만 같다. 배낭을 떨어트린 것이 마치 미아를 떨어트린 것처럼, 실망하게 만든 것처럼 느껴졌다. 기다림은 이제 내가 감당할 수 있는 정도를 넘어서 있었다. 나는 미아의 배낭을 집어 들었다. 반쯤 열린 지퍼 사이로 중간 정도 크기의 봉투가 하나 보였다. 나는 그것을 꺼내 안을 들여다보았다. 그저 가만히 있을 수가 없었다. 그냥 뭐라도 해야 했다. 미아가 고통스럽고 외로울지 모른다는 걱정, 미아를 잃을지도 모른다는 두려움 대신 뭔가 다른 대상에 주의를 집중해야 했다. 봉투 안에는 미아의 여권과 비행기표가 들어 있었다. 가짜 이름이지만 그냥 한 번 보려는데, 다른 게 눈에 들어왔다. 하지만 내가 본 것은 마치 양날의 검처럼, 나를 아프게 했다. 내 비행기표는 왕복권이었으나, 미아의 것은 달랐다. 편도권이었다. 이건 대체 무슨 뜻이지?

"카일?"

나는 깜짝 놀라 고개를 들었다. 흰 가운을 입고 목에는 청진기를 두른 의사가 서 있었다. "친구인 미리엄이 와서 이야기해 주라고 해서요."

나는 자리에서 벌떡 일어났다. 심장이 미친 듯이 뛰기 시작했다. "미리엄은 괜찮나요?" 내가 더듬거리며 물었다.

"중환자실에서 막 나왔고, 지금은 안정됐어요." 아마 그럴 테지만, 의사의 표정이 좋지 않았다. "그런데……." 마침내 의사가 입을 열었다. 다음에 무슨 말이 나올지 나는 두려웠다. "심장이 너무 약해요. 종교적인 이유로 수술을 마다하는 건 이해합니다. 본인의 말이, 아미시 파(현대 문명을 거부하는 개신교의 한 종파) 신자들은 심장을 '육체의 영혼'으로 생각한다더군요. 하지만 이건 생명이 걸린 문제예요. 만일 수술을 받지 않는다면…… 결국 죽음을 피할 수 없을 겁니다."

"그렇죠……." 나도 너무 잘 알고 있었다. "얼마나 버틸 수 있을까요?"

의사는 고개를 저으며 오랫동안 나를 뚫어지게 바라봤다. 마치 자신의 대답이 내게 얼마나 치명적인 영향을 미칠지 아는 듯했다. "한 달이 될 수도 있고, 일주일이 될 수도 있고, 몇 시간일 수도…… 있겠지요." 절망감에 나는 속으로 울부짖었다. "저희로서는 정확히 알 수가 없습니다."

"지금 볼 수 있을까요? 제발, 꼭 만나 봐야겠어요. 설득은 해봐야죠."

"그럼요, 물론이죠." 의사가 손목에 찬 시계를 확인했다. "2분후에 면회 시간 시작이네요. 입원실로 안내해 드리겠습니다."

나는 의사의 옆에서 걸으며 끝이 없어 보이는 긴 복도를 여러 개 지났다. 마음속에서 벌집이라도 쑤신 듯한 분노가 치밀어 올랐다. 모든 게 뒤죽박죽이었다. 들쭉날쭉했다. 마치 광인이 그리는 입체파 그림 같았다.

미아

남은 시간이 많지 않다는 걸 알았다. 심장이 뛸 때마다 숨이 막히고 숨쉬기가 힘들었다. 오늘 아침에는 약을 먹지 않아 카일과 제대로 대화하지도 못했다. 내 몸이 어딘가로 둥둥 떠가는 느낌, 산산이 부서지는 느낌이 들었고, 카일의 입에서 무슨 말이 나오는지 거의 알아들을 수가 없었다. 잠을 좀 자고 나면 괜찮아져서 엄마를 찾으러 갈 수 있을 줄 알았는데, 아니었다. 카일이 손을 잡고 있으면 힘이 났지만, 차가운 병원 침대에서 나를 일으키기엔 역부족이었다. 내 유일한 동반자인 기계들이 내는, 끔찍하게 싫은 끊임없는 기계음으로부터도.

느낌이 이상했다. 마치 갈수록 좁아지기만 할 뿐 아무리 애써도 출구를 찾을 수 없는 두 개의 벽 사이를 걷는 것만 같았다. 죽는다고, 다시는 카일을 볼 수 없다고 생각하면 견디기 힘들었다. 하지만 계속 이런 상태로 살아가는 것 역시 힘들긴 마찬가지였다. 내 온몸이 괴로움으로 몸부림쳤다. 한 가지는 확실했다. 무슨 수를 써서라도 이 병실에서 나가야 한다는 것. 카일은 어디 있지? 조금 전 의사한테 부탁해 카일에게 말 좀 전해 달라고 했는데. 혹시 의사가 카일을 못 찾은 걸까? 혹시 카일이 기다리다 그만 지쳐 버렸거나 내 문제에 진저리가 난 건 아닐까? 그렇다면 더 할 말이 없었다. 고약한 생각에 빠져 절망의 구렁텅이에 처박히려는 찰나, 조심스럽게 문이 열렸다. 카일이었다. 조금 어색하긴 했지만, 그의 미소에 온 병실 안이 환해졌다.

"저기……." 카일이 인사를 건넸다. 그리고 문을 닫은 후 내 옆에 털썩 주저앉았다. 마치 견딜 수 없는 무게를 짊어진 사람 같았다.

"좀 어때?"

"네 도움이 필요해, 카일." 나는 작은 목소리로 간절하게 부탁했다. "날 여기서 내보내 줘."

"이제 안심해도 돼." 그가 내 손을 잡으며 말했다. "다 괜찮아."

"아니, 안 괜찮아." 그걸 모른단 말이야? "여기에 있으면 들키고 말 거야. 내가 누군지 밝혀질 거라고. 그리고—"

카일은 마치 내 말을 이해하지 못했거나 이해하지 않으려는 듯 내 말을 끊었다.

"괜찮아, 미아. 이 사람들 전문가야. 상황이 계획대로 되지 않고 있다는 건 아는데, 계속 미룰 순 없어. 여기 말로는 내일 아침 일찍 수술 가능하대. 그리고 네 어머니 일은—"

"싫어!" 나는 의도치 않게 소리를 질렀다. "제발, 카일, 이러지 마. 나하고 약속했잖아." 입에서 절박함이 흘러나왔다. "내일 돌아와서 수술받을게. 정말이야."

"말도 안 되는 소리 하지 마, 미아!" 카일이 벌떡 일어나며 소리쳤다. 격한 분노 때문에 턱이 떨리고 있었다. 그 모습이 내 허를 찔렀다. 카일이 내가 혐오스럽다는 듯 뒷걸음질 쳤다. 이런 카일의 모습이 견디기 힘들었다. 그가 고개를 저으며 말했다. "도대체 얼마나 더 거짓말을 할 셈이야?"

모든 게 눈앞에서 빙빙 돌았다. 카일이 주머니에서 뭔가를 꺼내더니 다가와 그것을 침대에 던졌다. 내 비행기표였다. 나는 몸을 웅크렸다. 침대 시트가 나를 통째로 삼켜 준다면 얼마나 좋을까.

"넌 한 번도 수술받을 생각을 한 적이 없잖아. 아니야? 엄마만 찾으면 몸이 어떻게 되든 그냥……."

카일은 하려던 말을 차마 하지 못하고 고개를 젓고는 눈길을 돌렸다. 하느님, 제발 카일에게 절 보라고 해 주세요, 제발. 그러자 정말 카일이 나를 돌아봤다. 하지만 이렇게 말했다. "난 네가 죽음을 두려워하지 않는 줄 알고 감탄하고 있었어. 그런데 사실은 겁쟁이에 지나지 않았다니."

"그렇지 않아, 카일."

"아니라고? 그럼 사실은 그렇지 않다고 말해. 수술받겠다고 말하라고."

나는 아무 말도 할 수 없었다.

"빌어먹을. 미아, 살 수 있는데 위험을 감수하는 게 무서워서 차라리 죽겠다는 거야? 위험을 감수하느니 차라리 널 사랑하는 사람들을 버리겠다는 거야? 정확히 뭐가 두려운 건데? 누가 널 사랑하는 거? 아니면 네가 누굴 사랑하는 거?"

"제발, 카일."

"너한테는 나든 누구든 안중에도 없지. 네가 신경 쓰는 건 너 자신뿐이지."

"그만해!"

"그렇게 힘들게 찾고 있는 엄마한테도 별로 관심 없잖아. 찾는 이유도 그저……." 카일이 공격적인 눈빛으로 나를 바라보며 물었다. "엄마는 대체 왜 찾는 거야, 미아?"

"넌 이해 못 해!" 나는 소리를 질렀다.

"잘 설명해 봐, 그럼." 카일이 발악하듯 나보다 더 큰 목소리로 맞받아쳤다. 속에서 말도 안 되는 수천 개의 변명들이 경쟁하듯 머릿속을 어지럽혔다. 도저히 논리적으로 생각할 수가 없었다. "나는……, 나는 내 마음을 열고 싶지 않아."

"왜 그러고 싶지 않은 건데, 미아?" 카일이 아무 말도 할 수 없을 정도로 경멸 섞인 눈초리로 나를 노려보며 물었다. "열어 봤자 그 안에 아무것도 없을까 봐 두려워서?"

그의 말이 내 마음 깊은 곳으로 폭탄처럼 날아와 터졌다. 카일은 문을 향해 걸어가고 있었다. 안 돼, 지금 이런 식으로 보낼 순 없어. 카일이 걸음을 멈추고 어깨 너머로 나를 돌아봤다. 차가운 눈빛에 무너져 내리는 듯한 고통이 담겨 있었다. 마음이 아팠다. 하지만 이해할 수 없었다. 그는 뭔가를 말하려는 듯했다. 나는 그가 그래 주기를, 그래서 이 순간을 지우고 다시 새로운 순간을 시작해 주기를 기도했다. 하지만 그는 그러지 않았다. 그저 고개를 한쪽으로 갸웃하고는 문을 닫고 나갔다.

안 돼, 아니야, 이럴 순 없어, 아니야. 나는 하염없이 문만 바라볼 수밖에 없었다. 그렇게 하면 그가 마법처럼 다시 돌아오기라도 할 것처럼.

"카일……." 듣지 못할 걸 알면서도 나는 카일의 이름을 불렀다. "카일, 그렇지 않아. 널 좋아해, 아주 많이. 넌 내 삶을 완전히 흔들어 놨어. 그냥 시간이 좀 필요한 거야. 네가 날 떠나지 않는다는 걸 알아야 하니까. 카일, 돌아와, 카일, 카일……."

카일

병실에서 뛰쳐나올 때 내 머릿속에는 한 가지 생각뿐이었다. 가능한 한 빨리 이 빌어먹을 병원을 벗어나고 싶다는 것. 하지만 병원을 벗어나는 대신 나는 건물 주위를 여러 번 돌았다. 분노에 사로잡혀 있었지만, 미아는 실은 내게 북극성과 같은 존재였다. 미아가 살아 있는 한 나는 미아 곁을 떠날 수 없었다. 제기랄. 음료 캔 하나를 발로 찼다가 운동화에 오렌지색 음료가 쏟아져 그 얼룩으로 끈적거렸다. 꼴좋다.

주위를 둘러보니 그네와 놀이 기구가 있는 어린이 놀이터가 있었다. 나는 그쪽으로 가 빈 벤치에 앉았다. 그리고 흐린 하늘을 노려보며 분노를 쏟아냈다. 왜입니까! 하느님! 왜! 도대체 왜요! 왜! 이상하게도 애원하듯 한 마디 한 마디 쏟아낼 때마다 분노가 조금씩 가라앉으면서 슬픔으로 바뀌었다. 그런 다음에는 메스꺼운 죄책감이 찾아왔다. 내가 방금 사랑하는 여자에게 소리를 지른 건가? 방금 중환자실에서 나온, 언제 죽을지도 모르는 사람에게? 바보 같은 놈.

그때 휴대전화가 울렸다. 그 소리에 나는 벼랑 끝에 서 있다가 끌어 올려진 기분이었다. 세 번 울릴 때까지 기다렸다가 배낭에서 꺼냈다. 조시였다. 화면에 조시의 사진이 보였다. 사고 전에 찍은 사진이었다. 순간 번개가 번쩍하더니 무시무시한 천둥소리가 뒤따랐다. 하늘이 둘로 갈라지고, 번갯불이 세포 하나하나를 관통하는 것처럼 몸이 덜컥 흔들렸다. 갑자기, 어떻게, 왜인지도 모르게, 몸에서 스르르 힘이 풀렸다. 몸은 여전히 벤치에 앉아 있었지만, 나머지는 그날 밤, 그 차, 그 시련 속으로 다시 내동댕이쳐졌다.

운전 중인 내 옆에 조시가 앉아 있었다. 밖은 춥고 길은 젖은 상태였다. 빌어먹을 커브 길이 가까워지고 있었다. 나는 어떻게든 그날의 카일에게 브레이크를 밟게 하려고 해 봤지만, 그의 몸은 내 통제 밖에 있었다. 나는 그저 그의 관점에서 상황을 지켜보는 것 외에는 할 수 있는 일이 없었다.

조시가 완전히 술에 취해 휴대전화를 내 눈앞에 들이댔다. 그는 웃고 있었다.

"하지 마, 인마." 내가 말했다. "지금 운전 중이잖아."

나는 조시의 손을 밀쳐 내려고 했지만, 조시는 고집스러웠다. 커브까지는 몇 야드 밖에 남아 있지 않았다.

"아니, 이건 진짜 봐야 해." 조시는 이렇게 말하며 휴대전화를 더 가까이 들이대며 자신이 보여 주고 싶은 걸 보라고 강요했다. 도로가 보이지 않았다.

"저리 비켜!" 나는 온 힘을 다해 그를 밀치며 소리쳤다. 조시는 또 웃었다. 마침내 가까스로 그를 떼어 냈다. 순간, 길을 건너는 노인이 눈에 들어왔다. 이러다 치겠어. 나는 왼쪽으로 핸들을 틀었다. 갑자기 시선이 바뀌면서 눈앞에 노아의 눈이 나타났다. 노아의 차가 반대 차선에서 커브를 돌아 다가오고 있었다.

"안 돼!" 나는 소리 지르며 브레이크를 있는 힘껏 밟았다.

하지만 도로가 너무 젖어 있어 브레이크가 먹히지 않았다. 젠장, 이러다 부딪치겠어! 노아가 나를 바라봤다. 노아의 얼굴이 혼란스러움과 두려움으로 일그러졌다. 나는 조시를 보호하기 위해 오른팔을 뻗었다. 하지만 노아와의 정면충돌을 피할 수 없었다. 공포가 번진 노아의 눈이 영원히 감기는 걸 막을 수 없었다. 뒤틀린 금속이 노아의 살에 박히는 걸, 그의 몸에서 생명이 떠나는 걸 막을 수 없었다. 빌어먹을, 도저히 내 손으로 어떻게 해 볼 방도가 없었다. 나는 비명을 질렀다. 하지만 그 소리는 내 귀에도 들리지 않았다. 그러더니 눈앞이 캄캄해졌다. 소음과 사이렌 소리, 비명과 울음, 사람들이 소리치는 소리가 들려왔다. 고통과 허무함이 밀려왔다. 그 거대한 공허감에 짓눌려 나는 병원 침대에서 깨어나는 순간까지도 숨을 제대로 쉴 수가 없었다.

엄청난 높이에서 떨어지는 듯한 느낌과 함께 나는 다시 몸으로 들어가 벤치에 앉아 있었다. 뺨이 젖어 있었다. 막 내리기 시작한 비 때문만은 아니었다. 나는 휴대전화를 내려다봤다. 그리고 나도 모르게 조시의 전화번호를 눌렀다. 마치 누군가 다른 사람이 내 손가락을 조종하는 것 같았다. 조시가 받기를 기다리면서, 나는 축축한 흙과 신선한 공기의 냄새를 들이마셨다. 하늘을 올려다보니 모든 게 더 밝고, 더 깨끗하고, 덜 괴로워 보였다. 실은 그렇지 않았을지도 모르지만.

"어이, 친구." 조시였다.

나는 한마디도 할 수가 없었다.

"카일, 여보세요?"

천천히, 입이 떼졌다. "어, 나야. 조시……" 또다시 침묵이 나를 제압하려 들었지만, 나는 그대로 두지 않고 계속 말했다. "기억이 돌아오기 시작했어……."

이제 침묵이 이겼다. 나는 마음이 고요해졌다. 정말 오랜만에 처음 있는 일이었다. 전화 반대편에서 절망스러운 목소리가 들려왔다. "미안해." 조시가 훌쩍이며 말했다. "미안해. 차마 말할 용기가 나지 않았어." 조시의 흐느낌이 짓밟듯이 덮쳐 왔다. "내 탓이야. 빌어먹을 내 잘못이야. 망할, 너무 취해 있었어. 내가 너한테 그 빌어먹을 메시지만 보여 주지 않았어도…… 그냥 아무것도 아니었는데. 그냥 동생이 보낸 한심한 농담이었는데. 믿어져? 그 망할 농담 때문에 노아가 죽었다는 게." 맵싸한 눈물이 차올랐다. 눈앞이 흐려졌다. "나는 절대 나 자신을 용서하지 못할 거야." 조시가 증오에 찬 목소리로 말했다. 내가 품었던 증오와 닮아 있었다. "그냥 사라져서 이 빌어먹을 악몽을 끝내고 싶어. 나 같은 놈은 평생 망할 휠체어를 타도 싸. 난 정말 나쁜 놈이야, 카일."

나는 심호흡을 하며 다시 말할 기운을 되찾으려 애썼다. "그거 알아?" 감정이 북받쳐 목소리가 잘 나오지 않았다. "노아는 네가 그러길 바라지 않을 거야, 그리고……" 나도 모르게 미아가 한 말을 그대로 따라 하고 있었다. 미아, 미아가 늘 했던 말이었다. "하느님도 네가 그 일로 자책하길 원치 않으실 거야. 이젠 알겠어. 확신해."

"카일." 조시가 속삭였다. "엄마가 오고 계셔. 그만 끊어야 해."

"전화해, 알았지?"

"그럴게."

조시가 전화를 끊었다. 나는 휴대전화를 집어넣고 상쾌한 공기를 들이마셨다. 작은 소녀가 나를 바라보는 게 보였다. 자그마한 코에 튜브를 꽂은 그 아이는 머리카락이 없었다. 세 살도 채 안 돼 보였다. 밝은 눈이 웃는 것만 같았다. 아이가 무릎을 꿇더니 꽃을 꺾어 내게 건넸다. 나는 눈물을 흘리며 웃어 주었다. 아이의 작은 눈에서 미아가 보였다. 아이는 손을 흔들고는 다른 아이들에게로 뛰어갔다. 한 젊은 여자가 다른 벤치에서 나를 보고 있었다. 아이의 엄마인 듯했다. 우리는 희미한 미소를 주고 받았다. 미아의 모습이 그려졌다. 병원 침대에 누워 내가 그곳에서 꺼내 주기를 간절히 바라는 미아의 모습이. 순간, 미아가 이 작은 소녀 못지않게 약한 상태라는 깨달음이 왔다.

지난 한 달 동안, 나는 괴로움과 절망, 고통의 의미를 알게 되었다. 하지만 미아가 겪은 일은 여전히 상상조차 할 수 없었다. 만일 미아가 정말 이 세상을 살아가기에는 너무 약하고, 너무 섬세하고, 너무 착한 거라면 어떡하지? 미아가 말한 그 금성 얘기가 진짜라면, 결국 미아가 거기서 행복할 수 있다면 어떡하지? 내가 뭐라고 그걸 막을 수 있을까? 아무리 미아가 없으면 내가 죽는다고 해도, 내가 뭐라고 미아에게 더 머물러 달라고 요구할 수 있을까? 젠장, 내가 이기적인 유전자를 물려받았더라면 좋았을 텐데.

이제 나는 미아가 보고 싶었다. 미아의 고통을 덜어 주고, 혼자가 아님을 알려 주고 싶었다. 그리고 미아가 정말 원하는 게 그거라면, 미아에게 힘이 되어 주고 미아의 마지막 날들을 죽음조차 지우지 못할 만큼 기억에 남을 날들로 만들어 주어야겠다고 생각했다. 나는 자리에서 일어났다. 내 결정이 옳다고 느끼면서도, 걷는 동안 내내 몸이 떨렸다. 얼굴에는 여전히 눈물이 강물처럼 고요하게 흐르고 있었다.

미아

왜 돌아오지 않지? 왜 내 병실에 전화하지 않는 거야? 이렇게 기다리는 것보다 더 고통스러운 일이 또 있을까? 전화기도 없고 연락도 할 수 없는 상황에서 이렇게 침대에 누워 돌아오기만 바라는 건 최악의 악몽보다 더 끔찍했다. 그래서 나는 결심했다. 여기서 뛰쳐나가 그를 찾기로. 간호사들이 피를 뽑고, 약을 주고, 소독을 반복하는 일련의 과정을 다 끝내고 마침내 혼자가 되자, 나는 정맥 주사 관을 고정하기 위해 붙여 놓은 테이프를 떼기 시작했다. 그런데 다 떼기도 전에 누군가가 문을 세게 세 번 노크하는 소리가 들렸다. 카일이다! 카일이 틀림없었다.

"들어오세요." 나는 소리쳤다. 그리고 문이 열리는 걸 지켜봤다.

중환자실에서 나를 담당했던 의사의 빨간 곱슬머리가 가장 먼저 눈에 들어왔다. 다음으로 그녀의 손에 들린 차트가 보였다. 나는 애써 실망감을 감췄다.

"정맥 주사에 문제가 있니?" 의사가 내 실패한 탈출 시도의 흔적을 가리키며 물었다. "불편하면 간호사를 불러서—"

"아니요, 괜찮아요. 고맙습니다." 나는 대답했다. 의도치 않게 퉁명스러운 말투가 튀어나왔다. "그냥 조금 가려워서요. 그게 다예요."

"근무 교대 시간이 몇 분 안 남아서…… 그냥 괜찮은지 확인하려고 왔어."

"괜찮아요, 고맙습니다." 나는 그녀를 보지도 않고 대답했다. 내 어조는 그만 가 줬으면 좋겠다는 뜻을 분명하게 드러내고 있었다.

하지만 의사는 말귀를 알아듣지 못한 듯했다. "부모님은 어디 계시니, 미리엄? 이곳 오비에도에 같이 계시니?"

"아니요." 진짜 궁금하세요? "부모님은 집에, 그러니까…… 버지니아에 계세요."

"미안한데, 오해가 없도록 이유를 분명히 해야 할 것 같은데." 의사는 잔뜩 화가 난 얼굴이었다. "부모님이 종교적인 이유로 수술을 반대하신다고 했는데, 이런 상태로 여행하는 건 허락하셨다고?"

"제가 간절히 부탁했거든요." 나는 받아들여질 만한 핑계를 애써 생각해 가며 대답했다. "전 제 꿈을 이루기 전에는 죽고 싶지 않았어요."

"어떤……?"

"세상을 보는 거요."

"이해해." 하지만 의사는 이해하지 못하는 게 분명했다. 그녀
는 내 차트를 내려다보며 말했다. "네 차트에 빠진 정보가 있던
데. 여권 번호도 그렇고, 주소도……."

"네, 어, 실은 지금 제 물건이 저한테 없어요. 하지만 내일은
가져올 수 있어요."

"아니, 미리엄." 의사가 좌절감으로 이마를 찌푸리며 말했다.
"넌 지금 네 상태가 얼마나 심각한지 잘 모르나 본데, 우린 널 오
늘 밤 여기에 둘 수밖에 없어."

"저한테 강요하실 순 없어요." 나는 화가 났다.

"아니, 제발, 진정해. 화내면 너한테 좋지 않아. 물론 누구도
너한테 뭘 강요할 순 없어. 종교적인 이유로 수술을 받을 수 없
다는 것도 이해해. 그렇지만……" 의사가 고개를 저었다. 이마의
주름이 두드러졌다. "넌 아직 어려, 미리엄. 앞날이 창창하게 남
아 있다고. 대체 어떤 신이 네가 최소한의 치료도 해 보지 않고
죽기를 바라겠니?"

왜 자기하고 상관도 없는 일에 간섭하는 거지? 화가 치밀어
올라 점점 속이 메스꺼워졌다. 입에서 함부로 말이 튀어나왔다.
"그렇다면 대체 어떤 신이 모두가 예외 없이 고통스럽게 죽는

세상에 내가 계속 머물기를 바라겠어요?"

의사가 눈에 띄게 연민 어린 눈길로 잠시 나를 가만히 바라보았다. 그녀의 커다란 초록 눈은 뭔가 좋은 것, 뭔가 말로 정의할 수 없는 따스함을 담고 있었다. 나도 모르게 마음이 끌리기 시작했다.

"내 말이……" 마침내 그녀가 말하기 시작했다. "네 나이 또래의 여자애한테는 가혹하게 들릴 수도 있겠구나. 하지만 네가 무슨 말을 하려는지는 알겠어. 나도 그렇게 생각했었으니까, 몇 년 전까지만 해도." 정말? 못 믿겠는데. "그런데, 어떤 환자를 만나고 나서 바뀌었어. 나이가 많은 남자 환자였는데, 내 인생관이 완전히 바뀌었지. 그리고……" 의사가 침대 가장자리를 가리키며 물었다. "앉아도 될까?"

속으로는 그러지 말라고 소리 지르고 싶었지만 나는 고개를 끄덕였다. 마음을 달래는 듯한 그녀의 목소리를 계속 듣고 싶었다. 그녀에게서는 재스민과 제비꽃 향이 섞인 기분 좋은 달콤한 향기가 났다. 바로 전에 머물렀던 위탁 가정의 엄마가 정원에서 키우던 꽃들의 향기였다.

"심장마비로 우리 병원에 실려 온 환자였어." 의사가 말을 이었다. "그해에만 벌써 세 번째 심장마비였고, 그 환자를 살리기 위해 우리가 할 수 있는 일은 아무것도 없었어. 적어도 우린 그렇다고 생각했어. 그런데 몇 분이 지나자 그의 심장이 다시 뛰기 시작했어. 그리고 회복된 후에 그가 해 준 말이 있어. 지난 인생이 눈앞에서 영화처럼 지나가더라고. 그리고 살면서 자신이 초래한 고통, 견뎌낸 그 모든 고통이 다 무의미하고 불필요한 것이었음을 깨달았다고. 모든 고통의 원인은 결국 사랑이 부족해서라고. 그러면서 '사랑하는 사람은 결코 고통에 시달리지 않는다'라는 말도 했어. '자신이 느끼지 못하는 사랑을 타인이 자신에게 주기를 기다리는 사람만이 고통에 시달린다'라는 말도."

그녀의 말에 나는 이미 알면서도 오랫동안 잊고 있던 진실을 떠올렸다. 마음 한구석에 처박아 뒀던 그 말이 지금 왠지 위안이 되었다. 그녀는 친절하게 내 팔에 다시 밴드를 붙여 주었다. 그러는 동안 아직 지워지지 않고 남아 있던 집시 여자가 해 준 말을 관심 있게 봤다.

"딱 맞는 말이네." 의사가 말했다. "오랫동안 의학을 공부하면서 깨달은 건, 어떤 수술로도 상처받은 마음은 고쳐 줄 수가 없다는 거야. 오직 사랑만이, 오직 주는 사랑만이 그걸 할 수 있다는 걸 깨달았어. 받기를 기대하는 그런 사랑이 아니라."

나는 말없이 그녀를 바라봤다. 1분 전만 하더라도 나는 이런 대화를 엄마와 할 수만 있다면, 엄마의 품에 안겨 울 수만 있다면, 엄마에게 조언을 구하고 엄마에게서 위안을 구할 수만 있다면, 그리고 내가 어떻게 해야 할지 엄마한테 들을 수만 있다면 뭐든 내놓을 수 있다고 생각했었다. 그런데 그건 이제 일어나지 않을 일이었고, 그렇든 말든 더 이상 신경 쓰이지 않았다. 내가 잘 알지도 못하는 의사가, 갑자기, 자신이 원해서 내게 애정을 베풀고 있었다. 이 생각을 하자 나는 울고 싶어졌다. 슬퍼서는 아니었다. 눈물을 참으며 나는 의사에게 물었다. "혹시 아이가 있나요?"

내 질문에 그녀는 불편한 기색이었다. 하지만 티 내지 않으려 애쓰며 고개를 저었다.

"음, 그렇다면 그냥 아이가 있다고 가정해 볼게요." 나는 이어서 말했다. "딸이 있는데 수술을 받아야 한다고 쳐요. 딸한테 뭐라고 말해 주겠어요? 수술을 받으라고 권하겠어요?"

"물론이지. 언제나, 싸움을 멈추지 말라고 말해 줄 거야."

"심장을 절개해 봐야 아무 소용이 없을 수도 있고, 회복하려면 오랫동안 고통스러울 수 있는 데도요?"

"삶은 정말 많은 아름다움을 우리에게 제공해 줄 수 있어. 문제는 우리가 그걸 볼 수 있느냐에 달려 있지……. 잠깐의 고통은 남아 있는 행복한 날들에 비하면 아무것도 아니야."

그녀의 목소리가 마치 끝없이 울려 퍼지는 달콤한 메아리처럼 내 안을 가득 채웠다. 여전히 그녀를 믿기 힘들었지만, 뭐 어떤가? 그녀의 말은 내게 한없이 달콤하게 들렸다. 카일 곁에서 카일과 함께 보낸 날들이 떠올랐다.

"만일 내가 수술받겠다면……." 내가 하는 말이 마치 다른 사람이 하는 말처럼 들렸다. "직접 수술해 주겠다고 약속할 수 있어요?"

은밀한 만족감이 그녀의 가냘픈 입술 위를 스치듯 지나갔다. "물론이지."

그녀가 내 머리카락을 귀 뒤로 쓸어 넘기며 대답했다. 그녀의 따뜻한 손길에 나는 가벼운 오한과 동시에 기분 좋은 간지럼을 느꼈다. 처음 받아보는 느낌이었다. 다른 날 만났더라면 더 있어 달라고, 더 얘기해 달라고 부탁했겠지만, 그럴 수 없었다. 오늘은 아니었다.

"좀 쉬도록 해, 미리엄." 그녀가 자리에서 일어나며 말했다. "근무가 시작되는 여덟 시에 확인하러 올게. 그때 준비 시작하도록 하자."

그녀가 일어나 문가로 걸어가는 걸 보는데, 갑자기 퍼뜩 정신이 들었다. 내가 방금 뭐라고 한 거야? 나 지금 수술 동의한 거야? 오, 이런. 이렇게 두려운 적은 난생처음이었다. 몸이 떨려왔다. 빌어먹을 기계 장치가 악마처럼 삑삑거리기 시작했다. 그만해. 나는 공황 상태에 굴복하지 않았다. 의사가 돌아서서 의아한 표정을 지었다. 내가 심호흡하자 기계음이 잦아들었다. 그녀는 고개를 끄덕하더니 내 차트에 뭔가를 적어 넣었다. 그동안 나는 창밖의 하늘을 바라봤다. 내 마지막 날이 될지도 모르는 날의 해가 저물고 있었다. 내가 하고 싶은 건 카일과 함께 남은 시간을 보내는 것뿐이었다. '엄마'를 찾는 일은 모래성처럼 허물어졌다. 애초에 내 상상 속에서만 있었던 일, 처음부터 존재한 적도 없는 일 같았다. 모든 게 터무니없게 느껴졌다. 모든 것이, 내 인생 전체가, 완전히 무의미했다. 한 번도 날 위해 빛나지 않았던 태양 때문에, 바로 코앞에서 반짝이는 그 모든 아름다운 별들을 도외시해왔다는 사실을 깨달았다.

의사가 나가려다 한 번 더 돌아서서 우울한 표정으로 말했다. "잘 자라, 미리엄. 좀 자 둬."

그녀가 병실을 떠났다. 자신도 모르게 나를 평생의 불행과 혼란, 순전한 광기로부터 풀어 주고서. 순간 머릿속이 온통 내 가장 밝은 별, 카일에 대한 생각으로 가득 찼다. 카일, 대체 어디 있는 거야?

나는 밴드와 정맥 주사, 그리고 기계와 연결된 모든 전극을 떼어 냈다. 그리고 아주 천천히, 일어나 보려고 노력했다. 내가 잘못 아는 게 아니라면, 옷은 여전히 벽장에 걸려 있을 터였다.

카일

미아를 조금 놀라게 해 줄 생각으로 병원으로 들어가는데, 입구에서 우연히 경찰관 네 명을 만났다. 그들은 흰 가운을 입은 어느 남자와 얘기를 나누고 있었다. 언뜻 들으니 미아의 이름을 얘기하고 있었다. 어떻게 미아를 여기서 꺼낼지 아무런 방법도 없는 상태였지만, 나는 일단 엘리베이터를 타고 6층을 눌렀다. 내가 아는 건 오로지 저들보다 먼저 미아에게 가야 한다는 것뿐이었다. 문이 완전히 닫히기 직전, 아까 그 흰 가운을 입은 남자가 손가락으로 엘리베이터를 가리키는 모습이 보였다. 젠장.

올라가는 동안 나는 애써 계획을 짜냈다. 미아의 병실은 복도 끝, 엘리베이터에서 가장 멀었다. 사람들에게 들키지 않고 엘리베이터를 탈 시간이 없다는 의미였다. 미아를 숨겨야 했다. 하지만 어떻게? 어디에? 빌어먹을. 구출 작전이나 그런 거에 대한 영화라도 좀 많이 봐 둘 걸 그랬다.

드디어 엘리베이터가 멈췄다. 문이 열림과 동시에 나는 조용히 엘리베이터에서 내렸다. 그런데 눈앞에 보이는 광경에 정신이 아찔해졌다. 미아가 바로 거기에 있었다. 혼자, 지친 모습으로, 기나긴 복도를 절뚝거리며 걸어오고 있었다. 미아가 떨리는 입술로 나를 보며 미소를 지었다.

"야, 야, 야," 나는 미아 옆으로 뛰어가며 말했다. "왜 나왔어?"

"너 찾고 있었지." 미아의 목소리가 너무 작아서 나는 간신히 알아들을 수 있었다. 가슴이 찢어졌다. "카일, 나는……."

"쉿." 나는 미아의 허리에 팔을 둘러 부축한 다음 엘리베이터를 가리키며 말했다. "그들이 올라오고 있어."

미아가 놀란 눈으로 돌아봤다. 웅웅거리는 엘리베이터 진동음이 그들이 거의 도착했음을 알렸다. 우리는 숨을 곳을 찾느라 사방을 두리번거렸다. 하지만 복도 전체에 입원실들이 줄지어 있었다. 병실마다 환자들이 가득할 게 분명했다. 엘리베이터가 멈췄다. 미아가 간절한 눈빛으로 나를 바라봤다. 좋아, 그렇다면, 선택의 여지가 없었다. 나는 오른쪽 첫 번째 병실 문을 열고 들어갔다. 그리고 문을 닫은 후 방안을 둘러봤다. 침대에 노부인이 다양한 기계에 연결된 상태로 누워 있었다. 잠든 것처럼 보였다. 나머지 침대는 비어 있었다. 한쪽에는 고정 창문이, 다른 쪽에는 욕실 문과 휠체어가 있었다. 무슨 계획인지 말해 달라고 간청하는 듯한 표정으로 미아가 나를 바라봤다.

"아래층에서 우연히 경찰관들을 봤어." 나는 속삭였다. "그 사람들이 네 얘기를 하고 있었어. 시간이 많지 않아, 알겠어? 그들이 네 병실에 도착하자마자, 우린 엘리베이터로 달려가야 해."

미아는 건성으로 장난기 있게 웃어 보이며 고개를 끄덕였다. "좋아, 달리기는 내 전문이잖아. 너도 알다시피."

좋아. 나는 논리적으로 생각할 겨를이 없었다. 발소리와 목소리가 복도에서 점점 가까이 들려오기 시작했다. 우리는 말없이 서로를 바라봤다. 미아의 눈이 쉬고 싶다고 말하고 있었다. 내 눈은 남은 평생 미아를 보고 싶다고 말하고 있었다. 침대에 누워있던 노부인이 잠꼬대를 몇 마디 했다. 발소리가 우리가 있는 병실 앞을 지나 복도 저편으로 사라졌다. 소리가 줄어들자, 나는 문을 열고 밖을 내다봤다. 아무도 없었다. 나는 미아를 안아 든 후 엘리베이터를 향해 달렸다. 우리는 들키지 않고 엘리베이터에 탈 수 있었다. 내가 판단하기로는 그랬다. 미아가 1층 버튼을 눌렀다. 나는 숨을 깊이 들이쉰 후 재빨리 내쉬었다. 기진맥진해 보이면서도 여전히 미소를 띤 미아가 나를 바라보며 어깨에 머리를 기댔다. 뭔가 달라진, 편안해진 모습이었다.

"나를 그냥 두고 떠나지 않아 줘서 고마워."

"절대 그럴 일 없거든. 내 말 들었어?"

미아가 들었는지 안 들었는지는 알 수 없었다. 미아는 대답하는 대신 눈을 감았다. 엘리베이터가 내려가는 동안 들리는 거라고는 약하고 불안정한 미아의 숨소리뿐이었다.

엘리베이터가 1층에 도착하자 나는 경찰관이 없는지 확인하기 위해 주위를 둘러봤다. 그리고 어떻게 해야 할지도 잘 모르는 채 출구를 향해 성큼성큼 걸어갔다. 사람들이 우리를 지켜보고 있었지만, 의심보다는 동정 어린 눈빛이었다. 나는 속도를 늦추지 않았고, 잠시도 뒤를 돌아보지 않았다. 드디어 출구를 통과했다. 일단 밖으로 나오자, 나는 복도를 따라 밴이 있는 곳을 향해 걸었다. 심장이 쿵쾅거렸다. 나는 지금 내 여자를 확실한 죽음, 합의된 자살 행위로 이끌고 있었다. 그런 내가 싫었다. 하지만 그것이 그녀가 원하는 것이었고, 그걸 거부하기에는 나는 그녀를 너무 사랑했다. 마음속 가득 무력감이 번졌다. 나는 미아를 조수석에 앉히고 운전대를 잡았다. 그리고 서둘러 병원을 벗어났다. 꺼져가는 마지막 희망의 불씨를 뒤로한 채.

카일

어두운 하늘에서 반짝이는 별들만이 우리의 탈출을 지켜본 유일한 증인이었다. 아니, 적어도 그렇기를 바랐다. 우리가 병원을 떠난 지 30분이 지났다. 지금 봐서는 아무도 우리를 뒤쫓아오지 않는 듯했다. 미아는 이동하는 내내 옆으로 누워 선명한 꿀 빛깔의 눈동자를 내게서 떼지 않았다. 입술에는 고요한 미소를 머금고 있었다. 지금껏 본 적 없는, 너무나 평온하고 또 너무나…… 행복해 보이는 모습이었다. 소용돌이가 휘몰아치듯 온통 격한 감정이 터져 나오는 내 마음과는 달리, 그녀는 자신의 결정에 무척 만족한 듯 보였다.

"카일." 미아가 입을 열었다. 여전히 기운 없는 목소리였다. "나……."

"쉿." 내가 말했다. "좀 쉬고 있어. 아직 한 시간은 더 가야 해."

"어디로 데려가는 거야?"

설마 진담인가. 나는 미아가 너무 아파서 헛소리하는 건 아닌지 확인하기 위해 힐끗 돌아봤다. 하지만 약간 놀란 표정을 보니 정말 진심인 듯했다. "물론 네 어머니 집이지."

"아니, 제발, 가지 마."

대체 왜 이러지? 나는 조금 속도를 늦추고 미아를 바라보았다.

미아가 내 손을 잡으며 말했다. "태양을 기다리느라 이미 너무 많은 시간을 허비했어." 미아가 내 손가락에 입술을 가져다 댔다. 그리고 다시 말을 이었다. "오늘 밤은 그냥 나의 하늘에서 가장 밝게 빛나는 별과 함께 보내고 싶어." 이 놀라운 말의 의미를 내가 머릿속으로 미처 다 헤아리기도 전에, 미아가 덧붙였다.

"내일 아침 8시에는 병원에 가야 해. 수술을 받을 생각이야. 하지만 지금 당장은, 어디든 좋은 곳으로 데려가 줘. 그래 줄 거지?"

그 말에 어둡기만 했던 밤 전체가 환하게 밝아졌다. 공허했던 내 마음이 충만해지고, 새로운 생명력으로 차올랐다. 미아의 말은 암흑을 빛으로, 우주 가장 먼 곳에까지 가 닿을 것 같은 빛으로 바꿔 놓았다. 나는 미아의 손을 내 입술에 가져가 이 우주만큼 큰, 아니 어쩌면 그보다 더 큰 애정을 담아 그녀에게 키스했다.

미아

시간이 지날수록 나는 기분이 좋아졌다. 왠지 더 차분하고 더 평온해지는 기분이 들었다. 그가 나를 어디로 데려가는지는 알 수 없었지만, 그런 건 중요하지 않았다. 그와 함께 있다는 것, 그거면 충분했다. 내 평생 처음 느껴 보는 감정이었다. 지금까지 내가 늘 느낀 감정은 죄책감에 가까웠다. 딱히 설명할 수는 없지만 뭔가 내가 잘못하는 것 같은 느낌, 실수하는 것 같은 느낌이었다. 그런데 지금은…… 수술 때문인지, 카일과 함께 있어서인지, 그것도 아니면 아까 만난 그 의사 때문인지, 두려움이 완전히 사라졌다. 그런 건 이제 아무것도 아니었다. 이보다 더 짜릿할 수는 없었다.

우리는 몇 분째 구불구불한 길을 가는 중이었다. 그런데도 나는 용케 어지러움과 메스꺼움을 참아가며 계속 옆으로 누워 카일만을 바라보았다. 카일은 행복해 보였다. 하지만 창백한 얼굴과 떨리는 손은 그 역시 죽도록 두려워하고 있다는 사실을 감추지 못했다. 나 역시 두려웠다. 하지만 아주 잠깐, 두 가지 문제에 생각이 머무는 순간에만 그랬다. 내일 날이 밝으면 카일과 헤어지게 된다는 생각, 그리고 수술을 받게 된다는 생각이었다. 나는 창밖을 내다보았다. 별이 가득한 밤하늘에 희미하게 빛나는 창백한 달이 보였다. 그리고 그 옆에 금성이 자리 잡고 있었다. 숲 바닥 위에는 무성한 나무들이 흔들림 없이 벽을 쌓고 있었다. 어두운 밤도 그 푸르른 초록빛 광채를 가리지 못했다. 이따금 나는 지금 내가 꿈을 꾸고 있는 건지, 깨어 있는 건지, 아니면 꿈속에서 또 꿈을 꾸고 있는 건지 알 수가 없었다.

카일이 나를 돌아봤다. 눈이 마주치자 그가 미소를 지었다. 그 미소, 바로 내가 암흑 속에서 표류하는 이 고독한 행성에 남고 싶은 이유였다.

"미아, 저거 보여?" 그가 내 오른쪽을 가리키며 말했다.

돌아보니 관광 명소를 가리키는 갈색 표지판이 보였다. 거기에는 예상치 못했던 놀라운 글자들이 적혀 있었다. '산투아리오 데 라 비르헨 데 코바동가(Santuario de la Virgen de Covadonga, 코바동가 성모 성지)'. 나도 모르게 목에 걸린 펜던트에 손이 갔다. 나는 눈에 감사함을 가득 담아 카일을 돌아보았다.

"엄마 찾는 일이 계획대로 되지 않을 경우를 대비해서." 카일이 약간 상기된 얼굴로 말했다. "이건 차선책이었어. 널 여기로 데려오는 거."

"아, 카일." 나도 모르게 탄성이 터져 나왔다. "고마워. 늘 여기에 와 보고 싶었어."

"나도 고마워, 미아. 널 만나지 않았다면 나도 여기에 와 보지 못했을 거야. 그리고, 농담이 아니라, 여긴 정말 이 세상이 아닌 것 같다." 그의 말에 내 마음이 따뜻해졌다. "저것 좀 봐." 그가 산 꼭대기를 가리키며 말했다.

그 위에는 장엄한 대성당이 구름처럼 자리 잡고 앉아 우릴 기다리고 있었다. 성당과 짝을 이룬 탑들이 하늘을 간질일 듯 높이 솟아 있는 게 보였다. 사진에서는 화려하고 멋지게만 보였는데, 실제로 보니 이 세상의 차원을 넘어 더 좋은 곳에서 튀어나온 듯 비현실적인 느낌마저 들었다. 나는 창문을 내리고 상쾌한 밤공기를 들이마셨다. 숲의 향기와 물의 냄새, 생명 가득한 그 모든 것들의 기운이 느껴졌다. 카일이 동굴 입구 옆에 밴을 주차했다. 내가 꿈에서 수없이 찾아왔던 바로 그곳에.

"우리가 해냈어." 카일이 핸드 브레이크를 당기며 말했다. "여기서 몇 분만 기다려 줄 수 있어?"

"당연하지. 대체 날 뭐로 보는 거야?" 나는 윙크하며 대답했다.

"좋아." 카일은 거의 명령에 가까운 말투로 이렇게 말하고는 서둘러 차에서 내렸다.

나는 생동하는 밤의 정적을 한껏 음미했다. 나무들과 탁 트인 공간, 심지어 아스팔트 길조차도 대낮의 부산함이 없으니 더욱 활기차 보였다. 뒤에서 카일의 소리가 들렸다. 옆문에서 뭔가를 옮기는 것 같았다.

"몰래 보기 없기." 어딘가에서 카일이 소리쳤다.

나는 조용히 키득거리며 웃었다. 그의 말이 맞아서다. 다른 때였으면 호기심을 참지 못했을 것이다. 하지만 오늘 밤은 아니었다. 오늘 밤 내게 필요한 건 날 둘러싸고 있는 아름다움이면 충분했다. 이런 장려한 풍경을 모두에게 보여주고 싶었다. 아, 내 카메라. 카메라가 있다는 걸 잊을 뻔했다. 나는 배낭에서 카메라를 꺼내 눈에 띄는 모든 것을 찍기 시작했다. 내일 사진 블로그에 올려 달라고 카일에게 막 부탁하려는데, 문 앞에 카일이 뭔가 꿍꿍이가 있는 사람처럼 짓궂은 표정으로 서 있는 게 보였다. 그가 흠잡을 데 없는 신사처럼 정중하게 조수석 문을 열며 말했다.

"자, 이거 받아." 그가 1유로짜리 동전 두 개를 건넸다. "나중에 필요할 거야."

카일은 이곳에 대한 모든 정보를 읽은 게 분명했다. 나는 그의 목에 팔을 둘렀다. 그가 다시 한번 나를 들어 올렸다. 내가 유일하게 머물고 싶은 집의 두 기둥인 양팔로.

"최대한 누려." 그가 장난스럽게 말했다. "이렇게 게으르게 굴 수 있는 것도 오늘 밤이 마지막일 테니까. 알았지? 다음부터는 옆에서 걸어야 할 거야. 아니면……." 그가 우스꽝스러운 표정을 지으며 고민하는 척했다. "혹시 모르는 일이지. 내가 네 팔에 안겨 있을지도."

그럴 수만 있다면 나는 기꺼이 뭐라도 내놓을 것이다. 다른 건 차치하고 옆에서 걸을 수만 있어도. 나는 카일을 바라봤다. 우리는 입으로는 웃고 있었지만, 눈으로는 감히 말로 표현할 수 없는 두려움을 똑같이 공유하고 있었다. 나는 그의 어깨에 머리를 기댔다. 그리고 한마디도 하지 않고 조용히 주위를 둘러봤다. 그도 말이 없었다. 이곳의 정적은 우리가 깨기엔 너무나 깊고 고요했다. 우리는 산의 심장부로 들어가는 돌길을 따라 내려갔다. 우리를 둘러싼 암벽은 전투와 사랑, 슬픔, 아니 무엇보다 인간의 광기를 이야기하고 있었다. 길은 동굴로 이어졌다. 한쪽에 성모상이 바위를 등지고 서 있었다. 내 목에 걸린 채 평생 내 곁을 지켜 준 바로 그 성모상이었다. 반대편에는 바위틈에 난간으로 둘러싸인 웅덩이가 하늘을 향해 열린 듯 나 있었다. 카일이 나를 난간으로 데려가더니, 마치 공주님 대하듯 우아하고 부드럽게 나무 벤치에 내려놓았다. 그러고는 뒤로 물러나 예술가가 작품 감상하듯 유심히 바라봤다.

"이곳이 네 탄생과 무슨 관계가 있는지는 잘 모르겠지만," 그가 말했다. "하지만 뭔가가 있어. 너도 마찬가지고. 그래서 네가…… 요정 같은가 보다."

그게 무슨 말인지 정확히 알 수 없었지만, 오늘 밤 한 번만 더
그런 찬사를 듣는다면 '급성 아부 중독증'이라도 걸려 죽을지
모른다는 생각이 들었다. 나는 이곳의 어느 한 곳도 놓치고 싶
지 않았다. 그 욕망이 나를 짓누르던 피로를 억눌렀다. 나는 두
손으로 난간을 붙잡고 몸을 일으켰다.

"야, 야, 뭐 하는 거야?" 카일이 팔로 나를 감싸 안으며 말했다.
"너 정말 괜찮아?"

나는 대답하지 않았다. 눈도 돌리지 않았다. 다만 그를 가까
이 꼭 끌어안았다. 그가 내게 한 번 입을 맞췄다. 몸 안의 모든 세
포가 되살아나는 느낌이었다. 우리는 함께 철제 난간 너머로 몸
을 기댔다. 발아래 바위틈에서 물줄기가 뿜어져 나와 가느다란
폭포를 이루며 저 아래 자연 연못으로 떨어져 내렸다.

"소원을 비는 연못이야." 내가 속삭였다. "항상 이곳을 꿈꿔
왔어."

"이곳이 너를 꿈꿔 왔다고 해도 놀랍지 않을 것 같은데."

나는 그를 흘깃 돌아봤다. 누군가의 입술에서 그토록 아름다
운 말이 나올 수 있다는 게 놀라웠다. 나는 아무 말도 하지 않았
다. 아니, 아무 말도 할 수가 없었다. 그저 그에게 동전 하나를 건
넸다. 한쪽 면에 왕의 얼굴이 새겨져 있는 게 보였다.

"준비됐어?" 그가 난간 위로 팔을 뻗으며 물었다.

어떻게 준비가 안 될 수 있을까? 나처럼 이미 모든 걸 다 가진 사람에게 소원은 단 하나였다. 그건 바로, 이 행복이 영원하기를 바라는 것.

우리의 시선이 뒤엉켰다. 그때 카일이 위엄 있게 하늘을 올려다봤다. 별과 대화라도 하려는 듯한 모습이었다. 그리고 다시 나를 돌아봤다. 눈에 희망이 가득했다. 우리는 함께 동전을 던졌다. 그리고 동전이 그 찰랑이는 안식처로 떨어져 내리는 모습을 지켜봤다.

카일이 나를 꼭 안았다. 그리고 다리에 힘이 풀릴 정도로 황홀한 미소를 지으며 말했다. "내 차선책은 이게 끝이 아니야."

카일

나는 그저 미아의 소원이 내 소원과 같기를 바랐다. 내 소원은 미아가 그 수술에서 살아남는 것이었다. 미아를 다시 밴으로 데려가는 동안, 그것 말고는 아무 생각도 나지 않았다. 마치 전쟁이 임박했음을 알리는 북소리처럼 계속 내 머리가 울렸다. 나는 미아에게 눈을 감아 보라고 얘기했다. 내가 준비한 것을 미아가 보길 원치 않았다. 실은, 미아 모르게 미아를 잠시 바라보고 싶은 마음이 더 컸다. 늘 미아의 피부에서 배어 나오는 비현실적인 천상의 후광이 달빛을 받아 더 빛났다. 세상에, 할 수만 있다면 당장 멈춰 서서 그녀를 그리고 싶었다. 그러고 보니 미아가 이토록 아프지 않다면 당장 함께 할 수 있는 일이 많았다.

미아 모르게 모든 걸 준비하는 일은 쉽지 않았다. 특히 페이스트리가 그랬다. 색이 모두 다른 열일곱 개의 컵케이크를 찾기 위해 매장을 세 군데나 들러야 했다. 특별한 소녀는 특별한 깜짝 선물을 받아야 마땅하니까. 나는 미아가 그것들을 보고 보일 반응이 궁금해 기다릴 수가 없었다.

"조심해." 밴으로 가면서 나는 미아에게 말했다. "의자에 앉혀 줄게, 알았지? 하지만 절대로 미리 엿보지는 마."

미아는 눈을 꽉 감고 있었다. 자기도 모르게 눈이 떠질까 봐 두려운 듯했다. 나는 미리 준비해 둔 의자에 미아를 앉혔다. 바로 몇 피트 떨어진 테이블에 컵케이크가 놓여 있었다.

"뭐 하려는 거야?" 미아가 물었다.

"쉿……."

나는 재빨리 컵케이크마다 초를 하나씩 꽂았다.

"이제 눈 떠도 돼?"

"쉿." 나는 초에 불을 붙이며 말했다. "기다리는 자에게 복이 있나니."

미아가 킁킁 냄새를 맡아 보더니 얼굴을 찌푸렸다. "뭔가 타는 것 같은데."

"조용히 해……."

드디어 마지막 초에 불을 붙였다. 나는 미아의 손을 잡고 부드럽게 일으켜 세운 다음 테이블 쪽으로 이끌었다. "좋아, 이제 떠도 돼."

미아가 눈을 떴다. 그리고는 곧바로 표정이 어두워졌다. 미아는 컵케이크들을 물끄러미 바라봤다. 놀람도 혼란스러움도 아닌, 그 중간 어디쯤인 표정이었다. "이게……, 이게 다 뭐야?"

나는 미아의 손을 잡고, 안심하라는 눈빛으로 바라봤다. "미아, 이게 뭐냐면, 그동안 지나온 모든 생일을 축하하는 초야. 네가 태어난 걸 기뻐하는 사람, 네가 이 세상에 존재하는 걸 정말 고마워하는 사람과 함께 끄라고."

내 말은 사랑의 화살이 되어 미아의 고통에 정통으로 가서 꽂혔다. 소리 없는 눈물이 미아의 눈에서 끊임없이 솟아 나왔다. 미아가 우는 모습을 보니 마음이 아팠다. 미아의 눈물에 나도 눈물이 날 것 같았다. 하지만 미아 앞에서 우는 모습을 보이고 싶지는 않았다.

"고마워." 미아가 말했다. "세상에 이보다 감미로운 선물은 없을 거야."

"아니, 미아. 세상에 이보다 감미로운 선물은 네가 이 세상에 온 거야. 그리고 이 세상에 발을 들인 사람 가운데 가장 놀라운 사람과 함께 할 기회를 내게 준 것도. 그리고, 케이크 장식 위로 촛농이 떨어지는 걸 보고 싶은 게 아니라면 얼른 불을 끄는 게 좋겠어."

미아는 눈물이 범벅된 얼굴로 끄덕이며 키득거렸다. 그리고 고개를 숙여 불을 껐다. 다시 고개를 든 미아의 얼굴은 어쩐지 도와달라는, 절규에 가까운 표정이었다.

"카일…… 이건……. 너 정말…… 나는……." 눈물 때문에 미아는 말이 제대로 나오지 않는 듯했다.

나는 미아의 어깨에 팔을 두르며 미아의 목에 턱을 묻고 속삭였다. "왜 그래, 미아, 넌 할 수 있어. 우리가 함께라면 뭐든 마음먹은 건 다 할 수 있어."

죽음에 저항하는 것도 거기에 포함되기를, 나는 바랐다. 미아가 깊이 숨을 들이마셨다. 미아의 폐는 공기를 들이마시기 위해 분투 중이었다. 아주 약하게 숨을 내쉬면서도 미아는 모든 촛불을 불어 껐다.

"잘했어." 나는 미아 앞에 서서 말했다. 그리고 미아의 눈을 뚫어질 듯 쳐다보며, 내 안에서 가장 가치 있는 것 중 가장 빛나는 곳에서 우러나는 목소리로 말했다. "생일 축하해, 미아. 이 세상에 존재해 줘서 고마워."

"실없긴." 미아가 장난스럽게 주먹으로 내 가슴을 치며 말했다. "여기까지 와서 울게 만들다니."

"눈물샘 청소에 우는 게 그렇게 좋다더라." 나는 농담했다. "적어도 생물학 시간에는 그렇게 배웠어."

눈물도 미아가 웃는 걸 막지는 못했다. 맙소사. 내가 누군가를 이렇게까지 사랑하게 될 줄 상상이나 했을까.

좋아, 내 계획의 두 번째 단계였던 '미아에게 잊지 못할 밤 선사하기'는 성공이었다. 그리고 공식적으로 세 번째 단계를 시작하기 위해, 나는 휴대전화를 집어 들고 여행 첫날, 내 귀를 괴롭혔던 그 노래, 미아가 '세상에서 가장 좋아하는 노래'라고 했던 그 곡을 찾았다.

"아직 검증되지 않은 춤 실력이지만," 나는 미아에게 손을 내밀며 말했다. "감히 그대가 내게 이번 춤을 허락한다면, 기꺼이 그대의 발가락을 밟아 드리겠소."

미아가 키득거리며 내 손을 잡았다. 나는 미아의 팔을 내 어깨에 가져다 두르고 미아의 허리를 감싸 안았다. 사랑받는 느낌이 들도록, 모두가 꿈꾸는 그런 방식으로, 삶이 살만한 가치가 있다는 느낌이 들도록, 최선을 다해서. 미아의 손이 내 등을 쓸어내리고, 우리는 영원히 기억에 남을 노래의 리듬에 맞춰 몸을 움직였다. 우리는 어디서 그녀의 몸이 끝나고 어디서 내 몸이 시작되는지 알 수 없을 만큼 가까이, 하나가 되어 있었다. 우리는 하나의 몸을 공유하는 두 개의 존재, 하나의 눈길을 공유하는 두 개의 몸이었다. 나는 살짝 뒤로 몸을 뗐다. 미아의 얼굴이 보고 싶었다. 미아의 눈이 내 눈을 찾았다. 내 입술이 미아의 입술을 갈구했다. 우리는 입을 맞췄다. 순간, 미아의 몸이 떨리는 게 느껴졌다. 미아의 몸 전체가 맥없이 덜덜 떨리고 있었다.

"떨고 있잖아…… 추워?"

미아가 고개를 저었다. 거의 분노에 가까운 표정이었다. 이런, 내가 뭔가를 놓친 모양이었다. 미아가 내 가슴을 때렸다. 이번에는 더 셌다.

"추운 게 아니야, 카일. 무서워서 그런 거야. 이게 다 너 때문이야! 네가 내 인생을 다 흔들어 놨어." 감정을 애써 억누르며 지르는 미아의 고함은 차라리 절박한 호소에 가까웠다. "내 평생에 처음으로 죽고 싶지 않아, 카일. 이 모든 걸 놓치기 싫어."

크게 뜬 미아의 눈이 내게 이 고통을 덜어 달라고 간절히 바라고 있었다. 미아의 두 눈에, 나는 쓸쓸하고도 달콤한 눈물의 강이 되어 흐르고 있었다. 나는 미아의 얼굴을 두 손으로 감싼 후 지금까지 한 번도 해 본 적 없는 말을 했다. "사랑해, 미아." 미아는 그제야 눈물을 흘리기 시작했다. 오랫동안 한없이 차오르기만 했던 눈물이 흘러내리기 시작했다. 그리고 꿈에서나 용기 내어 말할 수 있었던 말을 읊조렸다. "카일, 나도 사랑해."

우리는 입을 맞췄다. 몇 번이고 몇 번이고 반복해서. 황홀함과 온기가 호수처럼 우리의 몸을 감쌌다.

미아

잊지 못할 밤을 뽑는 대회가 있다면, 단연코 오늘 밤이 우승할 것이다. 카일은 지금껏 내가 들어 본 말 중에 가장 달콤한 말을 해 주고는 반짝이는 별빛 아래 임시로 만든 침대로 나를 데려갔다. 매트리스와 담요, 심지어 베개 두 개까지, 모든 게 준비되어 있었다. 이제 우리는 이곳에 누워 있었다. 그는 똑바로, 나는 모로 누워 그의 따뜻한 팔에 안겨서. 나를 꼭 안은 채 카일은 하늘의 별들을 물끄러미 바라보고 있었다. 마치 별들과 심오한 대화라도 나누고 있는 것 같았다. 아, 맙소사, 카일은 정말, 정말……. 나는 참지 못하고 그의 가슴에 손을 얹었다.

카일이 입가에 은은한 미소를 띠며 말했다. "아직도 안 자? 좀 쉬어야지."

그래. 나는 억지로 눈을 감고 잠을 청했다. 하지만 머리가 복잡했다. 이제 몇 시간 후면 나는 수술실로 실려 갈 것이고, 카일과는 헤어져야 한다. 어쩌면 영원히 못 만날 수도 있다. 자느라 시간을 낭비하고 있다는 생각만으로도 참을 수 없이 조급함이 밀려왔다. 그에게 다시 키스하고 싶었다. 그 입술의 온기와 부드러움을 다시 느끼고 싶었다. 그의 전부가 내 모든 것을 바라보게 만들고 싶었다. 그런데 이게 마지막이면 어떡하지? 다신 카일을 볼 수 없으면 어떡하지? 만일 내가 죽는다면, 더 온화한, 다른 세상에서 그를 만날 수 있다면 천 번이라도 더 죽을 수 있겠다는 생각이 들었다. 마음이 나를 괴롭히기 시작했다. 하지만 이번에는 그냥 당하지 않을 작정이었다. 그의 가슴에 기댄 채 자세를 조금 똑바로 하려는데, 순간—

"아!" 찌르는 듯한 통증에 나도 모르게 입술이 일그러졌다.

"미아!" 카일이 깜짝 놀라 내 이름을 불렀다. "왜 그래? 말해 봐."

이런 통증은 처음이었다. 살이 갈가리 찢기고 마비되는 느낌이었다. 주위가 온통 빙글빙글 돌았다. 숨을 쉬려 해도 공기를 들이마실 수가 없었다. *도와줘!*

"미아!"

카일의 고함에 저릿했던 폐가 조금 편안해지면서, 가까스로 실낱같은 공기 한 줄기를 마실 수 있었다. 나는 간신히 목소리를 냈다. "카일……"

카일의 입술이 움직였다. 하지만 아무 소리도 내게 닿지 않았다. 눈을 뜨고 있으려고 애써봤지만, 계속 감기는 눈을 어쩔 수 없었다. 안 돼, 이럴 순 없어. 카일. 카일. 카일.

정신을 차려 보니 밴 안이었다. 카일이 전속력으로 차를 몰고 있었다. 나를 바라보는 그의 눈에서는 내가 느끼는 고통보다 더 큰 두려움이 흘러나오고 있었다. 나는 기절했던 게 분명했다. 그가 내 손을 꽉 잡고 있었다. 나는 말하려고 해 봤지만, 입이 열리지 않았다. 대신에 나는 그의 손을 꼭 움켜쥐었다.

"미아……" 카일이 간절하게 말했다. "제발, 조금만 참아."

나는 그의 어깨에 몸을 기댔다. 시야는 흐려지지 않은 상태였지만, 눈앞의 하늘이 온통 무너질 듯 흔들렸다. 금성이 그 어느 때보다 밝게 빛나며 나를 자석처럼 끌어당겼다. 아니! 보고 싶지 않았다. 하지만 눈을 뗄 수 없었다. 금성은 오늘따라 더 크고 가깝게 느껴졌다. 마치 나를 기다리는 듯했다. 이런, 맙소사. 늘 금성에 갈 수 있게 해 달라고, 이 삶의 번민을 끊을 수 있게 해 달라고 기도했지만, 이제는 너무 늦은 것 같았다.

눈꺼풀이 쇳덩어리처럼 나를 짓눌렀다. 눈이 계속 감기려고 했다. 그 상태가 영원히 계속될 것만 같았다. 안 돼! 나는 죽고 싶지 않았다. 나는 카일의 손을 움켜쥔 채 깨어 있기 위해 혼신의 힘을 기울였다.

"미아, 정신 차려, 제발." 그의 목소리가 내게 애원하고 있었다. "사랑해."

카일

간호사 두 명이 급히 미아를 이송용 침대에 눕혀 데려갔다. 나는 그 뒤를 쫓아 복도를 달렸다. 미아에게 작별 인사를 하고 싶었다. 다 괜찮을 거라고 말하고 싶었다. 무슨 일이 있어도 기다리고 있겠다고 말하고 싶었다. 하지만 그들은 나를 근처에 가지도 못 하게 할 게 뻔했다. 이송용 침대에 누운 미아의 놀란 눈이 떠나지 말라고 애원하고 있었다. 있는 힘껏 소리쳐 봤지만, 내 목소리는 나에게조차 들리지 않았다. 주위는 온통 감각을 무디게 만드는 온갖 목소리와 기계음, 침묵이 뒤섞인 소음으로 가득했다.

그들이 미아를 여닫이문 안으로 데리고 들어가려고 했다. 안 돼, 아직은 안 돼. 나는 속도를 높였다. 그런데 간호사 중 한 명이 길을 막았다. "저기요, 선생님." 그의 목소리가 왜곡되어 들렸다. 마치 지하 세계에서 말하는 것 같았다. "이미 말씀드렸듯이,

여기 들어오시면 안 됩니다."

나쁜 자식! 분노에 눈이 먼 나는 그를 때리려고 손을 쳐들었다. 막 휘두르려는 순간, 부드러운 목소리가 나를 멈춰 세웠다.

"카일?"

어제 본 의사였다. 지금은 평상복 차림이었다. 그녀가 내게 달려와 팔을 붙잡아 내렸다. 절망적인 눈빛이었다.

"괜찮아요, 진정해요." 미아가 방금 통과한 문을 향해 걸어가며 그녀가 말했다. "끝나는 대로 올게요."

나는 넋을 잃은 채 무기력하고 기운 없는 모습으로, 오랫동안, 아주 오랫동안, 그 자리에 서 있었다. 모든 게 멈췄다. 세상이 조용해졌다. 이건 있을 수 없는 일이었다.

미아

아프다……. 많이 아프다. 온몸이 떨린다. 너무 떨려서 이가 망가질까 봐 두려울 정도다. 뭐가 어떻게 돌아가는 거지? 카일은 어디 있을까? 왜 카일을 못 들어오게 한 거지? 간호사들이 내 얘기를 하고 있었다. 그들이 내 이름, 내 진짜 이름, 그리고 실종 신고를 언급했다. 발소리가 들렸다. 남자 둘이 문 쪽으로 돌아서서 누군가와 얘기했다. 바로 그 여자였다. 어제 만났던 그 의사. 카일은 어디 있지? 의사가 내게 와서, 내 손을 잡고, 이마를 쓰다듬었다. 의사의 촉촉한 눈에는 나를 향한 애정이 가득했다.

"아멜리아." 그녀가 속삭였다. "같이 이 일을 해결해 나가자. 계속 싸워야 해. 내 말 들리니? 네가 눈뜰 때까지 곁에 있을게."

그녀의 말은 너무나 다정했다. 그때, 그녀의 얼굴이 사라졌다. 모든 게 사라졌다. 시커먼 암흑 외에는 아무것도 보이지 않았다.

"서둘러, 환자가 위험해!" 내 귀가 가까스로 알아들은 마지막 말이었다.

내 몸의 떨림이 멈췄다. 순간, 모든 것이 평온해졌다. 기계음도, 사람 목소리도, 아니, 그 어떤 소리도 들리지 않았다. 모든 게 조용하고 고요해졌다. 아프지도 않았다. 심지어 내 몸이라는 느낌도 사라졌다. 몸이 붕 뜨는 느낌이 들기 시작했다. 어떻게 된 일인지 알 수 없었다. 나는 날아오르고 있었다.

카일

주차장에 있는 밴에 도착하자 다리에 힘이 풀려 휘청거렸다. 나는 문에 등을 기댄 채 바닥으로 그대로 미끄러지듯 주저앉았다. 하늘에는 여전히 별들이 빛나고 있었다. 마치 일부러 나를 약 올리듯이. 거기엔 금성도 있었다.

"미아를 데려가기만 해 봐!" 나는 고함을 질렀다. "내가 그냥 두고 볼 줄 알아!"

가슴 깊은 곳부터 온몸 구석구석까지 쓰라린 분노가 가득 차올랐다. 나는 미아를 데려가려는 하늘에 대고 필사적으로 소리를 질렀다. 기진맥진해진 나는 뭘 해야 할지 알 수 없었다. 하지만 뭐라도 해야 했다. 수술은 몇 시간이 걸릴지 알 수 없었고, 그냥 기다리기만 하는 건 생각할 수조차 없는 일이었다. 나는 휴대전화를 꺼내 전화를 걸었다.

"엄마……." 절망감에 눈물이 터져 나왔다. "아빠……."

나는 부모님께 아주 사소한 내용까지 다 털어놓았다. 부모님은 내 말을 들어주고 지지해 줬다. 나는 조금씩 정신이 들었다. 그러고는 조시에게 전화를 걸어 잠시 예전처럼 얘기를 나눴다. 마침내 휴대전화 배터리가 다 떨어질 무렵, 해가 떴다. 나는 떠오르는 해를 바라보며 말없이 노아에게 인사를 건넸다. 그리고 미아에게 혹시 무슨 일이 생긴다면 미아를 돌봐 달라고, 그리고 우리 모두 가게 될 그곳이 빌어먹을 어디든 끝까지 미아를 곁에서 지켜달라고 간곡히 부탁했다.

어떤 사람들은 영원히 우리의 인생을 바꿔 놓는다.

어떤 사람들은 우리를 더 나은 사람이 되고자 노력하게 만든다.

어떤 사람들은 눈에 잘 띄지 않지만, 분명히 존재한다.

—카일 프리먼

카일

미아가 수술실에 들어간 지도 97일이 지났다. 매일, 빌어먹을 매일, 점점 더 미아가 그립다. 지금은 여름이다. 바깥의 열기가 나를 유혹하지만, 나는 대부분 집에서 시간을 보낸다. 미아의 일기를 다시 읽으면서. 세 권째이자 마지막 일기는 미처 끝을 맺지 못했기 때문에, 나는 실례를 무릅쓰고 미아 대신 빈칸을 채워 나가는 중이다. 미아는 누군지 모를 엄마를 위해 글을 남겼지만, 지금 나는 미아를 위해 쓴다.

4월 25일

21일이 지났고, 네가 너무 그리워서 한숨도 잘 수가 없어. 오늘 아침에는 아주 일찍 묘지에 갔었어. 부모님이 여전히 잠들어 계실

때 집을 나섰지. 그래, 내가 제일 좋아하는 곳은 아니야. 하지만 사고 이후 한 번도 노아를 만나러 가지 않았어. 나도 알아, 노아는 이제 이곳에 없고 무덤에 대고 말해 봐야 어리석은 일이라는 거. 맞아. 하지만 난 노아와 노아의 부모님께 빚이 있어. 노아에게 모두 얘기했어. 너에 관해서, 우리의 여행에 관해서, 전부 다. 나는 노아가 내 얘기를 다 듣고 있고, 나를 이해하고 있다고 믿어.

오늘 저녁에, 별을 보면서 너는 지금 어디에 있을지, 어떤 하루를 보내고 있을지 생각했어. 새집은 마음에 드니?

5월 5일

밤새도록 잠을 자지 못했어. 네가 무지 그리워서이기도 했지만, 오늘은 내가 오랫동안 미뤄 온 날이기 때문이야. 사고 이후 노아의 부모님을 한 번도 찾아가지 않은 나를 넌 바보, 아니 더 심하게 말해 재수 없는 애라고 생각하겠지. 하지만 그럴 수가 없었어. 정오에 조시를 데리러 갔다가, 조시의 차를 타고 갔어. 내 차에는 휠체어를 실을 수 없거든. 마지막 순간에 조시가 겁에 질려 차에서 내리지 않으려고 했지만, 가까스로 진정시킬 수 있었어. 쉽지는 않았지만. 노아의 부모님은 여전히 충격에서 벗어나지 못하고 계셔. 하지만 결국 우리를 탓하지 않는다고 말씀하셨어.

시간이 좀 걸리겠지만, 우릴 용서해 주실 거라고 믿어. 원래 잘 지내던 사이였으니까. 우리도 우리 자신을 용서할 수 있어야겠고.

어깨를 짓누르던 큰 짐을 내려놓은 기분이야. 그리고 그거 알아? 네 말이 맞았어. 네가 그날 식당에서 했던 말과 정확히 똑같은 말을 해 주셨어. 노아는 우릴 아주 많이 사랑했고, 우리가 자책하길 원하지 않을 거라고.

내가 얘기했는지 모르겠는데, 혹시 안 했다면 지금 할게……. 널 향한 내 감정이 눈덩이처럼 매일매일 점점 더 커지고 있어.

5월 28일

오늘은 베카를 데리러 갔었어. 스페인에서 돌아온 후로는 일요일마다 하는 일이야. 우리 부모님과 시간을 보낼 때도 있고, 가끔은 외출하기도 해. 베카는 마을을 거의 벗어난 적이 없으니까. 우리 부모님이 베카를 아주 좋아하셔. 나도 그렇고. 베카는 나한테 정말 많은 얘기를 들려줘. 특히 너에 대해 말할 때마다 난 웃음이 나. 맙소사, 너 같은 사람을 사랑하게 된다고 누가 미리 얘기라도 해 줬더라면….

오늘 오후에 베카를 데려다주러 갔다가 우연히 네 전 위탁 엄마인 로스웰 부인을 만났어. 너에 관해 묻더라. 어떤 이유에선지,

그냥 모든 얘기를 다 해 드렸어. 무슨 일이 있었고, 네가 왜 그랬는지. 감정을 표현하는 데 능숙해 보이지는 않았지만, 이해하는 것 같았어. 심지어 눈시울까지 붉히더라고. 그건 그렇고, 베카가 하늘만큼 땅만큼 보고 싶다고 전해 달래. 나는 타이탄(토성의 위성이자 이터널스 종족의 고향이야. 1광년 떨어져 있지.)을 왕복하고도 남을 만큼 네가 그리워.

6월 10일

잠에서 깨어났는데 네가 너무 보고 싶어서 가슴이 터질 것 같았어. 그래서 널 찾아봤지만, 당연히 찾을 수 없었지. 우리가 만났던 폭포로 너를 찾으러 갔었어. 그날 탔던 것과 같은 버스를 탔는데, 그거 알아? 운전사도 같은 기사님이지 뭐야. 물론 나를 알아보진 못했어. 놀라운 일도 아니지, 가끔은 나도 나를 알아보기 힘드니까.

널 알기도 전에 널 거의 잃을 뻔했던 바로 그 바위에 앉아서 생각했어. 인생의 장엄함을 모르고 내던져 버리려고 했던 예전의 카일에 대해. 지금은 그때의 내가 낯설어. 마치 다른 사람의 다른 삶 같아. 그때의 카일은 몰랐지. 어떤 해라도 가릴 수 있는 별이 있다는 걸. 절대 꺼지지 않는 빛을 지닌 별이 있다는 걸, 그리고 어디에 있든 영원히 빛나는 별이 있다는 걸. 나는 해가 저물고 별이 어둠을 밝힐 때까지 거기에 앉아 있었어. 그리고 거기에는 반짝거리는, 그리고 기가 막히게 아름다운 별이 우릴 기다리고 있었어. 금성 말이야.

6월 25일

넌 믿지 못할걸. 오늘 조시가 다리에 감각이 조금 돌아왔어. 아주 조금. 하지만 의사 말로는 조짐이 아주 좋대. 다시 걸을 수 있을지도 모르겠다고 했어! 너도 여기에 함께 있다면 얼마나 좋을까. 미아. 미아. 미아.

7월 1일

네가 부탁한 대로 매일 블로그에 사진을 올리고 있어. 우리 여행 중에 찍은 사진만으로도 앞으로 몇 년은 충분히 버틸 수 있을 것 같아. 그리고 또 무슨 일이 있었게? 유효 기간의 조회수가 엄청나게 늘었어. 어제 달린 댓글만 해도 백 개가 넘어.

넌 절대 존재감 없지 않아, 미아. 앞으로도 절대 아닐 거고. 나한테든, 누구한테든.

7월 3일

드디어 우리 부모님이 며칠 동안 휴가를 떠나기로 하셨어. 두 분이서만. 몇 주 동안이나 설득해서 이루어진 일이야. 내일 공항으로 모셔다드리려고. 맞아, 부모님이 데려다 달라고 고집을 부리셨지. 베카가 공항에 가 본 적이 없다고 해서, 같이 데리고 다녀올 예정이야.

7월 4일

내 GPS에 주소를 벌써 스무 번은 입력해 본 것 같아. 제시간에 공항에 도착할지 확인하고 싶어서. 4시간이나 더 공항에 머물 필요는 없잖아. 하지만 그래도 괜찮아. 공항에 볼 일이 몇 가지 있거든.

미아

나는 한없이 넓은 하늘을 날고 또 날고 있었다. 구름이 부드럽고 폭신폭신했다. 금성도 바로 거기에 있었다. 언제나처럼, 내 옆에.

"고기 요리와 생선 요리 중 무엇을 드릴까요?"

"괜찮습니다. 전 채식주의자라서요."

"죄송합니다만, 특별식은 미리 주문해 주셔야 합니다. 적어도—"

"24시간 전에 미리, 알아요. 그렇다면 생선 요리를 먹을게요. 탁 트인 물속에서 자유롭게 헤엄칠 수 있었을 테니까, 적어도……."

스페인에서 날 수술해 준 의사이자 구세주인 아나가 내 옆에 앉아 있다가 웃음을 터트렸다. "맞는 말이네."

결국 승무원은 내게 아무것도 제공하지 않았다. 하지만 괜찮았다. 아나가 건강에 좋은 음식을 많이 챙겨 왔기 때문이다. 아나는 미국에 가본 적이 없어서, 나와 함께 앨라배마에서 며칠 지내기로 정했다.

그리고 나는 결국 친엄마도 만났다. 아나의 집에서 마지막 회복기를 보내고 있을 때, 엄마가 나를 만나러 온 것이다. 그리고…… 모르겠다. 그저 애정이라는 게 늘 가족에게서 비롯되는 건 아니라는 걸 깨닫게 된 것 같다. 우린 친해지지 않았다. 하지만 아나와는 마치 첫눈에 반한 사람들처럼 곧바로 죽이 맞았다. 아나는 수술 이후에도 잠시도 내 곁을 떠나지 않았다.

이렇게 나를 걱정하며 보살펴 주는 어른이 있다는 건 내가 상상했던 것과는 달랐다. 물론 좋은 면이 많았다. 정말 많았다. 하지만 나쁜 면도 있었다. 아나는 약간 통제적이라고 해야 하나, 거의 3개월 동안 비행기를 타는 것은 물론이고 방문객을 만나는 일도 허락하지 않았다. 카일을 보지 못한 채 영원히 끝나지 않을 것 같은 시간을 보냈다. 아나는 카일과 전화 통화도 못 하게 했다. 내가 너무 감정적이기 때문에 심장부터 제대로 회복하는 게 먼저라는 말도 안 되는 핑계를 댔다. 하지만 어쨌든 나는 아나를 사랑한다. 그리고 카일을 볼 수 없는 상황이 나를 더 성숙하게 만들었다고 생각한다. 그 없이 흘러가는 매일 매일을 나는 그가 했던 행동이나 말, 그의 말하는 방식이나 자는 방식 등 모든 걸 세세히 떠올리고 기억하면서 보냈다. 그러면서 그를 더

욱 사랑하게 되었다. 잘 안다. 우리는 아직 어리고, 행복한 결말을 얘기하기에는 아직 이르다는 거. 하지만 우리는 영원히 지속되는 그런 종류의 사랑을 함께 할 만큼 충분히 많은 걸 함께 겪었다고 믿는다.

"저기 봐." 아나가 창밖을 가리키며 말했다. "곧 착륙할 거야."

이런, 벌써 심장이 기뻐 날뛰는 게 느껴진다.

카일

결국 모두 나와 동행하기로 했다. '모두'라는 건 말 그대로 모두를 의미한다. 우리 부모님과 조시, 주디스, 베카, 노아의 부모님, 심지어 우리와 함께 지내려고 애리조나주에서 넘어오신 내 할머니, 할아버지까지. 다 내 탓인 것 같다. 내가 미아에 대해 너무 많이 얘기하는 바람에, 다들 몹시 미아를 만나고 싶어 한다. 그들은 오늘 밤 미아가 돌아오는 걸 기념하기 위해 색 테이프 장식과 온갖 것들을 갖춘 엄청난 파티까지 준비했다. 오늘이면 미아를 마지막으로 본 지 91일(정확히 말하면 91일 3시간 25분)이 된다. 적어도 내가 미아를 만나서 데리고 올 때까지 제발 다들 커피숍에서 기다리고 있으라고 설득은 해 놨다. 얼마나 다행인지.

미아

공항에 도착하자 심장이 전속력으로 쿵쾅거리기 시작했다. 이번에는 심장에 문제가 있어서 그런 게 아니라, 카일, 오로지 카일 때문이었다. 아나가 짐을 찾으려고 기다리고 있었지만, 나는 더 이상 기다릴 수가 없었다. 터미널로 이어지는 복도로 향했다. 이렇게 빨리 걸어 본 건 처음인 것 같았다. 나는 모두를 앞질렀다. 출구로 나가기 전에, 나는 회전문 틈으로 그가 보이는지 살펴봤다. 없었다. 문을 통과한 나는 걸음을 멈췄다. 사람들이 가득했다. 모두 누군가를 기다리고 있었다. 하지만 나를 기다리는 사람은 아무도 없었다.

어쩌면 아직 도착하지 않은 걸지도 몰랐다. 게이트를 잘못 찾아갔거나. 아니면 잠깐 화장실에 간 걸 수도 있었다. 아니면, 그냥 까맣게 잊었거나. 이유가 뭐든, 나는 엄청나게 실망했다. 공항을 떠나는 사람들을 되는대로 따라가다가 막 돌아서서 아나를 찾으려는데, 그 순간 앞쪽 벽에 뭔가 하나 붙어 있는 게 보였다. 나는 피식 웃고 말았다. 그림 위에 '금성을 따라오세요'라고 적혀 있었다. 나는 사방을 둘러봤다. 화분, 의자, 심지어 문에까지 온갖 다양한 장소에 그림들이 붙어 있는 게 보였다. 모두 별 그림이었고, 화살표로 방향이 표시되어 있었다. 카일의 그림이었다. 어디서든 알아볼 수 있었다. 나는 그림들을 따라갔다. 하나, 또 하나, 그리고 또 하나. 마지막 그림은 주차장이 내다보이는 커다란 창문으로 이어졌다. 창밖을 내다보니 주차된 밴이 보였다. 문체이서와 아주 비슷하면서도 훨씬 화려하고 호화로운 밴이었다.

"이번 여름에 앨라배마를 가로지르는 자동차 여행에 같이 가 줄 건지 궁금하네."

나는 휙 돌아섰다. 카일이었다. 그 어느 때보다 어마어마하게 멋있어 보였다.

"어떡할래?" 카일이 물었다. 마치 5분 전에 헤어졌다 만난 사람 같은 말투였다. "내가 그리는 그림으로 뭐든 해결할 수 있을 것 같은데."

나는 참지 못하고 기쁨에 겨워 비명을 지르며 카일의 품으로 뛰어들었다. 그가 입을 맞췄다. 나도 그에게 입을 맞췄다. 갑자기 내 모든 세상이 그야말로 완벽해졌다.

미아

8월 15일

이제 읽을 사람도 없는데 왜 이 일기를 계속 쓰고 있는지 모르겠어요. 아마도 일기를 쓰면 안전한 느낌, 어쩐지 보호받는다는 느낌이 들어서인 것 같아요. 그리고 터무니없는 소리 같지만, 아마 분명 그렇게 들리겠지만, 밤마다 별들이 내려와 내가 쓴 글을 읽고 그걸 세상에 비추는 것 같아요. 어디에선가, 누군가는, 우리가 태어난 걸 기뻐했으면 좋겠다는 희망을요.

나중에 다시 이어서 계속 써야 할 것 같아요. 카일이 오고 있거든요. 장난기 가득한 얼굴을 보니 아무래도 이걸 쓰는 동안 옆에서 조용히 있을 생각이 전혀 없는 것 같아요. 그리고 그거 아세요? 나도 그가 그러길 바라지 않는다는 걸요. 우린 앨라배마로 떠난 장거리 여행에서 어제 돌아왔어요. 그리고 지금은 그의 부모님과 아나, 베카와 숲에서 소풍을 즐기는 중이고요. 방금 식사를 마쳤어요. 여행은 말로 표현 못 할 만큼 끝내줬어요. 아무튼, 지금은 그만 여기서 마칠게요. 카일이 와 있어요.

안녕하세요. 잠깐 미아의 펜을 훔쳤어요. 여행에서 가장 좋았던 부분이 동반자였다는 걸 미아가 깜빡 잊고 말을 안 했더군요. 아, 그리고 미아는 매일 내게 그림을 그리라고 시켰답니다. 그래야 여행비를 벌 수 있다면서 말이죠.

뭐야, 카일, 그 입으로 거짓말이라니. 그건 너한테 어울리지 않아. 결국 네 부모님이 모든 여행 경비를 대셨잖아.

좋아, 그럼, 중요한 얘기를 하지. 지난번 글 쓴 이후 있었던 일들에 대해서는 전혀 쓰지 않았더라.

그걸 어떻게 알았어?

가장 충실한 독자가 누구인지 잊었어?

그렇군. 그럼 간단하게(말은 안 했지만 카일 때문에 항상 얼굴이 빨개진답니다), 앞에서도 말했듯이, 우리가 집에 돌아온 걸 환영하는 뜻으로 카일의 부모님이 소풍을 준비해 주셨어요. 그리고 아나는, 원래는 며칠만 머물 계획이었지만, 앨라배마에 집을 사서 아예 정착하겠다고 선언했답니다. 게다가 베카를 정말 마음에 들어 해서, 입양까지도 생각하고 있어요. 정말 하늘을 나는 것처럼 행복하답니다. 갑자기 저한테도 가족 비슷한 게 생긴 거 예요.

그리고 남자 친구도. 잊지 마.

그래, 남자 친구도 있지. 지금 막 키스했고.

좋아. 계속 키스해 줘. 그러면 그만 떠들게. 아, 그리고 약 일주일 전에 아나가 잭 휴스턴 메모리얼 병원에서 일자리를 제안받았답니다.

아나가 정말 기뻐했어요!

아무튼... 진심으로 사과의 말씀을 드립니다. 유감스럽지만 이 여자를 좀 한적한 곳으로 얼른 데려가야겠어요. 부모님을 포함한 눈 세 쌍의 감시를 피해 몰래 키스할 곳이 필요하거든요.

카일

지난 몇 달은 내 평생 가장 힘들고 가장 믿기 힘든 날이었다. 미아와 내가 만날 수 있게 우주가 모든 걸 준비해 놓았다는 생각이 들 때가 있었다. 하지만 지금은, 그렇지 않다는 걸 안다. 노아, 내 형제이자 친구인 노아는 좋은 곳에 가 있다. 미아가 그렇다고 말해 줬다. 수술실에 들어갔을 때 모든 게 잘못되었고, 병원에서는 미아가 죽었다고 생각했다. 그런데 1분 후 미아의 심장이 다시 뛰기 시작했다. 나는 세상에 우리의 이해를 뛰어넘는 것들이 존재한다고 생각한다. 그리고 적어도 지금은 정말 그렇다는 걸 안다. 우리가 뭐라고 부르든, 우리의 곁을 떠나지 않는 존재가 있다는 걸. 심지어 우리가 자신의 고통에 얽매여 그 존재의 도움을 완전히 거부할 때조차도.

미아가 말했다. 죽음의 순간, 어느 아름다운 곳에 갔다고. 산에 나무들이 빛을 받아 일렁이는 곳에서 노아를 만났다고. 그리고 모르는 다른 사람들도 있었다고. 그리고 노아가 말했다고 했다. 자신은 괜찮다고, 죽음이라는 건 존재하지 않는다고, 죽음은 단지 우리 여정의 연속일 뿐이라고. 처음에 나는 그 말을 믿고 싶지 않았다. 하지만 내 마음은 그 말이 사실임을 알고 있었다. 노아는 당분간 그곳에 머물다가 다음에 어디로 갈지 결정하겠다고 말했다고 했다. 그 말을 듣는데 생각해 보니 소름이 돋았다. 이상하게 들리겠지만, 이제 나는 이 세상 너머 존재하는 어떤 손이 이 모든 일이 일어나도록, 그래서 미아와 내가 만날 수 있도록 모든 조각을 배열해 놓았다는 걸 안다.

"뭘 그렇게 생각해?" 미아가 물었다.

나는 웅장한 참나무에 등을 기대고 앉은 채, 그리고 미아는 내 무릎을 베고 누운 채, 우리는 잠시 허공을 바라보았다.

"음, 모든 게 계획대로 잘 진행된다면," 내가 시계를 흘낏 보며 말했다. "금방 알게 될 거야."

"무슨 소리야?"

정확히 오후 3시, 약속된 시간이었다. 이미 저 멀리서부터 짖는 소리가 들려왔다. 나는 베카가 숙지할 때까지 이 장면을 스무 번은 연습해야 했다. 내가 입양한 폭스테리어 강아지가 달려와 우리를 덮치고 온몸을 핥아댔다. 미아가 웃었다. 몹시 기뻐하는 모습이었다.

"세상에, 너무 귀엽다." 미아가 강아지의 귀 뒤를 간지럽히며 말했다.

"좋아, 그럼, 이제 정식으로 소개하지." 내가 강아지를 돌아보며 말했다. "비너스, 여긴 미아야. 미아, 여긴 비너스."

"비너스? 금성?" 미아가 티 없이 맑은 얼굴로 물었다. 그 천진함에 세상이 다 환해지는 기분이었다.

"미아가 금성에 갈 수 없으면," 나는 어깨를 으쓱하며 말했다. "금성이 미아한테 와야 하지 않겠어?"

비너스가 신이 나서 우리 주위를 뛰어다니는 동안 미아가 내 무릎 위에 일어나 앉았다. 그리고 내 목에 팔을 두르고 얼굴을 똑바로 바라보며 말했다. "혹시 내가 사랑한다는 말 했었나?"

나는 열심히 생각하는 척했다.

"좋아, 내가 지금 하는 말 잘 들어, 카일 프리먼. 그리고 절대 잊지 마." 미아가 부드러운 목소리로 속삭이듯 말했다. "사랑해, 금성만큼 저 우주만큼."

"너도 잘 들어, 미아 페이스, 그리고 절대 잊지 마." 나는 미아에게 입을 맞췄다. "사랑해." 다시 입을 맞췄다. "그리고, 사랑해." 더 입을 맞췄다. "그리고 영겁의 시간이 영원이 될 때까지 계속 너를 사랑할 거야."

미아의 눈빛이 생기를 띠며 반짝했다. 우리의 눈빛이 얽혔다. 우리는 입을 맞췄다. 마치 미래나 과거는 존재하지 않는다는 듯이, 오로지 지금만 존재하며 앞으로도 영원히 그럴 것처럼, 그녀의 입술에 내 입술을 맞대고 있는 '지금' 이 순간만 계속될 것처럼. 나는 알았다. 나는 결코, 절대, 미아를 사랑하는 일을 멈추지 않으리라는 것을.

잊지 마, 네가 태어난 걸 기뻐하는 사람이 세상 어딘가에 반드시 있다는 사실을.

감사의 말

첫 책을 쓰기 시작했을 때, 나는 고작 네 살이었습니다. 하지만 이야기를 마무리하지 못했을 때 느꼈던 그 좌절감이 너무 커서 아주 오랫동안 꿈을 그대로 방치했어요. 아마도 더 성장할 필요가 있었던 것 같습니다.

그 첫 시도 이후 많은 세월이 흘렀습니다. 그동안 나는 멋진 사람들을 만났어요. 그들의 훌륭한 말과 행동, 사랑, 우정은 내 명함에 '작가'와 '시나리오 작가'라는 이름을 더할 수 있게 해 주었고, 무엇보다 이 이야기를 책으로 만드는 데 큰 도움이 되었습니다.

누구부터 이야기해야 할까요? 먼저 말하지 않으면 질투할 제 딸부터 말할까요? 아니면 너무나 훌륭한 내 에이전트? 사랑하는 친구들? 곰곰이 생각해 보니, 감사하는 일에 순서나 정도를 따로 정하는 일은 옳지 않은 것 같습니다. 그래서 혹시라도 제가 잊고 있을지 모를 분들께 절대 잊지 못할 거라는 말로 제 첫 감사 인사를 드리려고 합니다.

그리고 유행과 어울리지 않는 내 원고를 처음부터 믿어 준 에이전트 맨디 허버드(Mandy Hubbard)와 에메랄드 시티(Emerald City, 시애틀)에 있는 그녀의 팀에 고마움을 전합니다. 맨디, 내게 보여준 관대함과 세심함, 그리고 무엇보다 《금성에서 봐(See You on Venus)》가 결국 출판사를 만날 거라는 절대적인 믿음에 감사해요.

델라코르테 프레스(Delacorte Press)의 제 담당 편집자 켈시 호턴(Kelsey Horton)에게도 감사를 전합니다. 안목과 열정, 놀라운 통찰력으로 이 소설의 완성도를 더 높여 줬어요.

또 나의 번역가이자 편집자, 이 창의적인 여정을 함께 해 준 크리스티안 비야노(Christian Villano)에게도 감사드립니다. 내가 보내는 수백 개의 제안과 질문과 메모를 변치 않는 인내심과 이해심으로 받아 주었고, 언어에 대한 그의 애정과 문장 표현 방식 덕분에 부분의 합보다 큰 전체를 이뤄 낼 수 있었어요.

터무니없는 행동으로 사춘기라는 롤러코스터를 늘 상기시켜 주는, 내 가장 열렬한 팬이자 비평가인 내 딸 사라, 우리 모두 어느 정도는 완전히 자라지 않는 부분이 있음을 일깨워 줘서 고맙다. 그리고 아주 개인적인 방식으로, 여과 없이, 있는 그대로 이야기해 줘서 고마워.

그리고 아들 제이슨, 사랑에는 정해진 규칙이나 조건이 없으며 용서는 모든 걸 극복하게 해 준다는 사실을 가르쳐 줘서 고마워. 그리고 때로는, 정말 때로는, 우리가 할 수 있는 유일한 일은 그저 온전히 열린 마음으로 인내심을 갖고 기다리는 것뿐임을 가르쳐 준 것도.

부모님께도 감사드립니다. 두 분의 실수는 많은 고통을 초래했지만, 또한 성장과 영감의 원천이기도 했어요. 덕분에 다른 사람들의 고통에 공감하고, 깊고 성숙하고 희망 가득한 이야기를 쓸 수 있었습니다. 감사해요.

동지인 아나 마리아(Ana María)와 마리 피에르(Marie Pierre)에게, 항상 절대적인 지지를 보내 줘서 고맙습니다.

미아와 카일의 이야기를 영화로 만드는 데 열정과 각고의 노력을 보여 준 브라이언 피트(Brian Pitt)에게도 감사합니다.

그리고 누군가를 죽음에 이르게 한 죄책감으로 인해 겪은 형언할 수 없는 고통과 용서받기까지의 그 고행길을 익명으로 공유해 주신 모든 분께, 영원한 감사를 보냅니다. 오래전에 누군가 가르쳐 주더군요. 죄책감은 사랑의 적이라고.

사랑은 정말 존재하며, 사랑하기로 선택한 이들의 삶은 아름답다는 사실을 알려 주는 훌륭하고 영감 넘치는 책들에도 감사를 전합니다. 그 책들이 아니었다면 나는 지금 여기에 있지 못할 것입니다.

고난과 갈망, 두려움과 기쁨을 내 귀에 속삭여 준 미아와 카일, 정말 고마워요.

그리고 마지막으로 가장 색이 화려한 아이스크림이 가장 흥미로울 때가 있다는 사실을 알려 준 내 우주에서 가장 빛나는 별, 앤, 당신의 사랑과 변함없는 지지가 없었다면 이 이야기뿐만 아니라 그 어떤 이야기도 세상에 나올 수 없었을 것입니다. 내가 그려 낸 인물들의 빛과 함께 내 빛을 세상에 비출 수 있도록 도와주어서 고맙습니다.

존재해 주어서 감사합니다.

금성에서 봐

초판 1쇄 인쇄 2025년 2월 12일
초판 1쇄 발행 2025년 2월 17일

지은이 빅토리아 비누에사
옮긴이 신혜연

대표 장선희 **총괄** 이영철
책임편집 오향림 **기획편집** 현미나, 정시아, 안미성
책임디자인 최아영 **디자인** 양혜민
마케팅 박보미, 유효주, 박예은
경영관리 전선애

펴낸곳 서사원 **출판등록** 제2023-000199호
주소 서울시 마포구 성암로 330 DMC첨단산업센터 713호
전화 02-898-8778 **팩스** 02-6008-1673
이메일 cr@seosawon.com
네이버 포스트 post.naver.com/seosawon
페이스북 www.facebook.com/seosawon
인스타그램 www.instagram.com/seosawon

ⓒ 빅토리아 비누에사, 2025

ISBN 979-11-6822-384-4 03840

서사원은 독자 여러분의 책에 관한 아이디어와 원고 투고를 설레는 마음으로 기다리고 있습니다.
책으로 엮기를 원하는 아이디어가 있는 분은 이메일 cr@seosawon.com으로 간단한 개요와 취지,
연락처 등을 보내주세요. 고민을 멈추고 실행해보세요. 꿈이 이루어집니다.